CLARE CHASE

Ein mörderischer Jahrmarkt

Weitere Titel der Autorin:

Das Geheimnis des toten Cellisten
Der Tote am Apple Tree Cottage

**Über die Autorin:**

**Clare Chase** lebt in Cambridge. Neben dem Schreiben und Lesen liebt sie es, Zeit mit ihrer Familie zu verbringen und zu kochen, und sie interessiert sich für Kunst und Architektur.

CLARE CHASE

# Ein mörderischer Jahrmarkt

EVE MALLOW ERMITTELT

Kriminalroman

Aus dem Englischen von
Sabine Schilasky

Lübbe

NACHHALTIG PRODUZIERT

Die Bastei Lübbe AG verfolgt eine nachhaltige Buchproduktion. Wir verwenden Papiere aus nachhaltiger Forstwirtschaft und verzichten darauf, Bücher einzeln in Folie zu verpacken. Wir stellen unsere Bücher in Deutschland und Europa (EU) her und arbeiten mit den Druckereien kontinuierlich an einer positiven Ökobilanz.

FSC www.fsc.org MIX Papier | Fördert gute Waldnutzung FSC® C014496

Vollständige Taschenbuchausgabe

Deutsche Erstausgabe



Textredaktion: Dorothee Cabras, Grevenbroich
Umschlaggestaltung: Kirstin Osenau
Einband-/Umschlagmotiv: © mauritius images/Erik Lam/Alamy/Alamy Stock Photos; © Kite_rin/Shutterstock; VikaSuh/Shutterstock; QinJin/Shutterstock; Tina Bits/Shutterstock; NECHAPHAT/Shutterstock; INTREEGUE Photography/Shutterstock; YummyBuum/Shutterstock; YummyBuum/Shutterstock; Julia August/Shutterstock
Satz: hanseatenSatz-bremen, Bremen
Gesetzt aus der Bembo
Druck und Verarbeitung: GGP Media GmbH, Pößneck
Printed in Germany
ISBN 978-3-404-19282-3

2 4 5 3 1

Sie finden uns im Internet unter
luebbe.de
Bitte beachten Sie auch: lesejury.de

Für Ann und Helen – zur Feier von Wiedervereinigungen

# Kapitel 1

Eve Mallow hatte sich seit Wochen darauf gefreut, Seagrave Hall zu sehen. Offiziell war sie dort, um bei der Ausrichtung des Dorffestes von Saxford St. Peter zu helfen, der jährlichen Spendenveranstaltung, deren Einnahmen jedes Jahr einer anderen wohltätigen Organisation zukamen.

Ihr erstes Dorffest hatte Eve im Alter von neunzehn Jahren erlebt, als sie zum Studium aus den Staaten nach London übergesiedelt war. Ihr damaliger Freund hatte sie an einem Wochenende auf dem Land zu solch einem Fest mitgenommen. Es war nett und typisch für diese Art ländliche Tradition gewesen, wie sie inzwischen wusste: diverse Stände, die alles von Kuchen bis Schnickschnack verkauften, mit Spielen, Unterhaltungsprogramm und Wettbewerben zu Selbstangebautem und Backwaren.

Dies war Eves erstes Fest in Saxford, da sie erst letzten Herbst nach Suffolk gezogen war, aber ihr war schon bewusst, was für ein großes Ding es für alle im Ort darstellte. Jeder machte bei diesem »Jahrmarkt«, wie sie es nannten, mit, und die Dorfbewohner waren stolz darauf. Eve hatte das Festfieber nicht minder gepackt. Es war auch das erste Mal, dass sie bei den Vorbereitungen half, und sie würde einen der Stände mit betreiben.

Noch dazu freute sie sich aus anderen Gründen auf den

großen Anlass, unter anderem dem, dass sie Seagrave Hall aus der Nähe sehen durfte. Es war ein majestätisches georgianisches Herrenhaus mit eleganten Schiebefenstern und einem Säulengang vorn. Eve war über eine breite Zufährt hergekommen, von der aus auch eine Abzweigung zu den Stallungen führte.

Hinter dem Haus, wo Eve jetzt stand, zog sich eine große Rasenfläche bis hinunter zur Marsch. Dahinter befanden sich der Fluss Sax und auf der anderen Seite das Dorf Saxford St. Peter. Eine malerische Aussicht.

Östlich des Herrenhauses erstreckte sich das Anwesen durch bewaldetes Land bis zum Meer. Eine Sekunde lang schloss Eve die Augen und stellte sich vor, wie es hier normalerweise sein musste – nur das Gras und die Rufe von Brachvögeln und Säbelschnäblern unten an der Flussmündung. Der Lärm um sie herum machte es allerdings schwer, sich solch eine Stille auszumalen. Es wimmelte von Dorfbewohnern, die alles vorbereiteten.

Über dem Herrenhaus wölbte sich ein makellos blauer Himmel, und der Rasen lag in warmem Sonnenschein, sodass der Duft frisch gemähten Grases von ihm aufstieg.

Eve wollte nicht nur das Herrenhaus und Anwesen erkunden, sondern war auch gespannt darauf, die Seagrave-Familie kennenzulernen. Als professionelle Nachruf-Autorin liebte sie es herauszufinden, wie Menschen tickten. Sie hatte den Großteil ihres Lebens in Großstädten verbracht, erst im lockeren Seattle, wo sie aufgewachsen war, dann im frenetischen London, wo sie nach dem Studium geblieben war und eine Familie gegründet hatte.

Ihr Umzug ins ländliche Suffolk vor zehn Monaten hatte jedoch nicht bedeutet, dass es ihr an Gelegenheiten mangelte, Leute zu beobachten. In Städten sah man die ganze Bandbreite menschlicher Existenz, aber auf dem Land hatte man eine verdichtete Gruppe Einzelner wie unter dem Mikroskop. Was nicht minder lohnenswert war.

Und das Dorffest hielt mehr Attraktionen bereit als nur die Seagraves und das Heim ihrer Vorfahren. Dieses Jahr hatte das Komitee beschlossen, die Erlöse des Festes an *Wide Blue Yonder* zu spenden, eine Wohltätigkeitsorganisation, die sich der Förderung junger Frauen aus schwierigen Verhältnissen verschrieben hatte.

Der Seagrave-Erbe Rupert war mit Verity Nye verlobt, der Botschafterin der Organisation. Sie sah wie eine moderne Audrey Hepburn aus, auch wenn Eve bekannt war, dass sie weit mehr vorweisen konnte als nur eine schmale Statur und riesige Augen. Als Taucherin hatte Verity schon die gefährlichsten Höhlensysteme der Welt erforscht. Und Eves heutige Begegnung mit der jungen Frau bei den Festvorbereitungen wäre nicht ihr erstes Zusammentreffen mit ihr.

In London hatte Eve in Teilzeit als Schulsekretärin gearbeitet, um ihr unzuverlässiges Freiberufler-Einkommen aufzustocken, und Verity Nye hatte zu der Zeit einen Vortrag vor den Schülern gehalten. Eve hatte sich hinten in die Aula schleichen und zuhören können.

Die Teenager waren so laut und zappelig wie immer gewesen, als sie den Raum betreten hatten, aber die Taucherin hatte sie binnen Sekunden in ihren Bann gezogen. Die lässige Art, in der sie über ihre lebensbedrohlichen Unternehmungen sprach, ließ selbst die anmaßendsten Schüler verstummen. Es war eine rare Wohltat gewesen, dies mit anzusehen. Doch es war Nyes Lebensphilosophie, die eine Saite in Eve anschlug. Ihr Mann hatte sie kürzlich verlassen, und nach dem Vortrag hatte Eve eine Menge Fragen. Was machte die Taucherin so widerstandsfähig, so durchsetzungsstark und selbstbewusst? Und was in deren Leben hatte sie bewegt, einen solch gefährlichen Nischenberuf zu wählen?

Das Fest könnte eine Chance sein, mehr zu erfahren; aber fürs Erste musste Eve sich auf das Praktische konzentrieren. Sie war im Rahmen ihres gegenwärtigen Nebenjobs hier, der Teilzeitstelle im Dorfcafé *Monty's*, das die Kuchen beisteuerte. Viv, ihre enge Freundin und Besitzerin des *Monty's*, hatte Eve wegen ihres Organisationstalents und ihrer sachlichen Herangehensweise eingestellt. Ohne die gerieten die Dinge bisweilen aus dem Ruder …

Die Seagraves hatten bestimmt, dass alle ihre Stände am Tag vor dem Fest aufbauen sollten, worüber Eve froh war. Es war ein steter Kampf, Viv auch nur eine kleine Vorbereitungszeit abzuverlangen, geschweige denn mehr, und ausnahmsweise musste nicht sie es sein, die strenge Regeln durchsetzte.

Sie waren dabei, alles einzurichten. Eve ging zu einem Nebengebäude, um einen Klapptisch zu holen. Mit dem kämpfte sie sich zurück, wobei sie ihren Ekel unterdrücken musste, da sich die rissige Resopalplatte widerlich klebrig anfühlte. In diesem Moment hörte sie, dass eine Textnachricht auf ihrem Handy einging.

Eve stellte den Tisch kurz ab und hielt ihn mit einer Hand fest, während sie mit der anderen das Telefon aus ihrer Jeanstasche angelte. Ihre Zwillinge waren mittlerweile junge Erwachsene, dennoch hatte Eve bis heute den Drang, sofort nachzusehen, ob sie es waren, die schrieben. Sicherheitshalber.

Das Display leuchtete. *Ian*, der Vater der beiden und Eves Ex-Mann. Was wollte er? Sie verlagerte das Telefon umständlich in der Hand, um ihren Code einzugeben.

Ich wollte nur Bescheid sagen, dass ich ein paar Wochen schlecht zu erreichen bin. Sonia und ich gehen auf Mittelmeerkreuzfahrt, und gerade du weißt ja, wie löchrig der Handyempfang sein kann. Schließlich kennst du das da oben in der Pampa!

Eine zweite Textnachricht ging ein, als sie noch die erste las.

Du solltest dir auch mal eine Auszeit gönnen. Sicher würde die dir guttun.

Er hatte einen Link zu einer Website für Single-Reisen angehängt.

Eve schaltete das Display aus. *Wie bitte?* Mit ihr hatte er nie eine Kreuzfahrt unternommen. Und vor allem musste er ihr nicht sagen, wo er war, als wäre sie ein Kind, das nicht allein zurechtkam.

Sie wollte das Telefon wieder in die Tasche stecken, verfehlte sie aber, und es fiel herunter. Während sie sich noch abmühte, den großen Tisch zu halten und sich gleichzeitig nach dem Handy zu bücken, erschien Verity Nye, hob das Telefon auf und reichte es Eve, sodass sie sich wieder aufrichten konnte. »Vielen Dank!«

Verity lächelte. »Kein Problem.« Dann betrachtete sie Eve prüfend. »Alles okay mit Ihnen?«

Ich muss genervter aussehen, als mir bewusst gewesen ist, dachte Eve. Sie holte tief Luft. »Ja, bestens! Es ist toll hier.« Sie nickte zu den Ständen. »Bloß eine nervige Nachricht von meinem Ex.« Mist, wo war denn diese Bemerkung hergekommen? Es war das erste Mal, dass Eve tatsächlich mit Verity sprach, und gewöhnlich würde sie Fremden nichts Privates erzählen, aber der Schulvortrag hatte eine Verbindung hergestellt, und das Missgeschick mit dem Telefon machte die Situation weniger förmlich. Obendrein trieb das viele Adrenalin sie an, ihren Frust loszuwerden …

»Ach so!« Verity lachte und verdrehte die Augen. »Ist er allzu mitteilsam?«

Sie war aufmerksam. »Er wollte mich wissen lassen, dass er eine Kreuzfahrt mit seiner neuen Freundin unternimmt. Und hat mir sogar einen Link zu einer Website mit Single-Reisen angehängt, falls ich mich ausgeschlossen fühle.«

»Oh, wow! Tja, wenigstens beweist die Nachricht, dass Sie ohne ihn besser dran sind.«

Jetzt musste Eve lachen und spürte, wie sich ihre Schultern endlich entspannten und es ihr gelang, das Handy in die Hosentasche zu stecken. »Ganz genau.«

Verity blickte dorthin, wo ihr Verlobter stand, Rupert Seagrave. »Falls Sie sich verbessern wollen, gibt es da draußen sicher jemanden, der nur auf Sie wartet und Sie viel eher verdient als der Kreuzfahrttyp. Aber keine von uns *braucht* jemand anders. Wir sind alle am glücklichsten, wenn wir unser Leben selbst kontrollieren, sogar wenn es zufällig neben einer anderen Person stattfindet.«

»Da haben Sie recht!« Ehe Eve sichs versah, erzählte sie Verity Nye, dass sie deren Vortrag an ihrer alten Schule gehört hatte und der Aufruf zur Unabhängigkeit für sie exakt zur richtigen Zeit gekommen war.

Veritys Lächeln war spontan und natürlich. »Freut mich, dass es Sie angesprochen hat. Es ist eine harte Lektion, die ich in jungen Jahren gelernt habe, aber sie ist unglaublich befreiend.« Sie stockte, runzelte die Stirn und verlegte ihr Gewicht auf ein Bein. Dann neigte sie sich ein wenig näher zu Eve. »Kennen Sie die Seagraves?«

»Nein, eher nicht, tut mir leid.«

»Ach, macht nichts.« Verity schüttelte langsam den Kopf. »Ich war nur hinter einem neuen Blickwinkel her. Sie sind alle untereinander verkracht, aber Sie glauben nicht, wie sie die Reihen schließen, sollte jemand auftauchen, den sie noch mehr hassen. Da werden die Messer gewetzt!« Nun lachte sie wieder. »Ich glaube, ihnen ist nicht klar, wie stark ich bin.«

Es klang nach einer ungemütlichen Situation. Eve nahm an, dass es Einwände gegen Veritys und Ruperts Heirat gab, und fragte sich, warum. Lag es schlicht an gegensätzlichen Persönlichkeiten, oder war die Sache komplizierter?

Sie wechselte noch ein paar Worte mit Verity, dann schleppte sie den Klapptisch weiter zum Stand des *Monty's* und schaute sich auf dem Gelände um. Einen Moment später stellte sie den wackligen Tisch auf dem Rasenstück auf, das Viv und ihr zugeteilt worden war. Und sie erzählte ihrer Freundin von dem Gespräch mit Verity.

»Hoppla, das sieht dir gar nicht ähnlich«, sagte Viv. »Es hat sehr viel länger gedauert, bis du *mir* von Ian erzählt hast.«

Eve runzelte die Stirn. »Das habe ich ziemlich schnell getan.«

»Nicht im zweiten Satz, den wir gewechselt hatten.«

»Stimmt. Na ja, es war seltsam. Mit ihr kann man gut reden. Mit dir natürlich auch«, ergänzte Eve rasch, als sie Vivs Blick bemerkte.

»Für mich klingt es, als würde sie gern ein bisschen predigen. Mehr als ich jedenfalls.«

»So kam es mir nicht vor. Tut mir leid, dass ich dich enttäuschen muss.« Eve verkniff sich ein Grinsen.

»Denkst du, dieses Unabhängigkeitsding gehört zu ihrem Mantra, das sie sich im Kopf aufsagt, bevor sie Rupert heiratet?«

»Kann sein. Sie hatte in seine Richtung gesehen.« Und Eve dachte nach. War Rupert der ideale Partner für Verity? Einer, der sie ihren eigenen Weg gehen ließ? Oder versuchte er, mehr Einfluss auf Veritys Leben zu nehmen, als sie wollte?

Eve versetzte sich in Ruperts Lage: Es konnte nicht einfach sein, Verity zuzuschauen, wie sie um die halbe Welt reiste und ihr Leben riskierte. Bis zur Hochzeit waren es nur noch ein paar Wochen. Wenn einer von ihnen Bedenken hatte, war jetzt die Zeit, die auszuräumen. Und sollte die Familie schwierig sein, würde es den Stress noch erhöhen.

Eve blickte auf und sah, dass die Höhlentaucherin stehen geblieben war, um mit der Geschäftsführerin von *Wide Blue Yonder* zu sprechen. Was gesagt wurde, konnte Eve nicht hören, aber Verity schüttelte energisch den Kopf und zeigte mit dem Finger zur Seitentür des Herrenhauses. Die Geschäftsführerin stemmte die Hände in die Hüfte, und Verity verstummte abrupt, neigte sich vor und legte eine Hand auf die Schulter der Frau. Dann wechselten sie noch wenige Worte, und die andere Frau schien sich zu entspannen. Doch als Verity sich abwandte und über den Rasen schritt, blickte ihr die Geschäftsführerin der Wohltätigkeitsorganisation noch lange nach.

»Ich glaube, du hast mich mit deinem zwanghaften Beobachten angesteckt«, sagte Viv, die sich mit einem zweiten Tisch abmühte, den sie vorhin aus dem Nebengebäude geholt hatten. »Aber teils nur, weil ich nicht aufhören kann, Ms Nye anzuglotzen. Es tut gut zu sehen, dass sie manche Leute auf die Palme bringt. Sonst wäre sie mit ihrem Job und ihrem Aussehen ein bisschen zu perfekt.«

»Vielleicht muss man sich an sie gewöhnen.« Eve hatte es gefallen, wie direkt Verity war. »Sie hält nicht mit ihrer Meinung hinter dem Berg. Ich schätze, in ihrem Beruf muss sie durchsetzungsfähig und entschieden sein.«

Sie selbst konnte sich nicht vorstellen, in eine Höhle zu tauchen. Soweit Eve gelesen hatte, war die Sterbequote in dem Job viel zu hoch, und sie würde sowieso Platzangst bekommen. Wenn etwas schiefging, musste man ruhig und schnell handeln, wollte man überleben. Eve würde sich als »besonnen« bezeichnen, hatte allerdings gern Zeit zum Planen, ohne dass sich die Ereignisse überstürzten.

»Sie ist so atemberaubend attraktiv«, bemerkte Viv, die noch in die Richtung schaute, in die Verity gegangen war. »Ich kann es irgendwie nicht leiden, wenn jemand so viele Vorzüge hat. Vermutlich werden Rupert und sie das hier erben.« Sie blickte zum Herrenhaus. »Und er muss auch alles auf dem Silbertablett serviert bekommen haben.«

»Verity stammt nicht aus reichem Haus.« Eve hatte nach dem Schulvortrag über sie recherchiert – und noch ein wenig mehr, als sie erfahren hatte, dass sich ihre Wege wieder kreuzen könnten. »Und auch Leute, die in vermögende Verhältnisse geboren wurden, können mit Problemen konfrontiert sein.« Wieder dachte sie an die Familiendynamik der Seagraves.

Viv seufzte tief. »Wenn du es sagst. Ich weiß ja, man muss erst die Fakten sammeln, dann erst kann man urteilen.« Sie grinste. »Aber es ist so viel spaßiger, zu raten und Pauschalurteile zu fällen.« Sie sah zu der Ausstattung, die man ihnen gegeben hatte. »Das hier wird witzig. Die Tische sind ganz unterschiedlich hoch, beide wacklig und offen gesagt eklig.« Ihr Bob, der in dieser Saison meergrün gefärbt war, schwang nach vorn, als sie sich bückte, um einen Fleck zu inspizieren, der wie eingetrocknete Marmelade mit ein wenig Schimmel aussah.

»Keine Sorge, ich habe alles mitgebracht, was wir brauchen.« Eve griff in einen Karton neben ihrer Tasche und holte Lappen, Scheuerschwämme und einen antibakteriellen Reiniger hervor.

»Du bist ein Schatz, weißt du das? Ein schräger, klar, aber immer noch ein Schatz. Hast du geahnt, dass die Sachen der Seagraves ein Gesundheitsrisiko sind?«

»Ich dachte mir, dass ihre Festausstattung vielleicht nur einmal im Jahr benutzt wird.« Eve war gern vorbereitet. Sie verbrachte eine Menge Zeit damit, Sachen vorherzusehen, und sie konnte nicht umhin, Vivs dankbaren Blick auszukosten.

Während sie den klebrigen Tisch bearbeitete, beobachtete sie weiter ihre Umgebung.

Viv schaute zu der Zeder über ihnen auf, deren dunkle Äste sich über ihre Köpfe erstreckten. Das Laubdach bescherte ihnen angenehmen Schatten und dem Stand einen schönen Duft – eine Mischung aus Harz und Holz, die Eve an die gespitzten Bleistifte erinnerte, die ihr als Schülerin so kostbar gewesen waren. Sie mochte sie bis heute: die befriedigend klaren dunklen Linien, die sie auf einem neuen Blatt Papier erzeugten.

»Ich bin froh, dass wir diesen Schattenplatz bekommen haben«, bemerkte Viv und riss sie damit aus ihren Gedanken.

»Anscheinend ist nicht jeder so froh.« Eve wies mit dem Kopf zu Saxfords Dorfladenbesitzerin, die eben in schwindelerregend hohen Schuhen vorbeigestöckelt war. Sie hatte verärgert mit der Zunge geschnalzt, als sie die Kristallkugel neben ihrem smaragdgrünen Zelt aufhob, das nun in der prallen Sonne stand.

»Sie hat keinen Grund, sich zu beschweren!«, erwiderte Viv. »Sie hat das Zelt, das sie schützt, und unsere Kuchen werden erheblich klebriger als ihre Tarotkarten. Übrigens glaube ich nicht, dass zwei Tische genügen.«

»Dann gehe ich zum Nebengebäude und sehe nach, ob ich noch einen ergattern kann.«

»Soll ich das machen?«

»Nein, ist schon gut.« Eve genoss es, sich ihren Weg zwischen den Dorfbewohnern hindurch zu bahnen, die alle bei ihren Vorbereitungen waren, mal kostümiert, mal nicht.

Als sie gerade auf dem Rückweg vom Nebengebäude war, wieder einmal einen Tisch schleppend, der jedoch größer war als die ersten beiden, hörte sie Verity Nyes Stimme aus dem großen Festzelt.

»Du musst aufhören, ihr hinterherzulaufen. Es ist zu auffällig.«

»Und es ist nötig, um unsere Interessen zu schützen«, erwiderte eine tiefe Männerstimme eindringlich.

»Ach, um Himmels willen!« Verity wurde auf einmal lauter.

Die nächsten Worte waren nicht zu verstehen, doch dann war die Männerstimme deutlicher.

»Verity, lass uns reden.« Sein Tonfall war verändert. »Wir können das immer noch hinbekommen!«

Eve hörte die Höhlentaucherin seufzen – eine Kombination aus Wut und Resignation. »Wir haben alles gesagt, was es zu sagen gibt. Natürlich können wir das nicht ›hinbekommen‹. Wie kannst du das nicht erkennen? Es ist vorbei.«

Eve verstand nicht, was er antwortete, doch sein Ton war wütend.

Mühsam zog sie den Tisch weiter. Jetzt klang es, als bewegte sich drinnen etwas und als käme einer von ihnen gleich aus dem Zelt. Die Klapptischkante knallte ihr schmerzhaft gegen das Schienbein, als sie versuchte, schneller zu gehen.

Einen Moment lang blieb sie mit dem Rücken zum Festzelteingang stehen, ehe sie einen Blick über die Schulter riskierte. Verity war am Eingang erschienen. Sie sah aufgebracht aus. Hinter ihr war der Arzt aus ihrem Expeditionsteam – Eve erkannte ihn von Veritys Präsentationsbildern beim Vortrag und den Fotos wieder, die sie bei ihrer kürzlichen Recherche gesehen hatte. Pete Smith, so hieß er. Blond, sonnengebräunt, groß und gut aussehend.

Er folgte Verity zum Zelteingang und starrte ihr nach, die Züge angespannt. Die beiden sollten die Stars bei der morgigen Veranstaltung sein, wenn sie ihre Ausrüstung für den nächsten Tauchgang in China vorführten, Reden hielten und Preise überreichten.

Ihre Worte hallten Eve durch den Kopf. Wem war Pete gefolgt? Und was war mit dem letzten Teil ihrer Unterhaltung? Waren er und Verity ein Paar gewesen? Falls ja, klang es, als hätte Pete Probleme loszulassen – und als hätte Verity die Affäre gerade erst beendet, kurz vor ihrer Hochzeit. Eve war ein wenig enttäuscht von der Frau. Ihr Eindruck war eher gewesen, dass Verity fair spielte.

# Kapitel 2

Eve seufzte, als sie wieder am Stand des *Monty's* hinter dem Herrenhaus war. So faszinierend es auch war, die Geheimnisse anderer zu ergründen, fühlte Eve sich nach Verity Nyes Gespräch mit dem Arzt zwiegespalten. Als sie sich mit der Frau vorher endlich persönlich unterhalten hatte, hatte sie sofort eine gewisse Nähe empfunden; etwas hatte ihr gesagt, sie könnten auf einer Wellenlänge sein. Jetzt war Eve sich nicht mehr so sicher.

Überall um sie herum arbeiteten andere Dorfbewohner eifrig. Der Vikar hatte ein Schlagspiel aus einem alten Plastikrohr auf einer schrägen Tafel aufgebaut und war dabei, Kokosnüsse auf hohen Stangen auszubalancieren. Am nächsten Tag würden die Spieler versuchen, sie mit Kricketbällen herunterzuschießen.

Eine von Eves Nachbarinnen baute ein improvisiertes Gamelan auf einem großen lila Teppich auf. Sie war hauptberuflich Keramikerin, doch Eve wusste, dass sie auch die Musik sehr liebte. Oft wehte der Klang ihrer Geige im Sommerwind durch die Haunted Lane. Sie hatte eine Reihe von Terrakotta-Blumentöpfen aufgestellt und eine Auswahl von Metalldeckeln nach Größe geordnet auf ihnen ausgelegt. Nun verband sie alles mit Rohren. Heraus kam etwas, was wie ein riesiges Xylophon aus Regenrohren wirkte.

Kurz darauf hockte die Nachbarin sich auf die Fersen zurück, begutachtete ihr Werk und nahm dann ein Paar Holzstöcke auf, mit denen sie vorsichtig diverse Dinge vor sich anschlug. Es war verblüffend melodisch, was indes nicht verhinderte, dass sie errötete, als sie aufschaute und bemerkte, dass Eve sie beobachtete. Der Vikar blickte gleichfalls hinüber. Eve sah ihm an, dass er es auch gern mal probieren würde. Lange würde er gewiss nicht widerstehen können.

Eine Bewegung erregte ihre Aufmerksamkeit. »Habe ich eben einen Kunden in Moiras Wahrsagerinnenzelt gehen sehen?« Es schien ein bisschen voreilig zu sein, bedachte man, dass das Fest erst morgen stattfand.

»Ich habe gehört, dass sie einige der Hauptakteure eingeladen hat«, antwortete Viv leise. »Unter dem Vorwand, dass sie Übung braucht. Aber ich glaube, sie hat einfach nur Angst, etwas zu verpassen.«

Das war überaus wahrscheinlich. Manche der Leute, die an diesem Tag Zeit erübrigen konnten, waren Prominente wie Verity, die schon im Fernsehen gewesen waren. Und so, wie Eve die Ladenbesitzerin Moira Squires kannte, wollte sie alle ins Zelt locken, damit sie hinterher im Dorf herumerzählen konnte, dass sie mit ihnen gesprochen hatte.

»Außerdem«, fuhr Viv fort, »weißt du doch, wie das mit Weissagen ist. Die Leute tun, als glaubten sie nicht daran, aber eigentlich ist jeder tief im Innern ein kleines bisschen abergläubisch.«

Eve verschränkte die Arme vor der Brust. »Ich nicht.«

»Ehrlich? Nicht mal, wenn das Leben gerade mies zu dir wäre und du gern einen Tipp hättest, ob hinter der nächsten Ecke etwas Besseres lauert?« Viv sah ihren Blick. »Ah, nein. Na gut. Jeder außer dir. Ich hätte es wissen müssen. Findest du nie, dass man mit so viel Rationalität eine Spaßbremse ist?«

»Nein.«

Die Klänge des Gamelans, das der Vikar gerade testete, unterbrachen sie. Einen Moment später sang er auch noch – in einem hallenden Bariton, der Moira umgehend aus ihrem Zelt lockte. Sie hatte die Lippen geschürzt und trug nun ihr Kostüm, bei dem es sich um ein beängstigend enges rotes Kleid mit geschnürtem Mieder handelte. Eve spähte an ihr vorbei, um zu sehen, wer drinnen bei ihr war.

»Ich glaube, das ist Ruperts Cousine«, wisperte Viv. »Cora Seagrave. Sie wohnt auf dem Anwesen. Die Seagraves hatten sie adoptiert, nachdem Coras Eltern bei einem Flugzeugabsturz ums Leben gekommen waren.«

Einen Moment später erschien Eves zweite Nachbarin aus der Haunted Lane mit ihrer Kamera. Sie war Fotografin und gebeten worden, Aufnahmen von dem Fest zu machen, angefangen bei den Vorbereitungen bis hin zu den Abschlussreden am nächsten Tag.

»Diese Fotogelegenheit darf man nicht verpassen«, sagte sie grinsend. Ihr dicker grauer Zopf fiel ihr über die Schulter, als sie die Linse auf die Keramikerin und den Vikar richtete, die nun gemeinsam konzentriert das Gamelan spielten. Erstere wirkte nach wie vor ein wenig unsicher, Letzterer weniger.

Eve wandte sich wieder den drei Tischen zu, die Viv und ihr zur Verfügung standen. Die passenden Tischdecken aus dem *Monty's* würden sie ansehnlicher machen. Sie waren in einem dunklen Meergrün, passend zu Vivs gegenwärtiger Haarfarbe. Die beiden Frauen steckten den Leinenstoff fest und brachten noch eine kleine Wimpelgirlande vorn an, ehe sie die Tischbeine mit Bändern umwickelten.

»Wir können sie der Größe nach ordnen und die Kuchen morgen nach Sorten ausstellen. Vielleicht sieht es dann wie Absicht aus.«

»Klingt gut.« Eve schrieb eine Liste. »Die Zitronenkuchen, dann die mit Beeren und weiter drüben die mit Kaffee und Schokolade?« Sie hatte darauf bestanden, dass sie nur Schokoladenkuchen mit cremigem Innenleben hatten, obwohl Viv sich anfangs etwas gesträubt hatte. Aber alle mit Schokoladenüberzug wären bei der Hitze eine Katastrophe.

Als sie fertig waren, halfen sie der Truppe vom *Cross Keys*, dem Dorfpub, die ihren Stand seitlich vom Herrenhaus aufbauten. Als sie sich ihnen näherten, sah Eve, dass einer der beiden Brüder, die den Pub betrieben, von dem Fassbier kostete.

Er bemerkte sie und grinste breit. »Ich habe nur geprüft, ob es nicht mehr schäumt.«

In diesem Augenblick traf seine Frau ein, die streng dreinblickte, und er schob sein halb leeres Glas hinter einen Karton mit Chips.

Eve trug mit ihnen Essen ins Haus, das dort bis zum Grillen lagern sollte. Als sie in harmonischem Schweigen hin- und hertrotteten, hörte sie wieder Verity, diesmal vom Rasen hinten.

»Ach, Unsinn! Ich mache das!« Sie lachte, doch Eve nahm einen Anflug von Erschöpfung wahr. Verity sprach mit einer blonden Frau, von der Eve wusste, dass sie die Verwalterin der Seagraves war.

»Brauchen Sie keine Hilfe? Es ist ziemlich sperrig.«

»Ich *denke*, ich komme klar«, entgegnete Verity. »Nichts trainiert den Oberkörper besser als Schwimmen in starken Strömungen.« Doch dann lächelte sie. »Trotzdem danke.«

Die blonde Frau wandte sich ab. Eve konnte es genauso wenig leiden, wenn Bemerkungen der Leute implizierten, dass sie hilflos sein könnte, doch sie hätte es besser verborgen. Vielleicht machte sie das aber auch nur zur Heuchlerin.

Nachdem Eve den Pub-Betreibern geholfen hatte, wanderte sie zurück zu Vivs und ihrem Stand, vorbei an Mrs Walker, die für die Tombola zuständig war. Ihr Dreijähriger war auf einen Hocker geklettert und angelte bedenklich schwankend ein Spielzeug unten aus dem Arrangement der Preise hervor, das seine Mutter eben fertig aufgebaut hatte. Alles fiel wieder in sich zusammen.

Molly Walker fuhr sich mit den Händen durch das dichte, drahtige Haar. »Dy-lan!«

Eve und Viv würden am nächsten Tag Picknickdecken nahe ihrem Stand ausbreiten, damit die Leute sich hinsetzen und ihren Kuchen dort essen konnten, falls sie wollten. Sie hatten auch einige Campingklappstühle mit Segeltuchbespannung. Die hatte Eve schon aus ihrem Van geholt, ließ sie aber in den Plastikhüllen. Sie wollte nicht, dass sie morgen früh taufeucht waren.

Der Vikar half im Spielbereich hinter dem Wahrsagerinnenzelt aus. Das Gamelan auf der einen Seite und die Kinder auf der anderen würden Moiras Geduld gründlich auf die Probe stellen … Eve kam im Spielbereich an, als der Vikar eben in ein Tipi krabbelte, das er aufgestellt hatte.

»Alles in Ordnung da drinnen?«

»Perfekt, danke, Eve. Ich erinnere mich bloß gerade, wie es war, sieben zu sein. Hin und wieder stelle ich fest, dass es mir fehlt.« Er streckte den Kopf mit dem dichten grauen Haarschopf aus dem Zelt.

Eve schmunzelte.

»Stellen Sie sich vor, auf solch einem Anwesen Kind zu sein«, sagte er.

»Oh ja, was könnte man hier für Spiele machen …« Sie schaute über das Tipi hinweg zu dem riesigen Garten und dem Herrenhaus. Dabei bemerkte sie vage eine Bewegung an einem der Fenster im dritten Stock.

Exakt in dem Moment, in dem Eve genauer hinsah und

eine seltsam voluminöse Gestalt erkannte, kippte diese nach vorn. In irgendetwas gehüllt? Der Schrei hallte über das Gelände. Hinterher erinnerte Eve sich: wie solch eine unschuldige Szenerie von etwas derart Entsetzlichem unterbrochen wurde. Sie war sich des schaurigen dumpfen Aufpralls bewusst, der beinahe zeitgleich mit dem Schrei zu hören war. Wohin die Person gestürzt war, konnte Eve nicht sehen, weil zu viele Stände und Menschen im Weg waren. Ihr wurde übel, und das Gesicht des Vikars wurde weiß und schlaff.

Wie benommen stand Eve einen Augenblick da und blickte zum Herrenhaus. Leute rannten über den Rasen, zwischen den Zelten, Festzelten und Ständen hindurch. Eve und der Vikar folgten ihnen, stolperten über Zeltleinen und stießen mit anderen zusammen, die in dieselbe Richtung strebten.

»Was ist passiert?«

Viv war neben Eve erschienen. »Verity.« Sie schluckte und wandte sich kurz von der Szene vor ihnen ab, als Eve schon weiterging. »Es ist furchtbar. Ganz furchtbar. Sie muss ins Haus gegangen sein, um ein Zelt oder einen Pavillon zu holen, was immer das unter ihr ist. Und dann ist sie aus einem der Fenster gestürzt. Aber wie?«

Die Planen, auf die Viv sich bezog, hatten Veritys Landung ein wenig abgefedert, aber nicht da, wo es zählte. Ihr Kopf und der Oberkörper waren direkt auf den Steinplatten aufgeschlagen. Eve konnte sich vor Entsetzen kaum rühren.

Die Leute wurden langsamer, als sie sich der Stelle näherten, an der Verity lag, trauten sich anscheinend nicht näher heran. Im nächsten Moment war der Arzt aus ihrem Team da, Pete Smith.

»Alle zurück!«, befahl er und sank neben seiner totenstill daliegenden Kollegin auf die Knie.

Nun versperrte er Eve die Sicht auf Veritys Körper.

Schließlich stand er kopfschüttelnd wieder auf. »Bleiben Sie zurück. Und jemand muss einen Krankenwagen rufen. Aber sagen Sie denen, dass sie nichts mehr für sie tun können.« Er hob eine Hand in den Nacken und schloss eine Sekunde lang die Augen.

Nachdem kurz vollkommene Stille geherrscht hatte, sprachen auf einmal alle gleichzeitig.

»... um das Zelt aus dem Fenster zu werfen, anstatt es die Treppe runterzutragen ...«

»... sehr schweres Segeltuch. So ein altmodisches Ding ...«

Noch mehr Leute fanden sich ein, und der Lärm schwoll an.

»... habe diese Fenster noch nie gemocht. Sie sehen ja elegant und groß aus, aber sie sind zu niedrig. Das ist gefährlich. Ich hätte Angst, hier zu wohnen, vor allem mit Kindern ...«

»... muss sich mit einem Fuß im Stoff verfangen haben, als sie es nach draußen warf. Sie hat sich zu weit rausgelehnt ...«

Und dann übertönte eine kleine hohe Stimme die anderen.

»Einer hat sie ganz doll geschubst!« Das war der kleine Dylan Walker.

# Kapitel 3

Eve war eine von mehreren in Hörweite, als Dylan es rief. Lady Belinda Seagrave, die Besitzerin des Herrenhauses und Ruperts Mutter, hatte es ebenfalls gehört. Streng blickte sie zu Mrs Walker.

»Dylan, hör auf, dir Sachen auszudenken.« Die Mutter des Jungen war tiefrot geworden. Sie bückte sich und ergriff die Hände des Kleinen. »Es ist ein schrecklicher Unfall passiert. Sich Sachen auszudenken ist nur okay, wenn man spielt oder beim Vorlesen im Kinderzimmer. Sonst ist es Lügen. Das habe ich dir doch schon erklärt.«

Lady Seagrave behielt die beiden im Blick, das Kinn gereckt und die Arme fest verschränkt.

Neben Viv stand die blonde Verwalterin der Seagraves, die auch alles beobachtete. Eve hatte gehört, wie sie bei Dylans Worten nach Luft geschnappt hatte. Und sie wirkte verängstigt.

»Ich lüge nicht! Da ist ein Gesicht gewesen!« Dylan schien den Tränen nahe. Er stieß mit der Schuhspitze in den Kies, der das Haus einrahmte.

Als die Verwalterin etwas sagte, bebte ihre Stimme. »Ich hatte auch nach oben gesehen. Etwas musste meine Aufmerksamkeit erregt haben. Vielleicht ein Geräusch.«

»Und haben Sie irgendetwas beobachtet, Tilly?« Lady

Seagrave klang streng und beherrscht in der Stille, die sich über den Garten gelegt hatte.

*Selbstverständlich, so heißt sie: Tilly Cotton.* Jetzt erinnerte Eve sich wieder. Und sie sah zu jung aus, um solch ein Anwesen zu leiten.

»Nein. Nein, ich glaube nicht. Verity hat das Fenster ausgefüllt.« Ihre Hände zitterten. »Ich hatte angeboten, ihr zu helfen, das Zelt nach unten zu bringen, aber sie sagte, sie käme klar.«

Lady Seagrave packte Tilly Cottons Schulter fest mit einer Hand. »Es ist nicht Ihre Schuld. Verity war ausgesprochen eigenständig, wie wir alle wissen.« Ihr Ton war hart und missbilligend. Sie war eines der Familienmitglieder, die sich gegen Verity verbündet hatten, vermutete Eve.

Erst in diesem Moment bemerkte Eve, dass der Sohn des Hauses, Rupert Seagrave, erschienen war. Veritys Verlobter. Er stand mit schmerzverzerrter Miene seitlich von der Toten und hatte beide Hände so fest in sein rotblondes Haar gekrallt, dass die Fingerknöchel weiß waren. Eve hielt es kaum aus, ihn anzusehen. Er klang, als würde er um Atem ringen, wollte näher zu Verity gehen, doch Pete Smith trat abermals vor und verstellte ihm den Weg. Rupert stieß ihn weg und kniete sich neben die Tote. Sein Haar fiel ihm in die Stirn.

Einen Moment später vernahm Eve eine süßliche, verspielte Stimme: »Was ist denn hier für ein Theater?« Eine hübsche junge Frau mit herzförmigem Gesicht und einem kecken Funkeln in den Augen kam um die Hausecke.

»Ist das Cora?«, flüsterte Eve Viv zu. »Das Mündel der Seagraves? Ruperts Cousine?«

Viv nickte, während sie beobachteten, wie Cora klar wurde, was geschehen war. Sie riss die Augen weit auf und hob eine Hand vor ihren Mund. Dann rannte sie zu Rupert und hockte sich neben ihn, dicht bei der Toten.

»Rupe! Oh, mein Gott. Ich kann nicht glauben …«

»Das ist alles deine Schuld!«, fuhr er sie an.

Jemand in Eves Nähe rang nach Luft. Sein Ton schockierte sie nicht minder. Er hatte die Hände zu Fäusten geballt, und seine Lippen waren bleich.

Cora sprang auf und wich zurück. »Was redest du denn?« Ihr stand der Mund offen. Es war seltsam. Für einen Moment wurde sie rot, als hätte er sie geohrfeigt, doch dann wirkte sie konzentriert, als verarbeitete sie irgendeine Information.

Rupert schwieg lange. Er hatte sichtlich Mühe, sich zusammenzureißen. »Du hast Verity gesagt, es wäre leichter, Kram aus dem Fenster zu werfen, statt ihn die Treppe runterzutragen. Gestern, als sie die Teppiche vom Speicher holte.«

Coras Gedanken mussten bei anderem gewesen sein, denn sie brauchte einen Moment, um zu antworten. »Na, ist es doch …«, erwiderte sie schließlich. Dabei klang sie wie ein trotziges Kind, das sich zu Unrecht gescholten fühlt, und schob sogar die Unterlippe vor. Dann holte sie tief Luft und näherte sich erneut ihrem Cousin.

Sein Blick warnte sie, ja nicht näher zu kommen.

»Die Treppen im Haus sind lebensgefährlich, das weißt du doch! Die monströsen Steinstufen vorn sind viel zu hart, wenn man fällt, und der Aufgang hinten ist ganz schmal. Ich werfe immer alles aus dem Fenster. Und ich bin nie auf die Idee gekommen, dass das gefährlich sein könnte.«

»Ich glaube dir nicht, dass du wirklich helfen wolltest, Cora«, erwiderte er. »Es war das einzig Nette, was du zu ihr gesagt hast, seit sie hier ist.«

»Sie hat mich gehasst!«

»Weil du sie wie Dreck behandelt hast!«

Eve hatte schon Interviews geführt, in denen sich Angehörige selbst oder gegenseitig die Schuld am Tod eines nahestehenden Menschen gegeben hatten. Manchmal hatten sie Eve kontaktiert, wenn sie sich wieder beruhigt hatten, und sie gebeten zu vergessen, was sie gehört hatte. Doch ihr Instinkt sagte ihr, dass hier mehr vor sich ging. Rupert konnte Cora nicht im Ernst vorwerfen, dass sie Verity diesen Rat gegeben hatte. Was hatte sie sonst noch getan?

»Beruhigt euch, alle zwei!« Lady Seagrave bewegte sich rasch auf die beiden zu, wobei sie automatisch einen Bogen um das Zelt machte, das noch unter Veritys Beinen lag. Ihr Blick war ausschließlich auf ihren Sohn und dessen Cousine fokussiert; es war offensichtlich, wo ihre Prioritäten lagen. Die wütenden Worte der beiden würden noch wochenlang Gesprächsthema in Saxford St. Peter sein.

Rupert weinte. Cora wollte aufs Neue zu ihm gehen, nun recht entschlossen, doch Lady Seagrave legte eine Hand auf ihren Arm und schüttelte den Kopf.

In diesem Augenblick tauchte Sir Percival Seagrave auf, der zu Verity schaute. »Ich war hinten im Stall«, sagte er. »Dann stimmt es?« Er neigte sich zu der Toten. Tränen glitzerten in seinen Augen, wie Eve auffiel.

Doch sie konnte sich nur kurz auf ihn konzentrieren, bevor ein Team von Sanitätern um das Herrenhaus gelaufen kam. Innerhalb von Sekunden waren sie mit Wiederbelebungsmaßnahmen beschäftigt, obwohl Eve sicher war, dass Pete es bereits versucht haben musste. Sie beobachtete, wie sie schließlich den Kopf schüttelten und mit ihren Bemühungen aufhörten. Danach drängten sie die Dorfbewohner zurück, und einer von ihnen sprach leise mit Rupert. Belinda Seagraves Interesse galt anderem. Als Eve ihrem Blick folgte, sah sie zwei uniformierte Polizisten, einen Mann und eine Frau, die sich schnellen Schrittes dem Unfallort näherten.

»Was ist los?«, fragte sie schroff.

»Unser aufrichtiges Beileid, Lady Seagrave«, sagte der Polizist.

Rupert wandte das tränenüberströmte Gesicht seiner Mutter zu. »Die Sanitäter haben eben erklärt, dass bei unerwarteten Todesfällen grundsätzlich die Polizei informiert wird.«

Belinda Seagrave runzelte die Stirn.

»Es ist unser Job, die genauen Umstände festzustellen, Ma'am«, ergänzte die Polizistin. »Wenn das geschehen ist, können wir den Sanitätern erlauben, mit ihrer Arbeit weiterzumachen.«

»Verstehe.« Lady Seagrave trat auf die Polizisten zu. »Gestatten Sie mir, Ihnen zu erzählen, was genau passiert ist.«

Kurz und knapp erklärte sie, dass Verity ein schweres Zelt vom Dachboden hatte holen und offenbar Zeit und Mühe hatte sparen wollen, indem sie es aus dem Fenster im dritten Stock warf. »Wenn man in einem Haus wie unserem aufwächst, weiß man um die tiefen Fenster und schiere Höhe des Gebäudes. Verity stammte aus anderen Verhältnissen; sie war nicht so vorsichtig, wie sie beim Hinauslehnen hätte sein müssen.«

Die Polizisten wechselten einen Blick.

»Hat jemand ihren Sturz beobachtet?«

In diesem Augenblick riss Dylan Walker sich von seiner Mutter los und lief zu den Polizisten und Lady Seagrave. »Ich hab ein Gesicht am Fenster gesehen. Einer hat sie geschubst!«

»Dylan!« Mrs Walker eilte ihm nach. Und Eve entging nicht, wie sie und Belinda Seagrave einander ansahen. »Sei nicht albern!« Sie zog eine entschuldigende Grimasse in Richtung der Polizisten. »Er denkt sich immerzu Geschichten aus. Tilly Cotton hatte auch rauf zum Fenster geschaut, stimmt's nicht, Tilly? Und Sie haben niemanden bemerkt.«

Ihre Worte ließen keinen Zweifel daran, dass sie dringend diese Version glauben wollte.

Die Verwalterin zögerte. »Nein. Nein, ich glaube nicht. Verity hat das Fenster ausgefüllt, und die Sonne hat alles hinter ihr sehr dunkel gemacht.« Dabei rang Tilly Cotton die Hände, wie Eve feststellte.

»Hat sonst noch jemand Ms Nye fallen gesehen?«, erkundigte sich die Polizistin.

Eve hob die Hand. »Ich, aber ich war weit hinten im Garten. Ich konnte nicht einmal erkennen, wer es war, der stürzte. Und ob noch eine andere Person an dem Fenster war, konnte ich nicht sehen.«

Der Polizist nickte. »Aus welchem Zimmer ist sie gestürzt?«

Alle schauten am Haus nach oben.

»Aus meinem.« Die Geschäftsführerin von *Wide Blue Yonder* sprach leise, was jedoch kein Zeichen von Selbstbeherrschung war. Ihre Stimme bebte.

»Dürfte ich bitte Ihren Namen erfahren?«

»Jade. Jade Piper.« Sie erklärte ihre Funktion.

Der Officer nickte und zog die Augenbrauen leicht zusammen. »Haben Sie eine Ahnung, warum Ms Nye Ihr Zimmer wählte oder das Zelt aus jenem Fenster werfen wollte?«

Jade Piper verneinte stumm.

Es entstand eine verlegene Pause. »Sie hatten ihr nicht angeboten, Ihr Zimmer zu nutzen?«, hakte der Polizist schließlich nach. »Oder sie begleitet?«

»Nein.«

»Sind alle Räume auf dieser Seite des Hauses bewohnt?«

Lady Seagrave blickte ihn streng an. »Ganz und gar nicht. Wir haben sehr viele Zimmer, und mehrere von ihnen sind noch leer. Verity hätte eines von ihnen benutzen können.«

Jade Piper errötete.

Belinda war jetzt näher bei den Polizisten und sagte etwas, was Eve nicht verstand.

»Natürlich«, antwortete die Polizistin, »das verstehen wir. Ich habe selbst kleine Kinder, und die erzählen auch wilde Geschichten.«

Lady Seagrave schenkte ihr ein kurzes Lächeln, das ihre Augen jedoch nicht erreichte.

»Dennoch«, fuhr der weibliche Officer fort, »haben wir bei Umständen wie diesem ein Standardvorgehen, an das wir uns halten müssen. Sicher verstehen Sie das.«

»Ein Standardvorgehen?«

»Ein örtlicher Detective Inspector wird herkommen müssen.« Die Polizistin lächelte mitfühlend. »Wir sorgen dafür, dass alles so schnell wie möglich geschieht. In der Zwischenzeit schlage ich vor, dass wir die Kontaktdaten von allen aufnehmen, falls wir noch einmal mit jemandem sprechen müssen.«

Belinda Seagraves Miene war sehr umwölkt, als die Polizistin und ihr Kollege die Familie und die Dorfbewohner seitlich um das Haus führten, weit weg von Verity Nyes Leiche. Rasch hatten sie die Besucher in zwei Schlangen aufgeteilt und waren bereit, sich die Namen und Adressen zu notieren.

Beim Warten bemühte Eve sich, mit dem fertig zu werden, was geschehen war. Gedanken an Verity, die zu einem Saal voller ungebärdiger Teenager sprach, wurden vom Anblick ihres zerschmetterten Körpers auf den Steinplatten unterhalb der dunklen Fenster von Seagrave Hall überlagert. Es war undenkbar, dass solch eine menschliche Naturgewalt einfach nicht mehr da war. Konnte es denn sein, dass jemand sie ihrer Zukunft beraubt hatte?

Sie hatte Geheimnisse gehabt, so viel schien sicher zu sein. Und sie hatte darüber gesprochen, wie Teile der Familie geschlossen Front gegen sie machten. »Da werden die Messer gewetzt«, hatte sie gesagt. Was sie vermutlich nicht wörtlich gemeint hatte. Aber die Worte in Kombination mit dem offensichtlichen Anzeichen, dass sowohl Belinda als auch Cora Seagrave sie nicht gemocht hatten, setzten sich unangenehm in Eves Kopf fest.

Und was war mit Dylan Walker? Er mochte klein sein, aber er beharrte darauf, jemanden gesehen zu haben. Würde ihn jemand befragen? Und, falls ja, würden diejenigen ihm genau zuhören und Glauben schenken?

Viv und sie nannten der Polizistin ihre Kontaktdaten und wurden angewiesen, noch ein wenig zu warten, bis ein Detective hier war. Nachdem die Dorfbewohner die Erlaubnis erhalten hatten, zu ihren Ständen zurückzukehren, errichteten die Polizisten eine Behelfsabsperrung um Veritys Leiche, um ihre Privatsphäre zu schützen – so viel die arme Frau davon noch besaß.

Eve war froh, dass ein Detective gerufen worden war. Sie hielt sich für alles offen, doch nach dem, was sie an diesem Vormittag beobachtet hatte, schien eine gründliche Ermittlung angezeigt zu sein. Sie fragte sich, wer gerade Dienst hatte, und hoffte, es war nicht …

»Oh, sieh mal«, unterbrach Viv ihre Gedanken. Sie standen beide unter der Zeder, und Viv blickte zum Herrenhaus. »Es ist dein Freund DI Palmer.«

Eve atmete tief durch. Sie war mehrmals mit dem Mann aneinandergeraten, als sie neu in Saxford gewesen war. Da hatte sie einen Nachruf auf ein Mordopfer geschrieben und unwillkürlich Informationen gesammelt, die fallrelevant gewesen waren. Versehentlich hatte sie dabei Beweise geliefert, die nützlicher waren als alles, was Palmer aufgetan hatte. Derweil hatte er voreilige Schlüsse gezogen, die falschen Verdächtigen verfolgt und war jedes Mal verärgert gewesen, wenn Eve ihm weitergegeben hatte, was sie herausgefunden hatte.

Sie hatte das ungute Gefühl, dass sie auch hier unterschiedlicher Ansicht sein würden – denn Eve konnte nicht umhin zu denken, dass es faszinierend wäre, einen Nachruf auf Verity zu verfassen. Aber es war nicht nur das. Ihre Lebensgeschichte zu erzählen gäbe Eve die Möglichkeit, mehr über ihre Kontakte herauszufinden und darüber, wer ihren Tod gewollt haben könnte. Vielleicht war ihr Sturz ein Unfall gewesen, doch in Eve regten sich Zweifel. Wenn die Polizei ermittelte und sie selbst den Nachruf schrieb, würden Palmer und sie dieselben Leute befragen, was zwangsläufig zu Reibereien führen würde.

Der Detective Inspector begrüßte die Seagraves, wobei er fortwährend ernst nickte, bevor er sich umdrehte, um einige Minuten mit den Uniformierten zu sprechen.

Danach bedeutete er den Dorfbewohnern, sich um ihn zu versammeln. Sir Percival und Lady Seagrave standen gemeinsam mit ihrem Sohn in der Nähe. Ruperts Gesicht war bleich und verzerrt. Die Züge seiner Mutter, die bei Palmers Ankunft wie aus Granit gewirkt hatten, waren ein klein wenig entspannter. Hinter ihr war Cora, die sich ernst mit dem Polizisten unterhielt – einem gut aussehenden jungen Burschen mit dichtem, dunklem Haar.

»Danke, dass Sie gewartet und uns Ihre Kontaktdaten gegeben haben«, sagte Palmer, sowie alle in Hörweite waren. »Ich habe Zugriff auf die Notizen, die meine Kollegen angefertigt haben, als Sie mit Ihnen sprachen, und wie ich es verstanden habe, hatten zwei Erwachsene den Sturz von Ms Nye gesehen, aber niemanden hinter ihr an dem Fenster bemerkt.«

Eve fühlte sich verpflichtet, die Hand zu heben, und sein vernichtender Blick verharrte auf ihr.

»Ah, Ms Mallow. Mir ist schon aufgefallen, dass Sie eine der beiden erwachsenen Personen sind. Welch glücklicher Zufall, dass Sie gerade in die richtige Richtung gesehen hatten.«

Er klang, als glaubte er ihr nicht. Wahrscheinlich dachte er, sie wollte bloß die Aufmerksamkeit auf sich lenken – wie er grundsätzlich anzunehmen schien, dass einzig dieses Bestreben sie antrieb. Tatsächlich zog Eve es vor, das Scheinwerferlicht auf andere zu richten. Sie schaute auf und ertappte Lady Seagrave dabei, wie sie sie kalt und misstrauisch beäugte.

»Um es klarzustellen«, erwiderte Eve, »ich war viel zu weit weg, als dass ich sagen könnte, ob jemand bei Ms Nye oben an …«

»Ja, ja«, fiel Palmer ihr ins Wort. »Steht alles in den Notizen.«

Aber das war es nicht, was er impliziert hatte.

»Tatsache ist, dass die einzige Person, die behauptet, Ms Nye wäre geschubst worden, drei Jahre alt ist und einen Hang hat, die Unwahrheit zu erzählen.« Er blickte zu Mrs Walker. »Wie es Dreijährige natürlich oft tun.«

Die Frau errötete. »Das stimmt, Detective Inspector.«

»Meine Kollegen sind sehr gewissenhaft gewesen«, fuhr er fort, und komischerweise klang es wie Kritik. »Doch es gibt keinen Grund, Sie länger hier festzuhalten. Constable Bygrave wird nun das Büro des Coroners kontaktieren und alles Notwendige arrangieren. Ich glaube, die Familie wäre dankbar, wenn Sie Ihre Stände lassen, wo sie sind, und gehen, damit sie nach dieser schrecklichen Tragödie ein wenig Privatsphäre haben.« Er sah zu Lady Seagrave, die vortrat.

»Das Fest und der Jahrmarkt werden selbstverständlich abgesagt. Tilly wird morgen früh hier sein, um beim Abbau Ihrer Stände zu helfen.« Sie nickte der Verwalterin zu.

Eine reife Frau, die Eve vage bekannt vorkam, hatte eine Hand auf Ruperts Arm gelegt und führte ihn zum Haus.

»Furchtbares Pech«, sagte Palmer zu Sir Percival. »Mein aufrichtiges Beileid.«

Also würde Eve doch nicht mit dem Detective Inspector aneinanderrasseln. Er hatte nicht vor, die Sache näher zu untersuchen. Ihr war allzu bekannt, wie sehr er Anstrengungen und Komplikationen hasste, ganz besonders an einem heißen Tag, und erst recht, wenn die »gehobenen Kreise« ins Spiel kamen. Was Eve umso entschlossener machte, den Nachruf auf Verity zu verfassen. Konnte er sich wirklich einfach abwenden, wenn eine dynamische junge Frau ihr Leben verloren hatte? Sich so sicher sein, dass es ein simpler Unfall war? Eve konnte es nicht.

Viv und sie holten ihre Taschen und gingen langsam um die anderen Stände herum und seitlich am Haus vorbei. Neben ihnen waren andere Dorfbewohner tief ins Gespräch versunken.

Sie kamen an Cora Seagrave vorüber, und es war reiner Zufall, dass Eve kurz stehen blieb, weil jemand vor ihr über einen Gummihammer auf dem Weg stolperte. Eve schaute zur Seite und sah Coras Blick. Er war auf die Stelle gerichtet, an der Verity Nye hinter der Absperrung lag. Eve beobachtete, wie sich Coras Züge entspannten wie die einer Schauspielerin nach ihrem Auftritt. Und dann bogen sich ihre Lippen zu einem Lächeln.

# Kapitel 4

Viv fuhr sie zurück nach Saxford und setzte sie am Dorfanger ab. Eine Minute später betrat Eve ihr kühles, reetgedecktes Heim aus dem siebzehnten Jahrhundert. Elizabeths Cottage. Dies war ihr kühler Zufluchtsort in einer kleinen Gasse, die zu den Marschen und der Flussmündung führte. Ein Ort, an dem sie durchs Schlafzimmerfenster die Rufe der Brachvögel hören und den Duft des Geißblatts in den Hecken draußen riechen konnte.

Gus, ihr Rauhaardackel, kam durchs Haus herbeigeflitzt, als sie die Vordertür erreichte. Sie bückte sich, um ihn in die Arme zu nehmen. Die Umarmung war nicht ungewöhnlich, deren Intensität hingegen könnte es sein, denn Eve war sehr froh, den Hund zu sehen und wieder in der Normalität verankert zu sein.

»Das war mal ein Tag, Gus!« Sie ging durch in die Küche, die im Landhausstil gehalten war, wenn auch im kleineren Maßstab, und füllte seinen Wassernapf auf. »Wie es aussieht, waren die Geräusche letzte Nacht doch kein Zufall.«

Er schaute sie mit seitlich geneigtem Kopf und sorgenvollem Blick an. Sie beide hatten schlecht geschlafen und waren von einem Geräusch wie Laufschritten in der Gasse geweckt worden.

Eves Cottage hatte eine bewegte Geschichte. Es war nach

Elizabeth benannt, die hier in den 1720er-Jahren gewohnt und einen Dienstjungen versteckt hatte, um ihn vor dem Galgen zu bewahren. Er hatte seinem Herrn einen Brotlaib gestohlen, um seinen hungernden Geschwistern Essen zu bringen. Der Legende nach hatte er bibbernd und verängstigt unter diesem Haus gekauert, während in der Gasse draußen bei der Suche nach ihm Zeter und Mordio geschrien wurde. Und die Gasse hieß wegen des Getrampels der Schritte Haunted Lane, die man mitten in der Nacht hörte: das Echo der Männer, die geschickt worden waren, den Jungen zu jagen. Die Dorfbewohner sagten, das Geräusch würde Gefahr ankündigen.

Eve glaubte nicht an Geister, doch Gus und sie hatten schon früher gedacht, die Laufschritte zu hören, und jedes Mal war auf sie Ärger im Dorf gefolgt. Sie hatte versucht, es anders zu erklären, und alles von Unwohlsein bis innere Unrast angeführt, was sich in ihre Träume geschlichen haben könnte. Doch diesmal war es schwierig, eine rationale Erklärung aufzubieten. Sie kannte die Seagraves nicht einmal; was könnte sie veranlasst haben, sich unbewusst Sorgen wegen ihres Besuchs auf dem Anwesen zu machen?

Am Abend saßen Eve und Viv im Garten des *Cross Keys* an einem Holztisch mit Blick auf eine Rasenfläche, die bis zum Fluss Sax abfiel. Sie beide hatten über ihren Schock reden wollen, schwiegen jetzt aber.

Eve blickte zur brackigen Flussmündung. Die Flut kam, und die Watvögel wurden immer weiter ins Watt gezwungen, um nach Futter zu suchen. Ihre unheimlichen, melancholischen Rufe waren wie ein Echo der heutigen Ereignisse. Ihre Unterhaltung mit Verity Nye und die Worte, die sie aus dem Festzelt gehört hatte, liefen in Endlosschleife hinter Eves Stirn ab.

»Ich kann das Geräusch in meinem Kopf nicht abstellen, wie sie auf dem Boden aufschlug«, sagte Viv.

Eve hatte sich eine dünne Strickjacke angezogen, obwohl es ein warmer Abend war. Seit sie wieder in Saxford war, fror sie. Es hatte eine Weile gedauert, bis diese Reaktion eingesetzt hatte.

Drüben in Seagrave Hall hatte sie sich seltsam benommen und vom Geschehen distanziert gefühlt. Alles um sie herum schien ungewöhnlich lebhaft zu sein und gleichsam in nachgetönten Farben abzulaufen. Geflüsterte Bemerkungen anderer hallten laut in ihren Ohren. Jetzt hingegen war alles wie stummgeschaltet, und Traurigkeit zerrte an ihrem Inneren. Könnte sie doch nur die Zeit zurückdrehen und den schrecklichen Ausgang der Ereignisse ändern!

Gus schien ihre Stimmung bemerkt zu haben. Sowohl er als auch Hetty, die Schnauzerhündin der Pubbesitzer, hatten sich nach der Begrüßung sehr schnell beruhigt, kaum dass Eve in den Garten des Pubs getreten war. Und selbst ihr kurzes Toben hatte angemutet, als gelte es nur, die Form zu wahren. Jetzt lagen sie zusammen wie ein altes Ehepaar.

In diesem Moment näherte sich Jo Falconer – eine der drei Besitzer des Pubs – ihrem Tisch mit zwei beladenen Tellern. »Das hier braucht ihr.« Ihre Stimme war so energisch und leicht schroff wie immer.

Jo war die Chefköchin hier und glaubte wie Viv, dass anständig zubereitetes Essen so gut wie alles kurieren konnte. Zufällig war sie bei Vivs und Eves Ankunft an der Bar gewesen und hatte ihnen gleich erklärt, was sie heute essen würden: Hähnchen-Bacon-Lauch-Pastete mit neuen Kartoffeln. Auch was sie trinken würden, sagte sie ihnen, und so hatten sie beide ein Glas Beaujolais vor sich stehen. (»Nach so einem Tag ist es Quatsch, einen Weißen zu trinken«, hatte Jo gemeint, als wäre es offensichtlich.)

»Danke, Jo.« Viv blickte zu der Wirtin auf. »Ich nehme an, ihr fahrt morgen zurück nach Seagrave Hall, um eure Sachen abzuholen?«

»Toby erledigt das gemeinsam mit einer Tresenbedienung, Matt und ich machen hier weiter.« Matt war ihr Ehemann, Tobys Bruder. »Und was ist mit dir, Viv?«, fragte Jo.

»Ich bleibe im *Monty's* und verkaufe die Kuchen, die wir zum Fest mitbringen wollten. Der Erlös geht, im Gedenken an Verity Nye, an *Wide Blue Yonder.* Eve fährt zurück zum Anwesen.«

»Muss ich sowieso«, erklärte Eve. »Ich muss Rupert Seagrave fragen, ob er mit mir sprechen würde.«

Jo merkte auf. »Schreibst du den Nachruf?«

»Ja, werde ich. Die Zeitschrift *Icon* hat mich darum gebeten.« Genau genommen hatte sie selbst dort angerufen, als sie wieder zu Hause gewesen war, weil sie wusste, dass sich jemand anders anbieten würde, sollte sie nicht schnell genug sein.

»Der dürfte interessant werden«, erwiderte Jo finster.

Es stimmte, und Eve war bereits so beunruhigt, dass es sie stocken ließ. Sie konnte Dylan Walkers Worte nicht vergessen. War Verity wirklich gestoßen worden? Immer wieder spielte Eve in Gedanken durch, was sie gesehen hatte, von weit weg auf dem Rasen unten bei der Spielfläche, doch es brachte nichts. Sie hatte im falschen Winkel gestanden und hatte allein wegen der Distanz nichts richtig erkennen können. Doch fest stand, dass es Komplikationen in Veritys Leben gegeben hatte, Leute, denen es lieber gewesen wäre, es würde nicht zu ihrer Heirat mit Rupert kommen.

Und Tilly Cottons Reaktion machte Eve auch stutzig. Sie erinnerte sich, wie die Hände der Verwalterin gezittert hatten, als Lady Seagrave sie gefragt hatte, ob sie etwas gesehen hatte. Tillys Antwort hatte unsicher geklungen. *Nein. Nein, ich glaube nicht. Verity hat das Fenster ausgefüllt.* Bei dem Gedanken erschauderte Eve. Hatte Tilly gewusst oder zumindest einen Verdacht gehabt, dass jemand dort oben mit Verity im Zimmer gewesen war? Hatte sie einen Schatten gesehen? Jemandes Hand an Veritys Schulter? Und, falls ja, warum hatte sie es nicht zugegeben?

Doch selbst wenn es sich als gefährlich erweisen sollte, über Verity Nye zu schreiben, war Eve entschlossen, es zu machen. Wer wäre sie, würde sie sich abwenden? Nachrufe zu verfassen war ihr Beruf, und nun schienen Ermittlungen Teil dieser Rolle zu sein. Obendrein fühlte sich der Fall seit ihrer Unterhaltung mit Verity persönlich an.

»Die Seagraves sind eine merkwürdige Familie«, unterbrach Jo ihre Gedanken. »Ich frage mich, was sie von Ms Nye gehalten haben. Sie und Rupert sollten in St. Peter getraut werden.« Sie nickte vage in Richtung der Kirche, die hinter dem Pub aufragte. »Sie werden sich also schon mit Jim getroffen haben. Vielleicht kann er dir das eine oder andere erzählen.«

»Danke für den Tipp. Ich frage ihn.« Was der Vikar zu sagen hatte, wäre interessant. Er war ein scharfsinniger, welterfahrener Mann, freundlich und aufmerksam, zugleich klar in seiner Haltung.

Jo schüttelte den Kopf und drehte sich zum Pub um. Kurz bevor sie wieder hineinging, blickte sie sich zu den beiden um. »Jetzt esst. Es ist zwar ein warmer Abend, aber mein Essen sollte heiß genossen werden.«

Viv zog eine Augenbraue hoch, und Eve war froh, wieder ihren ironischen Ausdruck zu sehen, sei es auch bloß für einen Moment.

»Deine Schwiegereltern kennen die Seagraves, nicht

wahr?« Vivs Mann Oliver war jung gestorben, doch seine Eltern mischten sich bis heute in den Betrieb des Cafés ein, das früher ihr Sohn geführt hatte.

»Und sie sind nur Scheinfreunde. Ihre Anwesen liegen nebeneinander. Das Herrenhaus meiner Schwiegereltern ist älter – was sie jedem erzählen, der zu ihnen kommt –, aber auch kleiner, und natürlich reicht ihr Grundstück nicht bis an den Strand. Allerdings grenzt es an die Hauptstraße nach Walberswick.«

Viv grinste breit. »Und das mit dem Alter des Hauses zieht nicht richtig. Die Seagraves gibt es in dieser Gegend schon so lange wie die Montagues. Auf dem Anwesen stand ein älteres Haus, aber das war abgebrannt. Die Familie blieb, baute neu, und heute sind sie immer noch hier.« Sie hob ihr Glas an die Lippen. »Jo hat recht, was den Beaujolais angeht. Und dieses Essen.«

Eve nahm auch einen Schluck von ihrem Wein. »Ich denke, hiernach könnte ich mich fast wieder menschlich fühlen. Was gut ist, denn ich muss mir überlegen, wie ich Veritys Nachruf angehe.«

»Bist du sicher, dass du das machen willst? Was ist, wenn sie wirklich gestoßen wurde?«

»Diese Möglichkeit bestärkt mich erst recht in meinem Entschluss, über sie zu schreiben. Palmer zieht eindeutig nichts außer einem Unfall in Betracht. Ich habe das Gefühl, ich schulde es Verity, die Arbeit zu übernehmen – nach Informationen zu graben, zu prüfen, ob er recht hat, und ihr mit meinem Text gerecht zu werden. Mir ist klar, dass wir nur wenige Worte gewechselt haben, doch ich habe da eine Art geistige Nähe gespürt. Und komisch war, was sie über die Seagraves gesagt hat.«

Eve erzählte es Viv. »Als sie meinte, die Familie würde gemeinsame Front gegen sie machen, hat sie vermutlich Lady

Seagrave und Cora gemeint. Sir Percival schien erschüttert von ihrem Tod zu sein – er hat geweint.« Hatte Verity gewusst, dass etwas nicht stimmte – mehr als die typischen Spannungen in einer Familie? Natürlich war sie auch keine typische Braut gewesen, wenn sie gerade erst ihre Affäre mit Pete Smith beendet hatte.

»Tja, sei vorsichtig, solange du nicht weißt, womit du es zu tun hast.« Viv lehnte sich auf ihrem Stuhl zurück. »Was glaubst du, wie bereitwillig Rupert mit dir sprechen wird? Ist es nicht schwierig, Menschen so kurz nach einem plötzlichen Todesfall anzusprechen?«

Eve bereitete eine Gabelladung Pastete vor. »Allzu schlimm ist es nicht. Oft empfinden Leute es als kathartisch zu reden. Es ist eine Gelegenheit, einem Menschen Anerkennung zu zollen, den sie geliebt haben – oder aufgestauten Frust loszuwerden, wenn die Beziehung nicht so gesund war. Aber sicher wird es für Rupert härter als für die meisten anderen. Ihre Heirat stand unmittelbar bevor, und Verity ist so jung und unter so tragischen Umständen gestorben. Natürlich werde ich ihm keinen Druck machen. Ich frage nur behutsam und warte ab, ob er reden will.«

Viv schluckte etwas von ihrem Essen herunter und nickte. »Mit wem willst du sonst noch sprechen?«

Eve hatte schon eine Liste im Kopf. »Mit Jade Piper zum Beispiel.« Als Geschäftsführerin von *Wide Blue Yonder* wäre sie von unschätzbarem Wert.

»Sie wirkte heute gestresst, oder?«, fragte Viv. »Ich schätze, sie musste nach Veritys Pfeife tanzen, wenn sie wollte, dass die ihr wohlgesinnt blieb.«

Es war eine spannende Dynamik. Jade könnte Eve wahrscheinlich gleich eine doppelte Perspektive für den Nachruf bieten. Sie hatte Verity als eindrucksvolle Frau gesehen, die sich als Förderin sicher gut machte, dürfte aber auch eine private Meinung über sie haben. Es war die Art Interview, die ihrem Artikel echte Tiefe verleihen könnte. Und es hatte Spannungen zwischen den beiden gegeben – zumindest an dem Tag. Das konnte Eve nicht ignorieren.

»Sie tat mir ein bisschen leid«, gestand Viv. Sie stand ganz auf Jades Seite. Jade hatte darauf gedrängt, dass die hiesigen Geschäfte das Dorffest ausstatteten, kein großer Caterer aus einer Stadt in der Nähe. Geläufige Namen hätten eventuell mehr Sponsoren angelockt, doch Vivs Café, das sie allein führte, passte zu Jades Ethos. Und das Engagement brachte jede Menge Gratiswerbung mit sich.

»Ja, sie sah gestresst aus. Aber Verity wirkte versöhnlich, als ihr klar wurde, dass Jade die Geduld verlor.« Vielleicht war sie jemand, der alles dringend erledigt haben wollte, dann jedoch einen Schritt zurücktrat, wenn offensichtlich eine Linie überschritten wurde. Eve erinnerte sich an Jades Blick, als sich die Höhlentaucherin abgewandt hatte. Egal, wie sehr sich Verity bemüht hatte, Frieden zu schließen, es hatte nicht ganz funktioniert. Und es wäre interessant zu erfahren, warum nicht.

»Also wohnt Jade offensichtlich im Herrenhaus«, stellte Viv fest. »Ich frage mich, warum Verity ihr Zimmer gewählt hat, um das Zelt aus dem Fenster zu werfen.«

Die gleiche Frage stellte Eve sich auch. »Vielleicht war es einfach dem Ort am nächsten, an dem das Zelt verwahrt wurde.« Allerdings hätte sie selbst eines der unbewohnten Zimmer gewählt. Es hatte nicht ausgesehen, als wären Verity und Jade sich nahe genug gewesen, um einfach ungefragt ins Zimmer der anderen zu spazieren. Eve mochte konkrete Tatsachen vorziehen, aber das hielt sie nicht ab, Vermutungen anzustellen.

Sie musste noch sehr viel mehr über Jade Piper erfahren.

# Kapitel 5

Nach und nach verblasste das Licht. Westlich vom *Cross Keys* stand die Sonne tief am Himmel und hatte das Wasser des Sax golden gefärbt. Im Garten des Pubs waren eben die Lichterketten an den Pergolen angegangen und formten einen cremeweißen Schirm über Eves und Vivs Tisch.

Eve liebte das *Cross Keys* so sehr wie das ganze Dorf. Gab es Ärger, störte etwas den Frieden und die Ordnung, die Eve über alles schätzte, dann fand sie Trost in der vertrauten Umgebung ihrer Wahlheimat.

»Ich habe Sylvia getroffen, kurz nachdem ich mit *Icon* telefoniert hatte«, berichtete sie. Sylvia war ihre Nachbarin, die Fotografin, die schräg gegenüber von ihr in der Haunted Lane wohnte. »Sie hat mir die Fotos gemailt, die sie gemacht hat, um mir zu helfen, Leute auszusuchen, mit denen ich reden möchte.«

»Klingt praktisch. Ehrlich gesagt hatte ich den Überblick verloren. Lass mal sehen.«

Eve zog das Handy aus ihrer Tasche und blickte sich über die Schulter um. Jo hielt nichts davon, wenn Arbeit und Technik mit ihren sorgfältig zubereiteten Speisen vermischt wurden, während es für Eve die ideale Kombination war. Ein gutes Essen und dazu Futter für die Gedanken, darüber ging doch nichts.

»Gut. Also, als Erstes haben wir Verity Nye und ihre Truppe.« Sylvia hatte mit Verity angefangen. Die junge Frau hatte aufgeschaut, als das Foto aufgenommen wurde, und Eves Nachbarin war es gelungen, ihre Dynamik und das Blitzen in den riesigen dunklen Augen einzufangen. Sie stand neben der Tauchausrüstung, die sie und Pete beim Dorffest den Leuten hatten zeigen wollen. Ein Lächeln erhellte ihr Gesicht, was anscheinend eine unvermeidliche Reaktion auf die Gegenstände war, die sie an ihre Leidenschaft erinnerten.

»Sylvia hat ihre Begeisterung hervorragend eingefangen«, stellte Viv fest. »Sie ist eine erstklassige Fotografin.«

Es stimmte – das Porträt war herausragend. Als hätte Sylvia in Veritys Seele geblickt, obwohl sie die Frau erst ungefähr eine Stunde zuvor kennengelernt hatte. Eve verstand, warum sie so gefragt war.

»Als Nächstes haben wir Pete Smith, den Arzt aus Veritys Tauchteam. Er hat sie früher schon bei Expeditionen begleitet und wollte bei dem Tauchgang in China wieder mit nach unten gehen. Er muss ganz sicher auf meine Liste.«

Er wirkte cool und selbstbewusst in seinem oben offenen weißen Hemd und mit dem lässigen Grinsen. Blaue Augen, blondes Haar, sonnengebräunt.

»Gut aussehender Typ. Kein Wunder, dass du mit ihm reden willst!«

Eve bedachte ihre Freundin mit einem strengen Blick. »Der dürfte zwanzig Jahre jünger sein als ich und ist mir viel zu aalglatt. Aber Moira ist total verknallt in ihn.« Sie hatte gehört, wie die Ladenbesitzerin ihn erwähnte, während sie darauf warteten, dass ihre Kontaktdaten aufgenommen wurden. Und ihr schien sehr warm in ihrem Wahrsagerinnenkostüm zu sein.

»Sei fair! Du siehst doch, warum!«

Eve legte die Gabel ab und verschränkte die Arme vor

der Brust. »Ich will ihn interviewen, weil ich hoffe, dass er mir einen entscheidenden Teil von Veritys Geschichte liefern kann. Er wird mir erzählen können, wie sie gearbeitet hat und wie sie als Leiterin war, wenn sie unter Druck stand.«

Sie wechselte das Fenster auf ihrem Handy. »Ich habe diesen Artikel über einen früheren Tauchgang gefunden, bei dem etwas schiefgegangen war.« Eve hielt Viv das Display hin. »Eine Frau aus dem Team, Ruby Fox, blieb stecken und musste von den anderen gerettet werden. Es klingt, als wäre es zeitlich sehr eng gewesen. In Extremsituationen treten die besten oder die schlimmsten Züge eines Menschen zutage. In dem Artikel kommt Verity geradezu heldenhaft rüber. Aber ich denke, dass Pete Smith mir sehr viel mehr über ihre Abenteuer erzählen kann.«

Vivs Augen leuchteten. »Das hört sich faszinierend an.«

Eve berichtete von dem Gespräch zwischen ihm und seiner Chefin in dem großen Festzelt, das sie zufällig gehört hatte.

»Wow, da kommen einige Fragen auf.« Viv trank von ihrem Beaujolais und blickte zur untergehenden Sonne. »Also hatte Pete Smith jemanden beobachtet, und das zu offensichtlich. Und er sagte, dass er es um ihrer beider willen getan hat?«

Eve nickte. »Und dann schien er das Thema zu wechseln. Er wollte darüber reden, dass etwas funktionieren könnte, aber Verity meinte, das Thema hätten sie doch schon durch. Sie hat ihm gesagt, es sei vorbei.«

»Ziemlich vieldeutig, würde ich meinen. Du hast ein gutes Gedächtnis.«

»Ich bin das alles in Gedanken noch einmal durchgegangen, als wir die Tische geschrubbt haben.« Und sie hatte es auch aufgeschrieben, als sie in Ruhe am Esstisch in Elizabeths Cottage gesessen hatte. Wieder dachte sie an Dylan Walker. Sie hatte nach wie vor keine Ahnung, wohin es sie führen würde, aber es zahlte sich stets aus, gründlich zu sein und die Informationen festzuhalten, die man hatte.

Sie wischte über das Display, sodass Sylvias Fotos erneut auftauchten. »Hier ist Jade Piper, die Geschäftsführerin der Wohltätigkeitsorganisation, und sie ist die Letzte aus Veritys Gruppe.«

Jade sah verhalten höflich aus, als wollte sie mit irgendetwas vorankommen, als die Kamera sie erwischt hatte. Sie war recht schön: kultiviert, mit hohen Wangenknochen und dichtem braunen Haar, aber ihr Blick war besorgt, und sie nagte an ihrer Unterlippe. Sie hatte eine elegante Bluse getragen, oben offen, und ein goldenes Medaillon mit einem roten Edelstein. Die Sonnenbrille hatte sie sich ins Haar geschoben.

»Gut«, sagte Viv. »Also zwei potenzielle Interviews, mit Pete und Jade, dem Arzt und der Wohltätigkeitsmanagerin. Wen haben wir als Nächstes?«

»Die Seagrave-Familie.« Eve rief das Foto auf, das Sylvia von Lady Belinda Seagrave geschossen hatte. Die Züge streng und der Blick wie tot. Eve hatte gelesen, dass Letzteres einen Mangel an Empathie zeigte. Gewöhnlich äußern Menschen das, was sie fühlen, mit ständigen Mikrobewegungen der Augen – ausgenommen jene, die Gefühle weder empfinden noch verarbeiten können. Sie drehte das Telefon leicht, damit Viv das Bild besser sah.

»Fasst dieses Foto ihre Persönlichkeit nicht sehr gut zusammen?«, fragte Viv erschaudernd. Als hätte sie Eves Gedanken gelesen.

»Sir Percival wirkte menschlicher.« Sie scrollte zu Sylvias Aufnahme von ihm, die einen Mann mit einem entspannten Lächeln zeigte. Er sah wohlgenährt aus, gut gekleidet und wie jemand, der sich in seiner Haut wohlfühlte. Eve schätzte, dass er das Leben genoss.

»Er könnte menschliche Interaktion ein bisschen *zu* gern mögen«, mutmaßte Viv. »Ich habe gehört, wie Jo ihn einmal einen ›albernen alten Bock‹ nannte.« Sie sah zum Pub hinüber. »Vielleicht sieht Belinda deshalb immer so mürrisch aus. Ich bin mir nie sicher, was der Ausdruck bedeutet, aber ich hatte heute gesehen, wie Sir Percival Verity beäugte, und er legte Tilly, der Verwalterin, einen Arm um die Schultern, was vollkommen unnötig war. Sie hat es bemerkenswert ruhig aufgenommen. Ich kann mir nicht vorstellen, für so jemanden zu arbeiten.«

Eve wurde stellvertretend für beide Frauen wütend und fragte sich, wie Rupert reagiert hatte. Das nächste Foto war eine Aufnahme von ihm. Es zeigte seine klassischen Züge – gemeißeltes Kinn und perfekt gewelltes, rotblondes Haar. Die edle Herkunft war ihm deutlich anzusehen. Er und Verity dürften eine interessante Mischung gewesen sein. Vielleicht hatte sie bei ihm Stabilität gesucht – einen sicheren Hafen im Sturm, wenn sie von Expeditionen zurückkehrte, auf denen sie regelmäßig dem Tod trotzte.

Und dann kam Cora: nach dem tragischen Tod ihrer Eltern von ihrem Onkel und ihrer Tante adoptiert. Eve erinnerte sich an Belindas Gesichtsausdruck, als die junge Frau Rupert Paroli zu bieten versucht hatte. Er war hart gewesen. Wurde Cora wie ein Familienmitglied behandelt oder eher wie ein Kuckuckskind? Veritys Worte hatten Unfrieden im Herrenhaus suggeriert. Sylvia hatte Coras wissendes Lächeln abgelichtet, doch sie sah auch gefährlich aus – wie eine Person, die wusste, dass sie andere für sich gewinnen konnte.

Viv schnitt eine Grimasse. »Wenn ich ihr Foto betrachte, muss ich gleich wieder daran denken, wie sie nach Veritys

Sturz dazugekommen ist. Mann, war das bizarr! Sie schien hocherfreut zu sein, weil alle sie angesehen haben. Und wie sich dann ihr Gesicht veränderte, als ihr klar wurde, was geschehen war.« Viv hielt die Hände an ihre Wangen. »Wie sie versucht hat, sich zu rechtfertigen, war höllisch mitanzusehen. Ich meine, ich konnte ihre Gründe verstehen, doch das war ein denkbar unpassender Moment. Sie hatte etwas Kindisches, findest du nicht auch?«

Eve hingegen erinnerte sich vor allem daran, wie Cora sich später entspannt hatte, als sie angenommen hatte, keiner würde auf sie achten. Sie kaufte ihr das Kindlich-Unschuldige nicht ab.

»Also, das ist die Familie: Percival, Belinda, Rupert und Cora. Sonst noch jemand?« Viv hatte eine weitere Gabel voll Pastete genommen und neigte sich vor.

Eve scrollte weiter. »Das Personal von Seagrave Hall, oder zumindest die Festangestellten. Leider haben Sylvias Fotos den Effekt, dass ich mit allen reden will, ob sie mit Verity zu tun hatten oder nicht.« Sie sah die erste Fotografie an.

»Aus Sylvias E-Mail schließe ich, dass diese Frau Ivy Cotton ist – die Mutter von Tilly, der Verwalterin. Sie ist Haushälterin in Seagrave Hall. Ich habe gesehen, wie sie einen Arm um Rupert legte und ihn ins Haus führte, sobald die Polizei fertig war. Sie kommt mir bekannt vor.«

Viv nickte. »Sie ist schon ewig bei der Familie. Ich sehe sie hin und wieder im Dorfladen.«

»Ach ja, natürlich, ich auch! Und vielleicht auch im *Monty's*?«

Wieder nickte Viv. »Ja, da ist sie auch, aber nicht oft. Sie scheint es immer eilig zu haben. Ich habe nicht den Eindruck, dass sie viel Freizeit hat.«

Was Eve sich allein schon dem Foto nach denken konnte. Ivy Cotton hatte eines dieser Gesichter, die freundlich, aber nervös wirkten: die Augenbrauen ein wenig hochgezogen, die Lippen ein bisschen geschürzt, die Stirn leicht gerunzelt. Auf der Fotografie schaute sie lächelnd von einem Fenster auf, das sie poliert hatte, und irgendwie schaffte sie es, trotzdem traurig auszusehen.

»Sie hat sich Rupert gegenüber sehr viel mütterlicher gezeigt als Lady Seagrave«, sagte Eve.

»Na ja, bei Belinda hängt die Latte ja nicht sehr hoch.«

»Stimmt. Irgendwie dachte ich, sie wäre offener und großzügiger. Schließlich lassen sie jedes Jahr das gemeine Volk auf ihr Anwesen.«

Jetzt wurde Vivs Miene säuerlich. »Das dürfte mehr so ein feudales Ding sein, kein Zeichen von Offenheit oder gar Großmut. Die Seagraves sind sehr standesbewusst. Hiesige Belange zu unterstützen und gönnerhaft gegenüber den Dorfbewohnern aufzutreten gehört zum Paket, weil die Familie seit so vielen Generationen hier präsent ist.«

Eve scrollte zur letzten Aufnahme, die von Tilly Cotton war, Ivys Tochter und die junge Gutsverwalterin. Sylvia hatte sie fotografiert, als sie zwischen den Ständen umhergeeilt war. Es war ihr gelungen, eine Ahnung von Tillys Energie und deren Zugehörigkeitsgefühl abzubilden. Aus dem Foto wurde klar, dass sie alles überprüfte. Ihr welliges blondes Haar, das weiße T-Shirt und die verwaschene Jeanslatzhose ließen sie unglaublich jung wirken, doch Eve schätzte, dass der Eindruck täuschte. Wenn Ivy ihre Mutter war, musste sie Ende zwanzig oder Anfang dreißig sein, schätzte Eve.

»Was hältst du von ihrer Reaktion, als Dylan Walker sagte, er hätte gesehen, dass Verity von jemandem geschubst wurde?«, fragte Viv.

Dieser Teil war am schwersten zu ignorieren. »Sie schien sich sehr unwohl zu fühlen. Vielleicht hat sie nicht direkt gelogen, aber ich denke, sie hält es für möglich, dass Dylan recht hat. Und wer konnte oben bei Verity gewesen sein, falls es stimmt?«

Wieder dachte Eve daran, wie Verity vor ihr gestanden und Ians Textnachricht genauso bevormundend gefunden hatte wie sie selbst. Und dann an Palmer, der sich unterwürfig gegenüber den Seagraves und abfällig gegenüber allen anderen verhalten hatte. Sie musste mehr herausfinden, ganz gleich, wie gefährlich es sein mochte.

# Kapitel 6

Am nächsten Morgen war Eve zu Hause, hatte einen halben Becher schwarzen Kaffee getrunken und einen Toast gegessen, sodass nur noch Krümel auf ihrem Teller übrig waren. Und ihre Gedanken waren vollends von Verity Nye besetzt. So lebhaft, wie ihre Erinnerung an die Frau noch war, erschien es ihr unfassbar, dass sie nicht mehr lebte.

Eine Textnachricht mit dem Hinweis, dass es Zeit für ihren nächsten Kontrolltermin beim Zahnarzt war, riss Eve aus ihren Tagträumen und erinnerte sie zugleich an Ians gestrige Nachricht.

Bei dem Gedanken musste sie irgendein Geräusch von sich gegeben haben, denn Gus erschien zu ihren Füßen, sah sie mit seinen gefühlvollen braunen Augen an und lehnte den Kopf an ihr Knie. Sie bückte sich, um ihn ausgiebig zu streicheln, und seine ekstatische Reaktion bewirkte, dass Eve sich ein klein wenig besser fühlte.

Warum konnte Ian sich nicht einfach aus ihrem Leben raushalten? Sie hatte ihn schon mehrfach darum gebeten. Er gab seine regelmäßigen Nachrichten als »Kontakt halten« aus, »alles freundschaftlich handhaben« und »gut kommunizieren«, den Zwillingen zuliebe. Aber Nick und Ellen waren kluge Erwachsene; er könnte sie direkt kontaktieren, wenn er wollte.

Eve wusste, worum es ihm wirklich ging: Er genoss es, sich nobel und überlegen zu geben. Sie stellte sich vor, wie er selbstzufrieden bei einem Latte Macchiato auf dem Kreuzfahrtschiff saß, ihren Ersatz Sonia ansah und sich dazu gratulierte, solch ein moderner Mann zu sein. Er mochte sich von Eve getrennt haben, aber, hey, er kümmerte sich immer noch um ihr Wohlergehen und dachte an sie, bevor er loszog und seinen Spaß hatte.

»Er ist solch ein Arsch.« Sie trank den Rest von ihrem Kaffee und stand auf. Ihr Dackel, der auf Action hoffte, sprang auf und hüpfte aufregt von einer Seite zur anderen.

»Wenigstens hat er mir dich geschenkt.« Ian hatte ihr Gus tatsächlich ungefragt als Geschenk überreicht, nachdem er ausgezogen war. Eve war außer sich gewesen vor Wut, aber dann war es bei dem Dackel Liebe auf den ersten Blick gewesen.

Wenig später lief sie mit ihm am Strand entlang. Sie musste einen klaren Kopf bekommen, bevor sie nach Seagrave Hall fuhr. Von Ian genervt zu sein oder um Verity zu trauern würde ihre Konzentration vernichten.

Der Meereswind in ihrem kurzen Haar und das Gefühl von Freiheit, als sie kräftig ausschritt, machten sie bereit für den Tag. Gus schien genauso glücklich zu sein. Er flitzte wie ein pelziger brauner Blitz über den Kiesstrand, und seine glänzende schwarze Nase zeigte nordwärts gen kilometerweiten Strand, der vollkommen verlassen dalag bis auf die Möwen, die über ihnen segelten.

Schließlich kehrte Eve der Nordsee den Rücken zu, deren Wellen im Sonnenschein des Julimorgens glitzerten, und wandte sich zurück zu dem Pfad, der in die Haunted Lane und nach Hause führte.

Oben im Schlafzimmer mit den Deckenbalken, die dicht über ihrem Kopf verliefen, machte Eve sich für den Besuch bei den Seagraves bereit. Sie musste klug vorgehen, wenn sie mit Rupert sprach, ihre Hochachtung zeigen, aber sie würde nebenher auch die Klapptische und alles andere vom *Monty's* schleppen.

Sie entschied sich für einen sommerlichen Hosenanzug – weidengrün gemustert –, von dem sie wusste, dass er sich gut waschen ließ. Wahrscheinlich wären Grasflecken darauf sowieso nicht zu sehen. Sie kombinierte ihn mit durchsichtigen Quarzohrringen, nahm ihre Notizen auf, die sie sich am vergangenen Abend im Pub gemacht hatte, und verabschiedete sich von Gus.

Nach nicht mal zehn Minuten lenkte sie den Van des *Monty's* über den Sax und bog dahinter zweimal um die Flussmündung, um das Anwesen zu erreichen. Ein unheimliches Gefühl überkam sie, als sie auf dem mit Kies ausgelegten Platz vor dem Haus parkte. Die Erinnerung an das, was vor nicht einmal vierundzwanzig Stunden hier geschehen war, war noch sehr frisch. Und der Anblick von Pete Smith, der über Verity Nyes Leiche gebeugt stand, deren Beine in einem unnatürlichen Winkel gespreizt waren, würde Eve für immer eingebrannt bleiben.

Tilly Cotton, die Verwalterin, kam ihr entgegen. Die Frau biss sich auf die Unterlippe und blickte zu einer Reihe von Fahrzeugen vor ihr. Mehrere Standbesitzer waren schon da und bauten alles ab, was sie für das Fest hergebracht hatten.

Als sie Eve erblickte, brachte sie ein Lächeln zustande. »Sie dürfen sich hier frei bewegen, nur zu. Und sagen Sie mir Bescheid, falls Sie Hilfe brauchen.«

Eve dankte ihr und fragte, ob es möglich sei, kurz mit Rupert Seagrave zu sprechen. »Ich bin mir nicht sicher, ob er weiß, dass ich beruflich Nachrufe schreibe. Und ich habe zugestimmt, einen auf Ms Nye für die Zeitschrift *Icon* zu verfassen. Mir ist klar, dass er eine furchtbare Zeit durchmachen muss, doch manche Menschen empfinden es als heilsam, einer geliebten Person Tribut zu zollen. Ich wäre äußerst dankbar, wäre er zu einem Gespräch bereit.«

Tilly Cotton nickte. »Sicher, ich frage ihn und gebe Ihnen dann Bescheid.«

»Danke.« Die Frau wirkte heute gefasster, dennoch wollte Eve ihr Gesichtsausdruck nicht aus dem Kopf gehen, als Dylan Walker gesagt hatte, Verity sei geschubst worden. Was dachte Tilly, was geschehen war? Und was hatte sie gesehen?

Eve ging nach hinten zu der Stelle unter der Zeder, an der Viv und sie ihre Sachen zurückgelassen hatten. Als sie sich ihrem Ziel näherte, sah sie, dass auch Moira Squires vom Dorfladen eifrig bei der Arbeit war und ihre Wahrsagerinnen-Utensilien aus dem smaragdgrünen Zelt schaffte, das man ihr geliehen hatte. Sie war in ihrer üblichen Kleidung: einem figurbetonten geblümten Kleid und hohen Schuhen, in denen sie auf dem Gras schwankte.

»Oh, Eve!«, rief sie. »Wie schrecklich, was hier passiert ist! Ich kann es immer noch nicht glauben. Und Sie haben ihren Sturz gesehen!«

»Nur aus der Ferne. Ich war in dem Spielbereich, um zu schauen, ob der Vikar Hilfe brauchte.«

Moira schüttelte den Kopf. »Ich war noch in meinem Zelt, aber da war gerade keiner bei mir. Dann habe ich ihren Schrei gehört. Entsetzlich.« In ihrem schockierten Tonfall schwang eine gewisse atemlose Aufregung mit. »Ich bin gleich nach draußen und habe Daphne direkt vor dem Zelt gesehen. Die Arme war kreidebleich. Sicher war es nur gut, dass ich da war und ein Auge auf sie haben konnte. Vermutlich will jetzt jeder davon hören, wenn ich wieder im Laden bin. Ich habe Paul dagelassen, damit er sich um alles kümmert.«

Jeder, der *ihn* nach Einzelheiten ausfragen wollte, hätte

Pech. Seine bevorzugte Kommunikationsform war Knurren. Aber wäre Moira erst wieder dort, müssten die Kunden gar nicht fragen. Sämtliche Informationen würden ihnen freiwillig geliefert, ob sie es wollten oder nicht. Natürlich kam Moiras Tratschdrang Eve hin und wieder ganz gelegen …

»Viv hat gesagt, dass Sie gestern bei einigen Hauptakteuren schon mal das Wahrsagen geprobt haben.«

»Ja, das stimmt!« Sie stemmte die Hände in die Hüfte. »Ich habe mit Cora gesprochen, Rupert Seagraves Cousine.« Ihre Miene nahm einen missbilligenden Ausdruck an. »Ich habe so eine Art, Menschen zum Reden zu bringen. Und auch wenn ich keine professionelle Wahrsagerin bin, spüre ich Dinge, und ich kann Ihnen sagen, dass ich die nicht in *meine* Familie aufnehmen wollte.«

»Wie ich gehört habe, hatten die Seagraves sie adoptiert, nachdem ihre Eltern bei einem Flugzeugabsturz ums Leben gekommen waren.«

»Richtig. Sie hatten einen Privatjet.« (Ihr Ton sagte: *Na, wenn die Leute auch unbedingt so was machen müssen …*) »Natürlich war es tragisch, aber soweit ich weiß, haben die Seagraves sie aufgezogen, als wäre sie Ruperts Schwester. Sie genießt alle Vorteile.«

Das war interessant, auch wenn die Formulierung »alle Vorteile« oft auf Geld bezogen war, weniger auf emotionale Unterstützung. Eve fragte sich, mit wem Moira gesprochen hatte.

»Haben Sie Freunde, die die Familie kennen?«

»Ja, selbstverständlich. Molly – also Mrs Walker …« Moira blickte hinüber zum Tombola-Stand, wo selbige Frau zum Abräumen eingetroffen war. »Sie gehört hier zum Reinigungspersonal und ist der Haushälterin der Seagraves unterstellt. Sie weiß alles.«

Eve war neugierig, was Coras Weissagung betraf. Gewiss

hatte Moira dafür gesorgt, dass es ein gegenseitiges Nehmen und Geben gewesen war, so wie sie nach Informationen lechzte. »Also mochten Sie Cora nicht?«

Moira schnaubte. »Sie hat es genossen, Publikum zu haben, und klargemacht, dass sie meine Hilfe eigentlich nicht braucht.«

Eve zog die Augenbrauen hoch.

»Sie hat gelacht und meinte: ›Ich weiß gar nicht, was ich hier mache! Ich bin eine Kraft, die niemand aufhalten kann, und ich kann meine Zukunft selbst voraussagen. Fest steht, dass sie nicht jedem gefallen wird.‹«

Es klang, als hätte Cora Seagrave große Pläne. Doch es war, wie Viv gestern gesagt hatte – Menschen neigten dazu, Wahrsager aufzusuchen, wenn die Dinge noch nicht so liefen, wie sie es sich erhofften. War das bei Cora der Fall? Worauf war sie aus?

Moira kniff den Mund zusammen. »Nichts von dem, was ich gesagt habe, hat sie ernst genommen. Und dann hüpfte sie aus dem Zelt, als wäre sie ein Kind. Dabei soll sie Ende zwanzig sein. Ich fand ihr Benehmen sehr seltsam. Und haben Sie gesehen, wie sie sich in den Vordergrund gedrängt hat, nachdem die arme, liebe Verity gestürzt war?«

Eve nickte. Aber es war nicht bloß Coras Verhalten, das ihr aufgefallen war; sie hatte auch über das Timing nachgedacht. Ruperts Cousine war um das Haus gekommen, nach den meisten anderen. Nur Sir Percival war noch später eingetroffen. Wo waren sie gewesen? »Hatten Sie mit Verity gesprochen?«

Moiras frustrierter Gesichtsausdruck verriet Eve, dass sie einen Korb kassiert hatte. »Nein, doch ich wusste ja auch, dass sie keine Zeit hatte. Sie hatte reichlich mit den Vorbereitungen für das Fest zu tun. Aber dieser Arzt war bei mir, Pete Smith. Was für ein charmanter junger Mann!« Beim

Sprechen berührte sie ihr rotbraun gefärbtes Haar. Sie hatte erwähnt, dass sie für den Jahrmarkt die Ansätze nachfärben lassen wollte. »Ich gebe zu, dass er gelacht hat, als ich ihm prophezeite, dass er bald ins Ausland reist.«

Eve lächelte. »Es leuchtet ein, mit dem zu beginnen, was man weiß, schätze ich.«

Moira nickte ernst. »Das habe ich auch gedacht. Jedenfalls hat er zwar kurz gelacht, doch dann hat er sich zusammengerissen, zum Glück. Und er hat geantwortet: ›Ich will fair sein, denn ich bin froh, dass Sie das sagen. Ich freue mich auf den Tauchgang in China, aber in dieser Welt ist nichts gewiss.‹ Dabei hatte er so einen seltsamen Blick und war einen Moment lang ganz still. Ich wusste ehrlich nicht, was ich davon halten sollte. Doch eine Sekunde später hat er wieder gelacht und mich nach dem Laden und dem Dorfleben ausgefragt. Ein richtig bezaubernder junger Mann.«

Eve dachte an seine Unterhaltung mit Verity Nye, die sie mit angehört hatte. Wenn Verity ihre Affäre beendet hatte, könnte er sich um seinen Job gesorgt haben.

»Ich hatte angeboten, Jade Piper die Zukunft vorauszusagen. Sie wissen schon, die Frau, die die Wohltätigkeitsorganisation leitet, *Wide Blue Yonder*?«

Eve nickte.

»Doch sie hat gesagt, dass sie zu beschäftigt ist. Und sie wirkte auch sehr abgelenkt.« Sie stockte, und Eve sah ihr an, dass noch mehr kommen würde. »Aber, wie gesagt, ich bin ziemlich gut darin, Menschen zu lesen. Ich habe übrigens schon früher geweissagt, vor Jahren bei einem anderen Jahrmarkt im Dorf.« Sie seufzte. »Etwas lässt mich vermuten, dass die junge Frau Probleme hat. Gestern wirkte sie erschüttert, und das lange vor dem Sturz der lieben Verity.«

Von nun an würde sie für Moira immer die »liebe Verity« sein – ganz gleich, dass sie die Frau kaum gesprochen hatte.

Moira »adoptierte« Berühmtheiten gern, selbst wenn es denen nicht bewusst war.

»Der kleine Dylan Walker hat wahrlich für Wirbel gesorgt, nicht wahr?« Moira sah sie erwartungsvoll an.

Eve begann, eines der Bänder an den Beinen des Klapptisches abzuwickeln. »Ich nehme an, die Polizei hat nicht mit ihm geredet?«

Nun riss die Ladenbesitzerin die Augen weit auf. »Oh nein, sicher nicht! Das wäre auch nicht nötig. Molly Walker war heute Morgen im Laden, um Milch zu kaufen. Sie ist sehr aufgebracht wegen der Sache. Dylan ist berühmt für die wilden Geschichten, die er erzählt. Seine Mutter ist deswegen kurz vor Halbjahresende sogar mal in den Kindergarten bestellt worden, weil er behauptet hatte, bei einer Wanderung hätte ihn eine Schlange gebissen. Was im ersten Moment Panik ausgelöst hat, denn es gibt ja so viele Ottern in der Heide.« Wieder schaute sie zum Tombola-Stand. Dylan war bei seiner Mutter, hüpfte auf und ab und quakte dazu laut wie ein Frosch. »Er liebt es, im Mittelpunkt zu stehen.«

Moira nickte weise. »Und anscheinend hat er Molly erzählt, dass die Person, die Verity ›geschubst‹ hat« – sie verdrehte die Augen gen Himmel – »angeblich ›große, glänzende schwarze Augen‹ hatte. Offensichtlich hat er sich das alles ausgedacht. Sehr peinlich für die arme Frau, vor allem wegen ihrer Stellung hier im Herrenhaus. Aber ich glaube, die Aufregung wird sich in ein, zwei Tagen wieder gelegt haben.«

Mrs Walker wollte der Familie keine Schwierigkeiten bereiten, vermutete Eve. Gewiss würde ihre Loyalität nicht so weit reichen, dass sie einen Mord deckte, doch glaubte sie wirklich, dass Dylan blinden Alarm geschlagen hatte?

# Kapitel 7

»Rupert könnte Sie jetzt sprechen, falls es passt.« Tilly Cotton war auf Eve zugekommen, als sie den letzten Klapptisch zum Nebengebäude trug. Der Tisch stieß gegen ihr Schienbein, auf dem sich von ihrem Missgeschick am Vortag schon ein blauer Fleck gebildet hatte.

»Warten Sie, ich helfe Ihnen.« Tilly nahm ein Tischende auf, sodass sie das Ding flach tragen konnten.

»Danke. Und vielen Dank, dass Sie Rupert für mich gefragt haben. Es muss eine furchtbare Zeit für Sie alle sein.«

Tilly sah Eve nicht an. »Es ist ein entsetzlicher Schock.« Ihre Stimme war ein klein wenig wacklig. »Ich poliere und wische schon den ganzen Tag, was nicht meine Aufgabe ist, aber es ist gut, sich mit Arbeit abzulenken. Meine Mutter fühlt sich seit gestern unwohl – der Stress –, und natürlich gibt es eine Menge zu tun. Wir hätten die festen Putzkräfte herrufen können, doch die arbeiten normalerweise nicht am Samstag, und die Familie muss für sich sein.«

In dem Nebengebäude ließ Eve ihr Ende des Tisches nach unten, und Tilly schob ihn an seinen Platz.

»Wie lange sind Sie schon bei der Familie?«

»Ich wohne hier, seit ich ein Kind war. Meine Mutter hat ein Cottage auf dem Anwesen, und sie hat mit dreiundzwanzig als Haushälterin hier angefangen.«

Eve fragte sich, was mit Tillys Vater war. Bisher hatte ihn niemand erwähnt, doch es fühlte sich zu aufdringlich an, Tilly darauf anzusprechen.

»Ich bringe Sie ins Haus.« Tilly Cotton führte Eve durch eine Tür am Ende eines langen Korridors. Es war die Seite des Hauses, die dem Wald am nächsten war – entgegensetzt dem Ende, durch das die Wirte vom *Cross Keys* und sie am Vortag rein- und rausgegangen waren, als sie Essen und Getränke in die Küche der Seagraves gebracht hatten.

»Ein Haus dieser Größe muss wie ein Labyrinth sein.«

Tilly lächelte. »Ist es. Ich kenne natürlich jeden Millimeter. Als Kind habe ich hier mit Cora und Rupert Verstecken gespielt. Es gibt zwei Treppen hinten, die früher vom Personal benutzt wurden, und noch eine große in der Mitte des Hauses, also konnte man ziemlich leicht entkommen, wenn man dachte, man würde gleich gefunden.«

Das war interessant. Eve war entschlossen, sich bezüglich Veritys Tod für alles offenzuhalten – ihre Gedanken sollten auf Fakten gründen –, konnte jedoch die Szenarien nicht stoppen, die in ihrem Kopf abliefen. Wie es sich anhörte, wäre es nicht schwierig gewesen, sich nach Veritys Ermordung nach unten zu schleichen. Und es gab neben den beiden Seitentüren noch reichlich andere Ausgänge. Eve hatte mindestens zwei Zimmer mit Terrassentüren gesehen, dazu der prächtige Vordereingang, der sich auf der von der Rasenfläche mit den Ständen abgewandten Seite befand.

Nun erblickte sie Rupert. Er stand unten an der Haupttreppe, die sich zwischen Erdgeschoss und erstem Stock teilte, sodass ein Aufgang zum Ost- und der andere zum Westflügel führte.

Belinda Seagrave war dicht neben ihrem Sohn, und sie beide hatten Tilly Cotton und Eve den Rücken zugekehrt.

Tilly senkte die Stimme, sobald sie die beiden sah. Und sie nagte zögernd an ihrer Unterlippe.

»Selbstverständlich muss ich mit ihr reden, Mutter!« Ruperts Haar fiel beim Sprechen nach vorn, und er fuhr sich mit einer Hand hindurch.

Es würde nur noch einen Moment dauern, bevor sie sie bemerkten, und Rupert würde sich bei dem Interview nicht entspannen, wenn Eve sich wie jemand von der Klatschpresse benahm. Sie trat vor und gab acht, dass ihre Pumps gerade fest genug auf den Fliesen aufsetzten, um ein Geräusch zu machen. Lady Seagrave drehte sich abrupt um. Ihr Blick war unfreundlich, was wenig überraschte, bedachte man, was Eve eben gehört hatte.

Ruperts Teint war beinahe grau, und seine Augen waren überschattet.

Tilly trat vor. »Dies ist Eve Mallow. Sie schreibt einen Nachruf auf Verity für *Icon*.«

Rupert kam recht schnell mit ausgestreckter Hand auf sie zu. Im selben Moment rauschte seine Mutter die Treppe hinauf, wobei sie das polierte Mahagonigeländer fest umfing. Eve hatte das Gefühl, dass es ihre Art war, ihre Wut zu bändigen.

Tilly wandte sich Eve zu. »Hat mich gefreut, Sie kennenzulernen. Falls Sie noch irgendetwas brauchen, lassen Sie es mich bitte wissen, bevor Sie gehen.« Dann zog sie sich in eine Ecke der Diele zurück, in der ein Korb mit Staubtüchern und Möbelpolitur stand.

Während Rupert mit ihr zu einem dunklen Raum ging, bei dem es sich offenbar um eine Bibliothek handelte, sah Eve, wie Tilly eines der Tücher aufnahm und sich daranmachte, das Treppengeländer sorgfältig mit Wachspolitur zu bearbeiten, wobei ihr Blick nach oben gewandt war.

»Danke, dass Sie mich empfangen«, sagte Eve, als Rupert ihr bedeutete, sich auf einen der Mahagonistühle an einem georgianischen Schreibtisch zu setzen. Der Raum war rundum voller Bücherregale und bekam nur wenig Tageslicht von einem Fenster nach Norden. Deshalb brannten auch einige Lampen auf niedrigen Beistelltischen. Über den Regalen waren Miniaturalkoven, in denen Marmorbüsten und edle Vasen standen, und über ihnen wiederum erstreckte sich eine weiße Stuckdecke.

Rupert schloss die Tür und sank auf einen Stuhl Eve gegenüber. »Ich entschuldige mich für meine Mutter. Sie hat einen ausgeprägten Beschützerinstinkt. Tilly muss es erwähnt haben, als Sie baten, mich sehen zu dürfen.«

»Es ist nur verständlich. Ich kann mir nicht vorstellen, was Sie durchmachen.« Eve wartete, weil sie ihren Notizblock nicht zu früh auspacken wollte. »Hatten Sie gesehen …?« Sie beendete den Satz nicht.

Er schüttelte den Kopf wie eine Katze, die Wasser in den Ohren hatte. »Nein, nein.« Mit dem Zeigefinger fuhr er das Prägemuster der Lederarbeitsplatte ab, und seine Wangen röteten sich. »Ich war in das Waldstück gegangen, um eine Zigarette zu rauchen.« Er blickte kurz zu ihr. »Es war eines der sehr wenigen Dinge, die Verity gehasst hat. Sie war so gut in Form, hat so auf eine gesunde Ernährung geachtet. Und bei Zigaretten … Nun, Sie können es sich denken. Aber die Vorbereitungen für das Dorffest sind ziemlich stressig gewesen.«

Jetzt tippte er auf die Lederplatte, hackte beinahe auf sie ein. »Ich kann nicht fassen, dass ich geraucht habe, als sie gestürzt ist.« Plötzlich hielt er inne und holte tief Luft. »Aber im Grunde kann ich gar nichts von dem fassen, was in den letzten vierundzwanzig Stunden passiert ist.« Er stützte den Kopf in die Hände und presste die Zeigefinger auf seine Stirn.

Eve nutzte die Gelegenheit, um ihren Notizblock aus der Tasche zu ziehen. Sie schrieb seinen Namen oben auf die Seite. Sie würde sich alles aufschreiben, was sie konnte, und ihre persönlichen Schlüsse später ergänzen.

»Sie sind gestern hier gewesen, nicht wahr?«, fragte Rupert, der die Hände vom Gesicht nahm.

»Ja, war ich.«

»Dann haben Sie wahrscheinlich gehört, wie ich Cora angeschrien habe. Ich bin durchgedreht.« Seine Stimme zitterte, und seine Züge spannten sich an.

»Was vollkommen normal ist«, erwiderte Eve sanft.

»Cora mochte Verity nicht, und das beruhte einzig auf Eigeninteresse«, fuhr Rupert fort, als hätte Eve nichts gesagt. Und sie kannte diesen entschlossenen Ausdruck. Es gab etwas, was er erzählen wollte. Er hatte sich entschieden, und ehe das nicht heraus war, würde er sich auf nichts anderes konzentrieren. Interessant war die Sache mit seiner Cousine. Bei Eves Interviews ging es normalerweise um die verstorbene Person. Also wartete sie.

»Cora wollte, dass ich eine Partnerschaft mit ihr eingehe, dieses Anwesen in ein Hotel umzuwandeln.« Er sah zu Eve. »Als Ältester erbe ich, wenn ich dreißig bin, und bis dahin ist es nicht mehr lange hin.«

Die Erbschaftsregelung schien ungewöhnlich. Eve würde sich das näher ansehen, aber vorerst versuchte sie, sich Belinda Seagraves Reaktion auf Coras Pläne vorzustellen.

»Sie hatte diese Idee, dass wir das meiste Land hier verpachten können, um ein wenig Geld für das Unternehmen zu bekommen. Ich … Na ja, aus diversen Gründen dachte ich darüber nach, aber natürlich hat meine Verlobung mit Verity alles geändert. Das hier wäre ihr Zuhause gewesen.« Er biss sich auf die Unterlippe. »Unsere Beziehung hat Coras Pläne über den Haufen geworfen.«

Allein die Tatsache, dass er es ihr erzählte, bewirkte, dass Eve schwitzige Hände bekam. Warum erwähnte er es? Es hatte nichts mit dem Artikel zu tun, den sie schreiben sollte. Nahm Rupert vorweg, dass Veritys Tod als Mord behandelt werden würde?

Und warum lieferte er von sich aus Coras Motiv? Verdächtigte er sie, seine Verlobte umgebracht zu haben? Oder war er selbst schuldig und wollte von sich ablenken?

Was auch immer die Wahrheit sein mochte, er bebte vor Wut, als er von seiner Cousine sprach. Entweder glaubte er wirklich, sie hätte es getan, oder es gab einen anderen Grund dafür.

Er beobachtete Eve, als er sich auf seinem Stuhl aufrichtete. »Tut mir leid, ich kann nicht klar denken. Mir geht alles im Kopf herum, aber Sie wollen ja etwas über Verity wissen. Wie kann ich helfen?«

»Vielleicht könnten Sie mir erzählen, wie Sie beide sich kennengelernt haben.«

Er atmete tief durch. »Natürlich. Das war bei einer Firmenveranstaltung meines Arbeitgebers, eine Unternehmensberatung in Mayfair.«

Selbstverständlich arbeitete er in einem der edelsten Londoner Viertel.

Einen Moment lang schloss er die Augen, um seine Tränen wegzublinzeln. »Sie hatten sie zu einem Vortrag über einen ihrer Tauchgänge in Ägypten eingeladen. Davon haben Sie vielleicht gelesen. Jemand aus ihrem Team verfing sich zwischen zwei Felsen. Die junge Frau wäre beinahe ertrunken, hätte Verity sie nicht in letzter Sekunde herausbekommen. Das hat mich so beeindruckt! Ihre Erlebnisse lagen Welten entfernt von denen aller anderen im Raum. Wie ein frischer Wind, der uns alle wach machte. Sie war so leidenschaftlich, und ich konnte nicht aufhören, sie anzusehen.«

Eve konnte sich vorstellen, dass er damit nicht allein gewesen war. Verity hatte eine Art gehabt, einen ganzen Saal dazu zu bringen, den Atem anzuhalten. Und sie konnte seine Begeisterung für Verity als Rednerin nachvollziehen. Deshalb erzählte sie ihm, dass sie auch einen Vortrag von ihr gehört hatte, und für einen Moment erhellte sich Ruperts Gesicht.

»Dann *verstehen* Sie, was ich meine! Als sie über die Gefahren in der Höhle gesprochen hat, leuchteten ihre Augen. Wie dunkle Seen, in denen sich Lampenlicht spiegelt.«

Eve konnte sie sich auch bildlich ins Gedächtnis rufen. Rupert sah aus, als wäre er gleichsam in Trance, als er sich erinnerte.

»Nach dem Vortrag mischte sie sich unter die Leute – oder versuchte es zumindest. Sehr bald scharten sich Menschen um sie, die mit ihr reden wollten. Ich bekam irgendwann die Chance, mit ihr zu sprechen, aber das war rein zufällig. Sie entschuldigte sich bei einer Gruppe, die sie belagert hatte, und in ihrer Eile stieß sie mit mir zusammen. Nie werde ich ihr Lächeln und den Blick vergessen, mit dem sie mich ansah. Es war, als wäre ihr Abend gerade besser geworden.«

Er errötete. »Und es stellte sich heraus, dass wir etwas gemeinsam hatten: Wir sind beide aus Suffolk. Bei dem Vortrag hat sie eigentlich nicht über ihre Herkunft gesprochen, doch das tat sie dann.« Wieder kamen ihm die Tränen. »Ich fand sie charmant. Sie *war* charmant.«

Eve machte sich Notizen. Alles, was er sagte, fesselte sie. Was hatte ihn zu dem letzten Satz veranlasst? Es war offensichtlich, dass Cora Verity nicht gemocht hatte. Hatte sie sich bemüht, seine Sicht von ihr zu ändern?

»Hatten Sie den Eindruck, dass sie eine glückliche Kindheit gehabt hat?«

Rupert zögerte zunächst. »Sie hat ungern über ihre Eltern geredet. Wenn ich sie auf sie ansprach, sagte sie: ›Verderben wir uns nicht den Tag.‹«

Aber er musste sie doch kennengelernt haben, oder nicht? Die Hochzeit stand unmittelbar bevor. Rupert schien bei dem Thema unwohl zu sein, und Eve hielt es für besser, ihn nicht zu drängen. Andere Quellen könnten ihr mehr verraten, und mit denen würde sie ohnehin noch sprechen.

»Ich habe mich gefragt, wie Ms Nye gearbeitet hat, wenn sie einen Tauchgang vorbereitete. Hat sie sich ganz auf das Projekt konzentriert? Oder konnte sie die einzelnen Bereiche ihres Lebens trennen und einen Teil ihrer Zeit mit anderen als den Leuten aus ihrem Team verbringen?«

Es war eine berechtigte Frage, die indes noch interessanter wurde, nachdem Eve das Gespräch zwischen Verity und ihrem Teamarzt in dem Festzelt gehört hatte. Sie war darauf trainiert, ihre Interviewpartner aufmerksam zu beobachten. Zum einen war es nur höflich, den Blickkontakt zu halten. Dazusitzen und mitzuschreiben konnte gefühllos wirken – bedürftig und gierig. Doch es war eben auch wichtig, dass man keine Hinweise übersah: subtile Reaktionen, die weitere Fragen in eine bestimmte Richtung lenken konnten. In diesem Fall war Eve froh, dass sie nicht nach unten gesehen hatte, denn Rupert Seagrave war leicht zusammengezuckt. Es war nur minimal, aber da gewesen. Sie hatte einen wunden Punkt angesprochen.

»Sie wurde dann sehr konzentriert, vollkommen fixiert.« Er holte kurz Luft. »Was natürlich vollkommen normal war. Ihre Abenteuer waren gefährlich. Sie mussten penibel geplant werden.«

Was Eve zu der Frage brachte, wie es zu dem Zwischenfall mit ihrem Teammitglied hatte kommen können. Doch wenn man es mit einigen der gefährlichsten Höhlensysteme der Welt aufnahm, konnte man wohl nie sicher sein, dass alles nach Plan verlief.

Rupert stützte die Arme auf den Tisch. »Dieser Tauchgang in China, gleich nach unserer Hochzeit, wäre der erste seit unserer Verlobung gewesen.« Er umfasste seine linke Hand mit der rechten und bohrte die Fingernägel hinein. »Ich habe mir deswegen Sorgen gemacht. Ich konnte gar nicht anders.« Seine Schultern waren starr, seine Züge angespannt. »Aber natürlich musste ich lernen, mich zurückzunehmen.«

Er atmete tief ein und sah Eve direkt an. »Sie hat mir gesagt, ich wäre der einzige Mann, der das geschafft hat, und darauf war ich stolz. Ich ließ ihr den Raum, den sie brauchte. Es war nicht leicht, doch mir war bewusst, dass unsere Beziehung nicht funktionieren würde, wenn ich sie bedrängte.«

Es klang, als hätte Verity ihm diese Botschaft sonnenklar gemacht. Weil ihr ihre Freiheit über alles ging? Oder weil sie etwas zu verbergen hatte, was er entdecken könnte, sollte er zu sehr an ihr kleben?

Eve hatte Verity gemocht, aber nicht gekannt. Sie hatte keine Ahnung, was bei der Recherche zu ihrem Artikel herauskommen würde, doch sie schuldete es der Frau, die Wahrheit über ihr Leben aufzudecken. Und über ihren Tod.

# Kapitel 8

Bei ihrer Rückkehr in Elizabeths Cottage wurde Eve begeistert von Gus begrüßt, der hochsprang (so hoch, wie es ihm mit seinen kurzen Beinen möglich war) und dann wild durchs Wohnzimmer flitzte. Es war sehr nett, so geschätzt zu werden. Eve bückte sich, um ihm die Ohren zu kraulen.

Wenig später gingen sie in den Garten. Eve setzte sich mit ihrem Tee an den kleinen, runden gusseisernen Tisch, und Gus suchte in den Sträuchern hinten im Garten nach irgendeinem kleinen Tier, das sie zum Rascheln gebracht hatte.

Eve hatte ihren Notizblock aufgeschlagen und begann, zusätzliche Gedanken zu ihrem Interview mit Rupert Seagrave zu notieren. Es waren Dinge, die er nicht hatte sehen sollen, als sie einander gegenübergesessen hatten, einschließlich ihrer Reaktion auf seinen Ausbruch wegen seiner Cousine Cora. Bei nächster Gelegenheit wollte Eve alles mit Viv durchgehen. Sie war so in Gedanken versunken, dass sie beinahe den Teebecher umgeworfen hätte, als Gus wie eine Fellkanone durch den Garten rannte und laut bellte.

Eve hob den Kopf und erblickte Cora Seagrave, die unschuldig lächelnd auf ihrem Rasen stand.

Trotz der Juliwärme bekam Eve eine Gänsehaut.

»Ich hatte geklopft, aber Sie haben mich nicht gehört«, erklärte Cora ein wenig atemlos. »Von der Straße aus konnte ich Sie hier sitzen sehen, also bin ich nach hinten gekommen.« Sie streckte eine perfekt manikürte Hand vor. »Cora Seagrave.«

In diesem Moment ging eine Nachricht auf Eves Handy ein. Sie war von Viv.

Cora Seagrave im Anmarsch.

Demnach war sie zuerst im Café gewesen, was erklärte, wie sie Elizabeths Cottage gefunden hatte. Eve war so damit beschäftigt gewesen, ihr Handy aufzunehmen, dass sie eine Sekunde brauchte, um an ihren aufgeschlagenen Notizblock zu denken, in dem all ihre Gedanken zu Rupert standen.

Cora schaute hin, als sie sich setzte. Immer noch umspielte ein Lächeln ihre Lippen. »Ich habe Ihren Van gesehen, als Sie heute in Seagrave Hall waren«, bemerkte sie.

Der Wagen gehörte dem *Monty's* und trug das Café-Logo, die Telefonnummer und die Internet-Adresse auf der Seite.

»Percival erwähnte, dass Sie Rupe für den Nachruf interviewt haben, den Sie über Verity schreiben. Ich weiß, dass ich nur am Rande vorkomme, aber ich würde auch so gerne mit Ihnen reden.«

Gus hatte aufgehört zu bellen und sich hingelegt, ließ Rupert Seagraves Cousine jedoch nicht aus den Augen. Was Eve gut verstand. Sie fühlte sich ebenfalls von dieser Frau überfallen, die ungefragt in ihr Territorium eingedrungen war. Andererseits war es eine unerwartete Gelegenheit. Cora hatte keine enge Beziehung zu Verity gehabt. Deshalb hatte Eve sich bereits gesorgt, dass eine Bitte um ein Interview seltsam wirken könnte. Der Besuch erlaubte ihr, einige der Fragen zu stellen, die ihr durch den Kopf gingen.

Also ignorierte sie das unbehagliche Gefühl. »Möchten Sie einen Tee?«

»Klingt wunderbar.« Cora lehnte sich auf ihrem Stuhl zurück. Die Sonne schien ihr ins Gesicht, und einen Moment lang schirmte sie die Augen mit der Hand ab, bevor sie eine Sonnenbrille aus der Tasche zog.

Eve nahm ihren Notizblock mit in die Küche und tauschte ihn gegen den aus, den sie gewöhnlich für Einkaufslisten nutzte. Sie sorgte sich ohnedies schon, dass Cora einige ihrer privaten Notizen gelesen haben könnte.

Wenige Minuten später kehrte sie mit einem Tablett in den Garten zurück, auf dem Tee, Tassen, ein Krug Milch, Teelöffel und ein Teller mit Shortbread standen, das sie aus dem *Monty's* mitgebracht hatte. Cora war aufgestanden und begrüßte Gus; wie es aussah, hatte sie ihn bereits für sich eingenommen, was Eve lächerlich beunruhigend fand.

Sobald Cora wieder saß und ihren Tee vor sich hatte, schlug Eve den Block auf. »Erzählen Sie mir, was ich Ihrer Meinung nach wissen sollte.« Es war nicht unüblich, dass jemand bezüglich eines Nachrufs auf sie zukam statt umgekehrt. Freunde und Angehörige von Verstorbenen hatten oft das Gefühl, dass noch Unerledigtes zu klären war: Dinge richtigzustellen, Missverständnisse zu korrigieren. Oder Sie wollten schlicht ebenfalls berücksichtigt werden.

Cora strich sich das schimmernde, kastanienbraune Haar hinters Ohr und beugte sich vor. »Kann ich im Vertrauen mit Ihnen reden?«

Eve holte tief Luft. Cora wusste sicher, dass Eves Nachruf gedruckt werden würde. »Falls Sie nicht zitiert werden wollen, kann ich immer noch nutzen, was Sie mir erzählen, um andere Informationen zu prüfen.« Allerdings bräuchte sie konkrete Beweise, ehe sie glaubte, was die Frau sagte.

Cora nickte. »Das ist gut. Fakt ist nämlich, dass Rupe vielleicht eher ein unzuverlässiger Zeuge ist.« Sie kicherte, und Eve musste an intrigante Mädchen auf ihrem Schulhof früher denken.

Könnte Cora ahnen, wie ihr Cousin sich über sie geäußert hatte? War sie hergekommen, um sich zu verteidigen? Oder um sich zu rächen?

Eve hatte ihren Stift in der Hand, blickte jedoch ihre Besucherin an. »Unzuverlässig? Warum das?«

»Er kann oder will die Wahrheit nicht sehen.« Sie hielt einen Moment lang inne und lächelte. »Oder zumindest vermute ich, dass es immer noch so ist. Und ich wollte nicht, dass Ihnen eine weniger voreingenommene Sicht entgeht.«

»Sie müssen Verity in letzter Zeit recht oft gesehen haben, nehme ich an«, erwiderte Eve. De facto nahm sie nichts dergleichen an, doch es war undiplomatisch zu sagen: »Sie haben sie kaum gekannt.«

Cora strahlte Gus wieder an, wandte sich nun aber Eve zu. »Eine kleine Dosis Verity war schon sehr wirksam. Sie ist erst am Mittwoch nach Suffolk gekommen, doch sie bei allen Mahlzeiten und im Haus herumschleichen zu sehen, wo sie über ihren künftigen Besitz streifte, hat mir einen guten Eindruck von ihrem Charakter gegeben.«

Eve bemühte sich, ihre Schultern zu entspannen und eine neutrale Miene zu wahren, obwohl Coras Worte es in sich hatten. »Ich nehme an, dass sie und Rupert bald in Seagrave Hall eingezogen wären?« Was eine neue Frage aufwarf. Moira hatte gesagt, Cora würde alle Vorzüge genießen, die das Leben mit Belinda und Percival mit sich brachte. Aber wo stand sie, was das Erbe anging?

Die junge Frau zog eine Augenbraue hoch. »Ja, richtig,

an Ruperts Dreißigstem. Jetzt übernimmt er das Anwesen allein. Es klingt archaisch, doch Percival hält es für den Gipfel der Modernität. Die meisten Häuser wie Seagrave gehören den älteren Familienmitgliedern, bis der Ehemann stirbt. Dann wird die Witwe ins Witwenhaus abgeschoben, und der männliche Erbe übernimmt das Haus der Familie. Percival glaubt, ein bahnbrechendes Arrangement getroffen zu haben, bei dem Rupert das Anwesen genießen kann, solange er noch jung ist, mit dem Plan, dort eine Familie großzuziehen. Und natürlich wird weiterhin nur in der männlichen Linie vererbt. Ist das Patriarchat nicht etwas Wundervolles?«

In dem Punkt stimmte Eve mit Cora überein, auch wenn ihr nicht wohl dabei war, sich auf die Seite der Frau zu schlagen. »Müssen Sir Percival und Lady Seagrave dann ausziehen?« Eve konnte sich nicht vorstellen, dass Belinda froh war, rausgeworfen zu werden. Und vielleicht erst recht nicht, wenn Verity eingezogen wäre. Sie war sicher, dass die Frau nicht mit der Braut ihres Sohnes einverstanden gewesen war. Ihre Bemerkung zu Veritys Eigenständigkeit hatte wie eine Beleidigung geklungen.

»Es gibt ein ziemlich prächtiges ›Cottage‹ auf dem Anwesen, in dem die Eltern wohnen sollen. Für Belinda wird es schmerzlich, Percival macht es nicht so viel aus. Er ist aber so verschwenderisch, da kann es im Grunde nur gut sein, wenn er nicht mehr in den großen alten Geldtopf greifen kann.« Wieder kicherte sie.

»Wohnen Sie auch auf dem Anwesen?«

Cora nickte, und nun runzelte sie die Stirn. »Ich habe ebenfalls ein Cottage«, antwortete sie und verschränkte die Arme vor der Brust. »Ganz und gar nicht wie das, in dem Percival und Belinda wohnen werden. Es ist gleich vorn im Wald und höllisch dunkel.« Doch ihr Lächeln war schnell wieder da. »Aber wenigstens habe ich mein eigenes Reich.

Dorthin hatte ich mich gestern auf einen Kaffee zurückgezogen, kurz vor Veritys Sturz, und in dem fatalen Moment war ich auf dem Rückweg. Ich hatte keinen Schimmer, was los war, als ich die Leute zum Haus laufen sah. Und dann kam ich in den Garten, und alle standen da wie Zombies.«

Es war herauszuhören, dass Cora wenig von der Reaktion der Dorfbewohner auf das Geschehen hielt. Vielleicht war ihr noch peinlich, dass sie lachend in die schaurige Szene hineingeplatzt war. Aber eventuell hatte sie auch eine dunkle Seite – den gleichen Mangel an Empathie, den ihre Tante Belinda bewiesen hatte. Sie hatte nicht Lady Seagraves tote Augen, dennoch fühlte Eve bei ihr eine gewisse Losgelöstheit von der Realität. Und die junge Frau war nicht harmlos.

Wieder dachte Eve daran, wie Cora sich gestern entspannt hatte, als sie annahm, niemand würde hinsehen. Sie hatte begriffen, dass sie etwas tun musste, auch wenn ihr das emotionale Bewusstsein fehlte, um ihre Rolle glaubwürdig zu spielen.

»Und wie haben Sie Verity erlebt?«

»Sie hat Rupert nicht gut behandelt, so viel ist sicher. Ihm gegenüber war sie immer ganz süß und liebevoll, aber dauernd schlich sie sich davon, um mit Pete Smith zu reden und zu planen. Haben Sie ihn kennengelernt?«

»Bisher nicht.«

»Er ist gestern eilig abgereist, kaum dass die Polizei seine Kontaktdaten aufgenommen hatte. Er war mit Verity in deren Wagen hergekommen, und Percival hat ihm angeboten zu bleiben. Keiner dachte, dass er nach dem, was passiert war, abreisen wollte, aber ich habe noch nie erlebt, dass jemand so schnell geflohen ist. Er hat sich ein Taxi gerufen, das ihn zum Bahnhof gebracht hat.«

»Ich hatte Tilly Cotton gefragt, ob sie ihn für mich kontaktieren könnte, damit ich ihn fragen kann, ob er sich mit mir unterhalten möchte.« Das war nach ihrem Gespräch mit Rupert gewesen. Sie hatte noch kurz mit der Verwalterin gesprochen, bevor sie weggefahren war.

»Na, viel Glück.« Cora aß ein Stück des Shortbread, das Eve in mundgerechte Eckchen zerteilt hatte. Viv wäre wenig entzückt, sähe sie es. Ihr Essen sollte genossen werden. Doch Eve würde bald nichts mehr anzubieten haben, wenn Cora es sich weiter so schmecken ließ.

»Jedenfalls, wenn Verity nicht gerade mit Pete Smith Doktor und Taucherin spielte, war sie damit beschäftigt, Percival zu bezirzen.« Cora warf den Kopf in den Nacken. »Er war anfangs gegen sie – wegen ihrer geringen Herkunft –, aber ihre oberflächliche Attraktivität siegte letztlich. Am Ende war es schwer für Rupert, überhaupt noch wahrgenommen zu werden.«

Cora zuckte mit den Schultern. »Er benahm sich wie ein verblendeter Idiot. Also für Ihren Nachruf wollte ich nur klarstellen, dass Verity vielleicht aufregend, sexy und abenteuerlustig war, doch sie hatte auch zwei Gesichter und war gerissen. Jetzt wissen Sie Bescheid. Werden Sie das schreiben?« Anscheinend ging sie wie selbstverständlich davon aus, dass ihre Meinung alle anderen übertrumpfte.

»Meine Arbeit muss auf Fakten basieren, greifbaren Beweisen. Aber ich werde noch mit einer ganzen Reihe von Leuten reden, und was Sie mir erzählt haben, wird in das einfließen, was ich weiß. Danke, dass Sie zu mir gekommen sind.« *Und jetzt wäre ich jedoch dankbar, wenn Sie gehen könnten.*

Cora neigte sich vor. »Ich bin noch nicht fertig. Rupe hat Ihnen erzählt, wie er und Verity sich kennengelernt haben, nehme ich an?«

»Hat er.« Sie würde keine Details bestätigen.

Cora nickte. »Dann wird er Ihnen sicher gesagt haben,

es hätte gefunkt, als sie feststellten, dass sie beide aus Suffolk waren. Sie können Ihr letztes Hemd darauf verwetten, dass er ihr ein Foto von Seagrave Hall auf seinem Handy gezeigt hat. Ich denke, sie hat sich auf der Stelle verliebt.« Cora verstummte, stützte die Ellbogen auf den Tisch und grinste so breit, dass sich Grübchen auf ihren Wangen bildeten. »Es sei denn, sie wusste vorher schon genau, wer er war, und hat ihre bezaubernde Zufallsbegegnung arrangiert.«

Eine ziemlich eindrucksvolle Verschwörungstheorie. Trotzdem regten sich Zweifel in Eve. Sie entsann sich, dass Rupert gesagt hatte, Verity wäre buchstäblich in ihn hineingerannt und hätte dann zu ihm aufgeblickt. Es könnte inszeniert gewesen sein. Rupert hatte angedeutet, dass sie sehr erfreut gewesen war, ihn zu treffen, und Eve hatte das gleiche Gefühl gehabt, als sie Verity begegnet war. Einen flüchtigen Moment lang fragte sie sich, ob sie dem Schein zu sehr vertraut hatte.

»Rupe gibt mir die Schuld an Veritys Unfall, weil ich ihr vor ein paar Tagen vorgeschlagen habe, einige Läufer aus dem Fenster zu werfen. Ehrlich gesagt wundert mich, dass sie meinen Rat befolgt hat, aber das Zelt, das sie gestern holen wollte, war viel wuchtiger, und vielleicht hat sie sich überschätzt. So oder so kann ich ja nichts dafür, dass sie sich mit dem Ding nach draußen gestürzt hat.«

Bei ihren unsensiblen Worten fröstelte Eve, und sie musste sich zwingen, sich auf den Inhalt, nicht den Ton zu konzentrieren. Es war wirklich interessant, dass Verity Coras Ratschlag beherzigt hatte. Eve hatte gehört, wie Tilly Cotton ihr Hilfe bei dem Zelt angeboten hatte. Da hatte Verity mit einem irritierten Lachen und dem Hinweis reagiert, Tauchen wäre hervorragendes Krafttraining für den Oberkörper. Es hatte geklungen, als wäre es ihre Absicht gewesen, das Ding die Treppen hinunterzutragen. Falls sie und Cora sich tatsächlich nicht grün gewesen waren, hätte es da nicht näher gelegen, dass sie das Zelt allein nach unten schleppte, aus lauter Stolz, selbst wenn es schwerer war als erwartet? Immerhin hätte sie es ziehen können und nicht tragen müssen.

»Wie auch immer.« Cora trank ihren Tee aus. »Rupe war sowieso wütend auf mich. Ich hatte ihm erzählt, dass Verity und Pete Smith eine Affäre hatten, und das war eine halbe Stunde vor ihrem Sturz.« Sie lächelte blinzelnd.

Eve stellte ihre Tasse so fest ab, dass sie auf der Untertasse klimperte. Natürlich war die mögliche Affäre keine Überraschung für sie, aber Coras Verhalten und die Art, wie sie es vollkommen ungerührt beschrieb, raubten ihr den Atem.

Die junge Frau hielt eine Hand in die Höhe. »Oh, ich hatte keine Beweise.« Sie lachte wieder kindisch. »Doch ich konnte Veritys aufdringliches Parfüm an Petes Sachen riechen – und dann war da ihre Körpersprache. Selbstverständlich hat Rupe sich geweigert, mir ohne konkreten Beweis zu glauben. Zumindest hat er das gesagt. Aber er sah ziemlich zornig aus. Es ist ein Jammer. Wir hatten uns langsam besser verstanden, bis ich das erwähnte. Ich dachte, er würde begreifen, dass ich nur sein Bestes wollte. Manchmal kann er wirklich ein Trottel sein.«

# Kapitel 9

Kurz nachdem Cora gegangen war, wanderte Eve mit Gus Elizabeth's Walk entlang in Richtung der Flussmündung und der Marschen. Den Stechginster rechts und links von ihr und das Schilf weiter vorn nahm sie kaum wahr. Ihre Gedanken waren bei Cora Seagrave. Sie bekam deren kindisches Lachen nicht aus dem Kopf. Cora hatte Rupert erzählt, seine Verlobte hätte eine Affäre, ohne es belegen zu können. Das war grausam und skrupellos von ihr gewesen.

Angenommen, ihre Version der Ereignisse stimmte, mussten ihre Anschuldigungen ins Schwarze getroffen haben. Rupert Seagrave war bei dem Interview zusammengezuckt, als Eve ihn nach der Zeit gefragt hatte, die Verity in vertraulichen Besprechungen mit ihrem Team verbracht hatte. Vielleicht hatte er vor Coras Bemerkung schon einen Verdacht gehabt. Aber sie hatte erzählt, dass er einen Beweis verlangt hatte, also war er vorher eher nicht misstrauisch gewesen.

Was hatte er als Nächstes getan? Er war angeblich in den Wald gegangen, um zu rauchen und über alles nachzudenken. Und eine halbe Stunde später war Verity tot gewesen.

Cora und Rupert hatten beide betont, dass der oder die andere ein Motiv hätte, Verity zu ermorden. War es schlichtes Dampfablassen nach ihrem Streit? Oder hatten sie Angst und zeigten mit dem Finger aufeinander, weil ein kleiner Junge gesagt hatte, Verity wäre gestoßen worden? Eve hatte keinerlei Einfluss, aber sie wollte einen Nachruf schreiben. Womöglich hielten sie es daher für sicherer, gleich ihre eigenen Geschichten vorzubringen.

Eve blickte auf und sah, dass Gus am Ende des Weges auf sie wartete, wo der Pfad entlang der Flussmündung abging. Sein Blick war vorwurfsvoll, und sie beeilte sich, ihn einzuholen, als er wieder voraustrottete, die Marschen zu einer Seite und ein Graben und Felder zur anderen.

»Tut mir leid, Gus, entschuldige!« Sie wusste, wie sehr er es hasste, wenn sie etwas anderes wichtiger nahm als einen schnellen Lauf hinunter ans Meer. »Aber es ist so eigenartig.« Inzwischen lief sie, um es wiedergutzumachen. Um sie herum war die Luft erfüllt vom Geruch warmen Grases, Schlicks und Brackwassers, wo der Fluss auf das Meer traf. Zu Eves Füßen lag ein Teppich von Duftveilchen, die in der leichten Brise tanzten, dass ihre lila Blüten zitterten.

Eve folgte Gus nach unten ins Schilf, wo er herumschnüffelte. Dahinter, draußen im Watt, tauchten ein paar Rotschenkel ihre Schnäbel ins flache Wasser, und ihr graubraunes Gefieder war von Wassertropfen gesprenkelt, die das Sonnenlicht reflektierten. Als sie den Kopf hoben, stimmten sie ihr beharrliches, repetitives Rufen an. Die Leute nannten sie die »Wattwächter«.

Es war bizarr, solch eine idyllische Szene vor Augen zu haben, nachdem die natürliche Ordnung durch Veritys Tod gestört worden war. Wenig später trottete Gus auf den Pfad zurück (zuvor hatte er ein letztes Mal sehnsüchtig zu den Vögeln geblickt) und rannte zielstrebig auf die Küste zu. Eve eilte ihm nach, und der kurze, friedliche Moment war vorbei. Was würde sie als Nächstes entdecken?

Was es auch war, es könnte von Robin Yardley kommen,

dem Gärtner, der beinahe für das ganze Dorf arbeitete. Er wollte Eve heute Nachmittag besuchen, und bei dem Gedanken beschleunigte sich ihr Puls. Diesen Effekt hatte er ohnehin oft auf sie, seit Viv erwähnt hatte, wie gut er aussah. Eve wünschte, sie hätte es für sich behalten, denn jetzt kam es ihr jedes Mal in den Sinn, wenn sie ihm begegnete, und es machte sie verlegen.

Zum Glück pflegte er ihren Garten nur einmal im Monat. Doch es war nicht nur Vivs Frotzelei, die Eves Herz schneller schlagen ließ; Robin hatte auch ein Geheimnis. Als Eve neu in Saxford gewesen war, hatte sie einen Teil davon infolge mehrerer zufälliger Begegnungen erraten. Sie wusste, dass er früher Police Detective gewesen war. Warum er vor elf Jahren untergetaucht war, seinen Namen und seinen Job geändert hatte, blieb ein Rätsel. Doch er hatte einen Kontakt bei der hiesigen Polizei: DS Gregory Boles, DI Palmers rechte Hand (und sein Gehirn, soweit Eve es beurteilen konnte). Robin könnte Insiderinformationen zur Untersuchung von Veritys Tod haben.

Als sie nach ihrem Strandspaziergang ins Cottage zurückkamen, trank Gus reichlich Wasser, bevor er sich im Schatten unter dem Esstisch ausstreckte und eine wohlverdiente Ruhepause genoss. Eve versuchte derweil, sich auf ihre Recherche zu Veritys Leben zu konzentrieren.

Sie wusste bereits, dass die junge Frau in Stoningham, einem großen Dorf in der Nähe, geboren und aufgewachsen war. Das hatte sie herausgefunden, ehe sie der Taucherin begegnet war, doch jetzt schaute sie es sich mit frischem Blick an.

Eve klickte den ersten Link an und fand ein Foto von dem Haus, in dem Verity ihre Kindheit verbracht hatte. Es war ein anonym wirkendes, gepflegtes Reihenhaus mit cremeweißer Fassade. Als Nächstes gab Eve die Straße in die

Suchmaschine ein, fand Häuser, die zum Verkauf standen, und las die Beschreibungen durch. In den Sechzigern gebaut, zwei Zimmer unten, zwei Schlafzimmer oben. Alles sah anständig und konventionell aus.

Das Leben hatte Verity in alle erdenklichen Richtungen geführt: von unscheinbaren Anfängen zu einigen der gefährlichsten Orte der Welt. Und bald hätte sie in ein prächtiges Herrenhaus ziehen und eines Tages Lady Seagrave werden sollen, wenn Rupert seinen Titel erbte.

Eve dachte über Coras Anschuldigungen nach. »Ich kann glauben, dass Verity eine Affäre mit Pete Smith gehabt hatte«, sagte Eve zu Gus, als sie sich zurücklehnte. »Es passt zu dem Gespräch, das ich gehört habe.«

Die Worte waren ihr noch frisch in Erinnerung. »Wir können das immer noch hinbekommen!«, hatte Pete gemeint, doch Verity hatte erwidert, dass alles gesagt sei, was es zu sagen gab. »Natürlich können wir das nicht ›hinbekommen‹. Wie kannst du das nicht erkennen?«

Es überraschte Eve trotzdem noch. Sie hatte Verity nicht für eine Frau gehalten, die ihren künftigen Partner so täuschen würde. Andererseits konnte man nie wissen, womit es jemand zu tun hatte, sofern man nicht in seiner Haut steckte. Eve konnte nur so tief wie möglich graben, um zu prüfen, ob ihr Eindruck der richtige gewesen war.

»Aber Cora hat angedeutet, dass sie auch wegen des Geldes heiraten wollte.« Eve linste unter den Tisch. Gus hatte die Augen geschlossen, und sie beschloss, dass es pure Konzentration war; sie führte keine Selbstgespräche. »Ich bin mir nicht sicher, ob das passt.«

Charaktermäßig hielt Eve es für möglich. Verity war allen Berichten nach unabhängig gewesen, doch falls sie überdies amoralisch und unsentimental gewesen war, könnte sie die Möglichkeit, durch Heirat zu einem Vermögen zu kommen, ähnlich pragmatisch gesehen haben, wie Sponsoren im Austausch gegen Werbung zu gewinnen.

»Das ergibt immer noch keinen Sinn«, murmelte Eve. »Cora hat angedeutet, dass Sir Percival verschwenderisch ist, und der Unterhalt des Anwesens muss enorme Summen verschlingen. Falls er sein Barvermögen aufgebraucht hat, bleibt Rupert wahrscheinlich nicht mehr viel zu erben. Und Cora redete davon, dass Verity ›über ihren künftigen Besitz streifte‹ – was wohl heißen sollte, dass sie sich darauf freute, die Hausherrin dort zu sein.«

Doch Eve dachte wieder an Sylvias Fotografie von der Frau: das Blitzen in ihren Augen, als sie ihre Tauchausrüstung präsentierte. »Glaub mir, Gus, das scheidet definitiv aus. Sie war gerne unterwegs, ging Risiken ein, machte Schlagzeilen.« Eve vermutete, Verity hätte es gehasst, in einem eleganten Salon zu stehen, an einem Sherry zu nippen und mit Ivy Cotton den Putzplan für die nächste Woche zu besprechen.

Wenn also Geld und Status nicht die treibenden Kräfte hinter der Heirat gewesen waren, musste sie Rupert geliebt haben. Aber warum dann die Affäre mit ihrem Arzt, falls es denn eine gewesen war?

Eve schüttelte den Kopf. Mehr über das Anwesen und wie es funktionierte zu erfahren könnte bei ihren Nachforschungen helfen. Nach kurzer Überlegung schrieb sie eine E-Mail an Tilly Cotton und fragte, ob sie sich im Herrenhaus und auf dem Anwesen umschauen dürfe. Die Leute wären interessiert an dem Kontrast zwischen dem stattlichen Heim und den Orten, an denen Verity sich normalerweise aufgehalten hatte – Furcht einflößenden Höhlensystemen an exotischen Plätzen. Es war ein wichtiger Aspekt ihrer Geschichte.

Als sie nach unten blickte, bemerkte sie, dass Gus ein Auge geöffnet hatte.

»Ich weiß, was du denkst, aber ich muss mich vordrängen, wenn ich der Sache auf den Grund gehen will.« Auch noch einmal mit Tilly zu reden war ratsam. Hatte sie jemanden am Fenster hinter Verity gesehen? Eve war sicher, dass sie sich die Reaktion der Frau nicht eingebildet hatte. Vielleicht gelang es ihr, Tillys Vertrauen zu gewinnen.

Vorerst schob sie den Gedanken beiseite und machte sich auf die Suche nach einer Möglichkeit, Veritys Eltern zu kontaktieren. Ihre Namen erschienen in Artikeln über die tote Abenteurerin, und schließlich fand sie eine E-Mail-Adresse ihres Vaters auf einer Kirchen-Website. Er gehörte einem Ausschuss für evangelikale Arbeit an. Eve schickte ihm eine Nachricht, drückte ihr Mitgefühl aus und fragte, ob es möglich wäre, mit ihm über seine Tochter zu sprechen.

Danach wandte sie sich kurz Cora zu. Ihr Background würde nicht bei dem Nachruf helfen – aber sie war ein wichtiges Teil im Familienpuzzle der Seagraves, und sie hatte Verity gehasst. Eve bekam das Lächeln der Frau nicht aus dem Kopf; es verursachte ihr eine Gänsehaut.

Die Suchergebnisse waren interessant. Rupert hatte gesagt, Cora hätte gewollt, dass er sich mit ihr zusammentat und Seagrave Hall in ein Hotel umwandelte. Zu der Zeit hatte es seltsam geklungen, doch ihre Recherchen hatten erbracht, dass es nicht Coras erster Abstecher ins Gastgewerbe wäre – sie hatte schon einen hinter sich, der gescheitert war. Seinerzeit hatte sie in ein Boutique-Hotel in London investiert.

*Das muss sie ein Vermögen gekostet haben.* Der diesbezügliche Artikel beschrieb Cora als Erbin, die »Geld der Familie« in das Projekt gesteckt hatte. Wie es aussah, war sie nach dem Tod ihrer Eltern gut versorgt gewesen.

Hatten Percival und Belinda vor, ihr etwas zu vererben? Oder ginge deren Geld ausschließlich an Rupert? Falls ihre Mittel schrumpften und Cora schon eine beträchtliche Summe geerbt hatte, fanden sie eventuell, sie dürften sie übergehen. Eve konnte sich jedenfalls nicht vorstellen, dass Belinda Seagrave schwach werden würde, nur weil Cora Hunderttausende in ihrem Hotelprojekt versenkt hatte.

Also musste Cora wieder bei null anfangen, es sei denn, sie konnte Rupert überreden, ihr zu helfen. Es klang, als hätte sie damit Fortschritte gemacht, bis Verity auf der Bildfläche erschienen war und Coras Pläne verworfen wurden. Spannend war, dass sie überhaupt Fortschritte gemacht hatte. Warum hätte Rupert fast eingewilligt? Selbst wenn es auf dem Anwesen finanziell nicht gut aussah, würde ein Umbau zu einem Hotel doch zunächst einmal gewaltige Kosten verursachen. Und Eve konnte sich nicht vorstellen, dass Belinda und Percival einverstanden wären.

Cora besaß eindeutig eine überzeugende Persönlichkeit, aber vielleicht steckte mehr dahinter. Eve notierte sich, dem nachzugehen.

»Sie scheint ein richtiges Miststück zu sein«, bemerkte Eve. »Als Rupert ihre Hotelidee ad acta legte, hat sie anscheinend versucht, einen Keil zwischen ihn und Verity zu treiben.«

Würde Cora jetzt wieder auf Rupert einwirken, da dessen Verlobte aus dem Weg war? Kein Wunder, dass sie am Tag von Veritys Sturz so dringend mitfühlend hatte wirken wollen. Und sie würde hart arbeiten, um Rupert wieder an Bord zu bekommen. Hatte sie ernsthaft geglaubt, ihre Anschuldigungen gegen Verity würden von ihm mit warmen Dankesworten belohnt?

Selbst wenn sie nicht die Mörderin war, machte sie ihr Mangel an Empathie gefährlich. Rupert könnte wegen ihrer Bemerkung einen Mord begangen haben.

# Kapitel 10

Der Anblick Robin Yardleys in ihrem Garten riss Eve aus ihren Gedanken. Sein dunkelgraues T-Shirt war von der Sonne ausgeblichen. Während sie durch die Flügelfenster zu ihm hinaussah, stellte er eine Werkzeugkiste ab.

Einen Moment lang schloss Eve die Augen und konzentrierte sich. Vielleicht wäre er auch an dem interessiert, was sie ihm erzählen konnte. Es war offensichtlich, dass er seine alte Arbeit vermisste. Wenn sich im Dorf ein neuer Fall auftat, konnte er nicht widerstehen, die Ermittlungen im Blick zu behalten.

Eve schüttelte den Kopf und blickte zu ihm. Außer DS Boles und ihr wusste nur der Vikar etwas über Robins Vorgeschichte. Und Jim Thackeray mochte ihn und vertraute ihm. Eve hatte zu Robins Geschichte Nachforschungen angestellt – nicht weil sie ihm misstraute, sondern weil es in ihrer Natur lag. Im Frühjahr hatte sie sich zum Ziel gesetzt, mehr von seiner Vergangenheit aufzudecken, wobei sie Boles als Ausgangspunkt genommen hatte. Irgendwann mussten die beiden zusammengearbeitet haben. Es würde erklären, warum Boles so viele Informationen an Robin weitergab und sie sich offenbar gut verstanden. Aber es war nichts zu finden gewesen. Was immer Robin Yardleys Geschichte sein mochte, sie war sehr tief vergraben.

Eve ging hinaus, um ihn zu begrüßen und ihm etwas zu trinken anzubieten. Gus folgte ihr und warf sich sofort auf den Rücken, damit ihm der Bauch gekrault wurde.

Robin bückte sich lachend und kam der Hundebitte nach, schaute jedoch nach einem Moment zu Eve auf. »Geht es dir gut?« Da war Sorge in seinen blaugrauen Augen zu sehen, obwohl ein Lächeln seine wettergegerbten Züge erhellte. Viv würde sie »verwegen« nennen. Energisch verscheuchte Eve die Freundin aus ihrem Kopf.

»Nach gestern, meinst du?« Die Szene holte sie wieder ein: der Schrei, der dumpfe Knall, die plötzliche Stille. Dann die Dorfbewohner, die zum Haus liefen. Sie nickte. »Ja, alles okay.«

Er runzelte die Stirn. »Ich habe gehört, dass du gesehen hast, wie sie gefallen ist.«

Typisch Saxford. Jeder erfuhr alles innerhalb von Stunden. Nachrichten sprachen sich schnell herum, und Robin traf dank seiner Arbeit eine Menge Leute. Zwar war er vorsichtig und achtete auf das, was er sagte, aber die Dorfbewohner waren es andersherum gewiss nicht.

»Mein Polizeikontakt hat es erwähnt«, beantwortete er ihre unausgesprochene Frage. Nun richtete er sich wieder auf, und Gus stand ebenfalls auf, um über den Rasen weiter nach hinten zu laufen.

Robin redete stets von Gregory Boles als seinem »Kontakt«. Eves Eindruck war, dass er den Namen des Mannes nicht nennen wollte, dabei hatte nicht einmal eine feinmaschige Recherche zu Boles Robins Geheimnisse bloßlegen können.

»Stimmt.« Sie holte tief Luft und fragte sich, ob Boles Palmers Ansicht teilte, dass sie sich ständig einmischen wollte. Das sollte Robin möglichst nicht von ihr denken. »Ich konnte nicht sehen, was passiert ist, weil ich viel zu weit entfernt war. Aber die ersten Officers vor Ort fragten, wer Verity fallen gesehen hatte, und da fühlte ich mich verpflichtet, es anzugeben.«

Er nickte. »Und ich habe gehört, dass du den Nachruf auf sie schreibst.« Sie musste verwirrt ausgesehen haben, denn er ergänzte halb grinsend: »Ich habe heute Morgen beim Pub Unkraut gejätet.«

»Aha, Jo also. Tja, das hast du richtig gehört.«

Er nahm eine Gartenschere auf, die er mitgebracht hatte, um mit der Arbeit anzufangen. »Die Polizei hat entschieden, Dylan Walkers Geschichte doch ernst zu nehmen. Sie glauben, dass Verity Nye gestoßen wurde.«

Eves Nackenhaare stellten sich auf. Sie hatte es von Anfang an für wahrscheinlich gehalten, doch dass Robin es laut aussprach, verschlug ihr den Atem. Cora und Rupert Seagraves Worte hallten ihr durch den Kopf. »Was hat sie umgestimmt?«

»Laut meinem Kumpel war der Coroner unzufrieden. Auf seine Anweisung hin wurde heute Morgen eine Autopsie gemacht, und der Gerichtsmediziner fand Hämatome an Veritys rechtem Oberarm. Sie wurde von hinten gepackt. Und die Einblutungen hinten sind am stärksten, was auf den Druck zurückzuführen ist, mit dem der Täter sie nach vorn gestoßen hat.«

Eve malte sich die Szene aus: Verity an dem tiefen georgianischen Fenster, die das voluminöse Zelt über das Fensterbrett hievte. Der Lärm von unten, als Leute einander etwas zuriefen, Zeltheringe einschlugen und das Gamelan ausprobierten. Und hinter Verity schlich sich jemand ins Zimmer, um sie aus dem Fenster zu stoßen … Es war kein Wunder, dass sie die Person nicht kommen gehört hatte.

Eve wurde bewusst, dass Robin sie beobachtete.

»Hast du dir schon gedacht, dass Dylan die Wahrheit gesagt hat?«, wollte er wissen.

Sie erzählte ihm von Tilly Cottons Reaktion, als Lady Seagrave gefragt hatte, ob sie etwas gesehen hatte. »Ihre Hände haben gezittert. Sie antwortete, sie *glaube* nicht und dass Verity das Fenster ausgefüllt habe. Ich war mir nicht sicher, ob sie gelogen hat, aber mir kam es vor, als hätte sie Zweifel und würde es für möglich halten. Sie sah sehr erschüttert aus, doch natürlich wäre sie das so oder so gewesen.«

Eve rief sich das Gesicht der Frau ins Gedächtnis. »Ich denke, dass sie sich von mindestens einer Person vorstellen kann, es getan zu haben. Und Dylan wirkte sehr gekränkt, weil man ihm nicht glaubte. Nicht wie ein Kind, das wilde Geschichten erzählt.«

Sie wusste noch, welchen Gesichtsausdruck ihre Zwillinge gehabt hatten, als sie klein gewesen waren und ihr irgendwelche Fantasiegeschichten aufgetischt hatten. Sie hatten es immer übertrieben, und da war ein Anflug von Übermut in ihren weit aufgerissenen Augen gewesen. »Aber Moira erwähnte, dass Dylan gesagt hat, der Mörder hätte ›glänzende schwarze Augen gehabt, die funkelten‹, und ich schätze, danach würde ihn keiner mehr ernst nehmen.«

Bei Robins Lächeln wurden seine Lachfalten tiefer. »Vorhin vor dem Dorfladen soll Dylan seiner Mutter erklärt haben – sehr bestimmt –, dass es Mrs Barclay war, die Verity Nye aus dem Fenster gestoßen hat. Die Frau war zu dem Zeitpunkt in der Nähe, also hat Dylan auf sie gezeigt.«

»Mrs Barclay, die in den Achtzigern ist?«

Er nickte.

»Und die sich so sehr für *Save the Children* einsetzt?«

Wieder nickte er. »Ebendie.«

Die arme Mrs Walker.

»Es war wohl sehr peinlich und verwirrend, Moira Squires zufolge, doch Dylan fing an, wieder von ihren glänzenden schwarzen Augen zu reden. Mrs Barclay trug eine Sonnenbrille.«

»Ah!«

»Mein Kontakt sagt, dass Mrs Walker vor ein paar Stunden auf der Wache angerufen hat, um es zu melden, aber nach der Autopsie hätten die sie ohnehin kontaktiert. Also sucht Palmer jetzt nach einem Täter, der eine Sonnenbrille trägt, einen Groll auf Verity Nye hatte und kein Alibi für die Zeit des Sturzes hat.«

Er schüttelte den Kopf und fuhr fort: »Die Überprüfung der Alibis könnte schwierig werden. Die meisten Leute waren mit dem Aufbau der Stände beschäftigt, und danach haben sie entweder hinauf zum Fenster oder nach unten zu der Stelle geschaut, wo Verity lag, anstatt auf die Gesichter um sich herum zu achten. In solch einem Schockmoment nehmen die Leute ihre unmittelbare Umgebung kaum wahr.«

Womit er recht hatte. Eve hatte sich bereits ihre Erinnerungen notiert, und die waren lückenhaft. Sie wusste, dass sie mit dem Vikar über den Rasen zum Haus gelaufen war, wobei irgendwann Viv zu ihnen gestoßen war. Abgesehen davon war alles nur Lärm und Verwirrung, bis sie nach und nach wieder klarer sah und beobachtete. Sie schätzte, dass die Erinnerungen an irgendwelche Details bei den Dorfbewohnern schon verblassten – übertönt von dem Horror des Geschehens.

»Hat jemand ein wasserdichtes Alibi?« Eve wusste, dass Robin die Frage nichts ausmachte. Ihm war klar, in welche Gefahr sie sich jedes Mal begab, wenn sie über ein Mordopfer schrieb.

Er zuckte mit den Schultern. »Die Polizei wird noch mehr Befragungen vornehmen müssen, bevor sie sicher sein können, aber wie ich gehört habe, haben sie mit der Familie und den Festangestellten gesprochen.«

Dann mussten sie Cora nach ihrem Saxford-Ausflug erwischt haben.

»Lady Seagrave behauptet, dass sie sich mit Matt und Toby Falconer unterhalten hat, als sie den Schrei hörte. Sollten die beiden es bestätigen, wären alle drei aus dem Schneider. Sir Percival sagt, dass er bei den Stallungen war, und Rupert war im Wald.«

»Das hat er mir auch erzählt – er wollte eine Zigarette rauchen, weil er gestresst war.«

Sie sahen einander stumm an.

»Und Cora hat mir gesagt, dass sie zu ihrem Cottage gegangen war, um für eine Weile dem Gewühl zu entkommen. Angeblich war sie gerade wieder auf dem Rückweg, als Verity stürzte.«

Robin zog eine Augenbraue hoch. »Du bist ja gut informiert! Ich nehme an, sie hat der Polizei dieselbe Geschichte erzählt.«

»Sie ist vorhin unerwartet hergekommen. Ich berichte dir genauer, aber du zuerst.«

»Abgemacht. Also, Ivy Cotton hatte die Fenster am Westende des Hauses geputzt, und Tilly hatte einen losen Pflock an einem der Zelte eingeschlagen, damit es nicht umkippte.«

Das musste Eve sich alles notieren. »Irgendwelche Neuigkeiten zu den anderen Hauptakteuren?«

»Mit Pete Smith haben sie telefoniert. Die offizielle Aussage steht noch aus. Er sagt, dass er allein eine Ausstellung von Tauchausrüstungen in einem der Zelte vorbereitet hat, als Verity stürzte, folglich kann keiner das bezeugen. Und sie haben Jade Piper, die Managerin der Wohltätigkeitsorganisation, noch nicht zu fassen bekommen, um ihre Geschichte zu hören. Bald müsste ich mehr wissen. Was die Dorfbewohner angeht, habe ich es so verstanden, dass Mrs Walker und Dylan zusammen waren.«

Eve nickte. »Und ich war mit Jim hinten im Spielbereich. Sylvia hat Jo Falconer beim Aufbau des Bierzelts fotografiert. Und Moira erzählte mir, dass sie mit Daphne zusammen zum Haus gelaufen ist.« Daphne, die das Gamelan aufgebaut hatte und mit Sylvia zusammenlebte.

Ein kleines Lächeln huschte über Robins Gesicht. »Hat Sylvia dir ihre Aufnahmen geschickt? Gut zu wissen, dass du die Fahndungsfotos der Verdächtigen hast.«

Eve atmete tief durch. »Und es gibt noch reichlich mehr.« Von Veritys engsten Kontakten schien einzig Lady Seagrave ein Alibi zu haben.

Robin nickte. »Die Polizei wird als Nächstes die Dorfbewohner befragen. Ich gebe dir Bescheid, wenn ich etwas Nützliches höre.«

Bis dahin müsste sie bei so ziemlich jedem, den sie interviewte, auf der Hut sein. Sie schluckte, weil ihr Mund plötzlich zu trocken war. »Ich habe schon ein paar Leute mit möglichen Motiven ausgemacht. Und hier kommt Coras unerwarteter Besuch ins Spiel.« Sie berichtete ihm, wie Cora und Rupert sich übereinander geäußert hatten. »Also stand Verity Coras Geschäftsinteressen im Weg, und Rupert könnte eifersüchtig genug gewesen sein, um gewalttätig zu werden, falls er Coras Anschuldigungen glaubte, was Verity und Pete Smith angeht.«

Eve erzählte ihm von dem Gespräch der beiden, das sie zufällig gehört hatte. Robins Fachkenntnis und Insider-Informationen waren früher schon von unschätzbarem Wert gewesen. Wieder einmal würde sie dieselbe Gruppe von Verdächtigen befragen wie die Polizei und lief Gefahr, den Mörder in einer Situation zu erkennen, die sie nicht kontrollieren konnte. Sie brauchte alle Hilfe, die sie bekommen konnte.

Robin riss die Augen weiter auf, während er ihr zuhörte. »Das wirft eine Menge Fragen auf.«

»Würde ich auch sagen. Worauf konzentriert sich die Polizei?«

»Dazu ist es noch zu früh, aber sie wollen dringend mit Jade Piper sprechen.«

»Weil Verity aus dem Fenster ihres Zimmers gestürzt ist?«

Er nickte.

Aus exakt demselben Grund wollte auch Eve mit ihr reden – sie war die Schlüsselfigur.

Robin sah sie direkt an. »Pass auf dich auf, ja?«

Sie lächelte. »Das musst du mir nicht zweimal sagen.« Sie fühlte ein unangenehmes Kribbeln im Bauch, doch das war nur teilweise den Gefahren geschuldet, die ihr drohen könnten. Zugleich wollte sie unbedingt weiterarbeiten und herausfinden, wer die schreckliche Tat begangen hatte. »Möchtest du etwas trinken?«

»Ein großes Glas Wasser wäre nicht schlecht.«

Sie ging ins Haus, holte die Flasche mit dem Kippdeckel aus dem Kühlschrank, schenkte ein Glas ein und brachte es Robin nach draußen.

»Ich muss zum Dorfladen. Brauchst du irgendwas?«

Er verneinte. »Danke, nichts. Du kannst Gus gerne hierlassen.«

Sie wollte mehr von der Limonade ohne Kohlensäure besorgen, die sie im Laden verkauften; die war ideal, um bei diesem Wetter den Durst zu löschen. Fünf Minuten später schob sie die Ladentür auf, dass die altmodische Glocke über ihrem Kopf bimmelte, und stellte fest, dass Moiras Mann Paul hinter dem Kassentresen stand.

Er hatte Eve beinahe als feste Dorfbewohnerin akzeptiert, was nicht bedeutete, dass er deswegen höflicher geworden war. Paul hatte gegen jeden Vorbehalte, der nicht in Saxford geboren und aufgewachsen war. Er bediente Eve, ohne sie anzusehen, und innerhalb von Sekunden war sie wieder draußen. War Moira im Laden, dauerte ein Einkauf schon mal gern zwanzig Minuten.

Eve schloss die Tür zu ihrem relativ kühlen Cottage auf und wartete, bis sich ihre Augen an das Licht in dem schattigen Wohnzimmer mit den dicken Wänden gewöhnt hatten. Durchs Fenster konnte sie Gus fröhlich um die Blumenbeete tapsen sehen. Robin machte es nie etwas aus, ihn als Gesellschaft zu haben. Jetzt unterbrach er seine Arbeit, um an sein Handy zu gehen. Er stand mit dem Rücken zu Eve.

Sie wollte ihm Bescheid sagen, dass sie wieder da war, als sie Fetzen seines Telefongesprächs aufschnappte.

»… hat sich als Sackgasse erwiesen, aber es ist noch mehr durchzugehen. Ich berichte bald wieder; jetzt kann ich nicht reden.«

Sein Tonfall war ernst. Worum ging es? Eve blieb, wo sie war, anstatt zu rufen, aber Gus musste sie gehört haben. Er kam auf das Haus zugelaufen, was Robin dazu veranlasste, sich umzudrehen, sodass auch er sie sah.

»Das ging schnell.« Er hatte sein Telefon wieder eingesteckt.

Eve stellte die Limonade in den Kühlschrank und ging zu ihm in den Garten. »Moira war nicht da.«

»Aha.« Er lächelte, doch da war ein Hauch von Unsicherheit in seinem Blick. Fragte er sich, ob sie sein Gespräch mitgehört hatte?

»Dann lasse ich dich mal weitermachen.« Sie hasste diese Formulierung. Warum hatte sie das gesagt? Es klang immer so, als wollte die sprechende Person dringend weg, wäre jedoch zu feige, es zuzugeben. Was in diesem Fall zutraf.

Er sah sie fragend an. »Es ist auf jeden Fall nahezu unmöglich, gleichzeitig zu reden und Büsche oder Bäume zu stutzen.«

Sie lachte ziemlich gezwungen und eilte ins Haus. Gus

blickte sie mit einem sehr ähnlichen Ausdruck an wie Robin. Beide fanden sie offenbar merkwürdig.

In dem stillen Esszimmer mit dem offenen, sechsteiligen Kassettenfenster zum Garten setzte sie sich hin und versuchte, sich auf ihre Arbeit zu konzentrieren. Sie suchte nach nützlichen Kontakten, die am Freitag in Seagrave Hall gewesen waren: Leute, die mit Verity getaucht waren, oder andere Abenteurer, die sie gekannt hatten, und alte Freunde, die eventuell einen anderen Blick auf ihr Leben hatten.

Doch obwohl Eve gewöhnlich keine Probleme hatte, ganz in ihre Arbeit einzutauchen, musste sie nun immer wieder zu Robin hinaussehen, der etwas sehr technisch Wirkendes mit der Magnolie anstellte. Worüber hatte er am Telefon gesprochen? Sie konnte verstehen, dass er das Gespräch beendet hatte – er wollte sich vielleicht nicht bei der Arbeit unterbrechen lassen. Aber sie war sich sicher, dass mehr dahintersteckte. Und ihm wäre es lieber, sie hätte nichts gehört, so viel war offensichtlich gewesen.

Zum zigsten Mal schaute sie in den Garten, und diesmal ertappte er sie. Er zog eine Augenbraue hoch, ehe er sich wieder ihrem Baum widmete, an dem er mit seiner Gartenschere arbeitete.

# Kapitel 11

Am Sonntagmorgen war die Kirche St. Peter in Saxford gerappelt voll. Wie der Pub und das *Monty's* auch war das Gotteshaus besonders gut gefüllt, wenn die Dorfbewohner Trost suchten.

Der Vikar Jim Thackeray würdigte Verity in seiner Begrüßung, erwähnte jedoch nicht, dass sie ermordet worden war, obgleich Eve fühlen konnte, dass dieses Wissen schwer auf den Schultern aller lastete. Spät am Samstagabend hatte die Polizei Veritys Tod offiziell zu einem Mord erklärt. Während Jim sprach, fluteten Erinnerungen Eves Kopf – an den furchtbaren Schrei, an die erschlaffenden Züge des Vikars im Tipi-Eingang und den Lauf mit ihm zum Haus.

Eve schaute sich in dem hübschen weißen Bau mit dem spitzen Dach um – ein krasser Kontrast zu den entsetzlichen Ereignissen in Seagrave Hall.

Sie war nie eine regelmäßige Kirchgängerin gewesen, aber Jim war auch kein typischer Vikar. Er lud Menschen jedweder Konfession und Konfessionslose ein und betrachtete jeden Dorfbewohner als Teil seiner Gemeinde. Sogar Haustiere waren willkommen, und Gus schien die Kirche St. Peter zu mögen. Er saß zufrieden zu Eves Füßen und wurde meist nicht einmal bemerkt, auch wenn er hin und wieder in den Gesang einstimmte.

Jim war im *Cross Keys* genauso zu Hause wie in der Kirche. Was nicht Moira Squires Zustimmung fand, doch Eve wusste, dass der Vikar schlicht das Netz weit auswarf, um Menschen zu erreichen, die ein offenes Ohr oder ein tröstendes Wort brauchten. Und die Tatsache, dass er nichts gegen Whisky bei der Arbeit hatte, war für Eve nichts Verwerfliches. Sie mochte Jim sehr.

Viv saß neben ihr in der Kirchenbank, und als das letzte Lied verklang, äußerte sie die Worte, mit denen Eve bereits gerechnet hatte: »Ich brauche ein Update.«

»Heute Nachmittag, wenn ich im *Monty's* bin. Ja, ich weiß!« Sie reagierte auf den verärgerten Blick ihrer Freundin. »Aber ich will mit Jim reden. Jo Falconer sagt, dass er Verity und Rupert trauen sollte, weißt du noch? Und du kennst ihn ja. Er könnte brauchbare Informationen haben. Es ist umso dringender, seit Veritys Tod als Mord gilt.«

Viv seufzte tief. »Ja, okay. Aber heute Nachmittag will ich *alles* erfahren. Es ist furchtbar, dass sie gestoßen wurde. Ich weiß, dass wir es schon für möglich gehalten haben, doch dass es jetzt bestätigt ist, haut mich echt um.«

»Verständlich.« Die Nachricht hatte sich in Rekordgeschwindigkeit im Dorf herumgesprochen. Leute hatten Eve angehalten, um mit ihr darüber zu sprechen, als sie mit Gus am Samstag die Abendrunde gemacht hatte. Die hatte dreimal so lange wie sonst gedauert, war aber auch sehr interessant gewesen. Keiner, mit dem sie geredet hatte, hatte irgendeiner der entscheidenden Personen ein Alibi geben können. Es war, wie Robin befürchtet hatte. Die meisten waren so auf ihre Arbeit konzentriert gewesen, dass sie keine Ahnung hatten, wo die anderen gewesen waren.

»Dann bis heute Nachmittag«, sagte Viv, nahm ihre Tasche auf und trat auf den Mittelgang der Kirche.

Eve folgte ihr. Die riesige Eichentür mit dem Spitzbogen oben und den Eisenbeschlägen wurde geöffnet, und Eve trat hinaus in den Sonnenschein, der den Kirchhof flutete. Jim Thackeray wechselte mit allen aus der Gemeinde einige Worte, und Eve wartete ein wenig seitlich, um ihn nicht bei seiner Routine zu stören. Als der Letzte gegangen war, blickte Jim sich um und entdeckte sie und Gus.

»Eve! Wie schön, Sie zu sehen!«

Der Hund hatte an den Grabsteinen geschnüffelt, kam jetzt aber herbeigeflitzt, um sich zum Bauchkraulen anzubieten. Jim Thackeray war ein Bär von einem Mann und in den späten Sechzigern, bückte sich aber problemlos und kam der Aufforderung nach.

»Tut mir leid«, entschuldigte Eve sich, hatte er es doch wegen seiner Größe viel weiter nach unten als die meisten anderen Menschen.

»Aber nicht doch! Ohne Gus wäre ich längst nicht mehr so beweglich. Sollte ihm dieses Ritual jemals langweilig werden, muss ich mit Yoga anfangen.« Nun richtete er sich auf und wurde ernst. »Wie geht es Ihnen nach Freitag? Sogar ich bin erschüttert, und ich habe es nicht gesehen.«

»Ganz gut, ich bekomme es nur nicht aus dem Kopf, weder den Sturz noch die Unterhaltung, die ich kurz vorher mit Verity hatte. Ich habe sie gemocht.«

Er nickte und sah sie mitfühlend an. »Wir hatten uns kennengelernt, als sie mit Rupert bei mir war, weil sie hier getraut werden wollten, und ich mochte sie auch.« Er seufzte. »Darf ich Sie jetzt schocken, indem ich Moira Squires imitiere?«

»Das klingt unheimlich – ich wollte sagen: unerwartet.«

Plötzlich grinste er. »Ich meinte, in ihrer Rolle als Weissagerin. Ich prophezeie, dass Sie den Nachruf auf Verity schreiben, aber auch Nachforschungen zu ihrem Tod anstellen. Sie waren gleich in Sorge, dass die Polizei die Sache nicht ernst genug nimmt. Und jetzt sind Sie hier, um zu sehen, ob ich Ihnen etwas mehr zu Veritys Charakter erzählen kann. Na, wie mache ich mich?«

»Hervorragend, und alles ohne Kristallkugel! Ich bin beeindruckt. Würde es Ihnen etwas ausmachen, mir Ihre Gedanken zu verraten?«

»Nicht das Geringste.« Er runzelte die Stirn. »Doch als Ihr Vikar wäre mein erster Kommentar, dass Sie vorsichtig sein müssen.«

»Verstanden.«

»Und weil ich Ihnen und Ihren Motiven vertraue, werde ich Ihnen so viel erzählen, wie ich kann – streng vertraulich.«

»Das weiß ich wirklich zu schätzen. Da DI Palmer und sein Team jetzt an dem Fall sind, sollte es genügen, doch ich habe den Eindruck, dass er der Familie auf keinen Fall Schwierigkeiten machen will. Und wahrscheinlich plagen mich nicht die gleichen … Hemmnisse wie ihn.«

Eve war nicht auf eine Vorzugsbehandlung durch den hiesigen Landadel aus, also hielt sie sich offen, hegte jedoch den Verdacht, dass Palmer Himmel und Hölle in Bewegung setzen würde, um zu beweisen, dass jemand von Veritys auswärtigen Kontakten die Tat begangen hatte. »Ich würde gern mehr erfahren, um Veritys willen.«

Einen kurzen Moment lang blitzten die Augen des Vikars auf. »Das verstehe ich sehr gut. Möchten Sie auf ein kaltes Getränk mit ins Pfarrhaus kommen? Oder wir können auch hier spazieren gehen, falls es für Gus schöner wäre.«

»Ich glaube, das wäre es, danke.«

Die Kirche St. Peter war im siebzehnten Jahrhundert erbaut worden. Neben dem Kirchhof, der den Bau umgab, grenzte das Grundstück an die Ruine einer noch älteren Kirche. Die war bei Nacht unheimlich, weil sie im Mondlicht befremdliche Schatten warf. Bei Tage jedoch war es faszinierend, die alten, halb eingefallenen Mauern abzuwandern und durch die uralten Fenster zu schauen, um den Blick zu genießen, den die Gemeindemitglieder im fünfzehnten Jahrhundert gehabt hatten. Als die alte Kirche nicht mehr zu erhalten gewesen war, hatte man Teile davon für den Bau der neuen verwendet, doch die vorherige Struktur war noch zu erkennen.

Gus lief sofort auf ein niedriges Stück Mauerrest zu und hob das Bein.

Eve wollte zu ihm eilen, doch Jim Thackeray streckte eine Hand vor und lächelte. »Falls der Herr zuschaut, werden seine Gedanken dem Hunger in der Welt gelten, nicht Gus.«

Was einen Sinn ergab.

»Also, zu meiner Besprechung mit Verity und Rupert. Ich weiß nicht, ob Ihnen bekannt ist, wie wir Vikare arbeiten, wenn ein Paar heiraten will.«

Eve schüttelte den Kopf. »Eher nicht.« Ian und sie waren standesamtlich getraut worden.

»Wir sind neugierig – das ist unser Job. Es gibt gesetzliche Formalitäten, die auch abgehakt werden müssen, doch während wir all die Formulare durchgehen, lernen wir das Paar kennen, falls es sich um keine festen Gemeindemitglieder handelt. Im Idealfall möchte ich erreichen, dass sie auch künftig zu mir kommen, wann immer es Probleme gibt.«

Eve stellte sich vor, dass es normalerweise jahrelange Freundschaft brauchte, bis sich jemand mit Beziehungsproblemen an den Vikar wandte, aber der Grundgedanke war vernünftig. Und Jim gab sich sehr ungezwungen, also ging es bei ihm wahrscheinlich schneller als bei anderen.

»Wir haben über die Pfarrei gesprochen, und ich ließ Verity und Rupert untereinander reden, als ich rausging, um Tee zu machen. Auf die Weise bekommen Paare die Chance, letzte Bedenken unter vier Augen zu bereden. Natürlich habe ich nicht gelauscht.« Hier sah er Eve an. »Aber die beiden klangen entspannt. Verity war recht unverblümt während der Unterhaltung. Ich konnte erkennen, dass es ihr wichtig war, ihre Eigenständigkeit zu behalten, und Rupert schien das voll und ganz zu unterstützen. Er schlug Lesungen aus Khalil Gibrans *Der Prophet* vor, in denen es darum geht, dass man sich liebt, aber als Individuen existiert.«

Sie gingen hinten um die Ruine der alten Kirche herum zu einem Bereich offenen Graslandes mit Blick auf den Fluss Sax. Vor ihnen regte sich das Schilf nahe dem Wasser in einer sanften Brise.

»Beide haben mehrmals Ruperts Eltern erwähnt, was mir ungewöhnlich vorkam. Schwiegereltern kommen zwar schon mal in den Unterhaltungen auf, aber in diesem Fall fühlte es sich fast an, als wären sie mit im Zimmer. Es gab einige Diskussionen, ob Belinda Seagrave die Gibran-Lesungen gutheißen würde.« Er holte tief Luft. »Rupert wurde recht lebhaft in seinen Anmerkungen.«

Eve versuchte zu begreifen, was hinter den Worten des Vikars steckte. »Es hört sich beinahe an, als würde er mit Genuss gegen seine Mutter rebellieren.«

Da war eindeutig Zustimmung in Jims Miene zu lesen. Eve hatte richtig gedeutet, was der Vikar aus Taktgefühl nicht direkt ausgesprochen hatte.

Sie fragte sich, wie weit Ruperts Rebellion gereicht hatte. Bezog sie sich nur auf die Wahl der Hochzeitssprüche oder auch auf die seiner Ehefrau? Falls Letzteres zutraf, könnten seine Gefühle kein sehr solides Fundament gehabt haben.

»Aber sie klangen sehr entspannt miteinander, als ich sie kurz allein ließ«, erinnerte Jim sie, als hätte er Eves Gedanken gelesen.

»Dann schienen ihre Gefühle echt.«

Wieder lächelte der Vikar. »Rupert sagte, sein Vater wäre glücklich mit dem Khalil Gibran.«

»Vielleicht lebt Percival gern unabhängig von seiner Frau.«

Jim sah Eve lächelnd an. »Eine außergewöhnliche Schlussfolgerung. Das wollte ich nicht angedeutet haben.«

Sie erwiderte sein Lächeln. »Natürlich nicht.«

»Rupert sagte, Percival sei ein Fan von Verity, und sie fügte hinzu, es sei ihr durchaus bewusst. Und dann hat er sich entschuldigt.«

»Für seinen Vater?«

Jim hatte ihr nun den Rücken zugekehrt und war auf das Wasser zugegangen. Im Watt pickten schwarzschwänzige Schnepfen mit orange-braunem Sommergefieder nach Würmern. »Wie bitte?« Er wandte sich mit einem vagen Lächeln zu ihr um.

Und Eve verstand. Er hätte ihr gar nichts von alldem erzählen dürfen, und die Andeutung, dass Sir Percival mit Verity geflirtet hatte, ging einen Schritt zu weit. Es war ein Segen, dass Jim Thackeray ihr vertraute und fand, dass sie guten Grund hatte nachzuforschen.

Die Botschaft, die sie mit nach Hause nahm, war die, dass Percival ein Lüstling war und Rupert es wusste.

# Kapitel 12

Nachmittags ging Eve bei drückender Hitze zum *Monty's*, vorbei an Gärten voller Rosen und Lavendel, deren schwindelerregender Duft die Luft erfüllte. Das Summen der Bienen und der Amselgesang übertönten die Stimmen der spielenden Kinder auf dem Dorfanger.

In dem Café ging es beinahe genauso farbenprächtig zu. Die Tische waren von dem meergrünen Stoff verhüllt, den sie eigentlich für das Fest hatten nutzen wollen, und beladen mit Vivs typischem Stilmix unterschiedlichen Geschirrs und ihrem exquisiten Gebäck. Wie immer schaute Eve sich einmal um, als sie hereinkam, um einzuschätzen, was sie bei der Arbeit erwartete.

Es waren kaum noch Plätze frei. Die Tische draußen mit Blick auf den Sax waren alle besetzt. Durch die Fenster nach hinten konnte Eve das blaue Wasser sehen, das den Himmel spiegelte. Auf den Sandbänken tummelten sich reichlich Möwen und Watvögel. Die beschauliche Szene draußen hob sich deutlich von dem Geplauder im Pub ab. Eve hörte mehrere Leute Verity Nyes Namen sagen, als sie durch den Gästeraum auf den Tresen zuging, an dem Vivs Sohn Sam und dessen Freundin Kirsty bedienten. Beide grinsten sie an.

»Mum wird froh sein, dass du hier bist«, sagte Sam. »Sie hat irgendwelche Probleme mit den Vorräten für nächste

Woche – aber ich denke, sie giert vor allem verzweifelt nach Informationen.«

Eve schmunzelte. »Dann gehe ich mal lieber nach hinten.« Sie war wegen der Buchhaltung gekommen. Viv hatte sie eingestellt, um etwas Ordnung in den Betrieb zu bringen. Es war ein permanenter Kampf gegen das Chaos, doch Eve mochte Herausforderungen.

In der Küche fand sie Viv auf allen vieren und halb in einem der großen Schränke vor, in denen sie Mehl und andere Zutaten lagerten.

»Alles in Ordnung?«

Viv zuckte zusammen und stieß mit dem Kopf gegen ein Regal. Sie tauchte aus dem Schrank auf und rieb sich das schimmernd blaugrüne Haar. »Noch besser, weil ich dich sehe! Und vergessen wir nicht, dass ich« – sie schaute auf ihre Uhr – »seit fast vierundzwanzig Stunden auf ein Update warte!«

Eve ließ sich nicht ablenken. Sie spähte in den Schrank, in dem Viv eben gesucht hatte. »Sam sagt, es gibt ein Vorratsproblem. Vielleicht wartest du noch ein bisschen länger auf Tee und Informationen, wenn du willst, dass ich meine Arbeit mache.«

Viv stöhnte. »Du bist so streng! Ehrlich, ich bin mir sicher, dass die Buchhaltung warten kann.«

»Hast du alles da, was du morgen zum Backen brauchst?«

Ihre Freundin wich ihrem Blick aus.

»Das nehme ich mal als Nein. Was ist los?«

»Weißt du noch, wie du mich nach den Zutatenmengen für das Fest gefragt hattest?«

»Ja?«

»Und ich sie dir genannt habe und du wissen wolltest, ob ich mir sicher bin?«

»Aha.« Sie hatten die Kuchen gebacken, bevor das Fest

abgesagt worden war, und Viv hatte sie gestern alle verkaufen können. Wer geplant hatte, auf das Dorffest zu gehen, war stattdessen im *Monty's* eingekehrt und hatte im Gedenken an Verity für *Wide Blue Yonder* gespendet. »Soll ich vorne Kirsty helfen, damit Sam zum Supermarkt fahren kann? Die dringende Buchführung kann ich danach erledigen und den Rest nächstes Mal.« Eve nahm sich vor, in Zukunft selbst die Zutatenmengen zu überprüfen. Wenn Viv ihr irgendwelche Informationen leichthin gab und dazu abwinkte, war es grundsätzlich ein schlechtes Zeichen.

Viv lächelte gewinnend. »Das wäre fantastisch. Ich würde nicht fragen, aber heute macht der Supermarkt vor uns zu, weil Sonntag ist.«

»Ja, der Gedanke kam mir auch.«

Drei Stunden später dünnte sich die Gästeschar aus. Sam war mit den Backzutaten zurück, die Viv brauchte, und der Großteil an Kuchen für morgen war vorbereitet.

Viv erschien neben Eve, als die noch letzte Einträge im Wochenplaner vornahm. »Keine Ausreden mehr!«, sagte sie. »Ich brauche unbedingt ein Update, und jeder im *Monty's* redet über den Mord. Hast du gehört, dass Dylan Walker Mrs Barclay beschuldigt hat?«

Eve nickte. »Das und die Gerüchte, dass bei Verity eine Autopsie gemacht wurde.« Sie erzählte es, ohne zu verraten, dass sie es von Robin hatte. Nicht einmal Viv wusste von seiner Vergangenheit oder seiner Verbindung zu Gregory Boles. Es behagte Eve nicht – sie hasste es, unaufrichtig zu ihrer Freundin zu sein –, doch Robin wollte, dass es geheim blieb, und sie wollte ihn nicht enttäuschen.

»Das weißt du alles und hast es mir nicht direkt erzählt?« Viv war wie vom Donner gerührt.

»Wären dann die Vorräte rechtzeitig hier gewesen, und alles wäre erledigt?«

»Ähm … Na gut, du hast ja recht. Es erklärt, warum die so sicher sind, dass sie gestoßen wurde. Und jetzt, Eve, setzen wir uns an einen Ecktisch und lassen uns von Kirsty und Sam Erdbeer-Shortcakes mit Holunderblütensahne und eine große Kanne Assam-Tee bringen. Und dann will ich alles hören!«

Da die Wochenplanung stand, alle Schichten zugeteilt waren und reichlich Mehl und Zucker im Schrank standen, war Eve entspannt genug, um sich auf das Gespräch zu freuen. Die Fakten mit Viv durchzugehen könnte ihr helfen, manches klarer zu sehen.

Sobald sie saßen, nahm Eve einen Bissen von dem Erdbeer-Shortcake – zwei Schichten Biskuit und dazwischen Erdbeeren und Holunderblütensahne. »Perfekt!«

»Ich dachte, es wäre gut, rechtzeitig zum August ein neues Sommerrezept rauszubringen.«

»Ich liebe es!« Auch der Tee war erfrischend. Es herrschte drückende Hitze, aber Sam hatte die Türen vorn und hinten weit geöffnet, um die sanfte Sommerbrise zu nutzen.

»Also«, sagte Viv, »offensichtlich will ich deine Neuigkeiten erfahren, doch ich bin auch ein bisschen beunruhigt. Du wolltest zu Veritys Tod nachforschen, als die Polizei noch fest überzeugt war, dass es sich um einen Unfall handelte. Aber könntest du es jetzt nicht Palmer überlassen? Er hat doch eingesehen, dass es Mord war. Und mir kommt es so riskant für dich vor, da jetzt rumzuschnüffeln.«

Viv war sehr ernst, lehnte sich jedoch auf einmal vor und wirkte wieder mehr wie sie selbst. »Und mir würde deine Hilfe hier fehlen, wenn dich jemand abmurkst. Du weißt doch, dass ich niemals allein klarkäme.«

»Ah, danke auch!« Eve verzog das Gesicht, bevor sie nachdenklich in ihre Teetasse blickte. »Ich hoffe, Palmer macht seine Arbeit anständig, nur traue ich ihm nicht. Er lässt sich so leicht blenden, und das weißt du. Außerdem habe ich das Gefühl, mittendrin zu stecken. Mir geht mein Gespräch mit Verity nicht aus dem Kopf. Sie hatte sich mir anvertraut, und sei es bloß kurz. Es wäre schrecklich, sie im Stich zu lassen. Und ich könnte bei meinen Interviews auf etwas Relevantes stoßen. Ich wäre verrückt, nicht ein bisschen weiter nachzuforschen und zu sehen, ob es irgendwas bringt.«

Eve ging es wie immer an. Erschien ihr etwas seltsam, musste sie weitergraben, bis sie die Fakten kannte. Die Polizei würde sie nicht ernst nehmen, sofern ihre Informationen keiner Überprüfung standhielten.

Viv trank einen Schluck Tee und seufzte. »Dachte ich mir, dass du das sagen würdest. Aber sei vorsichtig, ja?«

»Bin ich. Und sollte ich etwas Konkretes finden, gehe ich damit zur Polizei.«

Viv nickte. »Das ist gut. Ich verstehe dich ja. Palmer braucht eine klarsichtige Außenseiterin, die ihn auf die richtige Spur lenkt. Sicher hat er Jade Piper in Verdacht, weil Verity aus ihrem Fenster gestoßen wurde, und sie ist nie und nimmer die Schuldige. Schau dir allein an, wie sie sich für das *Monty's* eingesetzt und darauf bestanden hat, dass die Seagraves uns fürs Catering buchen.«

»Ich halte es für möglich, dass jemand gutes Gebäck mag und gleichzeitig eine Person genug hasst, um sie zu ermorden.«

»Eve!« Viv sah aus, als hätte sie eben behauptet, die Erde sei eine Scheibe. »Also wirklich. Aber abgesehen von ihrem guten Geschmack, wer lässt sich auf das Brimborium ein, ein großes Event zu organisieren, macht sich sogar Gedanken über die Lieferanten, wenn er einen Mord plant?«

»Ich glaube nicht, dass dieser Mord geplant war.«

Viv erstarrte mit ihrem Shortcake auf halbem Weg zum Mund. »Du hast schon losgelegt! Ich liebe das! Aber was denkst du? Ich nehme an, keiner konnte wissen, dass Verity das Zelt aus dem Fenster werfen wollte, aber Rupert Seagrave hat gesagt, Cora hätte es vorgeschlagen. Selbst wenn sie den Mord nicht begangen hat, könnte es jemand gehört haben und Verity nach oben gefolgt sein, um zu sehen, ob sie den Rat befolgt.«

»Genau genommen denke ich gerade wegen Coras Vorschlag, dass der Mord in der Hitze des Moments begangen wurde.«

Viv zog die Brauen zusammen, während sie noch einen Bissen Erdbeer-Shortcake nahm. »Erklär mal.«

»Es ist klar, dass sich Cora und Verity nicht verstanden haben. Deshalb ist Cora zu mir gekommen – um Verity schlechtzumachen.«

»Wie nett.«

Eve berichtete ihr, welche Dynamik ins Spiel kam, von Coras gescheitertem Plan, Seagrave Hall mit Rupert zusammen in ein Hotel umzuwandeln, bis hin zu ihrer Behauptung, Verity und Pete Smith hätten eine Affäre gehabt.

Viv hielt sich eine Hand vor den Mund. »Ach du Schande! Dann haben Cora und Rupert beide ein Motiv.«

Eve nickte. »Jedenfalls hört es sich an, als wäre die Stimmung im Herrenhaus sehr angespannt gewesen, und ich denke, alle Hauptakteure wussten am Freitag, wie es zwischen Cora und Verity stand. Schließlich haben alle im Haus gewohnt, und Cora ist eine schlechte Schauspielerin.«

Viv runzelte die Stirn. »Okay, noch komme ich mit. Aber warum heißt das, dass der Mord nicht geplant war?«

»Ich denke, Verity hätte Coras Rat mit dem Fenster schon aus Prinzip nicht befolgt. Und diese Art, sich Arbeit zu ersparen, konnte sie so oder so nicht ausstehen. Ich habe ihre Reaktion gehört, als Tilly Cotton, die Gutsverwalterin, ihr Hilfe mit dem Zelt angeboten hat. Verity hat gelacht, doch man sah ihr an, dass es sie ärgerte. Sie mochte es nicht, wenn Leute viel Aufhebens machten. Und sie wusste, dass sie zurechtkommen würde. Sie war stark durch das Schwimmen bei extremen Bedingungen. Also hätte niemand sich vorgestellt, dass sie sich wenige Minuten später in einem heiklen Winkel aus einem Fenster beugen würde.«

Eve dachte einen Augenblick nach, dann fuhr sie fort: »Ich schätze, das bedeutet, dass Verity es erst in letzter Minute beschlossen hatte, und die Person, die sie getötet hat, war aus einem anderen Grund im Haus, sah ihre Chance und ergriff sie. Wahrscheinlich stand sie hinterher unter Schock. Sie könnte schon vorher davon fantasiert haben, Verity umzubringen, doch ich wette, sie hatte keine Ahnung, dass sie es an dem Tag wahrmachen würde.«

»Wow.« Viv lehnte sich nachdenklich zurück. »Ja, das ergibt einen Sinn.«

»Und es gibt noch einen zweiten Grund. Ich habe mich über Stürze schlaugemacht.« Am Samstag hatte sie bis in die Nacht gearbeitet und jedes Detail, das sie kannte, überprüft. »Jemanden aus größerer Höhe zu stoßen ist keine verlässliche Methode, denjenigen umzubringen. Manchmal überleben Leute Stürze aus ziemlicher Höhe, auch wenn sie sich dabei schwer verletzen. Und wäre Verity mehr auf dem Zelt gelandet, hätte es anders ausgehen können. Auch das weist auf jemanden hin, der sich vom Moment überwältigen ließ. Die Person hat nicht gewartet, um zu planen und eine verlässlichere Methode anzuwenden. Es war ein großes Risiko. Verity hätte leicht überleben und sie identifizieren können.«

»Dann zur nächsten Frage. Was hat sie dazu gebracht, das Zelt aus dem Fenster zu werfen?«

Eve ließ etwas mehr von dem Shortcake in ihrem Mund schmelzen. Vivs Backwaren halfen ihr stets beim Denken. »Es wird dir nicht gefallen, doch vielleicht hatte sie nach einem Vorwand gesucht, um in Jade Pipers Zimmer zu gehen.«

»Und was kann sie da gewollt haben?« Viv trank ihren Tee aus und schenkte ihnen beiden nach.

»Ich habe keine Ahnung. Aber Jade wirkte am Freitag sehr beunruhigt.«

Viv rückte auf ihrem Stuhl weiter nach vorn und sprach langsam. »Du denkst, Jade Piper hat etwas zu verbergen?«

»Möglich wäre es. Ich habe ihr Büro angerufen und um ein Interview gebeten.«

»Ich kann nicht glauben, dass sie schuldig ist«, sagte Viv bestimmt. »Ich habe sie wirklich gemocht.«

»Ich auch. Aber gute Menschen können schlimme Dinge tun. Vor allem, wenn sie bis an den Abgrund gedrängt werden und aus dem Moment heraus handeln.« Was könnte Verity getan haben, das Jade zu einer solch furchtbaren Tat bewegt haben könnte? Eve konnte es sich nicht vorstellen, was jedoch nichts zu sagen hatte.

»Ich wette, Palmer wird sich auf sie einschießen. Sie ist genau der Typ Verdächtige, die er liebt. Ein bisschen problembelastet, freundlich, wehrlos.«

Da hatte Viv recht. Trotzdem könnte Jade Piper schuldig sein.

»Also steht sie auf deiner Verdächtigenliste?«, fragte Viv, als Eve schwieg.

»Sie hat kein offensichtliches Motiv. Rupert und Cora hingegen stehen ganz oben.« Dennoch wollte sie mehr über Jade herausfinden. Da war etwas unter der Oberfläche.

»Und hast du sonst noch jemanden gefunden, der Veritys Tod gewollt haben könnte?«

»Ich denke noch über Pete Smith nach.« Hatte er die Zeit gehabt, die Treppe runterzulaufen und so schnell bei der Leiche zu sein? Es klang, als glaubte die Polizei es. Er war nicht auf Robins Liste von Personen gewesen, die mit dem Mord zu tun haben könnten.

»Falls Coras Anschuldigung stimmt, dass er eine Affäre mit Verity hatte, könnte er einen letzten Versuch unternommen haben, die Beziehung zu retten, und sie ermordet haben, als er scheiterte«, sagte Eve. »Es würde zu dem Gespräch der beiden in dem Festzelt passen, das ich gehört hatte. Da war er eindeutig wütend. Tilly schickt ihm eine Nachricht von mir mit einer Bitte um ein Interview. Er war vor Rupert, Cora und Sir Percival da, aber ich denke nicht, dass er besonders schnell war. Rupert sagte, er hätte im Wald eine Zigarette geraucht, Cora war angeblich auf dem Rückweg von ihrem Cottage, und Percival behauptet, im Stall gewesen zu sein. Und dann erschien Jade von irgendwoher. Ich bin mir nicht einmal sicher, ob sie als Letzte da war.« Eve verfluchte den Schock, der sie blind für die Details gemacht hatte.

Auf dem Heimweg wog Eve die Verdächtigen im Kopf ab, die Außenseiter, Pete und Jade, gegen die Insider, Rupert und Cora. Jeder von ihnen könnte schuldig sein, doch es waren die Seagraves, bei denen Eve nicht wohl war. Es ergab einen Sinn, dass Tilly Cotton die Familienmitglieder schützen wollte, falls sie die Person gesehen hatte, die Verity aus dem Fenster gestoßen hatte.

Und die Feindseligkeit der Seagraves hatte auch Verity beschäftigt. *Gewetzte Messer.* Möglicherweise hatte sich sogar Rupert nach Coras Anschuldigungen gegen sie gestellt. Sowohl er als auch seine Cousine schienen ihre eigenen Obsessionen zu pflegen. Vielleicht hatte diese Weltfremdheit dazu geführt, dass einer von ihnen eine furchtbare Grenze überschritten hatte.

Eve war erst seit fünf Minuten zu Hause, als es an der Tür klopfte. Die junge Frau auf dem Gartenweg draußen stellte sich als Detective Constable Olivia Dawkins vor und zeigte ihren Ausweis. Eve atmete erleichtert auf, dass es kein Besuch von DI Palmer war. Ihre Aussage zu Freitag aufzunehmen wäre unter seiner Gehaltsklasse, was ihn sonst jedoch nicht abhielt. Zu gern schüchterte er Eve ein – oder versuchte es zumindest.

Eve bat DC Dawkins ins Haus, wo die Polizistin das angebotene Glas Limonade annahm. Es war klar, dass Gus die Frau mochte. Keine Spur von skeptischem Schnüffeln am Hosenbein oder erbosten Blicken, wie sie bei Palmer die Regel waren. »Nehmen Sie doch bitte Platz.«

Die junge Frau zögerte, ehe sie sich vorsichtig auf die eine Couch setzte. »Danke. Meinen Informationen zufolge hatten Sie Ms Nyes Sturz mitangesehen. Können Sie mir bitte erzählen, wo genau Sie waren und was vorher passiert war? Ich würde gern alles aufnehmen, woran Sie sich erinnern, bevor unsere Officers eintrafen.«

Eve nickte. Sie hatte mit dem Besuch gerechnet und morgens noch einmal in ihre Notizen gesehen. Nun ging sie ihre Bewegungen durch, von denen sie wusste, dass sie keine große Hilfe bei der Ermittlung sein würden. Sicher hatte es für die Polizei nicht oberste Priorität, dem Vikar ein Alibi zu geben.

Constable Dawkins notierte sich alles, was Eve sagte, und schaute hin und wieder auf, um ihr aufmunternd zuzunicken. Dann äußerte sie die Worte, die Eve bereits befürchtet hatte: »Und haben Sie an dem Freitag irgendetwas beobachtet, was relevant für den Fall sein könnte?«

Der Streit, den Eve von draußen vor dem Festzelt gehört hatte, hallte in ihrem Kopf nach, doch sie hatte schon über ihre Herangehensweise entschieden und die fühlte sich nach wie vor richtig an. Es wäre unfair, Details weiterzugeben, ohne deren Hintergrund zu verstehen, und dazu müsste sie mehr recherchieren.

Tatsächlich war sie sicher, dass die Gerüchte von der Affäre so oder so ihren Weg zur Polizei finden würden. Über Cora. Und mit diesem Wissen bewaffnet würde Palmer sich in Pete Smith und Jade Piper verbeißen. Zwar wäre es ein Mordmotiv für Rupert, allerdings bezweifelte Eve, dass der Detective Inspector sich davon stören lassen würde. Es wäre an ihr, sich die Spannungen zwischen Rupert, Cora und Verity näher anzusehen. Und sobald sie harte Fakten hatte, könnte sie echte Informationen weitergeben.

»Da fällt mir nichts ein. Ich nehme an, Sie haben schon von dem Wortwechsel zwischen Rupert und Cora unmittelbar nach Veritys Sturz gehört?« Alle Dorfbewohner hatten den miterlebt.

DC Dawkins nickte. »Aber erzählen Sie mir doch bitte auch davon, in Ihren eigenen Worten.«

Eve tat es. Als sie fertig war, erklärte sie, dass Rupert auf seine Cousine losgegangen war, weil die Verity geraten hatte, Sachen aus dem Fenster zu werfen. DC Dawkins dankte ihr und trank ihre Limonade aus. Sie stand jedoch nicht auf. Stattdessen steckte sie ihren Notizblock ein und blickte auf ihre Hände, die sie auf dem Schoß rang.

»Gibt es sonst noch etwas, bei dem ich Ihnen helfen kann?«, fragte Eve.

»Ich … ähm … ich soll Ihnen etwas von DI Palmer ausrichten.«

Gus merkte auf. Genau wie Eve. »Aha?«

»Er lässt Ihnen ausrichten, dass Sie sich bitte aus der Mordermittlung heraushalten. Ich meine« – die arme Frau wurde feuerrot – »um Ihrer eigenen Sicherheit willen natürlich. Und aus verfahrenstechnischen Gründen.«

Eve wettete, dass er es anders formuliert hatte. »Ja, verstehe.«

»Er hat gesagt …«

Eve hielt es nicht aus, wie die Frau sich wand. »Lassen Sie mich raten. Er hat gesagt, ich soll mich um meinen Kram kümmern, und sollte er herausfinden, dass ich mehr mache, wird er sich eine Verfügung besorgen, dass ich Verity Nyes Kontakte nicht mehr befragen darf.«

Jetzt war DC Dawkins' Gesicht fleckig rot. »Ja, ungefähr so.«

Gus schaute die junge Frau enttäuscht an.

Und Eves Adrenalinpegel stieg. Sie malte sich aus, Palmer mit ihren klobigsten Stiefeln auf die Füße zu treten, bemühte sich aber, sich nichts anmerken zu lassen. DC Dawkins verdiente ein freundliches Lächeln. Es musste die Hölle sein, für Palmer zu arbeiten. »Sagen Sie dem Detective Inspector bitte, dass ich seine Botschaft verstanden habe.« *Und fest vorhabe, sie zu ignorieren.*

Nun nickte die Polizistin, stand rasch auf und eilte zur Haustür.

Später an dem Abend saß Eve an ihrem gusseisernen Tisch im Garten und beobachtete, wie die Sonne über Elizabeths Cottage unterging und den sich verdunkelnden blauen Himmel vergoldete. Gus hatte sich auf die Hinterbeine gestellt und die Pfoten auf ihren Schoß gelegt.

Sie sah ihn an und wuschelte ihm durchs Fell. »Du bist genauso schön wie der Sonnenuntergang! Ja, das bist du!«

Sie hatte an Rupert Seagrave und dessen Behauptung gedacht, dass er zum Rauchen im Wald gewesen war, als seine Verlobte ermordet wurde. Cora hatte ihr berichtet, sie hätte ihm eine halbe Stunde vorher von Veritys und Pete Smiths vermeintlicher Affäre erzählt. Aber er hatte ihr gesagt, dass er sich weigerte, ihr die Geschichte ohne Beweis zu glauben. Das behauptete er zumindest. Eve konnte sich nicht vorstellen, dass er es wirklich dabei hatte bewenden lassen. Vielleicht hatte er Verity zur Rede stellen wollen – oder selbst nach Beweisen suchen wollen. Doch bei all dem Organisatorischen, das anstand, dürfte er nicht viel Zeit gehabt haben.

War er tatsächlich stattdessen in den Wald gegangen, um allein nachzudenken?

Was, wenn er gelogen hatte? Er könnte gesehen haben, wie seine Verlobte ins Haus ging, um das Zelt zu holen, und ihr gefolgt sein, damit er sie unter vier Augen sprechen konnte. Oder er hatte die Chance genutzt, sich in Pete Smiths Zimmer umzuschauen, ob er dort Beweise für die Affäre fand.

»Ich glaube, Rupert hat Verity geliebt, Gus, und Jim Thackeray denkt das auch.« Sie blickte in die braunen Augen ihres Dackels. »Was nicht heißt, dass er rational vorgegangen ist. Was ist, wenn er voller aufgestauter Wut und Eifersucht ins Haus gegangen ist, seinen Beweis gefunden hat und dann Verity in solch einer verwundbaren Position sah? Was dann?«

# Kapitel 13

Jade Piper hatte angeboten, Eve am Montagmorgen zu empfangen. Das Büro von *Wide Blue Yonder* war in London, doch sie arbeitete an dem Tag mit einer Gruppe junger Frauen in einem Ort namens Eastbury-on-Sea in Essex, sodass Eve keinen ganz so weiten Weg hatte.

Nachdem sie mit Gus eine Waldrunde gedreht hatte, wechselte sie in die leichteste Interview-Kleidung, die sie besaß: ein tailliertes, himmelblaues Kleid mit dunkelroter Paspel am Halsausschnitt, die ihm ein wenig Pep verlieh. Eve besaß eine passende Jacke dazu, doch die könnte ein bisschen zu viel des Guten sein. Es war wichtig, seriös auszusehen, damit die Interviewpartner sich ernst genommen fühlten, und hier half gemeinhin ein Kostüm. Doch für Jade Piper war dies auch ein Arbeitstag, an dem sie Stunden in die Sache investierte, für die sie eintrat. Eve wollte geschäftsmäßig aussehen, ohne es zu übertreiben.

Sie hatte sich im Internet schon über *Wide Blue Yonder* informiert, als Viv und sie zugestimmt hatten, die Kuchen für das Dorffest zu liefern. Eve wanderte niemals blind in irgendetwas hinein. Jetzt hatte sie tiefer gegraben und wusste, dass die Organisation für Jade mehr war als nur ein Job: Sie war die Gründerin. Eve musste hauptsächlich nach Verity fragen, aber die Organisatorin zu verstehen könnte auch Hinweise auf ihre Beziehung zu der Taucherin liefern.

Jades Wegbeschreibung führte Eve an die Küste auf der Südseite von Eastbury-on-Sea, jenseits der Wohnviertel. Sie parkte an einer breiten, asphaltierten Straße vor einem eingeschossigen, cremeweißen Gebäude, das Jade ihr beschrieben hatte, mitsamt der Schindelfassade: das Gemeindezentrum.

Die Glastür vorn war offen und der große Hauptraum drinnen leer. Hier gab es einen verlassenen Bühnenbereich, zerkratzten Parkettboden und leicht schmuddelige, gelb gestrichene Wände. Doch hinter einer Glasflügeltür konnte Eve Jade sehen. Sie stand draußen in einem Terrassenbereich mit einer Gruppe junger Mädchen zusammen, die in bauchfreien Tops und Shorts waren. Jade selbst trug eine dreiviertellange Jeans und ein bretonisches T-Shirt. Eve war froh, dass sie den Blazer weggelassen hatte.

Sie ging zu ihnen durch. Die Glastüren quietschten, als Eve eine aufschob, trotzdem bemerkte Jade sie nicht gleich. Eve sah das Feuer in ihren Augen, als sie mit einem der jungen Mädchen sprach. Die anderen unterhielten sich ebenfalls – untereinander. Eine von ihnen entdeckte Eve und machte Jade auf sie aufmerksam.

»Vielen Dank, dass Sie mich empfangen, so beschäftigt, wie Sie sind.«

Jades dunkelbraunes Haar wehte im Meereswind. »Ist schon okay.« Ihre Augen waren noch halb bei der Gruppe, doch der Anflug von Nervosität, der Eve am Freitag aufgefallen war, lange ehe Verity gestürzt war, stellte sich auch jetzt wieder ein.

»Ihr plant weiter, okay?«, sagte Jade zu der Gruppe.

Sie nickten. Alle hockten auf der niedrigen Umrandungsmauer der Terrasse. Sie sahen sehr engagiert aus, und Eve hatte das Gefühl, dass sie metaphorisch so viel Wind in ihren Segeln hatten wie buchstäblich in ihrem Haar.

»Es sind Ferien«, sagte Jade, als sie mit Eve in das Gemeindezentrum ging. »Doch wir treffen uns während des Schuljahres auch regelmäßig nach dem Unterricht. Ich leite diese Gruppe, weil ich auf dieser Seite von London lebe. Aber jetzt expandieren wir, und ich rekrutiere Ausbilderinnen an zwölf Niederlassungen in Großbritannien, die das Gleiche anbieten sollen. Danach werde ich hoffentlich noch mehr Ausbilderinnen trainieren, und das Ganze wird richtig ins Kraut schießen.«

Jade war ein wenig rot geworden, und ihre Augen leuchteten. Alle Sorge, die sich vorher in ihre Züge geschlichen hatte, war für den Moment fort, in dem sie über ihre Arbeit sprach. »Es ist eine gute, tragfähige Art, die Dinge voranzutreiben.«

»Klingt genial. Ich würde gern etwas davon in meinen Nachruf aufnehmen. Der wird Feature-Länge haben, also habe ich Raum, mehr ins Detail zu gehen als in einer Zeitung.«

»Das wäre großartig!«

Eve war ein Zeitungsbericht aufgefallen, in dem es hieß, nach Veritys Tod hätte *Wide Blue Yonder* einen Schwall an Spenden bekommen.

»Was hat Ihr Interesse an diesem Bereich geweckt?«

Jade hatte sie in ein Büro geführt, das von dem großen Saal abging, und bedeutete Eve, sich auf den Stuhl vor einem sehr schlichten Schreibtisch mit Furnierplatte zu setzen. Eve nahm Platz und blickte kurz nach draußen zu den jungen Mädchen und der Nordsee hinter ihnen.

»Ich hatte das, was die meisten Leute ein ziemlich begütertes Elternhaus nennen würden: wohlhabende Mittelschichtseltern, Essen auf dem Tisch, Bücher und so weiter.

Aber mein Vater war ein schwieriger Mann. Er hat mein Selbstvertrauen tagein, tagaus demontiert. Ich verlor jedweden Glauben an mich selbst, den ich jemals besessen haben mochte, doch dann« – sie stockte und schluckte, die Hände auf dem Schreibtisch fest gefaltet – »dann sah ich ein Mädchen, dem es schlimmer ging als mir. Ihr zu helfen hat mich gerettet.«

Sie holte tief Luft und drehte sich zu Eve. »Eine Lehrerin hatte es vorher schon versucht. Sie hat mir gesagt, ich würde mich gut machen, aber es hieß immer nur: ›Komm schon, Jade, Kopf hoch! Du kannst das!‹ Und ich habe ihr nicht geglaubt. Jemand anderen wie mich zu sehen, das hat mir die Augen geöffnet.«

»Und das ist jetzt Ihr Modell? Sie bringen junge Mädchen und Frauen zusammen, die Ähnliches durchgemacht haben?«

Jade nickte. »Ihre Probleme sind ganz unterschiedlich, aber das Entscheidende ist, dass sie einander verstehen und helfen wollen. Sie tauschen sich aus. Und ehe man sichs versieht, werden sie immer stärker, weil sie etwas gefunden haben, für das sie kämpfen, auch wenn es nicht für sie selbst ist. Sobald dieses Gefühl von Bestärkung da ist, dauert es normalerweise nicht lange, bis der Kampf für ihre eigene Zukunft einsetzt.«

Sie war wieder Feuer und Flamme. »Wir bringen sie nicht bloß zum Reden. Sie bekommen auch Kurse in Selbstverteidigung, um ihr Gefühl von Kontrolle in einer schwierigen Welt zu fördern. Diese Gruppe dort« – sie nickte zum Fenster – »ist inzwischen ein hervorragendes Netzwerk. Sie müssen nicht befreundet sein; sie stehen einander aus Prinzip bei.«

Eve machte sich einige Notizen und stellte fest, dass sie selbst begeistert war. »Ich kann die Zeitschrift, für die ich arbeite, bitten, Ihre Website mitaufzunehmen, damit Leute spenden können.«

Jade errötete und lächelte. »Danke.«

Es war stickig im Raum, doch Jade öffnete das Fenster nicht. Eve vermutete, dass sie den jungen Frauen draußen ihre Privatsphäre lassen wollte. Aber sie musste gesehen haben, wie Eve sich die Stirn wischte, denn einen Moment später bot sie ihr Eiswasser aus dem brummenden Kühlschrank hinter ihrem Schreibtisch an. Eve trank von dem Glas, das Jade ihr gegeben hatte, und widerstand der Versuchung, es an ihre Wange zu drücken, um sich abzukühlen.

»Wie sind Sie darauf gekommen, Verity Nye zu bitten, Botschafterin von *Wide Blue Yonder* zu werden?« Eve beobachtete Jades Gesicht. Natürlich fielen ihr selbst schon Antworten ein: Veritys Berühmtheit wäre eine geniale Werbung, und ihr Wagemut könnte die jungen Frauen inspirieren, mit denen Jade arbeitete. Aber Eve wollte nicht mutmaßen.

Jade antwortete wie erwartet, allerdings blinzelte sie vorher schnell: ein Zeichen von Stress.

»Ich nehme an, Sie hatten eine Shortlist von Leuten, die infrage kamen«, sagte Eve, »und haben dann sondiert, wer sich am besten für die Rolle eignete?«

Jade trank von ihrem Wasser. »Vorher hatte ich recherchiert, ob Verity nicht schon etwas Vergleichbares machte.«

»Hat sie der Job viel Zeit gekostet?«

»Nein, und die Stundenzahl war von vornherein vertraglich festgelegt. Sie hatte einigen Events jedes Jahr zugestimmt, zusätzlich zu wenigen Mentorinnenstunden.« Einen Moment lang wirkte Jade nachdenklich. »Einzelsitzungen sind bei *Wide Blue Yonder* nicht Standard, doch eine Sponsorin fand die Idee gut, einen Wettbewerb zu veranstalten, bei dem es Mentorinnensitzungen als Preis gab. Ich war mir nicht sicher, obwohl es eine gute Methode zu sein schien, das Profil der Organisation zu verbessern. Es ist leichter, Publicity für einen einzeln ausgerufenen Preis zu bekommen als für solide, tagtägliche Arbeit.« Sie seufzte und schüttelte den Kopf. »Sie könnten mit der Gewinnerin sprechen, wenn Sie möchten. Ich gebe Ihnen die Kontaktdaten.« Sie schrieb sie auf ein Post-it.

»Danke.« Eve steckte den Zettel in ihre Tasche. »Sie müssen Verity recht gut kennengelernt haben. Und Sie waren direkt in die Festorganisation in Seagrave Hall eingebunden. Ich vermute, Sie haben Verity dort auch mit der Familie erlebt, wenn Sie im Herrenhaus wohnten und alle gemeinsam gegessen haben?«

»Ja, aber nur bei diesem einen Event. Sonst wohne ich in einer Pension, damit ich alles im Blick habe, und Verity kam immer erst an dem Tag selbst, es sei denn, sie hatte eine zu weite Anreise.«

Wenn die Abenteurerin also auf eine Chance gelauert hatte, sich in Jades Zimmer zu schleichen, wäre das Fest eine gute Gelegenheit gewesen.

»Ich hatte vor, diesmal im Pub in Saxford St. Peter zu wohnen«, fuhr Jade fort, »doch Sir Percival bestand bei meiner Ankunft darauf, dass ich eines der Gästezimmer im Herrenhaus bekomme.« Auf einmal war ihr Blick schwer zu deuten.

Eve betrachtete Jade Pipers schimmerndes Haar, die dunkelbraunen Augen und die zierliche Statur, und ihr fiel ein, dass Jo Falconer den Hausherrn als »albernen alten Bock« bezeichnet hatte. Es war eine harmlose Beschreibung für etwas, das ein ernst zu nehmender Charakterfehler sein könnte.

»Letztlich war es praktisch, vor Ort zu sein. Verity war einverstanden, und ich konnte die Buchung im Pub noch stornieren.«

»Das ist gut. Und wie war es, mit Verity zu arbeiten?«

Die Wohltätigkeitsmanagerin nagte an ihrer Unterlippe.

»Sie war es gewohnt, das Sagen zu haben. Arbeit im Team war nicht ihre Stärke.«

Eve lächelte. »Am Freitag habe ich gesehen, wie sie im Gespräch mit Ihnen ziemlich energisch wurde. Und sie zeigte auf das Haus.«

»Ich war für das Administrative der Events verantwortlich, die wir zusammen gemacht haben. Eine Botschafterin fungiert als Galionsfigur, um die Leute anzulocken. Niemand erwartet von ihr, dass sie sich wie eine Mitarbeiterin der Organisation benimmt. Aber es gibt solche und solche Arten zu fragen, wenn man will, dass jemand etwas tut.«

Eve nickte. Sie hatte auch gesehen, wie Verity versucht hatte, Jade zu besänftigen, und sie hatte ernst ausgesehen. Vielleicht war sie einmal zu oft zu weit gegangen. Bedachte man, dass *Wide Blue Yonder* junge Frauen zur Zusammenarbeit motiviert, nahm es sich wie Ironie aus, dass sie am Ende eine Botschafterin hatten, die kein Teamplayer war.

»Ich war im Büro der Verwalterin und habe eine Datei für Verity ausgedruckt, als sie aus meinem Fenster stürzte.« Das kam sehr schnell heraus.

Eve schätzte, dass die Polizei sie inzwischen befragt hatte. Und sie wettete, dass Palmer es genau deswegen ganz besonders auf die Frau abgesehen hatte.

»Ich weiß nicht, warum sie sich mein Zimmer ausgesucht hat«, fuhr Jade fort. »Aber ich nehme an, es war am nächsten.« Ihre Schultern waren steif, als sie sich auf ihrem Stuhl nach vorn beugte. »Sie wird keine Bedenken gehabt haben, einfach reinzugehen. Solange ich an dem Fest arbeitete, war mein Zimmer praktisch mein Büro. Wir hatten erst den Tag vorher dort gesessen, um einige Sachen zu besprechen.«

»Ja, das leuchtet ein.« Tatsächlich nahm Eve sich vor, es später im Wagen zu analysieren. Aber sie sah, dass Jade sich bei ihren Worten ein wenig entspannte.

»Ich wusste nicht, dass sie gestürzt war«, sagte sie nun und riss dabei die Augen weit auf, als erinnerte sie sich. »Das Verwaltungsbüro geht zum Wald seitlich vom Haus, daher sah ich nichts, und der Drucker war laut. Ich konnte auch nichts hören.« Ihre Fingerknöchel waren weiß, so fest umfing sie ihr Glas. »Ich habe mir die Ausdrucke genommen und das Büro verlassen. In Gedanken war ich bei den Reden für den nächsten Tag. Doch als ich auf den Korridor kam, fiel die Seitentür zum Garten gerade ins Schloss.«

Stimmte das? Hatte Jade knapp Veritys Mörder verpasst?

Jades Blick wurde leer. »Ich habe es der Polizei erzählt, aber ich denke nicht, dass sie mir geglaubt haben. Und ich hatte ja nicht gesehen, wer es war.«

Eve fühlte, wie ihr eine Schweißperle über den Rücken rann.

»Ich bin rausgekommen, als Pete Smith dafür sorgte, dass sich keiner Veritys Leiche näherte.«

»Sich keiner ihr näherte?«, fragte Eve unwillkürlich nach. Die Wortwahl war seltsam. Sie selbst hätte gesagt: »... keiner Verity noch mehr verletzte, indem er sie bewegte« oder etwas Ähnliches.

»So hat es ausgesehen. Ich hatte eine bessere Sicht als viele andere.« Sie stockte. »Er hat sich hingehockt, nach Vitalzeichen getastet und versucht, sie wiederzubeleben, aber nicht so, wie ich es gelernt habe.« Sie blickte durchs Fenster zu ihrer Mädchengruppe. »Ich musste einen Erste-Hilfe-Kurs machen, bevor ich anfing, unsere Jugendkurse zu geben, deshalb ist es mir aufgefallen. Natürlich kam ich in dem Moment gar nicht auf die Idee, dass Verity ermordet wurde. Aber seit ich es erfahren habe, muss ich immer wieder daran denken.«

# Kapitel 14

Im Esszimmer in Elizabeths Cottage waren Eves Gedanken ganz bei dem Interview am Vormittag. Jade hatte gesagt, sie hätte der Polizei von Pete Smith erzählt – wie er die Leute zurückhielt und Wiederbelebungsversuche unternahm, die jedoch nach Jades Erinnerung nicht dem korrekten Vorgehen entsprachen. Aber Jade hatte den Eindruck, dass die Polizei an ihren Worten zweifelte. Vielleicht dachten sie, Jade wollte von sich selbst ablenken. Eve fragte sich, was für ein Motiv Palmer bei Jade vermutete. Sie hatte keines erkannt, was jedoch nicht genügte, um sicher zu sein. Die Gelegenheit hatte Jade gehabt.

Eve öffnete ihren Laptop und betrachte wieder das Foto, das Sylvia von der jungen Frau gemacht hatte: das, auf dem die Sonnenbrille oben in ihrem Haar steckte. Und wer würde am ehesten kurz in ihr Zimmer laufen, um etwas zu holen, und dort Verity bedenklich aus dem Fenster gelehnt vorfinden? Falls Jade etwas zu verbergen hatte, könnte sie erraten haben, warum die Abenteurerin in ihrem Zimmer war, und die Gelegenheit ergriffen haben, sie zum Schweigen zu bringen. Aber was könnte Jade verbergen?

Eve musste mehr herausfinden. Es wäre gut, mit der jungen Frau zu reden, die Mentorinnensitzungen mit Verity gewonnen hatte. Sie zog den Zettel hervor, auf dem Jade die

Kontaktdaten notiert hatte, und wählte die Telefonnummer. Nach mehrmaligem Klingeln meldete sich ein Mann und sagte, sie sei nicht da; sie helfe zurzeit bei einem Umweltprojekt am Amazonas. Es klang auf jeden Fall, als hätten sie die Sitzungen angespornt, nur würde es nicht einfach sein, mit ihr zu sprechen.

Eve rief die Website von *Wide Blue Yonder* auf, um mehr über den Preis zu erfahren. Es handelte sich laut der Pressemitteilung der Organisation um ein Mentorinnenprogramm, das sechs Sitzungen mit Verity vorsah. Die Schauspielerin Kim Carmichael hatte den Preis gestiftet und die Verleihung moderiert. Eve erkannte, warum das Programm in puncto Publicity vielversprechend schien.

»Dies könnte die Spur sein, die ich brauche«, sagte Eve zu Gus, der eben ins Zimmer getapst kam. Sie streichelte ihm den Kopf. Sie war sogar froh, dass sich Veritys Schützling im Ausland aufhielt, denn so hatte Eve einen Vorwand, mit der Schauspielerin zu sprechen, die womöglich eine viel bessere Informationsquelle war.

»Als Sponsorin wird Ms Carmichael regelmäßig Updates zu dem Projekt bekommen haben. Und wahrscheinlich war sie mit der Dynamik zwischen Jade und Verity vertraut.« Eve müsste ihre Gründe erklären, warum sie ein Interview wollte, aber da hatte sie schon reichlich Ideen. Für den Nachruf war es wichtig, dass das wohltätige Engagement der Abenteurerin erwähnt wurde, und was die Schauspielerin erzählte, könnte dem mehr Farbe verleihen und für einen frischen Blick sorgen. Es wäre gut, mit jemand Unabhängigem zu sprechen, der zwar mit Verity zu tun gehabt hatte, ihr jedoch nicht sehr nahe gewesen war. Und der Name würde Leser locken.

»Jetzt habe ich sogar mich selbst überzeugt, Gus.«

Sie wollte Kim Carmichaels Agentur anrufen und um einen Termin bitten, als an die Haustür geklopft wurde.

Gus flitzte hin, kläffte wild und wedelte aufgeregt mit dem Schwanz.

»Es ist übrigens ein bisschen kränkend, dass dich ein Besucher so in Ekstase versetzt. Ich könnte glatt glauben, dir reicht meine Gesellschaft nicht.«

Gus blickte zu ihr auf, als sie die Tür erreichte, hüpfte ein Stück zur Seite und wedelte noch energischer mit dem Schwanz. Es war offensichtlich, dass ihre Bemerkung bei ihm nicht gewirkt hatte.

Sie öffnete und sah Vivs Bruder Simon vor der Tür stehen.

»Hallo, du!« Er lächelte sie an und gab ihr einen Kuss auf die Wange. »Lange nicht gesehen.« Er war immerzu munter, dennoch hatte sein Ton heute etwas gekünstelt Fröhliches, was Eve neugierig machte.

»Du siehst gut aus.« Er trug ein weißes, oben offen stehendes Hemd, das seine gesunde Bräune betonte. Simon betrieb einen Reitstall – neben diversen anderen Geschäften.

»Danke.«

Wurde er ein wenig rot? Er bückte sich, um Gus zu kraulen, der sich prompt auf den Rücken warf. Eve beobachtete ihn vom schattigen Hausflur aus, als er sich in der Sonne wieder aufrichtete. Hinter ihm zwitscherten die Vögel in den Hecken der Haunted Lane.

»Viv hat erwähnt, dass du über Verity Nye schreibst. Sie meinte, ich soll zu dir gehen und dir alles erzählen, was ich über die Seagraves weiß.«

Simon hatte ihr schon früher mit Lokalwissen geholfen, von dem er einen reichen Fundus besaß. Immerhin hatte er fast überall die Finger im Spiel.

»Ich habe im Laufe der Jahre schon recht häufig mit der Familie zusammengearbeitet«, fuhr er fort. »Ihnen geholfen, Pferde für ihren Stall zu kaufen und so. Diese Woche bekommen sie wieder eines geliefert, allerdings glaube ich nicht, dass sie es bei allem, was los ist, noch im Kopf haben. Es sollte übrigens ein Geschenk für Verity sein. Eine Stute, die sie reiten könnte, wenn sie auf dem Anwesen war.«

Er runzelte die Stirn. »Ich werde sie deswegen anrufen müssen, was kein reizvoller Gedanke ist. Zunächst lasse ich ihnen noch ein oder zwei Tage. Jedenfalls«, er sah Eve an, »ich dachte, Gus hätte Lust auf das *Cross Keys*, und du könntest mit uns kommen.« Wieder bückte er sich zu dem Dackel, der aufgesprungen war, als der Name des Pubs gefallen war. Für ihn verhieß er eine Spielrunde mit Toby Falconers Schnauzer Hetty. »Darüber hinaus«, ergänzte Simon, »wollte ich mit dir reden.«

Eve merkte auf. Was ging ihm durch den Kopf?

Was es auch war, am besten packte sie es gleich an. Außerdem war ein kühles Getränk verlockend, und Simon hatte für gewöhnlich gute Informationen. Sie legte Gus die Leine an (was der Dackel mit einem empörten Blick quittierte), schnappte sich ihre Tasche und die Schlüssel und folgte Simon die Gasse entlang. Über ihnen flogen winzige, braunweiße Uferschwalben wendig und schnell gen Flussmündung; ihr zirpender Gesang erfüllte die Luft.

»Also, Viv sagt, du interessierst dich außer für Veritys Lebensgeschichte auch für Seagrave Hall.« Simon schenkte ihr sein belustigtes Lächeln.

»Ja, stimmt. Verity hatte einen Vortrag an der Schule gehalten, an der ich früher gearbeitet habe, und dann sprach ich kurz vor ihrem Tod mit ihr und habe mich auf Anhieb gut mit ihr verstanden.« Das flüchtige Gefühl holte sie wieder ein, und sie schüttelte den Kopf. Sie musste korrekt bleiben. Mehr konnte sie momentan nicht tun. »Ich habe sie natürlich nicht richtig gekannt, aber ich mochte, was ich gesehen habe. Und Viv möchte auch, dass ich Augen und Ohren offen halte. Es geht das Gerücht, dass die Polizei die

Managerin von *Wide Blue Yonder* in Verdacht hat, Jade Piper, und sie hat Verity auch gemocht.«

»Ah ja, das sagte Viv schon.« Simon blickte zu ihr. »Und was denkst du?«

»Dass Jade etwas verschweigt. Ich habe sie heute Vormittag interviewt, und ein paar Mal hat sie es vermieden, mir in die Augen zu sehen. Einmal war es, als ich sie fragte, warum sie ihre Organisation gegründet hat« – da hatte Jade aus dem Fenster geschaut – »und dann, als ich wissen wollte, wie sie ihre Botschafterinnen rekrutieren.«

»Interessant.«

»Sie ist auch bewundernswert, leidenschaftlich und ehrgeizig.« Sie dachte an die Begeisterung, die sie in den Augen der Frau gesehen hatte. Leidenschaftliche und ehrgeizige Menschen könnten morden, wenn sie glaubten, ihre Sache hinge davon ab.

Eine Sekunde später kehrten Eves Gedanken zurück zu Veritys und Pete Smiths Unterhaltung im Festzelt, eine Stunde vor ihrem Tod. Es klang, als hätte Pete eine Frau verfolgt. Verity hatte ihm gesagt, er solle damit aufhören, weil es zu offensichtlich sei, aber er erwiderte, es sei nötig, um ihre Interessen zu schützen. Könnten sie von Jade gesprochen haben? Falls sie hinter irgendwelchen Informationen her waren, hatte Verity eventuell beschlossen, sich selbst in Jades Zimmer umzuschauen. Aber Eve konnte sich nicht vorstellen, wonach sie gesucht haben sollte.

Sie seufzte. »Egal, was die Wahrheit über Jade ist, sie verdient jemanden auf ihrer Seite – zumindest jemanden, der für alle echten Informationen empfänglich ist, wohin sie auch führen. Und, ja, mich interessiert auch die Familie. Ich bekomme Veritys Tod nicht aus dem Kopf. Sie war so schön, so vital. Ich vermute, dass sie schon mal ungeduldig und brüsk sein konnte, weil sie selbst schnell und getrieben war, also könnte sie einige gegen den Strich gebürstet haben. Doch da ist offenbar mehr dran.«

Eve wünschte, sie könnte Simon von ihren Gesprächen mit Rupert und Cora Seagrave erzählen, nur wäre das moralisch nicht in Ordnung. Es war schon schlimm genug, dass sie es Viv und Robin anvertraut hatte.

Zu Hause hatte sie bereits eine Tabelle mit Informationen erstellt, die für den Mord an Verity relevant waren. Es gab einzelne Spalten für jeden der Hauptakteure in ihrem Leben. Im Moment standen die Familieninsider Cora und Rupert ganz oben auf ihrer Liste der Verdächtigen, doch ohne ein Geständnis oder Zeugen war Eve schleierhaft, wie sie deren Schuld beweisen sollte. Motiv und Gelegenheit reichten nicht. Sie konnte nur hoffen, dass ein wenig allgemeines Graben etwas Unerwartetes zutage förderte. Und bis dahin durfte sie die Außenseiter nicht ausschließen, bloß weil Palmer sie zur obersten Priorität machte.

Jade gab ihr zu denken, und sie musste mit Pete Smith reden. Die Stimmung zwischen ihm und Verity war eindeutig emotional aufgeladen gewesen. Und wenn Jades Geschichte stimmte, dass er nicht die richtigen Schritte ergriffen hatte, um die Taucherin wiederzubeleben, wies das auf seine Schuld hin.

Eve hegte nach wie vor den Verdacht, dass Tilly Cotton jemanden schützen wollte, was einen Familieninsider als Täter wahrscheinlicher machte, doch wie viel konnte sie gesehen haben? Wenn es lediglich ein Schatten gewesen war, könnte sie den Schluss gezogen haben, dass es sich wegen der Spannungen zwischen den Seagraves und Verity um einen von ihnen gehandelt hatte. Noch dazu könnte sie von weit unten Pete irrtümlich für Rupert gehalten haben. Beide hatten helles Haar und waren von ähnlicher Statur. Die Tatsache, dass Cora und Jade beide braunhaarig waren, war das Sahnehäubchen auf dem Kuchen. Eve konnte ihre Verdächtigen nicht auf dem basierend einengen, was Tilly gesehen haben mochte.

Kurz dachte Eve daran, wie DI Palmer an die Decke ginge, könnte er ihre Notizen sehen, und das hob ihre Laune ein wenig.

Sie überquerten den Vorplatz des Pubs und gingen durch den schattigen Schankraum, in dem Jo Falconer an der Bar stand und sich mit einer A4-Karte Luft zufächelte. Die Tageskarte. Jo hasste Pubs, die eine feste Speisekarte hatten und sie nur selten änderten. Alles, was sie zubereitete, war saisonal und frisch gekocht. Jo fixierte einen Mann mit einem ungepflegten Bart, den Eve nicht erkannte, mit verengten Augen. Er redete am Telefon über den Mord, während das Essen auf dem Teller vor ihm kalt wurde.

Als Eve und Simon hereinkamen, blickte sie zu ihnen, winkte und reichte ihnen die Karte.

Simon sah Eve fragend an. »Wollen wir?«

»Alles andere wäre unhöflich.« Das kam von Jo. Sie warf Toby, der kopfschüttelnd neben ihr stand, einen strengen Blick zu.

Neuzugezogenen konnte Jo gewaltige Angst einjagen, aber Eve und Simon kannten sie gut genug, um sich nicht von ihr einschüchtern zu lassen. Und Eve lief bereits das Wasser im Mund zusammen, denn es war schon nach Mittag. Sie entschied sich für Lachs und Meerfenchel-Linguine, Simon wählte Muscheln und Pommes frites.

»Wenigstens weiß ich, dass ihr zwei meine Gerichte anständig würdigt«, sagte Jo mit einem Nicken zu dem Mann am Telefon und bemühte sich gar nicht erst, die Stimme zu senken. »Manche Leute hier haben nur ihren Beitrag für die Klatschblätter im Kopf, bei denen sie arbeiten.«

Ob Großformat, Boulevardzeitung, regional oder überregional, Jo konnte Journalisten nicht leiden, es sei denn, sie benahmen sich – und das bedeutete, dass sie ihr Essen mit der Ehrfurcht behandelten, die es verdiente.

Gus entdeckte Hetty, und sie vollführten ihr übliches Begrüßungsritual, das ein sehr wildes Herumspringen miteinschloss.

Jo zeigte zur Hintertür. »Raus mit euch! Es gibt keine Entschuldigung für Toben hier drinnen, wenn solches Wetter ist. Na los!«

»Ja, schon gut.« Simon lachte. »Ach so, du hast die Hunde gemeint!« Die waren bereits in den Garten gestürmt, wobei Gus sich noch einmal zu Eve umgeschaut hatte. Jo machte ihn nervös.

»Wein?«, fragte Simon.

Eve schüttelte den Kopf. »Ich komme nachmittags nicht mehr zum Arbeiten, wenn ich so früh anfange.« Simons Lächeln blieb, und Matt Falconer kam zu ihnen. Toby drängte sich vor seinen Bruder, ehe der anfing, Eve seine Lieblingsweißweine aufzuzählen.

»Wasser mit Kohlensäure bitte«, sagte sie zu ihm, und Toby nickte grinsend.

Wieder lachte Simon. »Wahrscheinlich hast du recht. Ich nehme einen Sauvignon Blanc.«

Wenig später gesellten sie sich zu den Hunden in den Garten und setzten sich in den Schatten eines der hellen Sonnenschirme. Von hier hatten sie einen Blick auf die Felder, die Marschen und die Flussmündung weiter unten.

»Also«, sagte Simon, der sich auf den Holztisch zwischen ihnen lehnte, »sehen wir mal, was ich dir erzählen kann.« Er trank einen Schluck von seinem Wein. »Ich habe die Seagraves ungefähr vor zwölf Jahren kennengelernt, als Rupert und Cora circa siebzehn waren. Die beiden trennt nur ein Monat oder so, den Rupert älter ist. Wie gesagt, ich habe schon einige Pferdekäufe für die Familie vermittelt, daher habe ich sie recht oft gesehen. Beide Jugendlichen waren damals völlig verrückt nach Pferden. Ich glaube, Rupert steht heutzutage eher auf Autos, aber Cora hat immer noch einen Aufstand um das letzte Tier gemacht, das ich ihnen geliefert habe.«

»Was hältst du von ihr?«

»Sehr nett anzuschauen, offensichtlich.« Er grinste. Eve war froh, dass er ehrlich war. Viv hatte sie von Anfang an gewarnt, dass ihr Bruder mit allen Frauen flirtete. Trotzdem war Eve einige Male mit ihm ausgegangen. Er war charmant und aufmerksam, doch was an Romantik zwischen ihnen gewesen sein mochte, war schnell verpufft. Sie waren zu unterschiedlich.

Simon runzelte die Stirn. »Ich hatte immer den Eindruck, dass Cora vor allem auf Aufmerksamkeit aus war, wenn sie in den Stall kam – mindestens so sehr, wie sich mit dem neuesten Haustier der Familie anzufreunden.« Er stockte. »Ich sage ›Haustier‹, doch einmal hat Percival eine Beteiligung an einem Rennpferd gekauft. Ich hatte abgeraten, um ehrlich zu sein. Ihm wurde viel zu viel dafür abgeknöpft, aber ein alter Freund der Familie hatte den Deal vermittelt, und Sir Percival ist drauf eingestiegen.«

Simon lachte kurz. »Ich erinnere mich noch an Belinda Seagraves Gesicht, als sie herausfand, dass er es durchgezogen hatte. Das Anwesen muss Unsummen verschlingen, und ich kann mir nicht vorstellen, dass sie große Reserven haben. Sollte *er* jemals aus dem Fenster stürzen, wüsste ich genau, wer es war, selbst wenn ich Belinda nicht direkt hinter ihm gesehen hätte.« Nun hüstelte er verlegen. »Entschuldige, das war geschmacklos.«

Eve störte der Witz nicht, obwohl er nicht zu Simon passte. Warum war er heute so aufgekratzt?

»Jedenfalls haben sich Cora und Rupert damals als Jugendliche gut verstanden.«

Das musste gewesen sein, bevor Cora ihr Erbe in einem gescheiterten Hotelprojekt versenkt und die Geldnot ihr hässliches Haupt erhoben hatte.

Jo kam und servierte ihnen ihr Essen. Sie bedankten sich auf die feierliche Art, die die Wirtin erwartete. Und das zu Recht, denn die Lachs-Linguine dufteten sagenhaft.

»Das war, ehe ich Percival und Belinda besser kennenlernte.« Simon nahm seine Gabel auf, um sich über eine Muschel herzumachen. »Seinerzeit hatte ich hauptsächlich mit dem Verwalter zu tun.«

Eve dachte an Tilly Cotton. »War das nicht Tilly?« Aber natürlich konnte sie es nicht gewesen sein, weil sie ungefähr in Ruperts und Coras Alter war.

Simon aß die Muschel, die er aus ihrer Schale befreit hatte, und spießte eine Pommes frites auf. Seine Züge verdunkelten sich. »Nein, ihr Vater, Walter Cotton. Ich mochte ihn von Anfang an nicht, und als ich eines Tages hinkam und einen Bluterguss unter Ivy Cottons Auge sah, war ich mir ziemlich sicher, was für ein Mann er war. Ich machte mir Sorgen.«

»Konntest du irgendetwas tun?« Eve wickelte Linguine mit der Gabel auf. Der salzige Meerfenchel passte perfekt zu dem Lachs.

Simons Blick wurde bedauernd. »Ich hatte versucht, ihr anzudeuten, dass sie mich jederzeit zu Hilfe rufen könnte. Das war jedoch schwierig, weil ich sie kaum kannte. Ich war sehr froh, als ich hörte, dass Percival ihn rausgeworfen hatte. Er verschwand aus der Gegend, und später übernahm Tilly seinen Job. Sie ist mehr als fähig. Da sie auf dem Anwesen geboren und aufgewachsen ist, kennt sie die Geschäfte dort in- und auswendig.«

»Wenn du von ›Geschäften‹ sprichst …?«

»Was nötig ist, um den Laden am Laufen zu halten, welche Förderungen sie beantragen können, um beim Management der Ländereien zu helfen, ein kleines Nebenunternehmen, bei dem sie Landwirtschaftserzeugnisse verkaufen. Tilly spricht davon, es auszubauen. Und letztes Jahr hat sie mich gefragt, ob ich mich mit Weinbau auskenne. Ich konnte ihr nicht helfen, doch sie ist einfallsreich und wird inzwischen andere Quellen aufgetan haben.« Er blickte in die Ferne. »Sie und Rupert mochten sich früher mal sehr.«

Eve erstarrte mit dem halb erhobenen Wasserglas in der Hand. »Das habe ich nicht gewusst.«

»Eine Teenager-Romanze. Was nicht unnatürlich ist, schätze ich. Sie, Cora und Rupert sind ja gemeinsam aufgewachsen. Dann erinnere ich mich, dass ich eines Tages auf das Anwesen kam und die Atmosphäre gedrückt war. Tilly hatte Rupert den Laufpass gegeben, und eine Weile später traf ich sie in Southwold mit einem neuen Typen.« Er aß noch eine Pommes frites.

»Ich frage mich, ob sie gegenwärtig in einer Beziehung ist.« Eve trank von ihrem Wasser.

Simon runzelte die Stirn. »Ich glaube, das ist sie. Ich habe sie mit einem Mann gesehen, dem eine Farm hinter Blythburgh gehört.« Er lehnte sich zurück. »Was ich dir sonst noch erzählen kann, weiß ich gar nicht genau. Außer dass mit Belinda und Cora zwei inkompatible Persönlichkeiten aneinanderrasseln. Das wurde nach Walters Rauswurf offensichtlich, sobald ich anfing, mit den alten Seagraves zu verhandeln. Percival hat Cora immer verwöhnt. Und vermutlich hat das nicht gerade geholfen. Ich hatte den Eindruck, dass Cora seine Gunst weidlich ausnutzte, auch wenn die natürlich nie ersetzen konnte, was sie verloren hatte.« Er seufzte.

»Die Seagraves scheinen sehr unterschiedliche Vorstellungen von so ziemlich allem zu haben«, fuhr er fort. »Ich könnte mir denken, dass Rupert als Heranwachsender nicht wusste, wo er stand. Und ich frage mich, ob er sich deshalb bis über beide Ohren in Verity verliebt hat. Sie war vollkommen anders als alles, was er gewohnt war, jedenfalls soweit ich es beurteilen kann.«

»Du könntest recht haben. Sie kam mir sehr direkt vor.« Doch gleichzeitig dachte Eve an das Gespräch in dem Festzelt, das sie mit angehört hatte. Sie musste objektiv bleiben und dem Impuls widerstehen, der Frau den Charakter anzudichten, den sie sich wünschte.

Während sie weiteraßen und der Sax glitzernd im Sonnenlicht vorbeifloss, erkundigte Eve sich nach Simons Reitstall, und sie plauderten über das Café.

»Und wie geht es Polly?«, fragte sie. Simon war seit einigen Monaten mit der Frau zusammen, und Eve wunderte sich, dass er sie bisher nicht erwähnt hatte.

»Ihr geht es gut.« Er wurde rot. Es sah aus, als wollte sein ganzes Gesicht lächeln, doch aus irgendeinem Grund hielt er sich zurück.

»Was?« Und die Antwort fiel ihr schon ein, bevor er sprach.

»Wir haben uns gerade verlobt.« Das sprudelte sehr schnell aus ihm heraus, und er errötete noch mehr. Eine Sekunde lang senkte er den Blick, sah sie aber gleich wieder an und wirkte unsicher. »Das wollte ich dir sagen.«

»Aber das ist ja fantastisch! Ich freue mich sehr für dich! Gratuliere! Oh, wow!« Zu viele Worte. Sie sollte jetzt aufhören. Zum Glück war sie eisern bei Mineralwasser geblieben. Gus nahm ihren Ton wahr und kam unter dem Tisch vor, in dessen Schatten er sich zurückgezogen hatte, um sie beide erwartungsvoll anzusehen.

Simon lächelte jetzt … verhalten. »Danke. Ich … Na ja, du weißt schon.«

Eve hatte das entsetzliche Gefühl, dass sie es tat. Er hatte sich gesorgt, dass sie verletzt sein könnte. Tatsächlich nahm sie es vollends entspannt auf. Also, warum hatte sie mit ihrer euphorischen Reaktion so übertrieben? Sie fühlte, dass sie nun rot wurde. Sie hatte auf *sein* Unbehagen reagiert. Und jetzt war er sicher überzeugt, dass es ihr etwas ausmachte.

»Ich freue mich wirklich für euch beide«, versicherte sie. Das reichte. »Ich fasse nicht, dass Viv nichts erzählt hat! Aber ich habe sie auch seit gestern nicht gesehen.« Dennoch erstaunte sie, dass ihre Freundin nicht herumgelaufen war, um die Neuigkeit zu verbreiten.

Jetzt war Simon feuerrot. »Ähm, ich habe es ihr noch nicht gesagt.«

»Warum das denn nicht?« Viv war nicht gerade Pollys größter Fan, doch Simon war alt genug, um zu wissen, was er tat.

»Ach«, seufzte er und leerte sein Weinglas, »du weißt schon. Ich habe sie bisher einfach nicht allein erwischt. Und ich wollte es nicht vor allen im *Monty's* herausposaunen.«

Eve nickte. »Nein, klar, natürlich.« *Hör auf!*

Wenig später sank Eve in Elizabeths Cottage auf eines der Sofas. »Du weißt, was das heißt, oder, Gus?«

Ihr treuer Dackel blickte mit sorgenvollen braunen Augen zu ihr auf.

»Es heißt, dass Simon überzeugt war, es würde mir etwas ausmachen. Wahrscheinlich hat er stundenlang überlegt, wie er es mir am schonendsten beibringt.« Sie stand auf und griff sich mit beiden Händen ins Haar. Da sie ihren Kurzhaarschnitt erst vor Kurzem hatte auffrischen lassen, war da erbärmlich wenig zu greifen. »Er hat es mir sogar vor Viv erzählt!«

Wieder wurden ihre Wangen heiß. Sie musste schon mit ihrem Ex Ian umgehen, der Schuldgefühle und Mitleid mit ihr hatte, obwohl sie das Leben ohne ihn wirklich genoss; aber bei Simon war es viel schlimmer. Er war ein Freund

und Nachbar. Und seine Schwester war ihre beste Freundin und Kollegin. Fortan würden die beiden sie sorgenvoll beobachten. Wie konnte sie ihm klarmachen, wie es ihr ging, damit er sie nicht bemitleidete? »Mist!«

Gus erschrak, und sie bückte sich, um ihn zu streicheln. »Entschuldige. Gleich wird alles wieder normal.« Sie ging in die Küche, um sich einen Kaffee aufzubrühen. Das war lächerlich. Sie musste sich auf Verity Nye konzentrieren.

Entschlossen wandte sie sich den Fakten zu, während sie Kaffeepulver in ihre Cafetiere löffelte. Also waren Tilly Cotton und Rupert mal ein Paar gewesen. Tilly hatte die Teenager-Beziehung beendet und mit jemand anderem zusammengefunden, und jetzt war sie offenbar mit einem hiesigen Farmer liiert.

Eve stellte sich die Frau vor: rosiges Gesicht, organisiert, engagiert. Gut möglich, dass sie jemanden an ihrer Seite wollte, der genauso aktiv und dynamisch war. Einen Mann, der sich mit den Problemen auskannte, die mit der Landwirtschaft einhergingen. Aber es hieß nicht, dass ihre alten Gefühle für Rupert ganz erloschen waren.

Während das Wasser zu kochen begann, dachte Eve wieder an Tillys ängstlichen Gesichtsausdruck, als Belinda Seagrave von ihr hatte wissen wollen, was sie oben am Fenster gesehen hatte. Glaubte Tilly, dass Rupert Verity ermordet hatte? Vielleicht fragte sie sich sogar, was wäre, wenn sie sich nicht von ihm getrennt hätte und er Verity nie begegnet wäre. Schützte sie ihn? Wusste sie, was er getan hatte? Oder nagte bloß Sorge an ihr?

In diesem Moment klingelte Eves Handy. *Viv*, verkündete das Display. Simon musste bei ihr gewesen sein und ihr die Neuigkeit erzählt haben. Also durfte Eve sich auf eine Flut von Mitgefühl einstellen, das sie nicht brauchte.

Sie straffte die Schultern und nahm den Anruf an.

# Kapitel 15

Nach Vivs Anruf war Eve umso entschlossener, sich auf Veritys Nachruf zu konzentrieren. Alles, um Vivs besorgten Ton aus ihrem Kopf zu verscheuchen. Der Anruf war nett gemeint gewesen, dennoch ärgerte Eve sich darüber.

Sie nahm ihren Becher so energisch auf, dass der Kaffee beinahe übergeschwappt wäre, marschierte ins Esszimmer und klappte ihren Laptop auf. Eine Sekunde später hatte sie ihre Tabelle mit allen Leuten aufgerufen, die sie für den Nachruf interviewen wollte, wie auch die, die mit *Mordverdächtige* überschrieben war.

Eve wollte mehr über Rupert und Cora erfahren. Simons Informationen hatten geholfen, aber sie könnte zusätzliche Details aufstöbern, wenn sie zur Führung durch Seagrave Hall ging. Tilly hatte ihr eine Nachricht aufs Band gesprochen, dass sie Eve gern herumführen würde.

Doch fürs Erste konzentrierte Eve sich auf Pete Smith. Was war ihm durch den Kopf gegangen, als er Veritys Atmung und Puls überprüft hatte? Eve stellte sich vor, wie er sie angesehen hatte, lebendig, aber hilflos, und dann die falschen Wiederbelebungsmaßnahmen angewandt hatte, von denen er wusste, dass sie mehr schaden als helfen würden. Ein Schauer überlief Eve, dabei hatte Jade keinen Grund zu lügen, und niemand sonst hatte das Vorgehen des Arztes infrage gestellt, soweit sie wusste.

Tilly Cottons Bemühungen, ihn für Eve zu kontaktieren, waren bisher fruchtlos geblieben. Der Gutsverwalterin zufolge rief er nicht zurück und antwortete auch nicht auf ihre E-Mails. Eve konnte nicht von Tilly erwarten, es weiter zu versuchen.

Einen Moment später, als Eve in ihre Arbeit versunken war, rief Kim Carmichael an. Persönlich. Der Gedanke, dass eine mehrfache Oscar-Preisträgerin am anderen Ende der Leitung war, half Eve so gar nicht, wieder zu Atem zu kommen. Sie hatte gedacht, dass sie von der Agentur hören würde – sofern überhaupt.

»Kommen Sie mich besuchen!« Es war schräg, eine aus dem Fernsehen so vertraute Stimme aus ihrem Telefon zu hören. »Ich langweile mich hier noch ins Koma! Bei mir sind Bauarbeiten im Gange, und ich habe mir den Knöchel verstaucht, sodass ich ihnen nicht entkommen kann.« Sie lachte rau. »Aber einer von ihnen hat mir eben einen Tee gebracht, also kann ich mich eigentlich nicht über sie beschweren. Schaffen Sie es morgen so ab elf? Heute Nachmittag fallen nämlich die Großenkelkinder hier ein. Stellen Sie sich das vor! Ich liebe sie wie verrückt, klar, aber im Ernst! Oben wird wild gehämmert, und dann wird auch noch Spielzeug überall verteilt!«

Sie lebte in Nordlondon, wie Eve wusste. »Ich werde da sein. Dürfte ich Ihre genaue Adresse erfahren?«

Kim Carmichael ratterte sie herunter, während Eve das Telefon zwischen Schulter und Ohr einklemmte und alles in ihren Laptop tippte. Sie verabschiedeten sich schon, als Kim auf einmal sagte: »Oh, das hätte ich fast vergessen: Bringen Sie bitte Kuchen mit, ja? Zitronenkuchen!«

Kim Carmichaels Zuhause war nicht weit von dem der Zwillinge entfernt, die in Nordlondon wohnten. Eve hatte ihnen beiden eine Nachricht geschickt, falls sie Zeit für ein gemeinsames Mittagessen hätten. Die Arbeit an Verity Nyes Nachruf lastete auf ihrem Gewissen, und sie sollte ihnen erzählen, womit sie gerade beschäftigt war. Außerdem vermisste sie die zwei. Es war ein paar Monate her, seit sie sich zuletzt gesehen hatten.

Anschließend zwang sie sich, wieder zu der Jagd nach Pete Smith zurückzukehren, gab es aber eine halbe Stunde später auf. Sie hatte einige Online-Kontaktdaten gefunden, doch bei keinem von ihnen kam eine Reaktion. Eve war gezwungen, Nachrichten zu hinterlassen und zu hoffen, dass er sich melden würde.

Bis dahin tat sie, was sie normalerweise tat: alternative Quellen suchen, die ihr ähnliche Blickwinkel bieten könnten. Sie fing damit an, andere Abenteurer ausfindig zu machen, die den Pressemitteilungen zufolge Verity gekannt oder mit ihr gearbeitet hatten. Danach grub sie die Kontaktdaten von PR-Agenturen aus. Sie musste wissen, wie es gewesen war, mit der Frau zu tauchen: sich in Extremsituationen auf sie zu verlassen, eine Tour zu planen und hinterher zu feiern. Ohne das wäre die Lebensgeschichte, an der Eve schrieb, nichts.

Nachdem sie mehrere Nachrichten hinterlassen hatte, machte sie sich auf die Suche nach Freunden aus der Kindheit. Sie fand eine Frau, bei der direkt nach Veritys Tod ein Journalist vor der Tür gestanden hatte. Sie war mit Verity zur Schule gegangen und betrieb dem Zeitungsbericht zufolge einen Geschenkartikelladen ein Stück die Küste entlang. Eve suchte die Telefonnummer des Geschäfts heraus, rief dort an und hinterließ wieder eine Nachricht. War da wirklich so viel los, dass niemand ans Telefon gehen konnte? Aber vielleicht waren lauter Urlauber in dem Laden; immerhin war Hauptsaison.

Seufzend stand Eve auf und streckte die Schultern nach hinten. Heute sollte ihr offensichtlich nichts in den Schoß fallen. Sie brauchte eine Pause. »Wollen wir raus, Gus?«

Er rannte sofort schwanzwedelnd zur Tür.

Eve ließ die Sandalen stehen, die sie mittags zum Pub getragen hatte, und schlüpfte in ein Paar Flipflops. Der Weg an der Flussmündung entlang dürfte trocken und rissig sein; seit Wochen dauerte die Hitze an, und es hatte kaum geregnet. Nachdem sie ihre Tasche, Gus' Leine (für alle Fälle) und seinen Ball aufgenommen hatte, war sie bereit. »Dann komm!«

Draußen sprang Gus umher, als hätte ihn seit Monaten niemand mehr ausgeführt. Er rannte vor, und Eve folgte ihm zu dem Pfad, der sie zur Flussmündung brachte. Dabei ließ sie ihre Gedanken zu dem morgigen Besuch bei Kim Carmichael abschweifen. Der könnte eine Menge enthüllen, und es würde faszinierend werden, die Frau kennenzulernen. Sie könnte mit der Frage beginnen …

»Eve?« Die Stimme hinter ihr erschreckte sie so sehr, dass sie zusammenzuckte.

Rupert Seagrave stand auf der Straße. Er war blass, sah aber gepflegt aus in dem weißen Hemd und der dunklen Hose. Eve stockte unsicher. Gus war schon ziemlich weit voraus, und Rupert stand vor ihrem Cottage. Er kam auf sie zu. »Ich hatte gehofft, Sie sprechen zu können, doch Sie wollen ausgehen, wie ich sehe.«

»Nur meinen Dackel lüften.« Sie blickte sich um und konnte Gus eben noch hinter einem Stechginster an der Einbiegung zu Elizabeth's Walk ausmachen.

»Darf ich Sie vielleicht begleiten?«

Eve zögerte. Ihre mangelnden Fortschritte hatten sie frustriert, und er musste mehr Informationen haben. Aber die

Vorstellung, mit ihm den einsamen Weg am Watt entlangzugehen, machte sie nervös. Dort war man außer Hörweite von den nächsten Häusern. »Ich rufe Gus zurück. Es wird einfacher, im Haus zu reden.«

»Nein, nein, ich bestehe darauf. Sie sollen nicht meinetwegen Ihren Plan ändern.«

Was sollte sie tun? Einen verrückten Moment lang stellte sie sich vor, dass sie ermordet würde, weil sie zu höflich war, um sich zu behaupten.

Doch die verlegene Stille wurde von Stimmen unterbrochen. Zwei Teenager, die Eve nicht erkannte, erschienen in der Haunted Lane. Als sie näher kamen, wurde Eve klar, dass sie anscheinend auch zur Flussmündung wollten, und atmete erleichtert auf. Was hoffentlich nicht zu offensichtlich war. »Wenn Sie meinen.«

Sie drehte sich zurück in die Richtung, in die sie gehen wollte, doch Rupert hob eine Hand. »Wenn wir vielleicht kurz warten könnten …«

Eve blieben stehen, bis das Teenager-Paar an ihnen vorbeigelaufen war. Lachend verschwanden sie auf dem Pfad.

Rupert sah Eve nicht direkt an. »Es ist nur ein wenig heikel, und ich möchte lieber nicht, dass andere mithören. Seit die Polizei bestätigt hat, dass Verity ermordet wurde, interessieren sich alle für die Privatangelegenheiten der Seagraves.«

Schließlich war er einverstanden, dass sie weitergingen. Und Eve wusste zumindest, dass die Jugendlichen nicht allzu weit voraus waren.

»Wie ist die Stimmung bei Ihnen?«, fragte sie, als sie über den staubigen Weg auf das hohe Schilf zuwanderten, das den Rand der Flussmündung markierte.

»Angespannt, dank der jüngsten Enthüllungen. Ich kann immer noch nicht glauben, dass jemand Verity umbringen wollte.«

Eve blickte zu ihm auf. Stimmte das? Sie konnte seinen Gesichtsausdruck nicht deuten, zumal er den Blick nach vorn gerichtet hatte.

»Cora …« Er verstummte gleich wieder kopfschüttelnd. Sie konnte ihm ansehen, dass er seine Anspannung kaum kontrollierte. Eve versuchte, sich seine Unterhaltung mit der Cousine vorzustellen, direkt vor dem Mord an Verity. Cora, die ihm erzählt hatte, dass seine Verlobte mit dem Arzt in ihrem Team schlief.

Rupert holte tief Luft und fing wieder zu sprechen an. »Cora und ich haben uns wieder gestritten. Sie ist zu mir gekommen, um mit mir zu reden, und als ich nicht so reagierte, wie sie wollte, hat sie getan, was sie immer tut.«

Sie bogen auf den Pfad an der Flussmündung ein. Gus war stehen geblieben, um abzuwarten, ob sie hinter ihm herkamen. Als er sie sah, rannte er wieder so schnell voraus, wie es seine kurzen Beine erlaubten. Von den Teenagern, deren Anwesenheit Eve beruhigt hatte, war keine Spur zu entdecken.

»Und das wäre?«

»Sie ist wie ein Kleinkind!« Er klang aufgebracht. »Sie hat alles gesagt, von dem sie glaubte, es würde mir in dem Moment den größten Schmerz oder die größte Angst machen. Je nachdem, was ihr als Erstes einfiel.«

Jetzt schaute er doch zu Eve. »Die letzten paar Monate war sie sehr nett zu mir: Hat mich angerufen, um zu hören, wie es mir geht, mich auf einen Kaffee eingeladen, wenn sie in London war. Sie war zu nett, und ich bin darauf reingefallen. Das hielt sie sogar so lange durch wie seit Jahren nicht mehr. Doch als sie etwas sagte, was …«

Abrupt brach er den Satz ab. »Na ja, vielleicht wissen Sie das alles schon. Während sie mir Beleidigungen entgegengeschleudert hat, erwähnte sie, dass sie bei Ihnen gewesen ist und dass sie … dass sie Ihnen Informationen gegeben hat, von denen sie denkt, dass sie Ihnen bei dem Nachruf helfen.«

Er blieb stehen und drehte sich ganz zu Eve, sodass sie ebenfalls stoppte. Sie wollte ihn nicht hinter sich haben, wo sie ihn nicht sah. Innerlich zitterte sie. In der Ferne war ein Rufen zu hören. Einer der Teenager. Nahe, aber nicht nahe genug.

»Wir haben uns unterhalten«, gab Eve zu. Sie konnte ihm nicht erzählen, was Cora gesagt hatte; das wäre gegen ihre Regeln. Was in ihren Nachrufen stand, gründete auf ihrem eigenen Urteil, und es war ausgeschlossen, dass um den Inhalt gestritten oder er von anderen beeinflusst wurde.

Rupert hielt ihren Blick unangenehm lange fest. Obendrein war er so viel größer als sie. Schließlich nickte er. »Da sie bei Ihnen gewesen ist, um Ihnen einige zusätzliche Details zu geben, habe ich beschlossen, dass ich es auch tun sollte.« Er stockte wieder. »Ich habe gehört, dass Sie der Polizei schon früher bei ihren Ermittlungen geholfen haben, und da wir jetzt wissen, dass es Mord war, sollten Sie lieber die Wahrheit kennen.«

Deshalb also hatte er sie aufgesucht. Er wollte ihre Wahrnehmung lenken. Diese Geschichte wurde zu einem beunruhigenden Wettstreit. Weder er noch Cora benahmen sich wie Erwachsene. Eve machte einen zögerlichen Schritt nach vorn und atmete auf, als auch Rupert weiterging.

»Ich erzählte Ihnen ja schon, dass Cora mich überreden wollte, mit ihr eine Firma zu gründen, Seagrave Hall in ein Hotel umzubauen und das Land zu verpachten.«

Eve bejahte stumm.

»Und natürlich musste ich es mir noch einmal gut überlegen, als ich mich mit Verity verlobt habe.«

»Ja.«

»Cora hat ihren Traum nicht aufgegeben, obwohl ich die Pläne auf Eis gelegt hatte. Und offenbar denkt sie jetzt, dass dem Projekt wieder neues Leben eingehaucht werden kann.«

Er verstummte. Aus dem Watt hinter dem Schilf drang der repetitive Ruf einer Schnepfe zu ihnen.

»Früher hatte ich Cora gegenüber ein schlechtes Gewissen«, sagte Rupert und fuhr sich mit der Hand durch das rotblonde Haar. »Und es war schwer, das abzuwerfen. Sie hatte einiges Geld geerbt, hat es aber bei einer Geschäftsinvestition verloren. Es war nicht allein ihre Schuld, dennoch weigerte meine Mutter sich eisern, ihr mehr Geld zum ›Verplempern‹ zu geben, wie sie es ausdrückte. Und obwohl Cora mich wahnsinnig macht, waren wir mal wie Geschwister.«

Er blickte hinauf zum Himmel. »Als wir jünger waren, habe ich mich immer für sie eingesetzt. Meine Mutter … Nun ja, es war nicht leicht für sie, Cora aufzunehmen.«

Belinda Seagrave hatte Rupert und Cora also nicht als emotional gleichwertig behandelt, wie Eve bereits vermutet hatte.

»Aber Cora hat auch harte Zeiten durchgemacht, und ein Grund, weshalb sie ihr Geld in das Geschäft in London steckte, war der, dass sie wegwollte. Ich hätte mir mehr Mühe geben sollen, sie zu bremsen, damit sie es sich gründlich überlegte.« Er seufzte leise. »Doch vielleicht sind meine Schuldgefühle deplatziert. Meine Mutter behauptet, ich würde nicht erkennen, wie Menschen wirklich sind. Und jetzt frage ich mich, ob sie recht hat.«

Dachte er neben seiner Cousine nun auch an Verity? War er nach wie vor unsicher, was Coras Unterstellung betraf – unsicher, welcher Frau er trauen sollte?

Er schob die Hände in die Hosentaschen. »Das Herrenhaus ist ein Problem. Es in ein Hotel umzuwandeln klingt verrückt, bis man weiß, wie viel Geld allein der Unterhalt verschlingt.«

»Aber müssten Sie nicht einen sehr hohen Kredit aufnehmen, um es in einen Hotelbetrieb umzubauen?« Es hörte sich riskant an.

Er nickte. »Ja, aber die Alternative wäre, das Land aufzuteilen und einiges an Grund zu verkaufen. Die Zeiten könnten sich ändern. Vermögen fluktuieren. Doch die Seagraves sind seit Jahrhunderten auf dem Land. Als Cora den Vorschlag machte, schien das entscheidend zu sein. Sie ist auch eine Seagrave, und wir empfanden gleich. Wir könnten einen Teil des Hauses behalten, um darin zu wohnen, und genug Geld für die Instandhaltung einnehmen.«

War er bereit gewesen, Risiken einzugehen, um den Status und das Erbe der Familie zu schützen? Wahrscheinlich wäre es ein Kampf gewesen, seine Mutter zu überzeugen, aber er hätte wohl mehr zu sagen, wenn er erst dreißig war. Dann jedoch war seine Verlobte auf der Bildfläche erschienen, und alles hatte sich geändert.

»Sie sagen, das Wichtigste schien, das Anwesen zu erhalten«, hakte Eve nach. »Dann haben Sie es sich anders überlegt?«

Er nickte. »Verity war wie ein frischer Lufthauch und brachte mich wieder zum Nachdenken. Ihr Leben war so anders. Sie war ungebunden, und ihr fehlte ihr Elternhaus in Stoningham nicht.«

Wieder musste Eve an Veritys Eltern denken.

»Und abgesehen davon war sie immerzu unterwegs. Sie würde nahe einer Unterwasserhöhle campen oder ein weit entferntes Land auf dem Weg zum nächsten Abenteuer erkunden. Selbst in London hat sie nie Wurzeln geschlagen. Sie mietete sich irgendwo ein und zog dann wieder weiter. Sie hat mir klargemacht, dass ich das Herrenhaus als Requisite benutze – die mir das Gefühl gibt, wichtiger zu sein. Mich wohler in meiner Haut zu fühlen.«

Er zuckte andeutungsweise mit den Schultern. »Als ich ihr von Coras Idee erzählte, hat sie mich gefragt, warum ich so dagegen bin, Teile des Landes zu verkaufen. Es gibt reichlich Grund, auf den ich verzichten kann. Und zwei Cottages neben denen, die von den Cottons und Cora bewohnt werden, sowie das größere Haus, das für meine Eltern reserviert ist. Ein Teilverkauf würde niemanden beeinträchtigen.«

Er schüttelte den Kopf. »Plötzlich sah ich die Dinge in einem neuen Licht. Jetzt kommt mir ein Teilverkauf befreiend vor, nicht mehr wie eine Katastrophe. Und es wird eine schnelle, risikofreie Art sein, die finanziellen Probleme des Anwesens zu lösen.«

Rupert sprach im Präsens. Vermutlich plante er, genau das zu tun, obgleich Verity tot war. Könnte Cora sie ermordet haben und nun verzweifelt sein, weil Rupert immer noch nicht zu ihrem Plan zurückkehren wollte?

»Außer dem Land und den ungenutzten Cottages ist auch noch der Stall da«, fuhr Rupert fort. »Die Pferde sind von jeher eine lächerliche Extravaganz gewesen. Und das Herrenhaus bleibt für künftige Generationen erhalten.«

»Wissen Ihre Eltern von den gegensätzlichen Plänen?«

»Nein, und sie würden beide vehement ablehnen. Aber der derzeitige Zustand ist keine Option. Etwas muss geschehen.«

Eve dachte an Coras Behauptung, Verity hätte um des Geldes willen geheiratet. »Hatte Ihre Cousine Verity ein eigennütziges Motiv unterstellt?« Der Vorschlag der Abenteurerin hätte rasch für Barmittel gesorgt, anders als Coras Lösung.

»Hat sie.« Er stockte. »Doch sie hat sich geirrt. Verity hat nie auch nur angedeutet, dass ich ihre Expeditionen finanzieren sollte.« Eve hatte nach wie vor den Eindruck, dass er sich selbst überzeugen wollte. Ganz gleich, wie wütend er auf Cora war, hatte sie Zweifel in ihm gesät. Und natürlich wäre Verity subtil vorgegangen, hätte sie auf Geld gehofft.

»Verity war in Sorge, dass das Hotelprojekt meine gesamte Zeit in Anspruch nehmen würde«, fuhr Rupert fort, »und da sie viel reiste, hätten wir uns kaum noch sehen können. Ich war der gleichen Ansicht. Wenn sie nach Hause kam, wollte ich für sie da sein – und ihr ein ruhiges Umfeld bieten, keines, in dem rund um die Uhr gearbeitet wird.«

Wie viel kosteten ihre Expeditionen? Vermutlich eine Menge: Gehälter für das Team, Versicherung, Flüge, Unterbringung, Ausrüstung … Vielleicht hatte sie nichts von der prekären finanziellen Situation der Familie geahnt, als sie Rupert kennengelernt hatte. Und sobald sie davon erfuhr, suchte sie nach dem einfachsten Weg, schnell zu Geld zu kommen.

Eve hatte den Eindruck gehabt, dass Verity so gut wie alles tun würde, um ihre waghalsigen Abenteuer möglich zu machen. Dennoch war sie sehr eigenständig gewesen. Sie hatte betont, wie wichtig es war, seine eigene Scholle zu bestellen. Welche Version von Verity war die echte?

»Und haben Sie Cora von Ihren neuen Plänen erzählt?«

»Das wollte ich noch. Die Hotelidee hatte ich bereits verworfen, wegen meiner Heirat, aber ich hatte noch nichts davon gesagt, dass ich Land verkaufen will. Ich denke allerdings, dass sie es herausgefunden hat – so wie sie sich verhält und welche Vorwürfe sie mir macht.«

»Woher kann sie es wissen?«

»Verity und ich hatten es besprochen, als sie herkam. Cora könnte es leicht gehört haben. Sie ist dauernd im Herrenhaus, sieht es wie eine Erweiterung ihres Hauses.« Er rieb sich das Kinn. »Und sie hat immer wieder versucht, mich auf das Hotelprojekt anzusprechen. Sie wusste, dass ich mich deswegen mies fühlte, und hat es weidlich ausgenutzt. Ich habe ihr wieder und wieder gesagt, sie soll es aufgeben.« Er sah Eve an, und da war wieder Wut in seinem Blick. Aus seinem Tonfall war jedwede Spur von Schuld oder Bedauern verschwunden. »Sie hat wirklich jeden erdenklichen Trick angewandt.«

Inzwischen konnte Eve den Strand weiter vorn sehen. Gus stürmte auf eine Silbermöwe zu, als könnte er sie mit ein wenig mehr Anstrengung fangen.

Rupert hoffte wahrscheinlich, dass die Affäre eine freie Erfindung von Cora gewesen war, um ihn auf ihre Seite zu ziehen. Dass sie angenommen hatte, er würde die Verlobung lösen. Aber Eve war sich nicht sicher, ob er es wirklich glaubte. Seine Hand zitterte ein wenig.

Am Strand, wo der Meereswind über Eves Wangen strich, stellte sie sich Cora vor, wie sie hinter Verity Nye am Fenster von Jade Pipers Gästezimmer stand. Wie sie ihre Chance witterte. Fürchtete, dass Rupert die Dinge nie wieder so sah, wie sie es wollte. Und wie sie impulsiv handelte, ohne einen Gedanken an die Folgen zu verschwenden – wie ein Kleinkind. Sie packte Veritys Oberarme fest und stieß sie nach vorn, bis sich deren Schwerpunkt verlagerte und sie nach unten auf das Pflaster stürzte.

Und dann stellte Eve sich Rupert in derselben Position vor, rasend vor Eifersucht, wie er die Verlobte, die er zu lieben behauptete, in den Tod stieß. Vielleicht hatte er hinterher an den Worten seiner Cousine gezweifelt und sein Handeln bereut. Vielleicht war er entschlossen zu tun, wozu Verity ihm geraten hatte, um seiner ermordeten Verlobten eine – kranke – Form von Tribut zu zollen. Um zu zeigen, dass er wusste, wie falsch er mit seinem Verdacht gelegen hatte.

An Ruperts Seite zurück zu ihrem Cottage zu gehen war

Eve alles andere als geheuer. Sie wollte ihn nicht länger in ihrer Nähe haben.

»Danke, dass Sie mit mir geredet haben.« Sie wandte sich ihrem Dackel zu. »Ich werde noch eine Weile hier sein, damit Gus genug Bewegung bekommt. Lassen Sie sich von mir bitte nicht aufhalten.«

Sie atmete auf, als Rupert sich umdrehte und zurückging.

Während sie Gus den Ball warf und ihm zuschaute, wie er über den Strand sauste, ging sie ihre Eindrücke von Rupert durch. Seine Hände hatten gezittert, als er von Cora gesprochen hatte; zweifellos erinnerte er sich an ihre Unterstellungen. Es zeigte, wie ernst er ihre Worte genommen hatte und wie stark seine Gefühle waren – die er nur mühsam im Zaum hielt. Er könnte seinen kaum beherrschbaren Zorn am Tag ihres Todes an Verity ausgelassen haben. Ein winziger zusätzlicher Schubs könnte ihn zum Handeln getrieben haben. Eine Geste von Pete Smith, ein Zeichen, das Coras Version zu bestätigen schien.

Eve konnte sich Rupert als Mörder vorstellen. Seine Schuld zu beweisen war jedoch etwas völlig anderes.

Es vergingen gut zehn Minuten nach seinem Verschwinden, bevor sich Eves Schultern entkrampften.

# Kapitel 16

Eve erwischte Viv, ehe das *Monty's* am Dienstagmorgen öffnete, und kaufte mehrere Stücke Zitronenkuchen. Es hätte sich wie Verrat angefühlt, hätte sie den Kuchen woanders gekauft, und wenn es eines gab, das einen Interviewpartner gütlich stimmen konnte, war es das Gebäck ihrer Freundin.

Dennoch war es nicht ideal. Viv und sie hatten zwar schon am Telefon über Simons Verlobung gesprochen, doch das hielt Viv nicht davon ab, mehr erfahren zu wollen. Und sie verlangte, das Neueste über »den Fall« zu hören.

Eve musste ihr ein Update bei ihrer Schicht am Nachmittag versprechen. Es war schwierig, sich loszueisen, vor allem als ihre Freundin hörte, wen sie besuchen wollte.

»Bring mir ein Autogramm mit!«, rief Viv noch, bevor Eve das Café verließ.

Eve freute sich auf den Besuch. Kim Carmichael zu interviewen war eine faszinierende Aussicht, und noch dazu hatten die Zwillinge Zeit für ein gemeinsames Mittagessen.

Kim Carmichael wohnte in einem prächtigen, viergeschossigen Stadthaus in Belsize Park. Ein Mann in einem farbbekleckten Overall öffnete die Tür, grinste und bedeutete Eve, ins Wohnzimmer durchzugehen, das sich über die gesamte Erdgeschosslänge zog und einen großen Erker mit durchgehenden Fenstern nach vorn sowie Glasflügeltüren nach hinten hatte. Der Garten war voller Rosen, aber auch Bauutensilien: einem Sägebock und einem Zementmischer.

»Sehen Sie, wie ich mich von denen ausnutzen lasse?«, fragte Kim lachend. Ihr dunkelgraues Haar war irgendwann zu einem Knoten aufgesteckt worden, aus dem sich jedoch diverse Strähnen befreit hatten. Sie saß auf einem zinnfarbenen Chesterfield-Sofa mit Samtpolsterung und hatte den verbundenen Fuß auf einem gepolsterten Hocker abgelegt.

Im nächsten Moment durchfuhr der Lärm eines Bohrers die Stille des Hauses, und von irgendwo konnte Eve Hämmern hören.

Kim hielt sich die Hände über die Ohren und riss die Augen weit auf. »War ich froh, als mich meine Agentin anrief und sagte, Sie würden mich gern sprechen! Ich habe die Zahl der Verträge, die ich mache, drastisch reduziert.«

Sie zuckte mit den Schultern. »Das Alter setzt mir allmählich zu. Einige Zipperlein und Schmerzen. Und das!« Kim zeigte auf ihren Knöchel. »Aber ich könnte die Wände hochgehen! Ich hasse es, nicht aktiv zu sein. Ich dachte, das Haus aus seinem grauenhaften Zustand zu erlösen würde mich ablenken. Tja, das tut es, nur nicht auf gute Art.« Sie lehnte sich ein wenig vor, und Eve fiel auf, wie dünn sie war. »Haben Sie Kuchen mitgebracht?«

»Habe ich. Eine Freundin von mir hat ein Café, und dort habe ich ihn gekauft. Er ist sicher lecker.« Eve wollte ungern zugeben, dass sie auch im *Monty's* arbeitete. Was würde Kim Carmichael von einer Nachruf-Autorin halten, die nebenher kellnerte, um über die Runden zu kommen? Doch als Eve die Frau ansah, hatte sie das Gefühl, dass es ihr womöglich gar nichts ausmachen würde.

»Hervorragend!« Sie klatschte in die Hände. »Entschuldigen Sie, aber könnten Sie Tee aufbrühen? Es ist wenig gastfreundlich, doch ich bin nicht so richtig …«

Eve war bereits aufgestanden. »Selbstverständlich.« Sie ging zur Tür.

»Nach links und dann gleich rechts«, erklärte Kim. »Ich habe keine Ahnung, wie es dort aussieht. Die Bauarbeiter machen sich dort tagsüber ihren Tee. Nehmen Sie irgendwelche Becher! Und nur einen Spritzer Milch für mich!«

Die Küche war groß und viereckig mit Blick in den Garten hinten. Gegenwärtig waren keine Bauarbeiter da, also setzte Eve nur genug Wasser für Kim und sich auf, ehe sie die vielen Schränke nach Teebeuteln und Bechern absuchte. Die Becher, die sie fand, waren groß und sahen alt aus; die Glasur war an mehreren Stellen gesprungen.

»Sie haben welche aufgetrieben, die nicht angestoßen sind!«, sagte Kim, als sie fünf Minuten später im Wohnzimmer ihren Teebecher aufnahm. »Und die anständigen Teller haben Sie auch gefunden. Sehr gut!«

Eve hatte einen Tortenheber mitgebracht, um Vivs Zitronenkuchen zu servieren, und Kuchengabeln, falls Kim eine benutzen wollte. Doch die nahm ihr Stück mit den Fingern auf.

»Oh!« Ihr Lächeln war strahlend, als sie den ersten Bissen gekostet hatte. »Verschickt Ihre Freundin auch auf Bestellung?«

»Sollte sie vielleicht.« Sofort fing es in Eves Kopf zu arbeiten an. Zu ihren Aufgaben im Café gehörte auch, nach neuen Umsatzmöglichkeiten Ausschau zu halten.

»Das sollte sie unbedingt! Und sagen Sie ihr bitte, dass ich in ihren Verteiler muss. Also, Sie wollen mich nach Verity Nye fragen. Ich war überrascht. Bei der Wohltätigkeitsveranstaltung, die ich moderiert habe, hatte ich recht viel mit ihr zu tun, dachte aber, Sie würden eher mit engen Freunden und Angehörigen sprechen.«

Da sie mit der Frage gerechnet hatte, war Eve vorbereitet. Ersparnisse und der Teilzeitjob im *Monty's* finanzierten ihre Bemühungen, Verity Nyes Mörder ausfindig zu machen, dennoch war sie froh, auch aus anderen Gründen hier zu sein. Bei ihren Nachrufen waren ihr Qualität und Originalität wichtig.

»Es ist immer hilfreich, mit Menschen zu reden, die weniger persönlich mit der verstorbenen Person verbunden waren. Eine authentische Geschichte zu erzählen, wenn es um Berühmtheiten geht, ist schwierig. Oft hat die Öffentlichkeit sich schon ein Bild von der Person gemacht, und doch kann ein wenig Graben eine andere Geschichte zutage fördern. Freunde und Angehörige sind manchmal zu sehr emotional involviert, um objektiv zu sein, oder nicht gewillt, die Wahrheit zu sagen. Ich möchte etwas Originelles schreiben, das zum Kern dessen vordringt, was Verity ausgemacht hat. Dafür muss ich hinter die schillernde Fassade sehen.«

Kim nahm einen Schluck Tee und nickte nachdenklich. »Sie sind gründlich. Und ich verstehe, was Sie meinen. Anders wäre es ja auch sinnlos, nicht?«

Eve erwärmte sich auf der Stelle für die Frau. Sie hatte in nicht einmal einer Minute erfasst, was Eve antrieb. Hingegen hatte ihr Ex-Mann Ian es nie begriffen.

»Und wenn ich sage, dass ich Verity furchtbar fand, zitieren Sie mich dann wörtlich?«

Eve trank von ihrem Tee, um ihre Überraschung zu überspielen. Nicht, dass irgendetwas an ihrer Gastgeberin sie schockieren sollte. Sie war ja keine durchschnittliche Gesprächspartnerin.

»Ich sage nicht, dass sie furchtbar *war.*« Kim runzelte die Stirn. »Ich weiß nur gern, wo ich stehe.«

Eve stellte ihren Becher auf das Tablett, das sie aus der Küche mitgebracht hatte. »Ich richte mich nach Ihnen und zitiere Sie nicht, solange Sie es nicht möchten. Und ich kann mich allgemein auf das beziehen, was Sie mir erzählen: ›Berufliche Kontakte fanden es manchmal anstrengend, mit Verity Nye zu arbeiten. Einer von ihnen sagte …‹ und so weiter. Oder ich kann direkt sein. Und ich dichte nie hinzu oder übertreibe.«

»Gut!« Kim aß mehr von ihrem Kuchen. »Dann reden wir, und wenn Sie mir Ihre Notizen schicken, bevor Sie entscheiden, was Sie in Ihren Artikel aufnehmen, lasse ich Sie wissen, was Sie namentlich zitieren dürfen. Abgemacht? Schießen Sie los!«

»Für den Background könnten wir vielleicht damit anfangen, wie es zu Ihrer Zusammenarbeit mit *Wide Blue Yonder* kam.«

»Ach, na ja, moralische Verpflichtung.« Kim lagerte ihren verletzten Fuß auf dem Hocker ein wenig um. »Mich sprach eine Organisation an, die sich für junge Schauspielerinnen einsetzt, und bat mich, Mentorin für eine von ihnen zu sein. Aber ehrlich« – sie schenkte Eve einen Blick, der um Mitleid bat – »es vertrug sich schlecht mit meinem Versuch, weniger Stunden zu arbeiten. Und es war eine Bitte in einer Flut von anderen, die innerhalb von Tagen eingingen.«

Kim zuckte mit den Schultern. »Noch dazu arbeitete diese Organisation mit gut gestellten jungen Frauen. Ich behaupte nicht, dass sie nicht von Anleitung profitiert hätten, aber sie hatten schon alle anderen Vorteile. Nachdem ich sie abgewiesen hatte, saß ich da und fühlte mich schlecht. Nach einer Weile wurde mir klar, dass ich immer noch etwas zurückgeben könnte. Ich kam auf die Idee, jemand anderen zu sponsern, um die Mentorenrolle zu übernehmen. Und ich wollte es für eine Organisation tun, die wirklich hilfsbedürftige Menschen fördert. Natürlich begab ich mich mit dem Sponsoring von Verity Nye auf ganz neues Terrain, doch mir gefiel die Vorstellung, eher generell als spezifisch zu sein. Schauspielerei ist ein raues Geschäft, und da draußen gibt es reichlich andere Möglichkeiten.«

Sie neigte sich lachend vor. »Veritys Aufgabe war natürlich nicht, eine aufstrebende Abenteurerin zu fördern – das wäre ja eher eine Nischentätigkeit gewesen. Sie sollte der Person eigentlich nur vermitteln, was möglich ist, wenn man entschlossen ist und kein Nein akzeptiert.«

Eve notierte sich *»eigentlich nur«.*

»Und sie wollte keine Gage. Ich habe die Reisekosten, die Saalmiete und so weiter übernommen – und den Wettbewerb in der Presse gepuscht.«

»Hat es funktioniert?«

Kim seufzte. »Nicht so, wie *Wide Blue Yonder* es sich gewünscht hatte. Sie dachten, die Geschichte von Verity Nye und deren Arbeit mit einem jungen Mädchen zu erzählen würde die Zeitungen anlocken und potenzielle künftige Sponsoren auf sie aufmerksam machen. Die Publicity wollten sie nutzen, um mehr Spender zu gewinnen und die Arbeit mit größeren Gruppen zu finanzieren.«

Kim schüttelte den Kopf und aß noch ein wenig Kuchen. »Wahrscheinlich ist es Ihnen bekannt, aber das Ethos dieser Organisation dreht sich darum, starke Netzwerke aufzubauen – Frauen, die Frauen stark machen –, und das sollte auch das Mentoring reflektieren.«

»Aber das hat es nicht?«

Die Schauspielerin lachte heiser. »Nein, hat es nicht! Ich weiß nicht genau, warum Veritys Herangehensweise so schlecht zu *Wide Blue Yonder* passte. Man sollte meinen, sie hätten ihre Ansichten überprüft, bevor sie die Frau engagierten.«

Kim griff nach ihrem Becher. »Verity hatte ihr Glück anscheinend ohne jede Unterstützung gemacht und riet der jungen Frau davon ab, sich auf andere zu verlassen. Die Managerin der Organisation sagte, das Mädchen hätte wie vereinbart einen Bericht über die erste Sitzung geschrieben, und darin ging es einzig darum, dass man selbst schwächer wird, wenn man sich auf andere verlässt, und es die anderen ebenfalls schwächt.«

Definitiv nicht die richtige Botschaft. »Also hat Verity de facto empfohlen, die Selbsthilfegruppen von *Wide Blue Yonder* zu meiden wie die Pest?«

Kim verzog das Gesicht. »Richtig! Nach der ersten Sitzung wollte die junge Frau nicht einmal mehr die restlichen mitmachen. Verstehen Sie mich nicht falsch; sie war wirklich befeuert, soweit ich es gehört habe. Aber Veritys Überzeugung war für die Organisation wie ein Schlag unter die Gürtellinie. Und irgendwie fühlte ich mich verantwortlich!«

Wieder einmal wunderte Eve sich über das Rekrutierungsprozedere von *Wide Blue Yonder*. Als sie das Thema Jade gegenüber angesprochen hatte, hatte die es gnadenlos beschönigt. »Und was ist am Ende passiert?«

Kim lachte wieder. »Na, das war der Witz! Jade Piper wollte es auf keinen Fall dabei belassen, und am Ende wurde ich doch selbst zur Mentorin für das Mädchen. Es brauchte eine Weile, sie zu weiteren Sitzungen zu überreden, doch letztlich habe ich es geschafft. Wir trafen uns insgesamt noch fünfmal. Und ich habe es tatsächlich genossen.« Sie seufzte. »Wieder dazugelernt. Die junge Frau macht sich jetzt richtig gut, doch ob Verity sie angespornt hat oder ob ich es war, kann man bloß raten.«

Eve überlegte. Vielleicht bestimmte die individuelle Persönlichkeit, welcher Ansatz der beste war. Selbsthilfegruppen zu gründen schien weniger riskant zu sein, doch Verity hatte ganz klar an ihre eigenen Methoden geglaubt. Mit den Eltern der Abenteurerin oder einer Schulfreundin zu reden würde ihr vielleicht eine bessere Vorstellung davon bringen, was Veritys Ansichten geprägt hatte. Zumindest hoffte Eve das sehr.

»Ich frage mich, warum *Wide Blue Yonder* ausgerechnet Verity ausgewählt hatte«, bemerkte sie.

»Ha!«, sagte Kim. »Das frage ich mich auch. Ich hatte mir Videos von einigen ihrer Tauchgänge angesehen. Furchterregend und gewiss inspirierend für bestimmte Menschen. Noch dazu war sie natürlich oft in den Schlagzeilen. Trotzdem werde ich das Gefühl nicht los, dass es andere Kandidatinnen gegeben haben muss, deren Meinungen eher zu der Organisation gepasst hätten. Das dachte die Finanzbuchhalterin übrigens auch.«

Eve hatte ihren Kuchen aufgegessen. »Wie bitte?«

»*Wide Blue Yonders* Finanzbuchhalterin sprach mit mir darüber, als sie anrief, um mir von den Problemen zu berichten, die sie hatten. Sie sagte, sie hätte von Anfang an Bedenken wegen Verity gehabt. Sie verlor schnell die Geduld und fand, Leute sollten sich am Riemen reißen, wenn sie schwierige Zeiten durchmachten. Wie ich es verstanden habe, gab es kein richtiges Gespräch, und als Verity zu Besuch kam, hatte Jade Piper im Grunde schon so gut wie allen Bedingungen für die Zusammenarbeit zugestimmt. Das fand ich seltsam.«

Fünfzig Minuten nach ihrem Aufbruch bei Kim Carmichael saß Eve in dem Kulturzentrum, in dem ihr Sohn arbeitete. Nick hatte eben ein, wie er sagte, »faszinierendes« Meeting mit einer Gruppe beendet, die vorhatte, die Geschichte der

Weberei mittels Ausdruckstanzes darzustellen. Ellen war auch dort, frisch aus der Kanzlei für Patentrecht, der sie angehörte und in der sie gerade zwei Stunden mit einem Mann zusammengesessen hatte, der einen neuen Nasenhaartrimmer erfunden hatte.

»Das ist so schräg, das kann sich keiner ausdenken«, sagte sie. »Nicht, dass es irgendjemand wollen würde.«

Sie waren im Café des Kulturzentrums, wo lange Buchenholztische standen und Mobiles an Drähten von der Decke hingen. Eve hatte ihnen von dem Fall erzählt. Nun hatten Nick und Ellen die Köpfe zur Seite geneigt und aßen einen Moment lang schweigend die Pastasalate, die sie gewählt hatten.

Nick schüttelte den Kopf. »Ich weiß nicht, Mama. Du verstrickst dich in einige sehr verrückte Sachen.« Er schenkte ihr eines seiner halben Lächeln. Eve liebte es, dass er und Ellen sie immer noch mit dem traditionellen Kosenamen ansprachen, den sie einst von ihrer eigenen Mutter übernommen hatte. Es klang witzig und rührend, wenn Mittzwanziger ihn mit englischem Akzent aussprachen.

Ellen lachte, dennoch erkannte Eve Sorge in ihren Augen. »Ich hatte keine Ahnung, dass es auf dem Dorf so gefährlich ist. Als hätte man sich in eine dieser Krimiserien verirrt. Da gibt es bei Dorffesten auch immer einen Mord. Hätte ich gewusst, worauf du dich einlässt, ich hätte dich gewarnt, nicht dahinzuziehen.«

Eve lachte mit ihnen und drückte ihnen die Hände. »Die arme Verity war erst wenige Tage vorher aus London gekommen. Es ist immer noch unklar, ob ihr der Ärger gefolgt war oder ob er im Herrenhaus auf sie lauerte. Aber ich weiß, was ihr meint, und ich bin vorsichtig. Mich würde interessieren, was ihr von der Dynamik zwischen Cora und Rupert Seagrave haltet.«

Die ließ Eve keine Ruhe. Da sie selbst Einzelkind war wie Rupert, versuchte sie, sich vorzustellen, wie es gewesen sein musste, als Teenager gezwungenermaßen mit Cora als Geschwisterkind konfrontiert zu werden.

»Als Cousin und Cousine gemeinsam aufzuwachsen könnte in der Kindheit ganz spaßig sein«, sagte Ellen. »Aber es muss eine gewaltige Umstellung gewesen sein – und vielleicht eine merkwürdige Dynamik.«

Nick stimmte seiner Schwester zu: »Sie haben sich ständig auf der Pelle gehockt und doch komplett Unterschiedliches erlebt. Er sollte einmal Herr über alles werden, und sie gehörte nur temporär und irgendwie gezwungenermaßen zum Haushalt.«

Ellen fröstelte. »Wie muss es für Cora sein, in dem Cottage zu leben, das ihr die älteren Seagraves gnädig zur Verfügung stellen? Es klingt nicht nach einer gesunden Konstellation, egal, wie man es betrachtet.«

Was sie sagten, spiegelte exakt das wider, was Eve empfand. Die Spannungen, die eskaliert waren, reichten aus, dass sie sich mehr auf das Paar konzentrierte. Sie sah die besorgten Blicke der Zwillinge und zögerte. Wären sie entspannter, wenn sie ihnen von Robin erzählte? Es war ohne Frage etwas anderes, wenn jemand mit Polizeierfahrung auf sie achtgab. Sie ließ die Hände der beiden los und nahm den Kaffee auf, den Nick ihr gebracht hatte. »Wollt ihr ein Geheimnis erfahren?«

Beide grinsten. »Muss nicht sein«, sagte Nick, und Ellen warf lässig den Kopf in den Nacken.

»Ha, ha!« Eve weihte sie ein und stellte klar, dass sie es keiner Menschenseele erzählen durften.

Die Zwillinge wechselten einen Blick.

»Was?«

»Das soll uns beruhigen, oder?«, fragte Nick. »Denn so

komisch es auch scheinen mag, dass ein früherer Detective unter falschem Namen als Gärtner unterwegs ist, denkst du, er ist definitiv einer von den Guten, weil der Vikar ihn mag?«

Er und Ellen lachten beide, und Eve verdrehte die Augen. »Okay, so ausgedrückt verstehe ich eure Skepsis, aber ihr habt Jim kennengelernt.« Beide waren über Weihnachten bei ihr in Saxford St. Peter gewesen. »Ihr traut doch seinem Urteil, oder?« Sie war froh, dass sie Robins mysteriöses Telefonat, von dem sie ohnehin nur einen Bruchteil gehört hatte, ausgelassen hatte.

»Ja, tatsächlich.« Ellen nahm eine Gabel voll von ihrem Pastasalat. »Und nicht nur du magst ihn. Gus mag den Vikar auch.«

»Ja, eben. Seine Meinung zählt einiges.« Eve aß von der Suppe, für die sie sich entschieden hatte.

»Dann ist der Gärtner-Cop wohl abgesegnet«, sagte Nick, dessen Augen noch amüsiert blitzten. »Und wenn du dich in ihn verguckt hast, wer wären wir, dir das auszureden?«

»Mich ver…« Sie schüttelte den Kopf. »Ich habe mich nicht in ihn ›verguckt.‹ Im Ernst. Er ist ein netter Nachbar.«

Wieder wechselten die beiden einen Blick und ihr geheimes Grinsen. Wie früher, wenn sie Eve bei irgendetwas ertappt hatten.

Dann sah Nick sie vollkommen unschuldig an. »Es war nur ein Scherz, Mama.«

# Kapitel 17

Am späten Dienstagnachmittag war Eve mit Viv in der Küche des *Monty's*.

»Ich finde trotzdem noch, dass Polly zu alt für ihn ist.« Ihre Freundin hatte die Augenbrauen zusammengezogen.

»Viv, Simon ist vierundvierzig, und Polly kann höchstens Anfang dreißig sein.«

»Ich meine auch mehr vom Gehabe. Er benimmt sich schließlich wie fünfundzwanzig.«

»Mir kommt er immer bemerkenswert reif vor. Und sieh dir an, wie erfolgreich er ist. Außerdem ist er ein aufmerksamer Freund.«

»Aufmerksamer Freund! Das ist so enttäuschend. Ich war überzeugt, dass da Leidenschaft zwischen euch wäre.«

Eve band die Schürze, die sie sich umgehängt hatte, energisch zu. »Lass es gut sein. Wie läuft es überhaupt mit deinem Typen?« Es gab einen Mann in einem nahen Ort, den Viv immer mal wieder traf, und Eve wollte das Thema wechseln.

»Er hat gefragt, ob er mich morgen Abend wiedersieht.« Sie sagte es in einem Ton, als hätte sie sich gerade die Haare gewaschen und müsste es direkt noch einmal tun.

»Hast du genug von ihm?«

Sie zuckte mit den Schultern. »Es ist in Ordnung, aber man muss es ja nicht übertreiben.«

Eve ahnte, dass sich hier keine Hochzeit ankündigte. »Dann backen wir mal lieber los.« Was Viv vorschwebte, war ein bisschen angsteinflößend, und Eve fürchtete, dass sie sich glücklich schätzen konnte, wenn sie es zum Abendessen nach Hause schaffte.

Es war eine besondere Bestellung, eine Torte für einen einundzwanzigsten Geburtstag, und Eve war hier, um zu lernen. Das Ding sollte aus acht Schichten Schokoladenteig und Stachelbeercreme sein, mit kandierten Mandeln und frisch zubereiteten Schokoladentrüffeln obendrauf. Zwei ihrer studentischen Aushilfen, Angie und Tammy, bedienten vorn im Café, solange Eve und Viv hier kreativ wurden.

»Na gut«, sagte Viv. »Wir können backen und gleichzeitig über meinen Bruder reden. Glaub ja nicht, mir ist dein Ablenkungsversuch entgangen.«

»Wenn du aufhörst, von Simon zu sprechen, erzähle ich dir, was Kim Carmichael zu deinem Kuchen gesagt hat.«

Viv, die sich gerade das meergrüne Haar in ein Netz stopfte, drehte sich zu ihr. »Hast du ein Autogramm von ihr bekommen?«

Eve holte tief Luft und zog sich auch ein Haarnetz über. »Es wäre unprofessionell gewesen zu fragen. Aber sie möchte auf die Liste, falls du beschließt, Versandbestellungen anzunehmen. Und dann wird sie Wachs in deinen Händen sein. Du kannst sie selbst fragen – unten in der Bestellbestätigung.«

Viv riss die blauen Augen weit auf. »Wow. Na, das ist mal eine Idee!« Sie runzelte nachdenklich die Stirn, als sie nach einer Rührschüssel griff.

Eve hatte einige Monate zuvor den berühmten Rapper Billy Tozer als Stammkunden mit fester regelmäßiger Bestellung gewinnen können. Er wohnte im Ort, doch wenn sie mehr Lieferungen für Stars an Land zogen, müssten sie eventuell weitere Leute einstellen. »Es wäre eine Menge Planung nötig.«

Viv warf ihr einen Seitenblick zu. »Weiß ich! Aber ich würde gerne darüber nachdenken. Was gibt es sonst Neues? Hast du etwas Brauchbares zu dem Fall erfahren?« Sie schob Eve das Rezept hin, das sie aufgeschrieben hatte.

»Ja.« Eve holte den Zucker für die kandidierten Mandeln. Viv ließ sie die allein zubereiten. Einen Schritt nach dem anderen. »Ich weiß nicht, was es bedeutet, aber ich denke, etwas an Verity Nyes Ernennung zur Botschafterin von *Wide Blue Yonder* war seltsam.« Sie berichtet von ihrem Interview mit Jade Piper, das sie neugierig gemacht hatte, und was Kim Carmichael ihr erzählt hatte.

»Für mich sieht es aus, als hätte Jade auf Verity bestanden, obwohl es einige Gegenstimmen gab«, fuhr Eve fort. »Ob Verity die Rolle aus irgendeinem Grund wollte und Jade zwingen konnte oder Jade *sie* ausgewählt hatte, weiß ich nicht. Aber etwas ist da los. Und es ist noch mehr eigenartig.« Das war Eve eingefallen, als sie nach dem Essen mit Nick und Ellen nach Hause gefahren war. »Jade hat mir die Kontaktdaten der jungen Frau gegeben, deren Mentorin Verity war. Also *wollte* sie, dass ich die Geschichte erfahre, die Kim mir erzählt hat: dass Veritys Ansichten gar nicht zu der Organisation passten.«

Warum hatte sie das getan? Es bewirkte, dass Eve *Wide Blue Yonders* Rekrutierungsmethoden infrage stellte, was nicht in Jades Interesse sein konnte. Andererseits wurden so Veritys Einstellungen betont, die manch einer »gnadenlos« nennen könnte. Hatte Jade gewollt, dass Eve das erkannte?

»Du solltest Informationen finden, die Jade weniger verdächtig wirken lassen, mehr nicht.« Viv sah sie stirnrunzelnd an, während sie weiter Mehl siebte. »Denkst du ernsthaft, sie könnte es gewesen sein?«

»Noch weiß ich viel zu wenig, um das zu sagen, kann aber die Beweise nicht ignorieren. Ich werde einfach weitergraben müssen, bis ich auf die Wahrheit stoße. Das wird besser sein, als es nicht zu wissen.«

»Ja, wird es wohl … Und wie findest du mehr heraus?« Für Viv drehte sich der ganze Fall um die Frau, die sich für das *Monty's* eingesetzt hatte. Sie neigte dazu, ziemlich parteiisch zu sein, wenn es um ihr eigenes Unternehmen ging.

Eve dachte wieder an Jades ernstes, trauriges Gesicht und daran, wie sie es vermieden hatte, ihr in die Augen zu sehen, als sie gefragt hatte, was sie dazu gebracht hatte, die Organisation zu gründen. Angenommen, sie war unschuldig, wollte Eve auch um ihretwillen die Wahrheit herausfinden. Aber wenn sie eine Frau umgebracht hatte, wie anders würde sie dann aussehen? »Jeder hat eine Internet-Präsenz. Ich recherchiere zu ihr selbst anstatt zu der Organisation, und ich werde tiefer tauchen.« Das tat sie immer.

»Was ist mit Simon? Hat er etwas Hilfreiches von sich gegeben, bevor er mit seiner lächerlichen Neuigkeit herausgeplatzt ist?«

»Er hat mir von einer Teenager-Romanze zwischen Tilly Cotton und Rupert Seagrave erzählt – die anscheinend sie beendet hat. Was mich auf die Frage gebracht hat, ob sentimentale Gefühle sie bewegen könnten, ihn zu decken, falls sie ihn für schuldig hält. Sie könnte bloß eine schattenhafte Gestalt gesehen haben, deren Statur zu seiner passt; und vielleicht bereitet es ihr Sorge, doch sie will nichts sagen.«

Viv griff gedankenversunken nach der Butter. »Ja, das kann ich mir vorstellen. Und falls dem so ist, kann Jade nicht die Mörderin sein. Sie hat eine völlig andere Figur als Rupert.«

Eve stellte Wasser und Zucker in einem Topf auf den Herd. »Aber wir haben keine Ahnung, was Tilly gesehen hat. Und ich könnte mir denken, dass sie Cora auch decken würde. Die drei sind zusammen hier aufgewachsen, und Cora und Jade sind beide brünett und ähnlich groß.«

Viv schwieg.

Eve drehte die Hitze hoch. »Ich hatte übrigens noch ein unerwartetes Interview mit Rupert.«

Ihre Freundin sah sie mit großen Augen an. »Wie kam's?«

Eve nannte seine Gründe, weshalb er sie aufgesucht hatte.

»Wow. Und, Schlussfolgerungen?«

»Er steckt in einem Gefühlschaos. Cora treibt ihn in den Wahnsinn – ihr Verhalten klingt sehr sprunghaft –, aber er findet auch, dass sie über die Jahre unfair behandelt wurde. Wenn ich zwischen den Zeilen lese, würde ich sagen, dass seine Mutter ihn vor ihrer manipulativen Art gewarnt hat. Und nach ihrer Behauptung, dass Verity und Pete miteinander schlafen, ist er zu dem vorsichtigen Schluss gekommen, dass Belinda recht hat.«

»Also hat Cora das Gleichgewicht gestört, indem sie Verity mit Dreck beworfen hat?«

»Ja, würde ich annehmen. Und Rupert ist entweder untröstlich, weil er Verity die letzte halbe Stunde ihres Lebens verdächtigt hat, sie vielleicht sogar grausam behandelt hat …«

»Oder?«

»Oder weil er Verity wegen der Dinge umgebracht hat, die Cora behauptet hatte.« Eve konnte sich immer noch nicht entscheiden, was wahrscheinlicher war. »So oder so denke ich, dass seine Gefühle in der Schwebe sind. Er ist verwirrt und überreizt – und nach wie vor unsicher, was er glauben soll.«

»Was er gesagt hat, lässt Coras Mordmotiv auch stärker aussehen. Wäre es zu der Hochzeit gekommen, hätte sie nicht bloß ihr Hotelprojekt endgültig begraben können. Auch das Land um sie herum wäre verkauft worden.«

Eve nickte. »Einschließlich des Pferdestalls, an dem sie laut Simon sehr hängt. Und ohne das Hotel hat sie kein Einkommen und keine Pläne für die Zukunft, soweit ich weiß.«

Viv schüttelte den Kopf. »Könnte sein, dass Verity über kurz oder lang bei ihr angeklopft und Miete verlangt hätte. Und vergessen wir nicht, dass Cora nach Veritys Sturz sehr spät hinzukam. Sie hatte die Zeit, Verity zu stoßen und anschließend nach unten zu laufen. Hast du nicht gesagt, sie behauptet, in ihrem Cottage gewesen zu sein? Sehr praktisch.«

Eve nickte. »Und ich habe gesehen, dass sie von der Hausseite gekommen ist, was zu ihrer Aussage passt. Aber sie könnte auch durch die Vordertür oder eine der Seitentüren das Herrenhaus verlassen haben. So hätte sie immer noch den Eindruck erweckt, sie wäre von ihrem Cottage gekommen.«

»Klingt plausibel.« Viv schob das Haarnetz nach oben, das ihr über die Stirn gerutscht war. »Ehrlich, was ist mit den Gummis bei diesen Dingern los?«

Eve ging nicht auf die Bemerkung ein. »Mir ist noch ein anderes Problem eingefallen. Erinnerst du dich, dass ich Verity mit Pete über eine Frau reden gehört hatte, die er beobachtete?«

Viv nickte, woraufhin das Haarnetz gleich wieder gen Nasenwurzel glitt.

»Tja, ich frage mich allmählich, ob es Cora war, der Pete gefolgt ist, nicht Jade Piper.«

Viv strahlte. »Ja, jetzt, wo du es sagst: Das könnte sein! Meinst du, Verity wusste, dass Cora ihrem Cousin allzu sehr mit dem Hotelprojekt in den Ohren lag und sie zu einer potenziellen Bedrohung wurde?«

»Möglich wäre es. Dass Rupert einige Tage im Herrenhaus war, bot Cora eine glänzende Gelegenheit, den Druck zu erhöhen. Und Pete zu benutzen, damit er sicherstellte, dass sie und Rupert selten unter sich waren, könnte Veritys Methode gewesen sein, Cora aufzuhalten. Wenn sie sich ausgemalt hatte, dass Rupert mit seinem Geld ihre Expeditionen finanziert, wäre das gleichzeitig auch in Petes Interesse gewesen.«

Hätte Verity so gehandelt? Um des Geldes willen zu heiraten schien überhaupt nicht zu ihren Idealen zu passen; doch das galt ebenso für eine Täuschung oder eine Affäre mit ihrem Teamarzt. Eve zwang sich weiterzumachen. »Und da ist noch eine interessante Sache. Cora hat gesagt, Pete hätte nach Veritys Parfüm gerochen. Das war mit ein Grund, weshalb sie dachte, die beiden hätten eine Affäre, und weshalb sie es Rupert erzählte.«

»Stimmt.«

»Aber wie hätte sie das bemerken sollen, ohne Pete sehr nahe zu kommen?« Daran hätte sie früher denken müssen. »Vielleicht hatte er den Auftrag, ein Auge auf sie zu haben, ernster genommen, als Verity bewusst gewesen war.« Eve holte tief Luft. So vieles hiervon war reine Spekulation. Das beunruhigte sie.

»Ah ja – möglich wär's!« Viv schlug Eier in ihren Teig.

»So oder so finde ich, dass Rupert und Cora viel wahrscheinlichere Verdächtige sind als Jade. Sie hat nicht einmal ein Motiv.«

Insgeheim stimmte Eve ihr zu; die bisherigen Fakten deuteten eher auf einen Seagrave hin. Andererseits war noch eine Menge zu ergründen. Und Eve hoffte, ihre Recherche würde Vivs Illusionen nicht zerstören.

# Kapitel 18

»Ich dachte, heute wäre ein guter Tag«, sagte Tilly Cotton, die Gutsverwalterin, als sie Eve am Mittwochmorgen zum vereinbarten Termin die Tür zu ihrem Cottage öffnete. »Von der Familie ist niemand zu Hause, was es ein wenig leichter macht – wo doch alle so erschüttert sind. Aber ich habe natürlich gefragt, ob es in Ordnung ist, Sie herumzuführen, und es macht niemandem etwas aus.«

Da hatte Eve ihre Zweifel. Sie schätzte, dass Belinda Seagrave wenig begeistert war, hatte sie doch schon etwas dagegen gehabt, dass Eve Rupert interviewte. Sorgte sie sich um seine Gefühle oder um das, was er verraten könnte? Denkbar wäre, dass sie Eves Besuch heute nur abgesegnet hatte, weil er die Familie unschuldig wirken ließ. Und dass Eve nicht mit Rupert oder Cora sprechen könnte, dürfte Belindas Nerven beruhigt haben.

Tilly öffnete die Tür weiter und trat zurück. »Kommen Sie rein. Ich brühe uns einen Kaffee auf, bevor wir die Führung beginnen. Schwarz oder weiß?«

»Schwarz bitte.«

Tilly und Ivy Cottons Cottage war ein winziger, ordentlicher, aber gemütlich aussehender Bau aus altem, rotem Backstein. Eve tippte, dass es in früher viktorianischer Zeit erbaut worden war, nach dem Herrenhaus, und dennoch wirkte es, als stünde es schon länger hier. Es schien weniger streng zu sein und fügte sich perfekt in die Waldlichtung. Eve hatte ihren Wagen in der Zufahrt zum Stall geparkt und war dem Weg zum Haus der Cottons gefolgt.

Nun betrat sie ein Wohnzimmer mit Steinfußboden und einem großen, offenen Kamin.

»Machen Sie es sich bequem«, rief Tilly aus der Küche.

Eve zog sich einen der Bauernstühle mit Balustradenrückenlehne vor und setzte sich an den Eichentisch. Der war größtenteils leer bis auf ein wenig Post und ein paar Hochglanzzeitschriften; in denen musste Tilly geblättert haben, als Eve angeklopft hatte. Es waren jeweils die Annoncenseiten aufgeschlagen, und Eve blickte hinein und sah, dass es sich um Angebote für Verwalterstellen handelte.

Einen Moment später erschien Tilly mit einer dunkelroten Kaffeekanne und kleinen Tassen und Untertassen. »Zucker?«

»Nein, danke.«

Tilly stellte das Tablett ab und griff hastig nach den Zeitschriften, wobei sie beide zuschlug. »Verzeihung, ich hätte aufräumen sollen.«

»Kein Problem.«

Die Frau nagte an ihrer Unterlippe. Fragte sie sich, ob Eve gesehen hatte, wonach sie Ausschau hielt? Schließlich seufzte sie. »Ich schaue mich nach einer anderen Stelle um.« Vielleicht wollte sie lieber gleich ehrlich sein, falls Eve etwas bemerkt hatte. »Offen gesagt dachte ich, wenn Rupert heiratet, wäre das Timing ideal. Verity hätte gewiss einiges ändern wollen, und dann hätte ich kein schlechtes Gewissen, weil ich gehe.«

»Fühlen Sie sich der Familie verpflichtet?«

Tilly zögerte. »Es klingt verrückt, ich weiß, aber ich bin schon immer hier. Sie sind an mich gewöhnt, auch wenn ich nie vorhatte, für alle Zeiten hierzubleiben.« Sie blickte sich in dem Zimmer um. Ich liebe es hier, und Percival ist so nett zu mir und auch zu meiner Mum. Doch ich brauche eine Veränderung. Es kann ein wenig … erdrückend sein.«

»Und jetzt, nach Veritys Tod, fällt es Ihnen schwerer?« Eve hatte Mitleid mit ihr. Sie erinnerte sich an das, was Simon gesagt hatte. Zählte Rupert bis heute auf ihre emotionale Unterstützung, obwohl so viele Jahre seit ihrer Beziehung vergangen waren? War es das, was sie erdrückte?

Angst spiegelte sich in Tillys Augen, und ihre Züge wirkten angespannt. »Sie hatten hinauf zum Fenster gesehen, als Verity stürzte, nicht wahr?«

Eve nickte.

»Sind Sie sicher, dass Sie nichts gesehen haben?«

Das Zittern in ihrer Stimme entging Eve nicht. Wenn jemand anders bestätigte, was sie beobachtet hatte, halb beobachtet oder was auch immer, würde sie zur Polizei gehen? Nur konnte Eve nichts tun. »Es tut mir wirklich leid, aber nein. Ich hatte bloß nach oben geschaut, weil der Vikar etwas sagte. Dort habe ich eine Bewegung wahrgenommen, und dann einen … einen Körper, der nach vorn kippte. Doch ich konnte nicht einmal erkennen, wer da stürzte.«

Die Verwalterin vergrub das Gesicht in den Händen.

Eve neigte sich vor. »Tilly, wenn Sie denken, dass Sie etwas gesehen haben, selbst wenn Sie sich nicht ganz sicher sind, was es war, erzählen Sie es bitte der Polizei. Ich meine …« Sie hielt inne, weil sie der Frau keine Angst einjagen wollte. Doch es musste sein. »Es könnte das Sicherste sein, es ihnen zu sagen. Falls Sie etwas gesehen haben, könnten Sie in Gefahr schweben.«

Tilly schüttelte den Kopf. »Ich glaube nicht, dass die Person, die Verity angegriffen hat, mir etwas tun würde.«

Es trat eine längere Pause ein. Tilly hatte die Hände heruntergenommen, schloss für einen Moment die Augen, atmete dann jedoch tief durch und trank von ihrem Kaffee.

Eve hielt es für das Beste, keine Fragen zu stellen, bis sie das Cottage verließen. Sie wollte Tilly Zeit zum Nachdenken geben und ihren Rat sacken lassen. Nach ein paar Minuten erhob sich die Verwalterin.

»Wollen wir zuerst ins Herrenhaus gehen? Danach können wir uns das Anwesen und die Stallungen ansehen, bevor ich Sie zurück zu Ihrem Wagen begleite.«

»Das klingt perfekt, vielen Dank.«

Aus dieser Entfernung auf das Herrenhaus zuzugehen verschaffte Eve einen klareren Eindruck von dessen Größe und Pracht. Das Gebäude aus Backstein und Gipsputz war majestätisch. Tilly führte sie zum Vordereingang unter dem säulengestützten Vordach. Sie stiegen die Stufen hinauf, und Tilly schloss mit einem Schlüssel aus einem dicken Bund auf.

»Die Eingangshalle kennen Sie selbstverständlich schon. Wir waren durch die Seitentür dort hinten reingekommen.« Sie zeigte hin und führte Eve durch eine Reihe von Zimmern im Erdgeschoss. Sie waren eindrucksvoll, doch jedes hatte bei genauerem Hinsehen dieselbe Wirkung auf Eve. Der elegante Salon war ein gutes Beispiel. Dort standen ähnliche Büsten wie die, die Eve in der Bibliothek aufgefallen waren. An der Decke hing ein Kristallkronleuchter, und der Teppich auf dem Boden sah sehr hochwertig aus.

Doch aus der Nähe war zu erkennen, dass er fadenscheinige Stellen aufwies, und die ausgeblichenen, gerafften Vorhänge waren unten am Saum ausgefranst. Zwar hingen hier mehrere schöne Gemälde, aber über einem aufwendig gearbeiteten Beistelltisch war in der dunkelroten Tapete ein Rechteck zu sehen, das dunkler war als der Rest. Hatte die

Familie das Gemälde verkaufen müssen, das dort gehangen hatte?

Tilly ging mit Eve zu einer der beiden hinteren Treppen. Durch eine offene Tür erspähte Eve einen Schreibtisch und einen Drucker. »Das ist mein Büro«, erklärte Tilly.

Dort musste Jade Piper gewesen sein, als Verity gestürzt war. Sofern sie die Wahrheit gesagt hatte.

Oben an der Treppe gelangten sie in einen geräumigen Korridor.

»Die Zimmer der Familie sind alle in diesem Stockwerk«, sagte Tilly und öffnete eine Reihe von Türen zu Räumen mit Himmelbetten und zugigen Bädern.

Sie stiegen noch eine Treppe hinauf, und Eves Haut kribbelte, als sie an Veritys letzte Bewegungen dachte. Jade Pipers Zimmer war in diesem Stockwerk gewesen.

»Mum und ich hatten leider alle Gäste auf dieser Etage untergebracht«, fuhr Tilly fort. »Die Zimmer waren frei und schon fertig hergerichtet.«

Demnach musste Pete Smith auch hier oben gewohnt haben. Wenn Rupert im Haus gewesen war, als Verity gestürzt war, und nach Beweisen für eine Affäre zwischen seiner Verlobten und dem Arzt gesucht hatte, wäre er wahrscheinlich in dieses Stockwerk gegangen. Dann wäre er vor Ort gewesen, als Verity Jades Zimmer betreten hatte …

»Über uns ist nur noch der Dachboden«, sagte Tilly. »Aber ein kurzer Blick lohnt sich. Früher wohnten die Bediensteten dort, und es gibt auch Abstellräume.«

Die Kammern ganz oben waren klein und dunkel mit steilen Dachschrägen, und die Fenster lagen hinter einer Mauerbrüstung, sodass sie von unten nicht zu sehen waren. »Sie sind viel weniger elegant als die Räume unten«, sprach Tilly aus, was Eve dachte, »aber ich mag sie dennoch.« Sie legte eine Hand an eine Wand und lächelte kurz.

Als sie wieder draußen waren, gingen sie über den Rasen und weiter durch den Wald. Nach ein oder zwei Minuten erreichten sie eine große Lichtung.

»Oh, ich hatte vergessen, den Pool zu erwähnen. Er liegt ziemlich weit vom Haus entfernt, was den Einbau teurer machte.« Sie seufzte. »Aber er ist herrlich abgeschieden.«

Und wunderschön mit der hellen Stein- und Fliesenkante und den Stufen, die ins Wasser führten. Er war nicht abgedeckt und sah einladend aus. Da er von Wald umgeben war, musste sich jeder, der zum Schwimmen herkam, eins mit der Natur fühlen.

Nach fünf weiteren Minuten gelangten sie auf diesem Weg durch den Wald zum Meer. Es war wirklich ein großes Anwesen. Eve vermutete, dass die Stelle hier Tilly für jeden künftigen Arbeitgeber sehr interessant machte – und sie täte gut daran zu gehen, bevor allzu offensichtlich wurde, dass die Familie in Geldnot war und jemand ihr die Schuld daran gab. Nach dem, was Eve gehört hatte, klang es, als wäre Tilly in einem bereits verlorenen Kampf gefangen.

Sie waren beinahe wieder beim Stall und dem Cottage der Cottons angelangt, als sie an einem großen Nebengebäude vorbeikamen.

»Rupert hat ein Faible für Oldtimer. Die sind hier drinnen, weil er in London nicht genug Platz für sie hat.« Sie sah kurz zu Eve. »Aber er hat schon länger keinen mehr gekauft.«

Vielleicht sparte er, um das Herrenhaus zu unterstützen. Falls ja, hätte er damit früher anfangen sollen. Eves Eindruck wurde noch bestätigt, als Tilly ihr den Stall zeigte. Dort standen nur vier Pferde in den Boxen. Und es war so vieles instand zu halten.

Als sie auf dem Weg zu Eves Mini an Tillys Cottage vorbeikamen, sahen sie ihre Mutter, Ivy, die Haushälterin der

Seagraves. Tilly stellte Eve vor, und die Frau reagierte höflich, wenn auch mit verkniffener Miene.

Eve fragte sich, was aus ihr werden würde, wenn Tilly eine andere Stellung fand und wegzog. Würde Rupert sie das Cottage weiter bewohnen lassen, in dem sie momentan zu zweit lebten? Oder würde er die Frau in Rente schicken?

Falls er und Verity Pläne für das Anwesen geschmiedet hatten, solange sie zusammen hier gewesen waren, könnte Ivy Cotton sie leicht zufällig gehört haben.

Als Eve langsam zu ihrem Wagen zurückging, dachte sie über den Besuch nach. Sie drehte sich um und winkte Tilly noch einmal zu. Die Frau wirkte nach wie vor ängstlich, so viel stand fest, und sie hatte eindeutig noch nicht entschieden, wie es weitergehen sollte. Hätte sie beschlossen, die Sache ad acta zu legen, hätte sie Eve nicht gefragt, was sie gesehen hatte. Der Gedanke, dass der Mörder Tilly möglicherweise beobachtete und sich fragte, was sie als Nächstes tun würde, gab Eve das Gefühl, entsetzlich hilflos zu sein.

Seufzend ging sie weiter. Ein weiterer interessanter Punkt war der Zustand des Herrenhauses. Er bestätigte die Andeutungen, dass das Geld knapp war. Sollte Eve richtigliegen mit ihrer Vermutung, dass die Familie bereits Gemälde verkaufen musste, um Rechnungen zu bezahlen, wäre Rupert nie imstande gewesen, Veritys Abenteuer zu finanzieren, ohne Teile des Anwesens aufzugeben.

War sonst noch etwas bemerkenswert? Als Eve die Autoschlüssel aus ihrer Tasche angelte, schweiften ihre Gedanken zu Tillys Mutter Ivy ab. Sie stellte sich vor, wie sie mithörte, dass Verity und Rupert Pläne für den Landverkauf besprachen. Hätte sie nicht um ihre Zukunft gebangt? Wäre sie stark genug, um Verity aus dem Fenster zu stoßen? Laut Robin war sie eine der Personen ohne Alibi für die Tatzeit.

Und selbstverständlich würde Tilly sie mindestens genauso dringend schützen wollen wie Rupert, und sich sorgen, aber sicher sein, dass die Frau ihr nichts tun würde.

Eve schüttelte den Kopf. Ihr bisheriger Eindruck von Ivy Cotton mit ihrer leicht besorgten Miene schien es wenig wahrscheinlich zu machen, dass sie die Täterin war. Trotzdem lohnte es sich, gründlich zu sein. Schließlich hatte Ivy ein Motiv.

# Kapitel 19

In ihrem Cottage aß Eve etwas Baguette und Käse zum Mittag, wobei Gus ihr Gesellschaft leistete. Tillys Worte gingen ihr durch den Kopf.

»Sie glaubt nicht, dass die Person, die Verity ermordet hat, eine Gefahr für sie ist«, sagte Eve zu Gus. »Folglich muss sie jemanden aus dem Herrenhaus in Verdacht haben. Aber sollte ich mich auf Rupert und Cora konzentrieren? Und wähnt sie sich *zu Recht* sicher?«

Sir Percival und Ivy Cotton geisterten Eve ebenfalls durch den Kopf. Sogar Gus sah besorgt aus. Vielleicht hatte er ihren Tonfall bemerkt. »Ich kann nur hoffen, dass sie über meinen Rat nachdenkt und sich mir anvertraut … oder Palmer, irgendwem.« Gegenwärtig konnte sie nicht sehen, wie sie konkrete Beweise bekäme, sollte Tilly nicht reden.

»Das Problem ist, dass ich nicht weiß, ob sie sich sicher ist, wen sie gesehen hat, und sollte sie es nicht sein, könnte es jemand Außenstehendes wie Jade Piper oder Pete Smith gewesen sein. Ich brauche Fakten!«

Eve stand auf, und Gus, der ahnte, was sie vorhatte, flitzte zur Haustür. »Viv hat recht«, sagte sie, folgte ihm und zog ihre Flipflops an. »Jade hat kein offensichtliches Motiv, doch ich bin mir sicher, dass etwas an ihrem Verhältnis zu Verity seltsam war.« Und ehe sie nicht wusste, was das war, konnte sie sich schwer eine Meinung bilden.

Als sie von ihrem Waldspaziergang zurück waren, rannte Gus in die Küche, um seinen Durst zu stillen, und Eve setzte sich in dem stillen Esszimmer an die Arbeit. Wie geplant konzentrierte sie sich zunächst auf Jade Piper als Privatperson. Der Charakter eines Menschen war es, was sie interessierte. In Jades Fall war die Organisation, die sie gegründet hatte, ihr Leben, und die schien ein Symptom ihrer Leidenschaft zu sein, nicht deren Ursache.

Eve scrollte durch die Seiten von Links, auf der Suche nach irgendetwas, was auf Jades Leben außerhalb der Arbeit verwies. Außer Facebook und Instagram bezogen sich die ersten vier Seiten mit Resultaten auf ihr Berufsleben, und die sozialen Medien waren keine Hilfe. Jade hatte alle Einstellungen aktiviert, um ihre Privatsphäre zu schützen.

Auf der fünften Seite stieß Eve endlich auf persönliche Erwähnungen. Jade tauchte bei diversen *JustGiving*-Spendenwebsites auf, genauso wie in Onlinepetitionen für bessere Unterbringung und mehr Unterstützung für psychisch Kranke. Eine der Spenden ging an einen Tim Piper, und ihre Botschaft (*Ich bin so stolz auf dich, mein Schatz! Es wartet ein warmes Essen auf dich, wenn du zurückkommst! Xxx*), gepaart mit einem Foto von dem Mann, den sie unterstützte – und der ungefähr so alt sein musste wie sie –, ließ Eve vermuten, dass die beiden verheiratet sein könnten. Oder – sie überprüfte das Datum – es vor vier Jahren gewesen waren.

Etwas an Jade vermittelte Eve das Gefühl, dass sie gegenwärtig allein war. Sie erweckte den Eindruck eines Menschen, der den Kopf hochhielt und gegen alle Widerstände weitermachte.

Eve schalt sich, weil ihre Fantasie mit ihr durchging. Das

konnte sie alles nicht wissen. Aber da war Stolz im Blick der Frau gewesen, genauso wie Kummer und eine Art Mut. Eve musste herausbekommen, was dahintersteckte. Die Aufnahme des Mannes bei *JustGiving* machte Eve sehr emotional. Er hatte lachende, freundliche Augen. Sie hoffte, dass Jade noch mit ihm zusammen war.

Erst nach weiteren zwei Seiten Suchergebnissen fand Eve einen Link, der sie innehalten ließ. Er führte zu einer Website der *Friends of Blackwood Burial Ground*, und dort wurde Jades jüngste Spende zur Instandhaltung erwähnt. Man zollte ihr Anerkennung für ihre regelmäßigen Besuche und ihre Arbeit. Eve sah die Adresse nach, und ihr Herzschlag beschleunigte sich. Das war in Norfolk, nahe Thetford.

Gus war reingekommen und ließ sich zu Eves Füßen nieder.

»Das ist wirklich ein weiter Weg«, sagte Eve zu ihm. »Da regelmäßig hinzufahren und Gräber zu pflegen … Es ist draußen auf dem Land, also kann sie da nicht einfach mit dem Zug hinkommen. So ein Engagement muss etwas zu bedeuten haben.«

Ihr Dackel neigte den Kopf zur Seite.

Kurz dachte sie wieder an den Mann auf dem *JustGiving*-Foto. Sie hoffte inständig, dass es nichts mit ihm zu tun hatte. Aber *Wide Blue Yonder* gab es inzwischen seit Jahren, und Jades Stammsitz war in London, genauso wie der der Organisation. Falls sie mit dem Mann verheiratet gewesen und er gestorben war, wäre es doch naheliegender, ihn in der Hauptstadt beizusetzen. Vielleicht hatte er einen Elternteil, der dort oben begraben war.

Eve erinnerte sich, dass Jade erzählt hatte, wie grausam ihr Vater gewesen war und dass er ihr Selbstwertgefühl zerstört hatte. Aber vielleicht war es ihre Mutter, die dort begraben lag, oder es war ihr Dad, und sie fühlte sich ihm immer noch verpflichtet. Beispiele hierfür hatte Eve schon zuhauf gesehen.

»Es gibt nur eine Art, mehr herauszufinden.« Sie blickte auf die Uhr. Thetford war etwa eine Stunde und zwanzig Minuten Fahrt entfernt, aber es war mitten am Nachmittag. Gus sah sie hoffnungsvoll an, als sie aufstand.

»Ich würde dich ja sehr gerne mitnehmen, doch es wird eine lange und langweilige Fahrt.« Und möglicherweise eine vergebliche Suche nach Informationen. Warum machte sie das überhaupt? Aber hier war etwas, was Jade richtig wichtig war, eine Pflicht, die bestimmte, wie sie ihre Freizeit verbrachte. Und wenn diese Sache ihr so viel bedeutete, musste sie irgendwie mit all ihren anderen Anliegen verwoben sein.

Eve schrieb Angie, einer der Studentinnen, die stundenweise im *Monty's* arbeitete, und fragte, ob sie Zeit hätte, nachmittags mit Gus rauszugehen und ein bisschen bei ihm zu bleiben. Angie hatte es früher schon gegen Bezahlung getan, und sie und Gus waren dicke Freunde. Danach lief Eve nach oben, um das Kleid, das sie für den Besuch in Seagrave Hall getragen hatte, gegen eine Dreiviertelhose und ein T-Shirt zu tauschen.

Angie antwortete, dass sie um vier bei Eve wäre. Sie hatte bereits einen Schlüssel, also musste Eve keinen im Garten verstecken. Was ohnehin gegen ihre Regeln verstieß; das hatte schon früher Schwierigkeiten verursacht.

»Angie kommt dich besuchen! Ja, tut sie!« Gus sah begeistert aus. »Und ich versuche, ganz schnell wieder da zu sein.« Der Dackel trottete von dannen, als wäre ihm schon egal, wann sie wiederkam, weil bald ein aufregender Ersatz anrückte. Eve ging ihm dennoch nach und drückte ihn noch einmal.

Blackwood Burial Ground war ein stimmungsvoller Ort am Ende einer schmalen Privatstraße namens All Souls Lane, gerahmt von Eiben. Nahe dem Eingang war eine alte gemauerte Kapelle, deren Fenster im hellen Sonnenschein dunkel wirkten. Die Gräber reihten sich vor Eve auf, und zwischen ihnen standen noch mehr Eiben. Die Steine waren ganz unterschiedlich. Eve konnte uralte Steinengel sehen, schmuckvolle Kreuze mit anscheinend keltischen Symbolen, von Steinen eingefasste Gräber, flache Grabplatten und aufrechte Steine mit Namen und Daten.

Bis auf das Vogelzwitschern war alles still. Seitlich grenzte der Friedhof an einen Wald, und in den Kiefern konnte Eve Krähen hören. Sehr viel näher sang ein Zaunkönig.

Eve betrat den Friedhof. Sie vermutete, dass es einen Bereich mit neueren Gräbern gab. Es wäre sinnvoll, dort zu suchen. Wenn etwas Jade herrief, Woche für Woche, musste es das Grab eines Menschen sein, den sie gut gekannt hatte: eines, das jünger als dreißig Jahre war.

Auf dem Weg nach hinten begegnete ihr nur eine Person: ein grauhaariger Mann in einer abgewetzten braunen Hose und einem ausgeblichenen rot-weiß karierten Hemd, dessen oberste Knöpfe geöffnet waren. Er mähte das Gras neben einem Steingrabrahmen mit einem Trimmer und hielt kurz inne, um sich den Schweiß von der Stirn zu wischen. Als Eve auf einen vertrockneten Zweig trat, hörte er es, blickte sich um und wünschte ihr einen guten Tag.

Sie erwiderte den Gruß und hoffte, ihre Suche würde nicht zu lange dauern. Sie wollte ungern erklären müssen, was sie hier tat – oder eine Lüge erfinden, um ihre Spuren zu verwischen.

In einer Ecke hinten sah sie eine Reihe von Gräbern mit Steinen, die heller als der Rest wirkten, gleich neben bisher ungenutzten Grabstellen. Das erste Grab, das sie in einer teils belegten Reihe erreichte, war bedeckt von Kränzen und Sträußen. Das Datum auf dem Stein war aus dem letzten Monat. Der Verstorbene war erst dreiundvierzig gewesen.

Eve blutete das Herz, wenn sie an die Angehörigen dachte, die er zurückließ. Er hatte eine Geschichte, die sie nie erfahren würde und die es wahrscheinlich nicht in eine Zeitschrift oder Zeitung schaffen würde. Doch die Menge an Blumen zeigte, wie vielen Menschen er etwas bedeutet hatte.

Eine Sekunde später straffte sie die Schultern und schüttelte sich. Es war ein Jammer, dass sie Gus nicht bei sich hatte. Er hätte sie schneller wieder ins Hier und Jetzt geholt. Allerdings hätte er auch versucht, alle Grabsteine zu markieren.

Als sie die Reihe entlangging, fiel ihr auf, dass die Daten auf den Steinen länger zurücklagen, die Blumen welker und weniger üppig waren. Eve verbot sich weitere Rührseligkeit und stellte sich Jade hier vor. Wenn sie regelmäßig herkam, hatte sie einen geliebten Menschen verloren, dem sie vermutlich bei jedem Besuch Blumen mitbrachte. Eve sah zur nächsten Reihe.

Und tatsächlich standen dort auf ein paar Gräbern Sträuße, die noch recht frisch wirkten. Eve ging näher hin. Die erste Grabstelle schmückte eine Vase mit rosa Rosen. Hier war eine Frau begraben, die mit zweiundachtzig gestorben war. Der Name sagte Eve nichts, aber sie würde ihn googeln, falls sie hier sonst nichts fand.

Sie blickte hinüber zu dem Mann, der wieder arbeitete, und wollte schwören, dass er näher gekommen war. Vielleicht fragte er sich, ob sie Hilfe brauchte. Gut möglich, dass sie ein wenig verloren aussah. Eve machte einen entschlossenen Schritt auf das zweite Grab in der Reihe mit frischem Blumenschmuck zu; hier war es ein Strauß Rittersporn mit solch intensivblauen Blüten, dass sie zu glühen schienen. Eve schaute auf den Grabstein.

*Ruby Fox.*

Wieder regte sich Angst in Eves Brust. Ruby war erst vierundzwanzig gewesen, als sie vor vier Jahren gestorben war. Und während Eve dastand und sich fragte, was wohl Rubys Geschichte sein mochte, setzte sich der Name in ihrem Kopf fest. Klang er bekannt?

Seltsamerweise fühlte es sich so an, auch wenn sie sich nicht erinnerte, woher sie ihn kannte. Der Mann, der die Gräber pflegte, stand mit dem Rücken zu ihr. Sie holte ihr Handy hervor und tippte den Namen in eine der Suchmaschinen ein. Als sie die Suchergebnisse sah, stockte ihr der Atem.

Es war die junge Frau, die Verity Nye bei einem Höhlentauchgang in Ägypten gerettet hatte. Und dennoch lag sie hier, tot.

Der Friedhof verblasste um Eve herum, und die feinen Härchen an ihren Armen und in ihrem Nacken richteten sich auf. Was hatte das zu bedeuten?

Und dann kam ihr ein anderer Gedanke. Ruby und Jade. Beides Namen von Schmucksteinen. Jade hieß allerdings Piper und nicht Fox, doch etwas, was Eve auf der *JustGiving*-Website gesehen hatte, schien nahezulegen, dass sie geheiratet hatte.

Sie tippte »*Ruby Fox*« und »*Jade Piper*« in die Suchmaske ein, jeweils in Anführungszeichen. Und ihre vage Ahnung wurde zur Gewissheit mit jeder Menge konkreter Beweise. Beide Namen erschienen in der Traueranzeige für eine Amanda Fox – dem Text nach ihre Mutter. Ruby hatte *Wide Blue Yonder* vor Jahren auf Facebook gelikt. Jades Name stand auf einer Sponsorenseite von Ruby. Und so ging es weiter.

Eve war so in Gedanken versunken, dass sie nicht bemerkte, wie sich der Gärtner ihr näherte, bis sein Schatten auf ihr Telefon fiel. Sie schaltete das Display aus und steckte das Handy ein.

»Sind Sie eine Freundin der Familie?«, fragte er.

Sie nickte. »Ich habe Jade kennengelernt. Sie wirkt so traurig.« Was stimmte. Eve hatte es bemerkt, ohne den Hintergrund zu kennen.

Er seufzte. »Ja, es ist tragisch. Ruby und sie waren sich sehr nahe. Es wird sie freuen, dass jemand das Grab besucht hat.«

Der Mann sah sie neugierig an. Sie musste ihm wie eine merkwürdige Besucherin vorkommen und hatte nicht einmal Blumen mitgebracht.

»Ich sollte lieber gehen«, sagte Eve verlegen und machte sich auf den Weg zum Eingang.

Abends in Elizabeths Cottage machten Eve und Gus es sich im Wohnzimmer bequem. Eve legte die Füße auf die Couch, ein Glas Wein neben sich, und klappte den Laptop auf. Jades Schwester, Ruby Fox, war unter schwierigen Bedingungen von Verity Nye gerettet worden, aber was war danach geschehen?

Es gab mehrere Artikel zu ihrem Tod, einschließlich eines Nachrufs in einer Lokalzeitung. Ruby hatte beim Überqueren einer Straße ein Auto übersehen, war angefahren worden und auf der Stelle tot gewesen. Der Fahrer sagte aus, dass sie in die andere Richtung geblickt hätte. Man folgerte, dass sie abgelenkt gewesen war und deshalb einen fatalen Fehler begangen hatte. Der Tauchgang mit Verity war ihr erster richtiger Auftrag gewesen. Sie war ja noch so jung gewesen.

»Furchtbar«, sagte Eve laut, worauf Gus aufstand und

zu ihr getapst kam. Sie streichelte ihm den Kopf. »Arme Ruby – solch einen gefährlichen Beruf zu wählen und eine lebensbedrohliche Situation zu überstehen, um dann so zu Tode zu kommen.« Die Vorstellung, dass ein Moment der Unkonzentriertheit solch entsetzliche Konsequenzen haben konnte, war ernüchternd.

Eve erinnerte sich an etwas, was Jade zu ihrer Motivation gesagt hatte, *Wide Blue Yonder* zu gründen. Ihr sei klar geworden, dass jemand anders schlimmer litt als sie. Könnte das Ruby gewesen sein, die jüngere Schwester, die vielleicht noch weniger mit dem erniedrigenden Verhalten ihres Vaters hatte umgehen können? Jades Stimme war emotional aufgeladen gewesen, als sie es gesagt hatte, und sie hatte aus dem Fenster geschaut, um Eves Blick zu meiden.

»Ich muss wissen, was zwischen dem Tauchgang und Rubys Tod passiert ist.« Eve sah hinunter in Gus' tiefbraune Augen. Sie musste die ganze Geschichte von Jades Schwester kennen.

Nach reichlich Graben fand sie einen Artikel über Ruby in der *Eastern Daily Press*, in dem von ihrem Kampf nach der Heimkehr aus Ägypten die Rede war. Direkt nach der Tortur hatte sie eine Lungenentzündung bekommen, doch soweit Eve es sah, hatte sie sich wieder vollständig erholt.

Sie schwang die Beine von der Couch und bückte sich, um den Dackel zu kraulen. »Ich verstehe das nicht, Gus. Was meinst du? Verity rettet Jades Schwester bei ihrem Tauchgang in Ägypten. So weit, so gut. Es würde erklären, warum Jade sich so für sie als *Wide Blue Yonders* Botschafterin eingesetzt hat.« Sie klopfte dem Hund leicht auf die Seite, ehe sie die Ellbogen auf die Knie stützte und den Kopf in die Hände lehnte. »Aber wenn sie Verity ewig dankbar für das war, was sie für Ruby getan hatte, warum hat sie es in dem Interview für den Nachruf nicht erwähnt?«

Eve griff nach ihrem Weinglas und trank einen Schluck. »Trotzdem wäre es zu viel Zufall. Es muss eine Verbindung geben. Ergo war Jade aus irgendeinem Grund nicht dankbar.«

Ohne Frage musste es das gewesen sein, was Jade bewegt hatte, Verity zu rekrutieren. Hatte die Taucherin gewusst, dass Jade und Ruby Schwestern waren? Eve hatte nie eine Erwähnung gesehen oder gehört, also schätzte sie, dass Verity keine Ahnung gehabt hatte. Immerhin hatten die beiden unterschiedliche Nachnamen, und Ruby war vor vier Jahren gestorben, lange vor Veritys Rekrutierung.

Eve kehrte zurück zu ihrem Laptop und ergänzte ihre Notizen um die Neuentdeckung. Jades Spalte auf ihrer Verdächtigenliste enthielt nun viel mehr Details und drei Fragen:

1. *Jade hatte ihre Schwester eindeutig angebetet; warum war sie Verity dann nicht dankbar, nachdem die Ruby gerettet hatte?*
2. *Was hatte Jade vor, als sie Verity für* Wide Blue Yonder *rekrutierte?*
3. *Und warum war Verity in Jades Zimmer? Hatte sie deren verwandtschaftliche Beziehung zu Ruby entdeckt?*

Jade war von einer wenig wahrscheinlichen Verdächtigen zu einer avanciert, die einiges zu erklären hatte. Flüchtig dachte Eve wieder an Tilly Cotton. Aber das war sie alles schon durchgegangen. Zwar hätte Tilly keinen Grund, Jade Piper zu schützen, aber Jade war Cora in ihrer Statur nicht unähnlich. Falls Tilly die Familie abzuschirmen versuchte, würde eine Verwechslung der beiden Frauen ihr Verhalten erklären. Und an einem sonnigen Tag wie dem vor dem geplanten Jahrmarkt war es durchaus möglich, dass Tilly von unten lediglich eine schattenhafte Gestalt hinter Verity ausmachen konnte. Vielleicht hatte sie nicht einmal das Geschlecht erkannt. Es wurde Zeit, Verity Nyes Kontakten außerhalb der Familie mehr Aufmerksamkeit zu schenken.

Eve fiel der Gärtner wieder ein, der sie bei den Gräbern gesehen hatte. Wenn Jade einmal die Woche dort war, um Rubys Grab zu pflegen, würde er ihr sicher von Eves Besuch erzählen. Sie hatten sich nicht namentlich vorgestellt, doch er sollte sie gut genug beschreiben können.

Es könnte das Beste sein, Jade Piper direkt anzusprechen, anstatt zu warten, bis sie zu Eve kam. Sie nahm ihr Telefon auf und wählte Jades Mobilnummer. Ihr Mund fühlte sich trocken an, als sie wartete.

# Kapitel 20

Am Donnerstagmorgen wachte Eve mit einem mulmigen Gefühl auf. Jade Piper hatte gesagt, dass sie heute durch Suffolk kommen würde. Vielleicht wollte sie zu einem Ferientreffen mit einer ihrer Jugendgruppen. Doch wenn sie so weit nach Norden kam, könnte sie auch zum Grab ihrer Schwester wollen. Das Timing machte Eve nervös.

Jade hatte vorgeschlagen, am späten Nachmittag bei ihr zu sein. Wenn sie zum Friedhof wollte, würde sie wahrscheinlich vorher dorthin fahren. Würde sich dann der Gärtner da aufhalten, der Eve gesehen hatte?

Klar war jedenfalls, dass Jade bereits auf der Hut war. Eve hatte ihr gesagt, dass sie nach ihrer Unterhaltung mit Kim Carmichael einige zusätzliche Fragen hatte. Und anstatt anzubieten, die am Telefon zu beantworten, hatte Jade ein persönliches Treffen vorgeschlagen. Offenbar fragte sie sich, was Eve wusste und wie sie es am besten angehen sollte.

Das *Monty's* oder das *Cross Keys* wären ein sicherer Ort für ein Treffen, aber es würde ein heikles Gespräch werden, und da kam ein öffentlicher Ort nicht in Betracht. Eve musste einfach vorbereitet sein, falls die Dinge aus dem Ruder liefen.

Sie war noch in Gedanken versunken, als sie zum Dorfladen ging, um Milch zu kaufen. Es dauerte einen Moment, bis Moiras aufgeregte Stimme zu ihr durchdrang.

»Molly Walker?« Moira hatte die Augen weit aufgerissen und neigte sich über den Tresen, eine Hand vor dem Mund, sodass ihre pflaumenrot lackierten Fingernägel im Schein der Röhrenlampen glänzten.

Die Frau, mit der sie sprach, nickte, und ihre Locken wippten. Sie hielt ein Käsestück in den Händen, obwohl Eve das Gefühl hatte, dass sie eigentlich nur wegen des Tratsches hier war.

»Ist sie in Seagrave Hall?«

Moiras Kundin schüttelte den Kopf. »Die haben sie nach Hause geschickt. Sie war gar nicht in der Verfassung zu putzen, und ich denke, dass die Familie keine Angestellten von draußen auf dem Anwesen haben will.«

Moira holte tief Luft, wobei sie die Wangen blähte. »Nein, sicher nicht.«

»Sie wurde gegen Schock behandelt, habe ich gehört.«

Was in aller Welt war passiert? Eve fühlte ein leichtes Beben im Bauch.

In dem Moment blickte Moira auf und bemerkte sie. »Oh, Eve, meine Liebe!« Sie wandte sich wieder der Frau zu, mit der sie gesprochen hatte. »Das ist Eve Mallow. Sie hat gesehen, wie die arme liebe Verity gestürzt ist. Und sie schreibt den Nachruf.«

Die andere Frau drehte sich um, und Eve blickte von einem schimmernden Augenpaar zum anderen.

»Paula hat furchtbare Neuigkeiten.«

Eve stockte der Atem.

»Die arme Molly Walker hat Cora heute Morgen tot aufgefunden. Sie trieb in dem Swimmingpool hinten im Wald.«

»Es war kein Unfall«, ergänzte die andere Frau. »Sie wurde niedergeschlagen. Sie denken, dass sie ertrunken ist, als sie bewusstlos war.«

Eve wurde eiskalt. Im Geiste sah sie Coras unheimliches

Lächeln vor sich und hörte, wie sie gekichert hatte, als sie Eve von Verity und Pete Smith erzählt hatte und davon, dass auch Rupert Bescheid wusste.

»Ach, du meine Güte!« Moira kam um den Tresen gelaufen. »Wir hätten Sie mit so einer Neuigkeit nicht einfach so überfallen dürfen! Sie sind ja ganz blass. Soll ich Ihnen eine schöne Tasse Tee machen?«

Tee mit Moira – und womöglich ihrer Freundin – war das Letzte, wonach Eve der Sinn stand. Sie dankte der Ladenbesitzerin und entschuldigte sich höflich. Gus war sowieso draußen. Am Ende verließ sie den Laden ohne die Milch, und Moira schien vergessen zu haben, dass sie einen Grund für ihren Besuch gehabt haben musste, denn sie ließ Eve ohne Widerrede gehen.

Wie ferngesteuert wanderte Eve über den Dorfanger zurück, nahm die spielenden Kinder und die anderen Hunde, die ausgeführt wurden, kaum wahr. Beinahe stieß sie mit ihrer Nachbarin Sylvia zusammen, als sie in die Haunted Lane einbog.

»Probleme?« Da war ein wissender Blick in den dunklen Augen der Fotografin.

Eve schluckte und erzählte ihr das Neueste. Sylvia legte eine Hand auf ihre Schulter.

»Moira hat mir einen Tee angeboten.«

»Aber dem Tratsch konntest du dich nicht aussetzen? Verständlich.« Nur eine Sekunde lang war der typisch ironische Blick wieder da. »Komm lieber rein und trink einen Kaffee mit uns. Daphne hat eben frischen aufgebrüht.«

Es war nicht das erste Mal, dass sie sich furchtbar fühlte und die beiden sie dann zu sich baten. »Das klingt sehr viel reizvoller.«

Sylvia lachte. »Ich wäre beleidigt, würdest du etwas anderes sagen. Und ich wollte sowieso mit dir reden, aber nach dem, was du mir erzählt hast, wird es uns wohl allen guttun, Bilanz zu ziehen.«

Eve folgte ihr durch die niedrige Haustür ins Hope Cottage. Wie ihres war auch dieses ein reetgedeckter Bau aus dem siebzehnten Jahrhundert und hatte sich ein klein wenig zur Seite geneigt. Eve liebte es, und in ihrem Schockzustand bot es ihr beinahe so viel Trost wie ihr eigenes Heim. Die vordere Haushälfte musste weitestgehend so wie schon vor Jahrhunderten sein, doch Sylvia und Daphne hatten es nach hinten geöffnet, um einen großen Atelierraum anzubauen, den sie beide beruflich nutzten.

Daphnes neueste Keramikkollektion stand auf den Holzregalen auf einer Seite. Das Cottage war voller lieb gewonnener alter Möbel, gepflegt, aber mit den Zeichen der Zeit versehen. Daneben gab es jede Menge Bücher, CDs und Kunst.

Daphne kam mit einer Kaffeekanne in der Hand aus der Küche und schaute auf. »Ah, wie schön!« Doch dann sah sie Eves Gesichtsausdruck. Sie stellte die Kanne auf den Tisch, eilte zu Eve und legte eine Hand auf ihren Arm, wie es kurz zuvor die Fotografin getan hatte, und ihre freundlichen grauen Augen blickten sorgenvoll.

Sylvia erklärte, was los war, ohne einen Funken des Dramas, das Moira eingesetzt hatte.

»Das ist schrecklich!« Daphne fuhr sich mit der Hand durch das graue Haar, sodass der modische Schnitt aus der Form geriet. Und ihre Miene verriet, was sie dachte. »Die arme Molly Walker. Und was muss die Familie erst durchmachen?«

»*Einige* in der Familie«, sagte Sylvia.

Daphne warf ihr einen tadelnden Blick zu.

»Na, es stimmt doch! Und du weißt schon, was ich Eve erzählen wollte.« Sylvia ging auf den Esstisch hinten im

Wohnzimmer zu, vor dem Durchgang zum Atelier. »Und das muss sie nach dieser Neuigkeit erst recht hören. Komm und setz dich, Eve.«

Sie folgte Sylvia nach drüben und fragte sich, was kommen mochte.

Daphne seufzte. »Du hast recht. Ich hole nur noch eine Tasse.« Der Tisch war für zwei gedeckt, und sie sah Eve an. »Du musst auch etwas essen.« Daphne ging wieder in die Küche und war im Nu mit einer zusätzlichen Tasse und einem Teller zurück: das schöne Set war ihre eigene Arbeit, wie Eve wusste, in schimmerndem Aquamarin.

Gus näherte sich ebenfalls dem Tisch und hielt sich links von Eve, zwischen ihr und Sylvia. Er und der rote Tigerkater des Paares, der rechts von Eve auf den Stuhl gesprungen war, verstanden sich nicht.

»Keine Anchovipaste auf Toast heute, Orlando«, sagte Sylvia zu dem Kater. »Also kannst du aufhören, dir die Schnurrhaare zu lecken.«

Daphne stellte einen Teller mit dem frischen Blaubeerfrühstückskuchen aus dem *Monty's* auf den Tisch. »Wir wollten uns heute mal etwas gönnen.«

»Und ich muss sagen, dass die Aussicht auf eine Zuckerdosis sehr willkommen ist.« Sylvia war eine starke Frau; groß, zynisch und mit zumeist blitzenden Augen. Es war ungewöhnlich, sie so ernst zu erleben. Sie hielt Eve den Kuchenteller hin; der süße Duft von Früchten und Teig war wohltuend.

Als offensichtlich wurde, dass es nichts Interessantes geben würde, sprang Orlando von dem Stuhl neben Eve und entfernte sich mit einem verächtlichen Maunzen vom Tisch, den Schwanz steil in die Höhe gereckt. Gus entspannte sich und legte sich hin.

»Ich habe Fotos, von denen ich glaube, dass du sie gern

sehen würdest«, bemerkte Sylvia, während sie den Kaffee einschenkte. »Nicht von dem Tag, an dem Verity gestorben ist, sondern welche, die ich im Laufe der Jahre von der Familie aufgenommen habe.«

»Danke.« Eve nahm ihre Tasse auf. »Dann haben sie dich regelmäßig engagiert?«

Sylvia nickte und warf den dicken grauen Zopf über die Schulter. »Ich habe sie mir gestern angesehen, nach allem, was passiert ist, und da fiel mir auf, dass sie in gewisser Weise eine Geschichte erzählen. Sie sind irrelevant für Veritys Nachruf, aber falls du nach Hinweisen suchst und mehr Background zu der Familie willst, könnten sie helfen.« Sie zog eine Augenbraue hoch.

»Beides. Und erst recht jetzt, da Cora tot ist. Sie und Rupert haben mich in ihre Angelegenheiten verstrickt, ob ich wollte oder nicht.« Eve trank von ihrem Kaffee und hoffte, er würde Wunder wirken. Und falls nicht, dürfte der Blaubeerfrühstückskuchen Abhilfe schaffen. Sie genoss den ersten Bissen. Die Kuchen waren mit Buttermilch zubereitet, weich und köstlich feucht im Innern, aber mit dem Kristallzucker von außen ein wenig kross. Viv bezeichnete ihn als »stärkend«.

Eve schluckte und seufzte. »Ich kann das, was geschehen ist, nicht abschütteln.« Was, wenn sie es versuchte und Tilly angegriffen wurde? Oder Palmer einen Unschuldigen festnahm und die schuldige Person davonkommen ließ? Und Verity verdiente Gerechtigkeit. Eve empfand nach wie vor eine seltsame Verbundenheit mit ihr und den Drang zu verstehen, was sie zu einem Zielobjekt gemacht hatte.

Beim Essen sprachen sie über Eves Arbeit an Veritys Nachruf, und ihr war bewusst, wie taktvoll sich ihre Nachbarinnen gaben. Keine von ihnen versuchte, ihr mehr zu entlocken, als sie preisgeben wollte.

Als sie fertig waren, begann Daphne abzuräumen, und Eve und Sylvia standen auf, um zu helfen. Sie alle bewegten sich zwischen dem Wohnzimmer und der winzigen Küche mit ihrer rotfleckigen Anrichte und dem uralten Herd hin und her.

»Gut, schauen wir uns die Alben an.« Sylvia holte sie von einem hohen, weißen Bücherregal im Wohnzimmer. Sie legte sie auf den Tisch und schlug das erste zwischen ihnen auf, ehe sich alle wieder hinsetzten.

»Diese sind aus der ersten Session, die ich mit den Seagraves hatte, nachdem Cora zur Familie gezogen war«, erklärte Sylvia. »Es sind nur kleine Ausdrucke, die ich für meine Unterlagen gemacht habe, um sie potenziellen Kunden zu zeigen.« Sie lachte. »Heute habe ich auch Sachen online, aber das hatte ich damals nicht. Zu der Zeit war Cora vierzehn.«

Sie streckte sich zur Seite, um nach einer Halbmondlesebrille auf dem Couchtisch zu greifen, dann sah sie nach dem Datum im Album. Sie nickte. »Vor fünfzehn Jahren. Unglaublich, wie vieles sich verändert hat.« Sie drehte das Album so, dass Eve es näher ansehen konnte.

»Ein Familienporträt?« Eve erkannte Percivals leutseliges Lächeln. Damals war er schlanker und sein Gesicht weniger gerötet gewesen. Belinda hatte sich nicht sehr verändert; ihre Augen wirkten nicht freundlicher als heute, und ihren strengen Zügen hatte der Zahn der Zeit nichts anhaben können.

Rupert war bereits gut aussehend. Er stand nahe bei Cora, die unsicher in die Kamera blickte. Ihr Gesichtsausdruck überraschte Eve am meisten. Er hatte nichts mit dem der Frau gemein, die mit einem herzlosen Lächeln auf Veritys Leiche geschaut oder lachend darüber geredet hatte, wie sie ihren Cousin mit ihren Worten gezielt verletzt hatte.

Sylvia, die Eves Reaktion beobachtete, nickte. »Cora hat sich sehr verändert. Ich denke, sie war wie ein Tier, das lernte, sich möglichst gut einem neuen Lebensraum anzupassen. Sich Überlebenstaktiken aneignete.«

»Das ist ein bisschen dramatisch formuliert.« Daphne runzelte die Stirn.

»Mag sein«, sagte Sylvia, »aber so wirkt es.«

Eve dachte an Ruperts Vorschlag: dass Cora blind die Chance ergriffen hatte, nach London zu ziehen, um weg von Seagrave Hall zu kommen. Er hatte gesagt, deswegen hätte sie Geld in einem unseriösen Geschäft riskiert.

»Zu der Zeit war sie neu in der Familie und sehr unsicher. Natürlich auch in Trauer.« Sylvia zeigte auf das Foto. »Das ältere Paar links von Percival sind seine Eltern, Henry und Matilda. Sie waren Coras und Ruperts Großeltern und wohnten auf dem Anwesen. Ich denke, sie haben Cora geholfen, sich einzuleben. Leider starben sie innerhalb von zwei Jahren nach dieser Aufnahme, Krebs und Herzinfarkt. Cora musste einen Verlust nach dem anderen verkraften.«

Sie blätterte mehrere Seiten weiter, dann wieder zurück und erneut vor. »Ah, hier ist es: die nächste Fotosession mit ihnen.«

Eve betrachtete die beiden Seiten voller Gruppenfotos.

»Es ist nett, dass sie auch die Bediensteten immer mit fotografieren ließen.« Daphne lehnte sich vor, um besser sehen zu können.

Sylvia blickte über ihre Lesebrille zu ihr. »Ich glaube eher, dass die Seagraves es genießen, ihre Angestellten gönnerhaft zu behandeln und Bilder von dem einen oder anderen alten Faktotum zu haben.«

Daphne schüttelte den Kopf. »Ja, sicher denkst du das!«

»Ist das Walter Cotton?« Eve zeigte auf einen Mann, der neben einer sehr viel jüngeren Ivy stand. Er sah gut aus, doch etwas an seinen Augen verriet, dass er gefährlich war. Oder ließ sie sich nur von Simons Bericht beeinflussen?

»Ja, ist er«, antwortete Sylvia. »Um einiges jünger als ich und sowieso nicht mein Typ, was ihn nicht abhielt, mir schöne Augen zu machen.« Sie erschauderte. »Ivy trug an dem Tag dick Make-up, doch mir machte sie nichts vor. Nach der Session habe ich mit Percival gesprochen. Er hatte ihre blauen Flecken nicht bemerkt, aber immerhin war er außer sich, als ich ihn darauf hinwies. Und Ivy saß in der Falle. Wenn sie Walter verließ, müsste sie auch ihren Job und ihr Zuhause aufgeben, und sie hatte eine Tochter zu versorgen.«

»Was ist mit Walter passiert?«

»Gefeuert. Noch in derselben Woche war er draußen. Ich war erleichtert. Ich habe Percival immer für charakterschwach gehalten, aber bei der Sache hat er direkt durchgegriffen.« Sie blätterte eine Seite weiter. »Hier ist Cora mit Rupert. Es ist ein Jahr später, also muss sie fünfzehn gewesen sein und er nur wenig älter.« Sylvia war eine Aufnahme gelungen, in der sie beide lachten. Cora sah sorglos aus, Rupert entspannt und im Einklang mit ihr.

»Da lebten die Großeltern noch und glichen die Dinge aus. Aber vergleich es mal mit diesem Porträt.« Auf dem nächsten Bild, das Sylvia ihr zeigte, war die heutige Cora erheblich besser wiederzuerkennen. Da war das wissende Lächeln, und es fühlte sich an, als hätte sie eine Barriere errichtet: Sie wollte bestimmen, was der Betrachter von ihr dachte und wie er reagierte.

»Die Großeltern fungierten als Pufferzone zwischen Cora und Belinda. Doch hier sind sie schon gestorben. Ich hatte zuerst Coras Aufnahme gemacht, weil sie sich vorgedrängt hatte, und der Hausherrin gefiel das kein bisschen. Sie machte eine spitze Bemerkung über Aufdringlichkeit.«

Sylvia sah Eve an. »Rupert war bewusst, wie unterschiedlich Cora und er behandelt wurden, denke ich. Und während Belinda harsch war, schlug Percival ins andere Extrem und gab Cora in allem nach. Sie hat ihn gegen Belinda ausgespielt, und ich denke, sie hat Rupert auch Schuldgefühle eingeredet.«

»Sylvia!« Daphnes Stirn war tief gefurcht.

Die größere Frau warf die Hände in die Höhe. »Das ist nur meine Meinung! Sie wurde manipulierend, aber dazu hatte sie ja auch allen Grund. Es war ein Schutzmechanismus. Belinda ist ein giftsprühendes Biest, und sie wollte Cora nie bei sich haben. Das Mädchen musste sehr jung lernen, und zwar schnell. Und Percival machte es ihr leichter, Fraktionen zu schaffen, indem er sie verwöhnte.«

Sylvia schüttelte den Kopf und wandte sich wieder Eve zu. »Es ist besser, dass du das alles weißt, solltest du ihrem Mörder einmal gegenüberstehen. Rupert schien in der Mitte gefangen zu sein. Aus allen Richtungen wurde an ihm gezerrt, er war wie eine Fahne im Wind, doch hier hatte er Cora vertraut.«

Und Eve wusste, wie sehr sich das geändert hatte.

Sie fragte sich, warum Cora umgebracht worden war. Rupert könnte es aus Rache getan haben wegen der Behauptungen über seine Verlobte. Oder seine Cousine verfügte über geheimes Wissen, das sie für den Mörder gefährlich machte, hatte ihn oder sie vielleicht gesehen, wie sie etwas Entlarvendes taten.

Es könnte ein Detail sein, dessen Bedeutung sie erst später begriffen hatte. Vielleicht hatte sie die Person dann erst zur Rede gestellt. Was den zeitlichen Abstand von einer Woche erklären würde, ehe sie getötet wurde. Es hieß auch, dass Jade Piper und Pete Smith auf der Verdächtigenliste blieben. Jeder von ihnen könnte Cora ins Visier genommen haben, falls sie gewusst hatte, dass sie schuldig waren.

Nachdem sie Sylvias Fotos gesehen hatte, dachte Eve anders über Cora. Sie hätte Ruperts Schuldgefühlen wegen der Behandlung seiner Cousine und deren Flucht vom Anwesen mehr Bedeutung beimessen müssen. Es sah aus, als hätte sich die verängstigte Vierzehnjährige zum Selbstschutz verwandelt. Was einen gruseligen Background lieferte für ihr unheimliches, kindliches Lachen sowie ihre Bereitschaft, alles zu tun, was sie konnte, um die Kontrolle zu übernehmen.

In diesem Moment ging eine Textnachricht auf Eves Handy ein. Sie blickte rasch hin. Robin Yardley.

Treffen bei der verbrannten Eiche im Blind Eye Wood um 11? Ich habe Neuigkeiten.

# Kapitel 21

Blind Eye Wood befand sich zwischen den am Meer gelegenen Häusern von Saxford St. Peter und der Heide mit Blick auf den Strand. Der Name des Waldstücks stammte aus Zeiten, in denen Schmuggler es genutzt hatten, um ihre Waren ungesehen vom Fluss aus zu einer ruhigen Gasse südlich vom Dorf zu bringen.

Jeder wusste, dass er sich von dem Wald fernhalten musste, wenn er ein kleines Licht auf dem Wasser oder das Antwortsignal der Laterne am Ufer sah. Die verbrannte Eiche war ein prächtiger alter Baum nahe der Waldmitte, der noch die Narben eines Blitzeinschlags vor vielen Jahren trug – ein Spalt, der vertikal am Stamm nach unten verlief.

Als Eve und Gus die Love Lane hinunter zu dem Treffen mit Robin gingen, überlegte sie, was er ihr zu erzählen hatte. Sie war noch von den Gedanken an Cora erschüttert, die in dem Swimmingpool trieb, den Tilly ihr gestern erst gezeigt hatte. Gus rannte an seiner Ausziehleine voraus. Ziemlich sicher hatte er nur Kaninchen im Kopf.

Eve erreichte die alte Eiche vor Robin und ließ Gus frei. Er folgte seiner Nase und fand etwas Verlockendes unter einem herabgestürzten Ast, wo er im alten Laub auf dem Waldboden schnüffelte. Eve blickte sich nach Bewegungen zwischen den Bäumen um.

Die Natur bot eine beruhigende Kulisse um sie herum, sonnengesprenkelt und still. Im Wald blühten lauter Wildblumen, vom zarten Hexenkraut zu Eves Füßen bis hin zu stark duftendem Geißblatt, das zwischen den Zweigen rankte und Hummeln und weiße Admiralschmetterlinge anzog. Unweigerlich musste Eve an den Wald auf der anderen Seite der Flussmündung denken, auf dem Anwesen der Seagraves, wo ein Mörder gelauert hatte, während Cora ihre letzten Stunden verbrachte. Sie und die Familie waren laut Tilly den Tag über in London gewesen. Vielleicht war Cora bei der Rückkehr müde und verschwitzt gewesen und hatte deshalb beschlossen, eine Runde im stillen Wald der Familie zu schwimmen.

Das Knacken eines Zweiges schreckte Eve auf. Da war Robin in Jeans und einem verblichenen schwarzen T-Shirt, der seitlich einem Ast auswich. Er hob die Hand, und Eve erwiderte die Geste.

Als sich ihre Blicke begegneten, fiel ihr auf einmal das Telefonat wieder ein, von dem sie zufällig einen kleinen Teil mitgehört hatte und das er mit einem dringlichen Ton beendet hatte. Worum war es gegangen? Es war keine gewöhnliche Unterhaltung gewesen – all das Gerede von einer Sackgasse, mehr Arbeit und einem späteren Bericht. Er schaute sie prüfend an, und sie war überzeugt, dass er ebenfalls daran dachte, nur kurz. Und sich fragte, wie viel sie mitbekommen hatte.

Sie wandte den Blick ab. »Das mit Cora kann ich immer noch nicht glauben.«

»Ich weiß.«

»Denkt die Polizei, dass sie die Identität des Mörders entdeckt und sie aus irgendeinem Grund für sich behalten hat?« Eves Gedanken wanderten zu Rupert. Falls Cora ein Druckmittel brauchte, damit er ihrer Hotelidee zustimmte, hätte sie es definitiv gehabt, sollte sie ihn als Täter entlarvt haben. Und es würde zu ihrer Vorgehensweise passen.

Sie sprach den Gedanken aus, und Robin schaute sie an. »Es wäre eine Möglichkeit. Oder sie wollte Geld für einen Neuanfang und hat versucht, Jade Piper oder den mysteriösen Pete Smith zu erpressen, falls sie wusste, dass einer von ihnen Verity ermordet hat. Keiner der drei hat ein Alibi, soweit ich gehört habe.«

»Dann hält die Polizei immer noch Jade für die Täterin?«

»Palmer hat sich völlig in sie verbissen. Und jeder kann auf das Anwesen. Es gibt Zäune und reichlich Schilder, die klarmachen, dass es Privatgrund ist, aber mein Kontakt sagt, das Gelände ist nicht richtig gesichert. Es gibt mehrere Stellen, an denen der Zaun repariert werden müsste, und ein Sicherheitssystem haben sie nicht.« Er zuckte mit den Schultern. »Vermutlich sind schlicht nicht genug finanzielle Mittel für solche Dinge da.«

Eve dachte an Sir Percival und das Geld, das er in ein Rennpferd investiert hatte. Belinda Seagraves missbilligende Miene erschien vor ihrem geistigen Auge.

Gus war fertig mit seinem Schnüffeln unter dem Ast.

»Wollen wir gehen und reden?«, fragte Robin, der zu ihm nach unten sah und kurz lächelte.

»Klingt gut.«

Sie schritten langsam zwischen den Bäumen hindurch.

Robin warf ihr einen Seitenblick zu. »Also hast du wahrscheinlich schon gehört, dass Cora einen Schlag auf den Hinterkopf bekommen hat, als sie schwimmen wollte. Der Mörder hat einen stumpfen Gegenstand benutzt, um sie bewusstlos zu schlagen und dann ertrinken zu lassen.«

Eve schluckte. »Ja, das hat in groben Zügen auch Moira erzählt.«

»Die Brutalität hat sich seit Veritys Mord gesteigert«, sagte Robin.

Eve hatte sich bereits die Kaltblütigkeit des Mörders vorgestellt, der Cora mit seiner Waffe auf den Kopf schlug, vielleicht ein Knacken hörte. Ihr war unverständlich, wie jemand das tun konnte. »Ich weiß.«

»Mich sorgt, dass die Dinge eskalieren. Und obwohl ich durchaus glauben kann, dass Verity im Affekt getötet wurde, ist es gut möglich, dass der Mord an Cora geplant war. Anscheinend war sie die meisten Sommerabende zum Schwimmen am Pool. Die Familie wird es gewusst haben, genauso wie die Leute, die kürzlich zu Gast auf dem Anwesen waren. Wie ich hörte, waren sie eingeladen, den Pool zu nutzen, und Cora war auch zu der Zeit jeden Abend dort.«

Eve schloss für eine Sekunde die Augen. »Also schließt es Jade und Pete nicht aus.«

»Nein.«

»Sind noch mehr Alibis für den Mord an Verity aufgetaucht?«

Robin schüttelte den Kopf. »Natürlich fängt die Polizei wegen letzter Nacht noch einmal von vorne an. Anscheinend haben sie die Familie und die Festangestellten schon befragt. Sir Percival und Lady Seagrave haben beide angegeben, dass Tilly bis spät in ihrem Büro gearbeitet hat. Sie sagen, sie hätten sie gesehen, als sie kam, und gehört, wie sie um die relevante Zeit telefonierte.«

Er zuckte mit den Schultern. »Das Gäste-WC unten ist direkt neben ihrem Büro, also kommt es hin, aber ihre Aussage liefert *ihnen* natürlich auch ein Alibi. Mein Kollege musste sie darauf hinweisen, dass dem nicht so ist. Tilly war mit ihrem Telefonat beschäftigt, also kann sie nicht bestätigen, jemanden im Bad gehört zu haben. Und die Seagraves haben beide gewusst, dass sie einige Anrufe machen wollte.

Also könnten sie sich das ausgedacht haben. Das Alibi, das sie sich gegenseitig geben, hat allerdings nicht viel Gewicht.«

»Und Rupert?«

Robin zog eine Augenbraue hoch. »Der war anscheinend früh schlafen gegangen. Daher hat er kein Alibi, und es legt nahe, dass er an dem Abend nicht ganz auf dem Damm war.«

»Für ihn wäre es leicht, sich von seinem Zimmer nach unten und aus dem Haus zu schleichen, ohne dass es jemand bemerkt.« Eve dachte an ihre Hausführung, die vielen Treppen und die Seitentüren. »Was ist mit Ivy Cotton?«

»Sie fühlte sich nicht gut und hat früh Feierabend gemacht. Dann war sie in dem Cottage, das sie mit ihrer Tochter bewohnt, und wenn man ihr glauben kann, ist sie zu Bett gegangen und hat bis zum Morgen durchgeschlafen. Tilly sagt, sie hätte nach ihr gesehen, als sie nach Hause kam, ungefähr eine Stunde nach Coras Tod, und da schlief sie tief und fest.«

»Wie kann sich die Polizei beim Todeszeitpunkt so sicher sein?«

»Cora hatte keine Zeit, ihre Uhr abzunehmen, bevor sie niedergeschlagen wurde. Sie war an ihrem Arm, als sie in den Pool fiel, und ist stehen geblieben. Anscheinend stimmt die Zeit mit der ihrer üblichen Schwimmrunde überein.«

Eve holte tief Luft. »Weißt du, welchen Ansatz die Polizei verfolgt?«

»Sie interessieren sich für den gestrigen Familienausflug nach London. Es hört sich an, als wäre es eine Domino-Entscheidung gewesen. Rupert ist noch nicht wieder zu seiner Arbeit zurückgekehrt; er musste aber jemanden in seinem Büro sprechen. Dann hat Percival beschlossen, mit ihm zu fahren, weil er London mag. Und Belinda – wenn man zwischen den Zeilen liest – ist mitgekommen, weil sie Percival nicht traute, einen Tag dort zu verbringen, ohne in Schwierigkeiten zu geraten. Schließlich hat Cora sich mit eingeklinkt und behauptet, einige Besorgungen machen zu müssen.«

»Mich würde nicht wundern, wenn sie jede Sekunde mit Rupert verbringen wollte, die sie konnte.« Eve entsann sich, wie sie nach Veritys Sturz umgehend versucht hatte, sich mit ihm zu versöhnen. »Sie wollte so verzweifelt ihre Hotelidee wieder auf die Agenda bringen, und vermutlich war ihr klar, dass Rupert schwerer zu überzeugen wäre, wenn er erst wieder ganz in der Hauptstadt war.«

Robin nickte. »Das leuchtet ein. Mein Kontakt sagt, Belinda hätte den Eindruck vermittelt, dass es ein erholsamer Tagesausflug war. Als Cora mit ihren Besorgungen fertig war und Rupert mit seinem Meeting, haben sie angeblich gemeinsam einen Spaziergang an der Themse unternommen.«

»Wie kuschelig.« Eve dachte daran, wie sie sich verhalten hatten, als sie alle zuletzt gesehen hatte. Könnten sie tatsächlich das Kriegsbeil begraben haben? Doch bei näherer Überlegung hielt sie es für möglich. Rupert war wütend gewesen, aber auch kurz vor einer Kehrtwende, verwundbar und unsicher, was sein Vertrauen in Verity betraf.

»Sowohl Simon Maxwell als auch Sylvia haben angedeutet, dass Rupert Schuldgefühle wegen der Art hatte, wie Cora behandelt wurde, als sie zu der Familie kam«, sagte sie. »Ich schätze, diese tief verwurzelten Gefühle könnten wieder hochgekocht sein.«

Aber Belinda war Eves Meinung nach keine verlässliche Zeugin. Ihre Versöhnungsgeschichte könnte reine Fiktion sein.

Ein halbes Lächeln umspielte Robins Lippen, als er zu ihr sah. »Was denkst du?«

Eve atmete tief durch. »Falls Rupert schuldig ist oder

Belinda es denkt, wäre es nur natürlich für sie, dass sie die jüngsten Streitereien zwischen ihm und Cora übertüncht.«

»Stimmt. Und wenn Rupert Verity wegen Coras Anschuldigungen umgebracht hat und dann entschied, dass sie gelogen hatte, könnte ihn ein ganzer Tag intensives Lobbying für das Hotel zu weit getrieben haben. Er wirkt gutmütig, aber das heißt nicht, dass er nicht durchdrehen kann.«

»Eben.« Sie dachte an Ruperts zitternde Hände, als er mit ihr über Cora gesprochen hatte.

Weiter vorn raschelte etwas im Unterholz, und Gus flitzte hin.

»Faszinierend, wie schnell ein Wesen mit so kurzen Beinen sein kann.« Robin lachte und wechselte die Richtung, damit sie in dieselbe gingen wie Gus.

»Dackel werden als Jagdhunde gezüchtet. Er ist ganz in seinem Element.«

Robin seufzte. »Und dabei sehen diese braunen Augen so unschuldig aus.«

»Oh ja. Mit seinem Blick hat er mich schon am ersten Tag um seine kleinen Pfoten gewickelt.«

Da war wieder Robins Lächeln, doch nach einem kurzen Moment wurde er ernst. »Die Polizei interessiert sich für Coras Besorgungen in London.«

»Wissen sie, was das für welche waren?«

»Anscheinend hatte sie es den anderen nicht erzählt, aber Palmer reitet auf der Tatsache herum, dass Jade Piper dort ihr Büro hat.« Er sah Eve an. »Wie Pete Smith auch.«

»Er zählt zu den Leuten, die ich gern treffen würde, doch er ignoriert meine Nachrichten, genau wie Veritys Eltern. Also denkt die Polizei, dass Cora sich weggeschlichen hat, um Pete oder Jade zu erpressen, und dann ist einer von ihnen abends nach Suffolk gefahren, um sie zu ermorden?«

Robin nickte. »Anders können sie sich das Timing nicht

erklären. Und sie sind besonders auf Jade fokussiert. Dass Verity aus ihrem Zimmerfenster gestürzt war, ist immer noch ein entscheidender Faktor.«

Eves neues Wissen über die Wohltätigkeitsmanagerin lastete schwer auf ihrer Brust. Es tat gut, Robin alles zu erzählen, und sie gab ihm sämtliche Details.

Er stieß einen leisen Pfiff aus. »Gute Arbeit. Ich denke, an der Jagdfront haben du und Gus einiges gemein.« Er drehte sich zu ihr.

»Und was die kurzen Beine angeht.«

Robin lachte. »Deine Augen sind auch braun. Hast du festgestellt, dass du Leute um deinen kleinen Finger wickelst?«

Sie fühlte, dass ihre Wangen rot wurden. »Leider nicht. Dafür brauche ich immer noch Gus.«

Grinsend ging Robin weiter, Eve neben ihm, und eine Weile sprachen sie beide nicht.

»Willst du Palmer erzählen, was du über Jade herausgefunden hast?«, fragte Robin schließlich.

So froh sie war, dass er sie nicht mehr neckte, machte sie diese Frage doch nervös. Auf der Rückfahrt von Thetford am vergangenen Tag hatte sie darüber nachgedacht. Seit der Nachricht von Coras Tod war es ein wenig in den Hintergrund gerückt, aber ignorieren konnte sie es nicht.

»Ich würde lieber erst mit ihr reden und mir ihre Version der Geschichte anhören.« Sie zögerte. »Sie kommt mich später zu Hause besuchen.« Robin hielt sie sicher für verrückt. Und der Plan, den sie an diesem Morgen gefasst hatte, bevor sie von Coras Tod erfahren hatte, schien nun weit riskanter zu sein, als sie ursprünglich gedacht hatte. Der Täter hatte sich von jemandem, der im Affekt mordete, zu einem gesteigert, der einen teuflischen Angriff plante und dazu vermutlich die passende Waffe mitbrachte.

Robins Augen verrieten ihr, dass ihm das Gleiche durch den Kopf ging. »Das könnte eine gefährliche Entscheidung sein. Du bist zu dem Schluss gekommen, dass sie Verity aus irgendeinem Grund nicht mochte und sie aus unbekannten Motiven deswegen in ihrer Nähe haben wollte. Das, zusammen mit Veritys Tod, macht Jade aus meiner Warte zu jemandem, vor dem man auf der Hut sein sollte.« Er verschränkte die Arme vor der Brust.

Eve seufzte. »Ich weiß. Aber sie ist so traurig, Robin. Ich verstehe nicht ganz, was damals passiert ist, doch sie hatte eine unglückliche Kindheit und hat ihre Schwester sehr jung verloren. Und sie ist mit Leidenschaft dabei, Frauen und Mädchen zu helfen. Ich habe das Gefühl, ich schulde es ihr, ihr zu erzählen, was ich herausgefunden habe, und ihr die Chance zu geben, es zu erklären. Außerdem«, sie verzog das Gesicht, »wenn ich direkt zu Palmer gehe, wird er bloß sagen, ich hätte ›meine Befugnisse überschritten‹.«

Aber was, wenn Jade schuldig war? Zweifel nagten an Eve.

Robin blickte sie ernst an. »Wann genau soll sie bei dir sein?«

»Um fünf. Doch sie könnte dichtmachen, wenn wir beide nicht allein sind.« Sie nahm an, dass er vorhaben könnte, »zufällig in der Nähe zu sein«.

»Ich werde diskret sein. Du wirst mich nicht bemerken.«

»Sorgst du dich nicht, dass dich jemand sehen könnte, wenn du zu meinem Cottage kommst und nicht im Garten arbeitest?« Sie wusste, wie vorsichtig er war.

»Keine Sorge, ich werde eine Schaufel dabeihaben.«

Eve versuchte, sich nicht anmerken zu lassen, wie beruhigend der Gedanke war. »Tja, falls du uns streiten siehst, schlag damit bitte kein Fenster ein. Ich lasse die Hintertür offen …«

»Abgemacht.«

Sie drehte sich zu ihm. »Danke, Robin.«

»Nicht der Rede wert.« Es verging ein Moment, ehe er weitersprach. »Die Seagraves geben heute eine Pressekonferenz zusammen mit der Polizei drüben im Herrenhaus. Um zwei. Ich dachte, du willst vielleicht hin, wenn du es zeitlich einrichten kannst.«

Im Grunde hatte sie dort nichts verloren, wenn sie über Coras Tod reden wollten, aber Robin hatte recht. Ohne Frage wäre sie gern dabei, und es dürften Unmengen Journalisten kommen, in deren Pulk sie untertauchen könnte. Im *Monty's* musste sie erst morgen wieder arbeiten – nach den Festvorbereitungen konnte sie Überstunden abfeiern.

»Das schaffe ich. Danke.«

# Kapitel 22

Eve sah auf ihre Uhr, als sie mit den anderen Journalisten auf der gekiesten Einfahrt von Seagrave Hall wartete. Sie hatte bereits gesehen, wie DI Palmer und DS Boles von Ivy Cotton ins Haus gelassen wurden. Nun starrte die wartende Menge auf das leere Rednerpult nahe der prächtigen Haustür. Vermutlich machten sich Percival, Rupert und Belinda drinnen bereit. Durch die dunklen Fenster war nichts zu erkennen, und die grelle Sonne warf Schatten von allem im Inneren des Hauses.

»Was meinst du, wer von denen es war?«, fragte ein Typ links von Eve die Frau, die bei ihm war. »Ich wette auf den Dad. Es heißt, dass er scharf auf Verity Nye war. Wenn sie ihn abblitzen ließ, könnte er sie gestoßen haben, damit sie den Mund hält. Vielleicht hat die Nichte es gesehen, und das hat ihr Schicksal besiegelt. Und angeblich war sie knapp bei Kasse. Sie könnte versucht haben, ihn zu erpressen.«

Eve gefiel selbst nicht, was sie von Percival Seagraves Kapriolen wusste, doch was der Journalist allein aufgrund von Gerüchten von sich gab, behagte ihr gar nicht.

Die Frau neben ihm nagte an ihrer Unterlippe. »Hätte Belinda Seagrave kein Alibi für den Mord an der Verlobten ihres Sohnes, würde ich sagen, sie war es. Es heißt, dass sie beide Opfer nicht mochte. Verity Nye war ihr zu gewöhnlich für ihren Jungen. Ist das zu glauben? Und Cora Seagrave war ein Eindringling und ihr im Weg.«

»Aber da sie ein Alibi hat …«

»Ja, deshalb würde ich auf Rupert setzen. Ich bin mir nicht sicher, was das Motiv angeht, doch er ist zu langweilig, um eine Frau wie Verity Nye an Land zu ziehen. Vielleicht waren ihre Gründe …«

Weiter kam sie nicht, denn ein allgemeines Raunen setzte ein. Eve blickte sich um und stellte fest, dass alle nach hinten schauten. Ein roter Mercedes kam die Einfahrt herunter und fuhr an den Wagen der Presse vorbei. Die Scheiben waren getönt, sodass man nicht hineinsehen konnte, und es stieg niemand aus.

Es gab einen kleinen Aufruhr, als Leute hinliefen und versuchten, mit dem Fahrer zu sprechen, was erfolglos war, doch eine Sekunde später erschien Palmer an der Haustür. Er führte die Familie zum Rednerpult und hielt ein Mikrofon mit einem langen Kabel in der Hand. DS Boles war ganz hinten und achtete darauf, dass sich niemand mit den Füßen im Kabel verfing.

»Danke, dass Sie gekommen sind«, eröffnete Palmer die Pressekonferenz. Eve hoffte, dass er sie nicht sehen konnte. Er wäre strikt gegen ihre Anwesenheit. »Nach dem entsetzlichen zweiten Anschlag hier hat die Familie entschieden, die Öffentlichkeit selbst um Informationen zu bitten.« Er blickte kurz zu Belinda Seagrave. »Es sollte angemerkt werden, dass das Anwesen leicht zugänglich ist, also könnte jeder gekommen sein und Cora Seagrave angegriffen haben.«

Eve wettete, dass Belinda ihm aufgetragen hatte, er sollte das klarstellen, da die Gerüchte schon überkochten. Ihre Miene war wie versteinert, und es war unmöglich zu sagen, was sich hinter der Fassade abspielte.

»Außerdem ist es durchaus möglich, zum Anwesen zu gelangen, ohne von Verkehrskameras erfasst zu werden. Deshalb wenden wir uns an mögliche Zeugen: Jeder, der eine ungewöhnliche Aktivität in der Gegend bemerkt hat, möge sich melden, egal, wie irrelevant es scheinen mag.«

Er legte eine Pause ein, und Eve analysierte die Gesichtsausdrücke von Percival und Rupert Seagrave. Percival weinte. Sein Sohn sah blass, geschockt und verängstigt aus. Doch nichts davon war unnatürlich, egal, ob er schuldig war oder nicht. »Ich übergebe dann an Sir Percival …«

Doch Belinda Seagrave schaute zu ihrem Mann und kniff den Mund zusammen, ehe sie kurz den Kopf schüttelte und selbst vortrat.

»An Lady Seagrave, Verzeihung.« Palmer hüstelte und trat zurück neben DS Boles.

»Ich möchte all unseren Freunden und Nachbarn für ihre guten Wünsche danken.« Ihre Augen waren dunkel und verengt. »Sie können uns in unserer Stunde der Not helfen, indem Sie tun, um was der Inspector Sie gebeten hat. Wir müssen die Person identifizieren, die unsere Familie zerreißt.«

Ihre Wut war kaum gebändigt, doch ob die sich auf die kursierenden Gerüchte oder den Mörder bezog, konnte Eve nicht sagen. Ihr Eindruck war, dass Belinda ihre Reputation über alles ging.

Belinda Seagrave verstummte, sah DI Palmer an und wandte sich dann an ihren Sohn. »Rupert hat auch etwas zu sagen.«

Palmer blinzelte, und DS Boles runzelte die Stirn.

»Ja.« Ruperts Stimme zitterte. »I-ich kann nicht recht begreifen, was ich in der letzten Woche verloren habe.« Nun brach die Stimme.

Die beiden Journalisten neben Eve wechselten einen Blick. Was ging Rupert durch den Kopf? Die Tatsache, dass er aus Eifersucht gemordet hatte, dann noch einmal aus

Zorn, und so das Leben zweier Frauen ausgelöscht hatte, die er einst geliebt hatte? Oder dass etwas ihm Unbegreifliches die Kontrolle über sein Leben übernommen hatte?

»Ich … das heißt, bevor Cora ermordet wurde, hatte ich überlegt, wie ich meiner Verlobten Verity in Ehren gedenken kann. Jetzt werde ich entscheiden müssen, was ich tun kann, um auch meine Cousine zu ehren. Doch heute möchte ich zunächst bekanntgeben, dass ich vorhabe, den Tauchgang zu finanzieren, den Verity in China geplant hatte. Das Team bleibt unverändert, mit Ausnahme von …« Wieder brach seine Stimme. »Eine junge Taucherin, die auf ihren Durchbruch wartet, wird an Veritys Stelle ausgewählt werden. Es würde zu ihrer Arbeit für *Wide Blue Yonder* passen. Und wir haben …«

Seine Stimme verklang, doch nun rührte sich etwas hinter den Journalisten. Die Tür des roten Mercedes wurde geöffnet, und Pete Smith stieg aus.

Rupert trat vom Rednerpult zurück und streckte eine zitternde Hand in Petes Richtung. Belinda nahm ihrem Sohn das Mikrofon ab, als der Arzt sich unter Kamerablitzen seinen Weg durch die Menge bahnte. Er trug eine dunkle Sonnenbrille, und seine Züge sahen angespannt aus. Welche Gefühle verbarg er? Trauer? Angst? Schuld? Eve war sich nicht sicher.

Belinda reichte ihm das Mikrofon. Palmer und Boles waren beide vorgetreten, da ihre Pressekonferenz gekidnappt wurde, doch Pete Smith sprach bereits.

»Ich möchte den Seagraves danken, dass sie mich heute hierher eingeladen haben, und Rupert für seine Unterstützung des bevorstehenden Tauchgangs. Als Verity in den Tod stürzte, schien die Idee weiterzumachen undenkbar, aber er hat recht: Sie hätte es so gewollt.«

Wieder blitzten Kameras. Palmer sagte etwas zu Belinda

Seagrave, doch nicht so, als protestierte er energisch. Derweil war die Presse begeistert, rief Rupert und Pete Smith Fragen zu.

Einen Moment später wurde die Pressekonferenz beendet. Und zwar von Belinda Seagrave. »Anscheinend müssen wir jetzt Schluss machen«, erklärte sie mit einem Seitenblick zu Palmer, auch wenn Eve das Gefühl hatte, sie hätte keine Hemmungen weiterzumachen, sollte es ihr dienlich sein. Sie wollte, dass die Nachricht verbreitet wurde, sich aber keinem Fragenbombardement stellen.

Die Presseleute waren noch nicht bereit aufzugeben. Sie schwärmten auf das Haus zu, als Palmer und Boles die Familie ins Innere bugsierten. Dann liefen alle hinter Pete Smith her, der zu seinem Wagen zurückging.

Eve wusste nicht recht, wie sie es anstellen sollte, ihn zu sprechen. Er war mitten im Journalistengewühl. Die Fragen waren aufdringlich (»Wo haben Sie sich versteckt?«, »Wie nahe standen Sie und Ms Nye sich?«). Und über dem Lärm war stets die gleiche Antwort zu vernehmen. »Kein Kommentar.« Er trug noch seine Sonnenbrille, und seine Stimme war rauchig. Es würde dauern, bis er alle abgewimmelt hatte.

Eve beschloss, ihren Wagen fürs Erste stehen zu lassen, und ging stattdessen zu Fuß die Einfahrt hinunter. Am Tor blieb sie stehen, mitten auf Pete Smiths »Fluchtweg«, und vier Minuten später hörte sie ein Hupen. Sie drehte sich um, und da war der rote Mercedes. Ohne zur Seite zu treten, blickte sie zu den getönten Scheiben, sodass er gezwungen war, das Fenster herunterzulassen.

»Hallo.« Sie ging näher heran, versperrte ihm aber weiterhin den Weg. »Mr Smith, ich bin Eve Mallow. Von *Monty's Café*? Meine Freundin Viv und ich hatten die Kuchen für das Fest gestellt.« Sie wollte, dass er sie in einem anderen Kontext sah, nicht als eine aus dem Presserudel.

Smith schien verwirrt zu sein. »Ja?«

»Ich verstehe, dass Sie die Schreiberlinge oben beim Haus meiden, aber ich arbeite in Teilzeit als freie Nachruf-Autorin. Ich habe versucht, Sie wegen Ms Nye zu erreichen. In meinem Artikel wird es ausschließlich um ihr Leben und ihre Arbeit gehen – um die Öffentlichkeit wissen zu lassen, was sie für ein Mensch war und was sie erreicht hat. Ich habe mich gefragt, ob wir uns kurz unterhalten könnten.«

Smith schaute sich über die Schulter um. »Die werden jeden Moment hinter mir herkommen. Und ich möchte gerade mit niemandem reden.«

»Mein Artikel wird in der *Icon* erscheinen.« Es war eine angesehene Zeitschrift. »Ich hätte wirklich gern Ihre Sicht, doch ich suche nicht nach einer Möglichkeit, schmutzige Wäsche zu waschen. Das ist nicht meine Rolle. Ich möchte nur, dass Ms Nyes Nachruf abgerundet ist. Wenn ich nicht mit Ihnen spreche, werden die Leser sich fragen, warum.«

Normalerweise manipulierte sie ihre Interviewpartner nicht, doch sie hoffte, der Zweck heiligte in diesem Fall die Mittel. Wenn Cora versucht hatte, Smith zu erpressen, käme er in beiden Fällen als Täter infrage, und weigerte er sich nun, mit ihr zu reden, ließe es ihn schuldig aussehen. Auf die Fragen der Journalisten oben am Haus mit »Kein Kommentar« zu reagieren war verständlich, doch seiner toten Tauchpartnerin eine letzte Ehre zu verweigern wäre es nicht.

»Vielleicht können Sie denen sagen, Sie hätten mir ein Exklusivinterview versprochen. Dann dürften Sie sie los sein.«

Smith nickte seufzend. »Okay. Ich schätze, fünf Minuten kann ich Ihnen geben. Aber nicht hier. Wie wäre es, wenn ich zu dem Café komme, in dem Sie arbeiten?«

Gott sei Dank schlug er einen öffentlichen Ort vor! Und Eve würde gerade noch Zeit haben, ihn zu befragen, ehe Jade Piper zu ihr kam.

# Kapitel 23

»Was darf ich Ihnen bringen, Madam?«

Eve bedachte Viv mit einem strengen Blick. Eine verkappte Komikerin als Bedienung würde nicht helfen. Sie wandte sich Pete Smith zu und reichte ihm die Karte. »Dies ist meine Chefin, Viv Montague.«

Der Arzt schaute auf die Karte. »Nur eine Kanne Assam, danke.«

Viv sah ihn fassungslos an, was Eve ignorierte.

»Ja, das klingt perfekt.« Sie vermutete, dass sich professionelle Taucher zwischen den Expeditionen eher nicht den Wanst mit Kuchen vollschlugen. »Tut mir leid, dass ich Ihnen aufgelauert habe«, sagte sie zu dem Arzt. »Ich hatte auf ein Interview mit Ihnen gehofft, als ich am Tag nach Ms Nyes Tod dort war, um unsere Sachen zu holen, aber da hatte ich Sie verpasst.«

Smith nickte. »Ich war am Freitag abgereist, gleich nachdem der Detective Inspector uns entließ.« Er stützte den Kopf in die Hände. »Es war einfach zu hart, mich mit der ganzen Familie dort meinen Gefühlen zu stellen. Und sie müssen sich auch gewünscht haben, dass ich verschwinde.«

Eve erinnerte sich, wie Rupert ihn weggestoßen hatte, als Pete versucht hatte, zu der Leiche seiner Verlobten zu kommen. Und dann dachte sie an Verity vorher im Festzelt, die anscheinend ihre Affäre beendet hatte, während er an ihr festhalten wollte.

»Ich verstehe vollkommen, dass Sie lieber weit weg von Seagrave Hall trauern wollten«, erwiderte Eve, auch wenn sie immer noch an seine Beziehung zu Verity dachte, nicht zur Familie.

Wie lange hatte sie ihm schon gesagt, dass die gegenwärtige Situation nicht haltbar war? Als er vorgeschlagen hatte, noch einmal zu reden, hatte sie erschöpft und traurig geklungen, aber auch frustriert und wütend. Vielleicht war ihm an dem Tag endlich klar geworden, dass sie es tatsächlich ernst meinte. Falls er zum Aufbrausen und zu Überreaktionen neigte, könnte es genügt haben, um sie in jenem furchtbaren Moment im Haus zu töten.

Smith biss sich auf die Unterlippe. »Ich glaube nicht, dass sie mein Verhältnis zu Verity richtig verstanden haben. Wie nahe man sich sein muss, wenn man gemeinsam taucht.«

Alles ergab einen Sinn, und Eve wurde traurig. Ihre fortgesetzte Affäre passte nur, wenn Verity Rupert nie geliebt hatte und nur wegen seines Geldes hatte heiraten wollen.

»Ich nehme an, Teil eines winzigen, eng verwobenen Teams zu sein ist keine normale Erfahrung für die Seagraves.«

»Nein, stimmt.«

Viv erschien mit einem Tablett. »Eine schöne Kanne Assam, Milch, Zucker und Tassen.«

Gleich darauf kam ihr Sohn Sam mit einem Teller mit verschiedenen Sorten Shortbread zu ihrem Tisch. »Mum sagt, die sollt ihr bekommen. Du weißt schon, falls …«

Eve bemühte sich, nicht zu lachen. »Danke, Sam.«

»Ich verzichte lieber, falls es Ihnen nichts ausmacht«, erklärte Smith.

»Selbstverständlich nicht.« Damit war er für Viv gestorben.

Eve griff nach ihrem Notizblock und ihrem schwarzen Lieblingskuli. Beides hatte sie stets in ihrer Tasche. »Also, wie hat Ihre Partnerschaft mit Ms Nye angefangen?«

Smith blickte sich um, als hätte sie ihn mit dieser doch harmlosen Frage in die Enge getrieben. »Ein Freund eines Freundes erzählte mir, dass sie einen Mediziner suchte. Offensichtlich waren noch andere interessiert, aber wir haben uns auf Anhieb verstanden, und das ist entscheidend. Wenn man sich unter gefährlichen Bedingungen hundertprozentig auf jemanden verlassen will, muss man einander kennen und vollkommen vertrauen. Gibt es eine Panne mit der Ausrüstung oder passiert etwas Unerwartetes, kann die Situation schnell fatal werden, sollte man in Panik geraten. Diese Voraussetzungen machen es schwierig, geeignete Kandidaten zu finden.«

Eve trank einen Schluck von ihrem Tee. »Und soweit ich weiß, hatten Sie und Verity es mit genau solch einer Situation bei dem Tauchgang in Ägypten zu tun, als Verity Ruby Fox rettete.« Was war an dem Tag vorgefallen? Eve beobachtete, wie Smith sich auf seinem Stuhl zurücklehnte.

»Wir erkundeten ein paar zugängliche Höhlen, bevor wir tiefer runtergingen, und da bekam Ruby Probleme. Wir tauchten durch einen wassergefüllten Bereich zwischen zwei trockenen Höhlen, und Ruby wurde in einem engen Teil eingeklemmt. Sie begann, wild herumzufuchteln. Wir haben stets starke Lampen dabei, aber wegen des Schlamms, den sie aufwühlte, war binnen Sekunden nichts mehr zu sehen. Wir konnten sie befreien, doch sie hatte ihr Mundstück herausgeschlagen und bekam Wasser in die Luftwege, ehe wir ihr helfen konnten, es zu ersetzen. Das war sehr knapp.«

Eve malte sich aus, wie sie in der trüben Tiefe beinahe ohne Sicht gearbeitet hatten. Es klang Furcht einflößend. »Wie erfahren war Ruby?«

Er verengte die Augen. »Es war ihr erster großer Tauchgang mit einem Expertenteam, aber sie hatte hart trainiert. Und sie wollte unbedingt ihren Durchbruch. Das Problem ist, dass man kaum vorhersagen kann, wie sich jemand in einer Krise verhält. Man kann heikle Situationen so viel in einem Workshop proben, wie man will, aber ehe die Gefahr nicht real ist, weiß man nicht, wie man reagiert.«

Sie hatte einen Nerv getroffen. »Ich kann mir vorstellen, dass es ihr wie eine fantastische Möglichkeit vorkam.« Jade Pipers traurige Augen kamen Eve in den Sinn.

»Sie haben vielleicht gelesen, dass sie hinterher krank wurde«, fuhr Smith fort, dessen hübsche Züge angespannt waren. »Die Lungenentzündung, die sie bekam, war Pech und hat uns eiskalt erwischt. Ich habe sie mit Antibiotika behandelt, doch es ist normal, dass Patienten bis zu sechs Monate brauchen, um sich vollständig zu erholen.«

»Verstehe.« Vielleicht war sein Vorgehen schon von anderen damals infrage gestellt worden. Eventuell war Verity für die heldenhafte Rettungsaktion gefeiert worden, während man den Arzt gefragt hatte, warum Ruby nicht fit genug für Interviews war.

»Und wie war es, mit Ms Nye zu arbeiten? Sie waren mehrere Jahre bei ihr, nicht wahr?«

»Ja, sieben Jahre und bei acht großen Expeditionen.« Er seufzte. »Wir wussten beide, dass wir uns voll und ganz aufeinander verlassen konnten. Sie war sehr leidenschaftlich bei der Sache. Und ganz Geschäftsfrau, wenn es um Logistik und Organisation ging. Verity war die Richtige, um als Botschafterin für *Wide Blue Yonder* zu fungieren; ihre Arbeit und ihr Erfolg waren ihr wichtig.« Er machte eine kleine Pause. »Obwohl sie fand, die Leute sollten sich von Hemmnissen befreien und an ihre Grenzen gehen.« Da war ein Hauch von Anspannung in seiner Stimme.

Sich von Hemmnissen befreien. Da war sie wieder, diese Andeutung, dass Verity lieber auf eigene Faust losgezogen war, als sich mit anderen zusammenzutun. Und vielleicht hatte sie angefangen, *ihn* als Hemmnis zu sehen, als sie die Affäre beenden wollte. Er könnte besorgt gewesen sein, aus dem Team zu fliegen, obgleich er ein Druckmittel gegen sie in der Hand hatte. Er hätte gedroht haben können, Rupert von ihrer Beziehung zu erzählen, sollte sie ihn feuern. Eve konnte sich nicht vorstellen, dass Verity das riskiert hätte.

Sie erwog kurz, ihn mit dem zu konfrontieren, was sie aus dem Festzelt gehört hatte. Damit wäre sie nicht besser als jeder Schreiberling vom Revolverblatt, doch sie hatte einen guten Grund. Erführe er, was sie wusste, könnte er sich verraten. Wenn er andererseits nicht nur Verity, sondern auch Cora auf dem Gewissen hatte, ihr den Kopf eingeschlagen und sie hatte ertrinken lassen, war das Risiko zu groß. Und fragte sie ihn nach den Gesprächsfetzen, wäre der Verdacht ihr garantiert anzusehen. Sofern sie nicht sofort seine Schuld bewies, hätte sie sich dann zum leichten Ziel gemacht.

»Können Sie mir erzählen, wie die Planung vor einem Tauchgang ablief?«

Nun lehnte Smith sich wieder vor, und seine Augen leuchteten. »Sehr intensiv. Wir beide haben unsere Arbeit geliebt, haben auf jedes Detail geachtet, jeden Aspekt geprüft, den wir kontrollieren konnten. Es war aufregend, und natürlich befeuert man sich gegenseitig, wenn die andere Person genauso empfindet.«

Eve machte sich mehr Notizen und nickte. »Und wie war es unter Wasser?«

»Verity war gefesselt von dem Erlebnis, waren wir beide. Natürlich stand Sicherheit an erster Stelle«, ergänzte er rasch, »aber dieses Staunen und die Begeisterung, die wir geteilt haben, waren unersetzlich.« Er sah Eve an. »Die Art Höhlentauchen, die wir machen, ist kein Sport, sondern Forschung. Klar ist es gefährlich, doch jeder, der sich darauf einlässt, weiß das. Zum Mond zu fliegen war gefährlich, zum Südpol zu wandern, auf den Mount Everest zu steigen, alles Mögliche. Doch wenn Sie es als Wissenserweiterung sehen, Orte zu erreichen, an denen bisher nur wenige andere gewesen sind – manchmal noch keiner … Ich denke, so ist es eventuell leichter, Veritys Motivation zu verstehen.«

Eve nickte. »Und was ist Ihre schönste Erinnerung an sie?« Wieder beobachtete sie ihn aufmerksam. Wenn sie wirklich ein Paar gewesen waren, fragte sie sich, ob sie eine Bestätigung erkennen würde: ein Erröten oder eine Veränderung des Blicks. Obwohl nichts offensichtlich war, öffnete er den Mund, um zu antworten, und schloss ihn gleich wieder. Hatte er Angst, sich zu verraten? Schließlich holte er tief Luft.

»Vielleicht unser erster gemeinsamer Tauchgang und das Hochgefühl, das wir geteilt haben, als wir unser Ziel erreicht haben.« Es war eine ziemlich vorhersehbare Antwort, bedachte man, wie viele Jahre sie gemeinsam verbracht hatten. Eve war sich sicher, dass es nicht das Erste war, was ihm einfiel.

»Hatte Ms Nye je erwähnt, was ihre Eltern von ihrer Berufswahl hielten?« Eine Sekunde lang stellte sie sich die blanke, bodenlose Angst vor, die sie empfände, sollte einer ihrer Zwillinge etwas derart Gefährliches machen wollen.

Der Arzt wirkte abermals misstrauisch. Was war los?

»Sie hat nicht viel von ihnen gesprochen«, sagte er nach längerem Zögern.

Eve nickte. »Ich habe Probleme, sie zu erreichen, probiere es aber weiter. Also, Sie stehen sicher noch unter Schock, doch ich hoffe, die Vorbereitungen für das Tauchen in China laufen gut, wenn Sie so weit sind, alles zu planen.«

Er blickte in seine Teetasse. »Ohne Verity wird es nicht dasselbe sein, doch ich werde nächste Woche oder so nach einem Ersatz suchen. Die Zeit drängt. Ich war überrascht, als Belinda Seagrave wegen der Finanzierung anrief. Aber natürlich auch sehr dankbar.«

Hegte er einen Verdacht, dass Rupert seine Affäre mit Verity entdeckt hatte, falls es die gegeben hatte? Und wenn er selbst unschuldig war, dachte er, Rupert hätte seine Tauchpartnerin umgebracht? Und begriff, dass er gekauft werden sollte? Auf jeden Fall hatte er entschieden, das Geld anzunehmen und weiterzumachen. Was auch die Wahrheit sein mochte, Eve fragte sich, was für ein Mann Pete Smith war.

»Und was steht für Sie als Nächstes an?«, erkundigte sie sich und trank ihren Tee aus.

»Ich habe einen Buchvertrag, also werde ich einige Monate mit Schreiben verbringen.«

Eve konnte ihn sich bei einer Buchpräsentation vorstellen, charmant zu allen Gästen. »Na, dann viel Glück, und danke, dass Sie mit mir gesprochen haben.«

Er nickte.

Als sie das Café verließ, spielte Eve in Gedanken das Interview noch einmal durch. Smith hatte etwas auf ihre Frage nach seiner liebsten Erinnerung sagen wollen, es sich aber abrupt anders überlegt. Und was wusste er über Veritys Eltern? Warum hatte er gestockt, bevor er behauptet hatte, sie habe sie kaum erwähnt?

Sie blickte auf die Uhr. Ihr blieb noch eine halbe Stunde, bis Jade Piper kommen wollte, und schon spürte sie vor Nervosität ein unangenehmes Kribbeln im Bauch. Eve ging am Dorfanger entlang, als plötzlich ihre Sinne in Alarmbereitschaft schalteten und sie ein Gefühl überkam, bei dem sich ihre Nackenhärchen aufrichteten.

Sie blickte sich um. Wurde sie beobachtet? Aber sie sah

nur Mrs Crocket auf ihrem Weg zum Gemeindesaal, wo sie putzte, und ein paar andere Dorfbewohner. Sie schüttelte das Gefühl ab und filterte weiter Pete Smiths Worte.

Erst als sie die Straße hinüber zur Haunted Lane überqueren wollte, stellte sich das Gefühl aufs Neue ein.

Und als sie sich diesmal umdrehte, stand Jade Piper direkt hinter ihr.

Sie war zu früh, und sofern Robin es nicht auch war, würde Eve sich ihr ohne Rückendeckung stellen müssen.

# Kapitel 24

»Sie haben das Grab meiner Schwester gefunden.« Jade Pipers Stimme bebte. »Was für eine Nachruf-Autorin sind Sie, dass Sie in meiner Vergangenheit herumstochern und nachsehen, wo meine Familie begraben ist? Herrgott!«

Eves Mund war schlagartig wie ausgetrocknet, und sie fühlte, wie ihr Hitze den Hals heraufschoss. Sie war sich sicher gewesen, dass der Friedhofsgärtner sie verraten würde, aber das machte es nun um nichts leichter. »Ich habe gemerkt, dass an Ihrer Beziehung zu Verity mehr dran sein musste, als auf den ersten Blick zu sehen war. Und einige Leute schienen verwundert zu sein, dass Sie sie als Botschafterin für *Wide Blue Yonder* haben wollten.« Eve schluckte. »Sie war eine sehr starke Frau, aber Kim Carmichael hat mir erzählt, dass ihre Einstellung nicht zum Ethos der Organisation passte. Ich wollte verstehen, was Sie beide zusammengeführt hat.«

»Sie hatten mich in Verdacht! Genau wie die Polizei! Und ich dachte, Sie wären auf meiner Seite, bereit, mir zu helfen, das Profil von *Wide Blue Yonder* mit Ihrem Artikel zu heben. Ich habe Sie *gemocht*!« Sie schüttelte den Kopf. »Warum täusche ich mich immer so in Leuten?«

Das hier war furchtbar. Jade war in Tränen aufgelöst, und Eve mochte sie ja auch. »Gehen wir ins Cottage und reden miteinander.«

Die Frau zitterte vor Wut und Verzweiflung. »Sie wollen mit mir in Ihr Haus gehen, obwohl Sie mich für eine Mörderin halten?«

Eve war völlig entfallen, dass sie vorsichtig sein musste. Sie hörte Gus in Elizabeths Cottage gleich hinter der Tür bellen.

»Ich denke nicht, dass Sie eine Mörderin sind.« Stimmte das? Wenn Jade verzweifelt war, könnten ihre Gefühle mit ihr durchgehen. Und eine Tat im Affekt, wie Verity aus dem Fenster zu stoßen, passte dazu. Aber was war mit Cora? Wenn sie versucht hatte, Jade Piper zu erpressen, konnte Eve sich vorstellen, dass Jade sie umgebracht hatte, um ihr Geheimnis zu wahren. Wenn sie verhaftet wurde, müsste sie ihre geliebte Arbeit aufgeben, und Eve ahnte, dass sie bereit wäre zu töten, um das zu vermeiden.

»Mich hat sehr berührt, was Sie mir von *Wide Blue Yonder* erzählt haben«, sagte Eve, wobei sie sich anstrengte, langsam zu sprechen, obwohl Adrenalin durch ihre Adern rauschte. »Was Sie tun, ist fantastisch. Aber ich konnte sehen, dass Sie bestimmte Dinge über Verity verschwiegen, und ich möchte ja ihre Geschichte erzählen. Mir kam fast der Gedanke, dass Sie sich wünschten, ich würde Ihre Beziehung zu Verity hinterfragen. Sie haben mich auf Veritys Schützling angesetzt, und deren Geschichte hat mich ins Grübeln gebracht.«

Jade weinte nun so sehr, dass ihre Schultern heftig zuckten, als Eve die Cottagetür aufschloss und sie ihr aufhielt. Gus kam zu ihnen nach draußen gelaufen, sprang an Eve hoch, zog sich jedoch gleich mit einem ängstlichen Blick zurück, als Jade ins Haus trat.

»Kann ich Ihnen einen Kaffee anbieten? Oder ein Glas Wasser?« Im schattigen Cottage war es kühl, doch Jade sah verschwitzt aus, und draußen herrschte wieder eine drückende Hitze.

»Wasser.« Ihre Stimme zitterte immer noch.

»Setzen Sie sich, und ich bringe es Ihnen.« In der Küche schloss sie die Hintertür auf, wie sie es Robin versprochen hatte, und hoffte, dass er auch früher gekommen war. Ansonsten musste sie ihre sieben Sinne beisammenhalten und sich nicht in die Ecke drängen lassen. Sie konnte Jade unmöglich schluchzend draußen vor dem Haus stehen lassen.

Eve holte die Flasche mit dem Kippdeckel aus dem Kühlschrank und schenkte ihnen beiden Wasser ein. Weil sie selbst eine Hitzewelle überrollte, gab sie sicherheitshalber noch Eiswürfel in die Gläser. Das sollte ihnen beiden helfen, sich abzukühlen.

Sie stellte die Getränke auf den Couchtisch zwischen den zwei identischen Sofas im Wohnzimmer und setzte sich Jade gegenüber hin.

Die Frau hatte sich nach vorn geneigt, die Augen und Wangen gerötet. »Es ist wahr. Ich wollte, dass Sie verstehen, wie Verity wirklich war, aber das Grab meiner Schwester aufzuspüren, das war zu persönlich.«

Natürlich hatte sie recht. »Weiß ich, und es tut mir leid. Da war ein Mann, der die Gräber pflegte. Hat er erwähnt, dass ich dort gewesen bin?«

Jade nahm einen Schluck von ihrem Wasser, dass die Eiswürfel klimperten, und nickte. »Es kommen ja nicht viele.« Sie rang nach Luft – um weitere Tränen zurückzuhalten, vermutete Eve. »Mein Vater geht nie hin, und meine Mutter ist tot. Ich bin eigentlich die Einzige, die Ruby besucht.«

Eve nickte.

»Seine Beschreibung war gut, und nach Ihrem Besuch bei mir war ich mir sicher, dass Sie es gewesen sein mussten.« Jade zuckte mit den Schultern, und dann wurde ihr Blick auf einmal wieder wütend. »Tja, was hatte ich denn auch von einer Journalistin erwartet?«

Es war nicht die Sorte Kritik, mit der Eve es sonst zu tun bekam. Wäre es ein Standardnachruf, hätte Jades Geschichte sie neugierig gemacht, doch sie hätte nicht weiter nachgehakt. Hier lagen die Dinge anders.

»Ich interviewe Freunde, Kollegen und Angehörige eines Mordopfers, Jade. Und als mir klar wurde, dass Sie etwas über Ihren Bezug zu Verity verbargen, wollte ich wissen, was es war. Teils, um zum Kern ihres Charakters vorzudringen, aber teils auch, weil davon auszugehen war, dass ich plötzlich einem Mörder gegenüberstehen könnte. Und ich ziehe es vor herauszufinden, wer diese Person ist, bevor sie mich eiskalt erwischt.«

Eve *wünschte, sie könnte sich über die Schulter umsehen. Irgendein Anzeichen, dass Robin schon im Garten war, würde* sie ungemein beruhigen.

Jade strich sich das braune Haar aus dem Gesicht, sodass ihre geröteten Augen zu sehen waren.

»Verity war in Ihrem Zimmer, als sie fiel«, fuhr Eve fort und nahm einen Schluck Wasser, um ihren unangenehm trockenen Mund zu befeuchten. »Und dann erfuhr ich, dass sie Ruby vor dem Ertrinken gerettet hatte. Das haben Sie mir nie erzählt, also war da etwas, was ich nicht wusste und immer noch nicht weiß. Falls Sie es erklären wollen, ich bin eine gute Zuhörerin.«

Jade nahm ihr beschlagenes Glas auf und hielt es sich an die Wange. Genau das Gleiche hatte Eve tun wollen, als sie bei ihr in dem Gemeindezentrum gewesen war.

»Ich nehme an, Pete Smith hat Ihnen die Standardversion erzählt, wie es ablief: Sie haben alles getan, was sie konnten, sich an die Sicherheitsvorgaben gehalten, Antibiotikabehandlung *et cetera.*« Jetzt klang ihre Stimme hölzern.

»Ja, so ziemlich Wort für Wort. Was meinen Sie mit ›Standardversion‹?«

»Das war es auch, was sie der Presse erzählt haben, nachdem Pete und Verity Ruby ›gerettet‹ hatten, als sie fast ertrunken wäre. Und ich habe ihnen damals geglaubt. Sie waren noch in Ägypten, und ich schickte ihnen Blumen, bedankte mich dafür, dass sie ihr das Leben gerettet hatten.«

Also hatte Jade sie damals schon kontaktiert. »Aber die beiden wussten nicht, wer Sie waren, als Sie Verity fragten, ob sie Botschafterin für *Wide Blue Yonder* sein wollte?«

Sie schüttelte den Kopf. »Ich hatte nur *Alles Liebe und vielen Dank, Rubys Schwester* auf die Karte geschrieben. Ich dachte, mit meinem Namen könnten sie eh nichts anfangen. Darüber war ich hinterher froh.«

»Und was hat Ihre Einstellung zu Verity und Pete geändert? War es etwas, was Ruby später gesagt hat?«

Jades Augen füllten sich wieder mit Tränen. »Nein, aber darum geht es ja gerade. Sie müssen verstehen, dass Ruby mir, bevor sie zu der Tauchreise aufgebrochen war, alles anvertraut hat. Alles. Wir waren uns so nahe. Und dann, nach ihrer Heimkehr, war sie völlig verschlossen. Es war furchtbar. Sie wollte mit mir über gar nichts reden, was irgendwie von Bedeutung war.«

»Ich denke, wenn sie krank war …«

»Das habe ich zuerst auch gedacht. Die Ärzte haben gesagt, dass eine Lungenentzündung manchmal Depressionen hervorruft. Aber es war so extrem. Ich begann, mich zu fragen, was da draußen wirklich passiert war. Und jedes Mal, wenn ich nachbohrte, wenn ich fragte, ob Verity von ihr enttäuscht gewesen war oder sie schlecht behandelt hat, hat sie den Kopf geschüttelt und angefangen zu weinen. Ich habe dann dieses Video gefunden.«

Jade rief eine Website auf ihrem Handy auf, drückte auf *Play* und drehte das Display so, dass Eve es sehen konnte.

Es war ein Interview mit Verity. Sie saß auf einer Couch in einem Studio und sprach mit dem Moderator.

*»Gerät man unter Wasser in Panik, hat man bei Höhlentauchen nichts verloren«*, sagte sie. *»Man ist eine Gefahr für sich selbst, aber auch für das Team. Das muss man erkennen und sich etwas anderes suchen.«* Sie sprach völlig unverblümt. *»Mich nervt höllisch, wenn Leute sich selbst nicht gut genug einschätzen können und Leben in Gefahr bringen.«*

Tränen tropften von Jades Wangen auf ihr Top.

Eve sah sich das Datum an. »Aber hier kann sie nicht Ruby meinen.« Die Aufnahme war sieben Jahre alt.

»Weiß ich, doch darum geht es nicht. Sie können erkennen, wie Verity war. Vielleicht hatte Ruby irgendwie versagt und dann das Video hier gesehen. Da muss sie sich wie ein Niemand gefühlt haben – ein hoffnungsloser Fall. Und als ich einen der Ärzte auf ihrer Station auf ihre geistige Verfassung ansprach, sagte er, die könnte durchaus schlimmer als erwartet sein, weil sich die Entzündung schon festgesetzt hatte, bevor Ruby ins Krankenhaus geschickt worden war.«

»Denken Sie, dass der Expedition Vorrang vor dem Wohl Ihrer Schwester gegeben wurde?«

Jade nickte. »Ich hatte Ruby nach dem zeitlichen Ablauf der Rettung gefragt, und als ich die mit der Antibiotikabehandlung und ihrer Einlieferung ins Krankenhaus kombinierte, wurde mir klar, dass es unnötige Verzögerungen gegeben hatte.« Sie ging auf den Eckkamin zu und rieb sich die Augen mit den Fingerknöcheln.

Gus rückte näher zu Eve und legte den Kopf an ihr Bein. Sie kraulte ihn, um ihn zu beruhigen, und behielt Jade im Blick.

»Ruby war hinterher monatelang krank, und egal, was

ich sagte, sie wollte mir nicht erzählen, was passiert war. Ich glaube, sie hatten dafür gesorgt, dass sie sich zu sehr schämte.«

Eve stand auf, um Jade eine Schachtel Papiertaschentücher zu reichen. »Wäre es nicht Petes Aufgabe gewesen, sie nach Hause zu bringen, wenn es ihr zu schlecht ging, um weiterzumachen?«

»Verity war die Expeditionsleiterin. Und sie duldete keine Widerworte. Ich wette, sie war es, die Ruby gebrochen hat. Pete ist sehr freundlich, doch Verity sprach immer aus, was sie dachte. Egal, wie hart und verletzend es war.« Sie putzte sich die Nase. »Es war solch eine grausame Ironie. Ich hatte Ruby bekniet, sich einen anderen Beruf zu suchen. Taucher, die in solchen Tiefen forschen, leben meistens nicht lange. Aber sie war Feuer und Flamme. Unser Vater hatte die Idee für Müll erklärt, was sie umso entschlossener machte.«

Wieder schluchzte Jade. »Ich hatte sie früher ermutigt, sich von dem, was er sagte, anspornen, nicht abschrecken zu lassen. Es hieß immer: ›Ruby und Jade gegen den Rest der Welt‹. Aber mir war ja nicht klar, dass sie sich etwas so Riskantes als Beruf aussuchen würde. Und dann, später im Krankenhaus, merkte ich, dass sie die Hoffnung aufgegeben hatte und nie wieder tauchen würde. Ich hatte bekommen, was ich wollte, doch es war so furchtbar.«

Sie war zum Fenster gegangen. Nun stellte sie ihr Glas auf das Fensterbrett und blickte nach draußen. Ihre Züge waren angespannt, als versuchte sie, die Beherrschung zu wahren. »Ich weiß es nicht genau, aber Verity könnte Ruby das Mundstück rausgeschlagen haben. Wut macht ungeschickt.«

Eve legte eine Hand auf Jades Schulter, bei der frische Tränen flossen. »Es tut mir sehr leid. Doch wenn Ihre Schwester nicht mit Ihnen reden wollte, ist schwer zu sagen, was wirklich geschehen war.«

»Warum sonst hätte sie weinen sollen, als ich sie fragte, ob sie schlecht behandelt worden war? Und wie konnten die ihre verzögerte Behandlung rechtfertigen?«

Was auch immer die Wahrheit war, Eve fühlte mit Jade. Dennoch bedeuteten ihr Kummer und ihre Wut nicht zwangsläufig, dass sie unschuldig war. Warum hatte sie versucht, Verity nahezukommen, wenn nicht, um sie bezahlen zu lassen?

»Ich frage mich, ob sie Ihnen auf der Spur war«, sagte Eve vorsichtig. »Vielleicht hatten Verity und Pete Ihre Verbindung zu Ruby entdeckt und fürchteten, dass Sie ihnen irgendwie schaden könnten.«

Jade sah Eve direkt an. »Heißt das, Sie denken, ich habe sie ermordet?«

Möglich wäre es, sofern Jade einen Racheplan geschmiedet hatte, der darauf fußte, dass ihre Beziehung zu Ruby geheim blieb. Und als ihre Tarnung plötzlich aufflog, könnte die Chance, Verity vielleicht nur in geschäftlicher Hinsicht zu schaden, dahin gewesen sein.

Jade schüttelte hastig den Kopf. »Ich hatte nie vor, sie umzubringen. Nie.«

»Und was war Ihr Plan?«

Die Frau vergrub das Gesicht in den Händen und senkte die Stimme zu einem Flüstern. »Das wusste ich gar nicht. Ich wollte sie einfach nur beobachten, ihre Grausamkeit entlarven. Irgendwie beweisen, wie sie wirklich war. Sie demaskieren.« Wieder blickte sie zu Eve. »Und heute habe ich in den Nachrichten gesehen, dass Cora Seagrave ermordet wurde. Warum sollte ich *sie* umbringen?«

Die Antwort darauf war offensichtlich, falls Cora etwas bemerkt hatte, was sie von Jades Schuld überzeugt hatte. Die Frau könnte beispielsweise gelogen haben, was ihre Bewegungen anging – oder das Timing. Und vielleicht hatte Cora Jade damit konfrontiert, als sie in London gewesen war.

Eve stellte sich vor, Palmer alles offenzulegen, was ihr Jade Piper gerade erzählt hatte. Es ließ Jade obsessiv wirken. Was Eve gut verstehen konnte: Extreme Trauer und die vielen offenen Fragen brauchten ein Ventil. Der DI jedoch wäre umso mehr überzeugt, dass Jade schuldig war. Und für Eve war das immer noch unbewiesen.

»Was mit Ruby passierte, hat mich geradezu aufgefressen«, fuhr Jade fort, die kurz auf den Fußboden blickte. Ihre Augen waren geschwollen und gerötet. »Ich habe mich von meinem Mann getrennt, weil er es nicht mehr aushielt.«

Eve erinnerte sich an das Bild, das sie auf der *JustGiving*-Website gesehen hatte.

Jade wischte sich über die Augen. »Es hat mir das Herz gebrochen, aber ich konnte nicht mit ihm zusammen sein, wenn er es nicht verstand. Ruby hat sich nie von dem erholt, was sie durchgemacht hat. Nach der Lungenentzündung ging es ihr monatelang schlecht; sie war nicht mehr sie selbst. All die Jahre, die ich damit verbracht habe, ihr Mut zu machen, während mein Vater ihr das Gefühl gab, eine Null zu sein, waren vergebens gewesen. Sie konnte sich nicht mehr konzentrieren, nicht schlafen, als wäre sie einer Gehirnwäsche unterzogen worden. Als sie vor das Auto lief und getötet wurde, war sie nur noch wie ein Zombie. Die Tauchexpedition mochte sie nicht direkt umgebracht haben, am Ende aber schon.«

Nachdem Jade gegangen war, saß Eve mit Gus an ihrer Seite auf der Couch und starrte minutenlang ins Leere. Der Schmerz der Frau ging ihr sehr nahe. Jade Piper hatte ihre Schlüsse anhand von Mutmaßungen und Gefühlen gezogen, aber der Mangel an Fakten spielte in dem Fall keine Rolle. Ihre Überzeugung und ihr tiefer Kummer waren das, was für sie gezählt hatte. Ja, es wäre möglich, dass Jade Verity in einem Moment unbändiger Wut ermordet hatte, und sie könnte aus Verzweiflung auch Cora getötet haben.

Schließlich schüttelte Eve sich und schrieb Robin eine Textnachricht, dass es ihr gut ging und Jade wieder fort war.

Seine Antwort kam prompt.

Weiß ich. Ich war die ganze Zeit draußen. Ich habe dir doch gesagt, dass du mich nicht sehen würdest!

# Kapitel 25

Abends saß Eve mit Viv im *Cross Keys*. Sie hatte eine gute Stunde gebraucht, um Jade Pipers Besuch zu verarbeiten. Dann hatte sie sich Notizen angefertigt, um ihre Gedanken zu ordnen, eine kalte Dusche genommen und war hergekommen, um ihre Freundin zu treffen. Gerade hatten sie ihr Essen bestellt. Die drückende Hitze war einem Gewitter gewichen, und durchs Fenster sahen sie Blitze über den dunkelblauen Himmel zucken.

Moira Squires war an ihren Tisch gekommen, kaum dass sie sich gesetzt hatten. Sie wollte ihnen das Neueste berichten, da Mrs Walker ihr erzählt hatte, wie sie Coras Leiche gefunden hatte. Dieser Klatsch warf für Eve neue Fragen auf – ebenso wie Vivs seltsamer Gesichtsausdruck, während die Ladenbesitzerin ohne Punkt und Komma redete.

»Ist alles in Ordnung?«, fragte Eve, als sie wieder unter sich waren.

»Bestens. Warum?«

»Du hast nur so merkwürdig ausgesehen, als Moira eben hier war.«

Viv biss sich auf die Unterlippe. »Habe ich? Ich dachte, ich hätte eine neutrale Miene aufgesetzt.«

»Was meinst du mit ›aufgesetzt‹?«

»Beckenboden«, antwortete Viv, als erklärte das alles.

»Meine Ärztin sagt, ich soll mir etwas suchen, das regelmäßig in meinem Alltag vorkommt, um dabei meine Übungen zu machen. Und Moira drängt mir doch andauernd ein Gespräch auf. Da wollte ich … Aber ich dachte, dass ich es kann, ohne meinen Gesichtsausdruck zu verändern.«

»Nicht ganz. Und ist es nicht schwer, die Übungen zu machen und sich gleichzeitig auf das zu konzentrieren, was sie sagt?«

»Wie bitte? Konzentrierst du dich etwa auf das, was Moira so von sich gibt?«

Eve versetzte ihr einen Klaps mit der Speisekarte. »Sie ist eine wertvolle Informationsquelle.«

Viv nahm einen Schluck von ihrem Sauvignon Blanc. »Mag sein. Hatte sie irgendetwas Neues zu bieten?«

»Nur eine seltsame Sache. Wie zu erwarten gewesen war, hatte Cora ihre Schwimmsachen angehabt, als Mrs Walker sie gefunden hatte. Aber die anderen Sachen, die sie mit zum Pool genommen hatte – einen Bademantel, Flipflops und eine kleine Tasche, die Cora üblicherweise an der Liege stehen ließ –, waren alle ins Wasser geworfen worden.«

Viv runzelte die Stirn. »Das ist eigenartig.«

Jo Falconer brachte ihr Essen. Wie üblich rückte Gus, der aus Angst vor dem Donnergrollen ohnehin schon an Eves Knöcheln hockte, noch näher an sie heran. »Das Hühnchen mit Parmaschinken?«

Eve hob die Hand, und das Gericht landete auf dem Tisch vor ihr. Die Beilagen waren gebutterte neue Kartoffeln und grüne Bohnen in Senfsauce. Es duftete köstlich. »Wunderbar, danke.«

Jo lächelte gnädig. »Und einmal Krabben-Linguine mit Kirschtomaten.«

Viv strahlte übers ganze Gesicht. »Es riecht super!«

»Scheußliche Sache, das mit Cora Seagrave.« Jo verschränkte die Arme vor der Brust und verlagerte ihr Gewicht auf eine Hüfte. »Wir haben natürlich noch mehr Presseleute da.« Flüchtig wanderte ihr Blick zu einem Mann und einer Frau an einem Ecktisch, die ganz auf ihre Mobiltelefone fixiert waren. »Wie geht es mit dem Nachruf voran?«

Eve runzelte die Stirn. »Es ist noch eine Menge zu tun.«

»Na, das Essen ist die richtige Stärkung für dich. Viel Glück.«

Als sie ging, rückte Gus wieder von Eves Füßen ab, und Viv zog eine Augenbraue hoch. »Man sollte meinen, du wirst im *Monty's* schon gut ernährt. Ich bin übrigens froh, dass du das Shortbread gegessen hast. Mir ist immer noch unbegreiflich, dass Pete Smith kein einziges genommen hat.«

»Ja, man sollte fast glauben, er wäre ein fitnessbewusster Berufstaucher oder so!«

Viv schnitt eine Grimasse. »Hat dein Gespräch mit ihm etwas gebracht?«

Eve holte tief Luft. »Noch mehr neue Eindrücke zu allem, was ich bisher herausgefunden habe. Aber Jades Besuch hinterher hat mich richtig umgehauen.«

Viv lehnte sich vor. »Was war?«

Das schrie nach einem kräftigenden Schluck von Eves Pinot Grigio. Sie trank, nahm einen Happen von ihrem Essen und erzählte dann, was die Frau gesagt hatte.

»Ach, du große Güte!« Viv wickelte Linguine mit ihrer Gabel auf, während Eve noch ein wenig von ihrem Hühnchen aß. »Dann hast du recht gehabt, dass Jade einen persönlichen Grund hatte, Verity zu rekrutieren.«

»Ja, und ganz gleich, wie die Fakten sein mögen, ist die Situation tragisch.«

»Verständlich, dass es dich erschüttert hat.«

»Jade tut mir entsetzlich leid, weil sie leiden musste. Aber wenn sie solchen Hass auf Verity hatte, ob berechtigt oder nicht, könnte ich mir vorstellen, dass sie den Mord begangen hat. Dass sie verstört genug war, um die letzte Grenze zu überschreiten.«

Eve hatte erwartet, dass Viv widersprechen würde, weil sie solch ein Fan von Jade war. Doch ihre Freundin lehnte sich zurück und dachte nach. Dann nickte sie. »Ich habe sie wirklich gemocht, als wir sie kennenlernten, aber ich verstehe, was du meinst. Nur, was ist mit Cora? Das war keine Tat im Affekt. Und warum hat der Täter mehrere Tage gewartet?«

Eve nutzte das, was Robin gesagt hatte, um es richtig zu erklären. Es war praktisch, dass sie von dem Tagestrip der Seagraves nach London wusste, unmittelbar vor dem Mord an Cora.

»Das Timing ist interessant«, erklärte sie. »Der Ausflug nach London könnte nichts damit zu tun haben, aber Cora war dort allein losgezogen, um einige Besorgungen zu machen, heißt es. Falls Jade schuldig ist, hatte Cora vielleicht alles irgendwie herausbekommen. Möglicherweise hat sie ein kleines Detail verraten – etwas, dessen Bedeutung Cora erst später klar wurde. Sie könnte zu Jade gefahren sein oder ihr eine Nachricht geschickt haben, um Geld im Austausch gegen ihr Schweigen zu verlangen. So oder so könnte Jade nach Suffolk gekommen sein, um sie zu ermorden.«

Viv fröstelte. »Ich schätze, das wäre möglich.«

Gus kam unter dem Tisch hervor. Der Donner war seit einigen Minuten verklungen, und nun blickte er zu Hetty, die gleichfalls aus einer dunklen Ecke vorgetreten war und an einem der Fenster nach vorn stand. Gus schaute zu Eve auf, und sie nickte. »Dann los!« Er lief zu seiner Spielgefährtin.

»Pete Smith wohnt ebenfalls in London, oder?«, fragte Viv.

»Ja, und er könnte Verity auch umgebracht haben, falls sie ihre Affäre beenden wollte – vorausgesetzt, die hat es überhaupt gegeben. Es könnte daran liegen, dass ich heute mit beiden gesprochen habe, aber auf einmal scheinen die Motive von Veritys Kontakten außerhalb der Familie genauso stark zu sein wie Ruperts.«

»Und wie du sagtest, haben sie beide eine vage Ähnlichkeit mit Familienmitgliedern, also auch wenn Tilly Cotton jemanden zu schützen scheint, schließt es sie nicht aus.«

»Genau. Ich war heute wieder auf dem Anwesen, bei einer Pressekonferenz, die von der Polizei angesetzt wurde. Da konnte ich noch mal bei grellem Sonnenlicht rauf zu den Fenstern sehen, und es stimmt: Es ist schwer, drinnen irgendwelche Details richtig auszumachen. Tilly war sich der Spannungen im Herrenhaus wahrscheinlich bewusst, also könnte sie sich sorgen, dass Rupert oder Cora schuldig waren, selbst wenn sie nur eine schemenhafte Gestalt gesehen hatte.«

Eve seufzte. »Ich weiß nicht, was ich tun soll.« Das dachte sie schon, seit Jade gegangen war. »Wenn ich Palmer erzähle, was ich herausgefunden habe, war es das für Jade. Soweit ich höre, ist er ohnehin von ihrer Schuld überzeugt, und er will nicht, dass jemand aus der Familie der Mörder ist. Er würde alles tun, um den hiesigen Landadel nicht vor den Kopf zu stoßen.«

In diesem Moment blickte Eve auf und sah, dass Jo sie beobachtete. Brav widmete sie sich wieder ihrem Hühnchen. Es schmeckte wunderbar, doch Eve lag ein bleiernes Gewicht auf der Brust. »Ich denke nicht, dass ich etwas sagen sollte«, entschied sie schließlich.

Viv sah schockiert aus.

»Ja, ich weiß. Aber die einzige überprüfbare Information, die ich habe, ist die, dass Jades Schwester bei einer von Veritys Expeditionen dabei war. Der Rest ist bloß Hörensagen und Vermutung, und ich bezweifle, dass Jade das, was sie mir erzählt hat, vor der Polizei wiederholen würde.«

Ihre Freundin dachte nach. »Ich verstehe, was du meinst. Dann lässt du es einfach auf sich beruhen?«

»Was?« Eve stellte ihr Weinglas ab. »Nein, natürlich nicht. Mir ist immer noch unwohl dabei, aber ich brauche etwas Greifbares. Jade sagt, sie war rechtzeitig draußen, um zu sehen, wie Pete Smith vergeblich – und mit den falschen Maßnahmen – versuchte, Verity wiederzubeleben. Sollte jemand sie später kommen gesehen haben, würde es beweisen, dass sie gelogen hat, um auf jemand anderen zu verweisen. Das ist die Art Detail, die ich brauche.«

Viv aß noch eine Gabel voll von ihrer Pasta. »Dann konzentrierst du dich jetzt auf Jade und Pete Smith? Was ist mit den übrigen Verdächtigen?«

»Sir Percival gibt mir zu denken. Bei der Pressekonferenz waren hässliche Gerüchte zu hören, dass er es bei Verity versucht haben sollte und sie umgebracht hat, als sie ihn abwies, damit sie schwieg.« Sie erschauderte.

»Dann könnte er oder Belinda Cora ermordet haben, falls die das herausbekommen hatte«, sagte Viv. »Ich würde auf Belinda als Coras Mörderin wetten. Sie kommt mir skrupellos vor.«

Eves Eindruck war beinahe der gleiche, und Robin hatte darauf hingewiesen, dass sie kein Alibi für den gestrigen Abend hatte, sah man von dem ab, das ihr Mann ihr gab. »Möglich wäre es. Und ich kann mir ehrlich nicht vorstellen, dass Percival Cora umbringt. Er wirkte am Boden zerstört bei der Pressekonferenz, und allen Aussagen zufolge hat er sie wirklich gemocht. Doch jetzt, da ich darüber nachdenke, glaube ich, dass das ganze Szenario keinen Sinn ergibt. Percival ist als Schürzenjäger verschrien.«

Sogar die Journalisten vor dem Herrenhaus hatten es gewusst. Und Jim Thackeray hatte angedeutet, dass Rupert und seine Braut offen über Percivals Flirten mit Verity gesprochen hatten. »Ich kann mir einfach nicht vorstellen, dass er töten würde, um seine Spuren zu verwischen, denn es wäre ohnehin keiner geschockt gewesen, von seinen Avancen zu erfahren. Es ist abscheulich, doch ich habe den Eindruck, dass er es gewohnt ist, sich so zu benehmen, ohne dass es irgendwelche Folgen hat.«

Unfassbar, dass er sich heutzutage noch so aufführen konnte, ohne irgendwelche Konsequenzen fürchten zu müssen!, dachte Eve.

Sie wog die Möglichkeit ab, dass die älteren Seagraves als Paar gehandelt hatten. »Hätten Percival und Belinda die Pläne beider Frauen für das Anwesen entdeckt, könnten sie wütend geworden sein. Aber ich kann mir nicht vorstellen, dass sie deswegen gemordet hätten. Sie hätten zuerst an Rupert appelliert, und das haben sie eindeutig nicht. Soweit er weiß, ist ihnen bis heute nichts von den Plänen bekannt.«

»Das klingt logisch.« Viv trank von ihrem Wein.

»Dann wäre noch Ivy Cotton eine Kandidatin.«

Ihre Freundin riss die Augen weit auf.

»Ich weiß. Ich glaube es eigentlich auch nicht, vor allem nicht mehr, seit Cora ebenfalls tot ist.« Eve konnte sich nicht vorstellen, dass Ivy sie bewusstlos geschlagen hätte. »Aber Rupert hat immer noch einen festen Platz auf meiner Liste.« Eve erzählte ihr, wie Pete Smith bei der Pressekonferenz erschienen war.

»Das erklärt es. Ich hatte mich schon gefragt, wie du ihn aufgespürt hast.«

»Es war komisch zu sehen, wie die Seagraves die Pressekonferenz der Polizei an sich rissen. Pete hat mir erzählt, dass Belinda ihn eingeladen hatte. Mich würde nicht wundern, wenn sie Rupert auch überredet hat, die Tauchexpedition nach China zu finanzieren.«

Viv sah sie verwundert an.

»Vielleicht haben sich die Gerüchte von Petes und Veritys vermeintlicher Affäre über die Familie hinaus herumgesprochen. Cora hatte es immerhin auch mir erzählt, und die Presse hat nach ihrem Verhältnis gefragt. Das gab Rupert ein starkes Mordmotiv. Möglicherweise hielt Belinda es für das Beste, alle Mutmaßungen im Keim zu ersticken, indem Rupert demonstriert, dass er die Gerüchte für null und nichtig hält. Die Expedition mit Pete Smith als Leiter zu finanzieren ist eine Methode, das zu tun.«

»Gute Idee. Wie wirkte Rupert, als Smith aufgetaucht ist und mit der Presse geredet hat?«

»Unkontrolliert und emotional. Wahrscheinlich bekommt er Coras Anschuldigungen nicht aus dem Kopf, ob er Verity deswegen umgebracht hat oder nicht. Und jetzt hat er vielleicht den Überbringer der schlechten Nachricht getötet: Cora. Auf der Pressekonferenz sah er verzweifelt und verwirrt aus. Es würde passen, wenn er selbst fassungslos und entsetzt von seinen Taten ist.«

»Trotzdem ignoriert Palmer ihn quasi als Verdächtigen.« Viv nippte an ihrem Wein.

»Ich weiß. Und ich komme bei ihm auch nicht weiter. Er hat ein sehr starkes Motiv, aber ich sehe nicht, wie ich seine Schuld beweisen soll, solange er keinen Fehler macht oder Tilly harte Fakten hat und beschließt zu reden.« Sie lehnte sich zurück und atmete tief durch. »Fürs Erste kann ich wohl nur mit den anderen Verdächtigen weitermachen. Wenn ich Beweise finde, die Jade oder Pete Smith entlasten, kann ich die der Polizei übergeben. Hoffentlich würde das Palmer zwingen, sich Rupert vorzunehmen.«

»Denkst du, er könnte in einem Polizeiverhör einknicken?«

Eve erinnerte sich an seine emotionalen Ausbrüche und seinen verlorenen Blick. »Möglich wäre es. Er ist kurz vor einem Zusammenbruch.«

Sie überlegte, ihn selbst zur Rede zu stellen. Ihr Gefühl sagte ihr, dass nicht viel nötig sein dürfte, damit die Wahrheit herauskam. Andererseits könnte ihr genau dieser Mangel an Selbstkontrolle gefährlich werden. Sie stellte sich Rupert vor, der Cora ein schweres Objekt über den Schädel schlug – einen Hammer vielleicht. Es wäre schaurig. Und falls er das getan hatte, wäre er zweifellos imstande, auch sie, Eve, kaltblütig zu ermorden.

»Denkst du, Belinda hält ihn für schuldig, oder will sie ihn davor schützen, zu Unrecht angeklagt zu werden?«

Eve aß noch eine Gabel von ihrem Hühnchen und den grünen Bohnen mit Senfsauce. »Auf jeden Fall wollte sie nicht, dass er mit mir redete, als ich beim Herrenhaus war, um unsere Sachen zu holen. Ich würde sagen, sie ist sich nicht sicher, hält es aber für möglich. Und Tilly Cotton könnte genauso denken.«

Viv nickte.

Gus kam zurück zu ihrem Tisch, und Eve bückte sich, um ihn zu streicheln. »Mich macht stutzig, dass Coras Sachen in den Pool geworfen wurden. Es klingt wie die Tat von jemandem, der einen persönlichen Groll hegt. Der muss nicht einmal zwingend mit dem Mordmotiv zu tun haben.«

Es passte zu Rupert als Mörder, sofern er wegen Coras Anschuldigungen gegen Verity wütend auf sie war. Eve schüttelte den Kopf. Diese Unterhaltung mit Viv führte sie wieder zurück zu der Theorie, dass ein Seagrave der Mörder war. Und sie wusste, dass Ruperts Gefühle stark genug gewesen waren, um Cora umzubringen.

Dennoch war sie bei ihrer Ankunft im Pub überzeugt gewesen, dass auch Pete Smith und Jade starke Verdächtige waren. Jedes Mal, wenn sie einer Argumentationslinie folgte, änderte sich die Richtung ihrer Gedanken. Sie brauchte mehr. Dieses Hin und Her machte sie orientierungslos.

Sie dachte an die Interviewpartner, die sie noch aufspüren musste: Veritys Schulfreundin und ihre Eltern. Keiner von ihnen dürfte das Mordrätsel lösen können, aber sie waren wichtig für Veritys Lebensgeschichte. Und die richtig zu kennen könnte vielleicht einen Hinweis liefern.

Morgen würde sie die Dinge in Angriff nehmen.

# Kapitel 26

Der Freitagmorgen war klar und sonnig, und Eve hörte den heiteren Gesang eines Hänflings durch ihr offenes Schlafzimmerfenster. Einen Moment lang blieb sie liegen und genoss den kühlen Raum mit seinen dicken Wänden. Hier fühlte sie sich wie in einem Kokon; die Deckenbalken über ihrem Bett waren wie schützende Arme. Doch das Gefühl von Frieden währte nicht lange. Im Geiste ging Eve durch, was den Tag über anstand.

Ihre Bemühungen, Verity Nyes Tauchgefährten zu erreichen, hatten sich ausgezahlt. Als sie am vergangenen Abend nach Hause gekommen war, war eine E-Mail von einem Mann eingegangen, der sie als Erster angeheuert hatte. Eve hatte sofort angerufen und einen Termin später in London vereinbart. Sie hatte behauptet, sie wäre sowieso in der Hauptstadt, was gelogen war. Doch ihr war klar, dass sie mehr von ihm erfahren könnte, wenn sie sich von Angesicht zu Angesicht unterhielten.

Eve seufzte. Würde sie bei jedem Auftrag solch einen Aufwand betreiben, könnte sie auch ihr Teilzeitjob nicht mehr vor dem Bankrott retten, aber dies war kein gewöhnlicher Nachruf.

Und es gab immer noch gewaltige Wissenslücken zu füllen, wie ihr gestern Abend klar geworden war. Eves Vorstellung von Veritys Kindheit war bestenfalls skizzenhaft. Gleichzeitig war offensichtlich, dass weder die Eltern noch die Schulfreundin, die Eve gefunden hatte, reden wollten. Ihre Nachrichten stießen auf eine Mauer des Schweigens, und das allein sagte schon einiges. Hier gab es Geheimnisse, die ausgegraben werden wollten.

Eve ging nach unten in die Küche, um Gus' Wassernapf frisch zu befüllen und ihm Futter zu geben.

»Ich werde hartnäckig sein müssen«, sagte sie zu ihrem Dackel, als das Wasser aus dem Hahn strömte und der Strahl das Licht einfing, das durchs Küchenfenster hereinfiel. »Ich kann mir nicht vorstellen, was ihre Eltern gerade durchmachen, aber es kommt mir falsch vor, meinen Artikel abzuliefern, ohne sie gesprochen zu haben. Und selbst wenn ich nur noch einmal überprüfe, dass sie nichts beitragen wollen.«

Sie stellte Gus' Trinknapf hin. Der Dackel neigte den Kopf zur Seite und sah sie an.

»Ich weiß.« Eve löffelte sein Futter in den zweiten Napf. »Du denkst, ich tue mich mit der Boulevardpresse zusammen. Aber ehrlich, Gus, wie kann ich Veritys Geschichte anständig erzählen, wenn ich ihre gesamte Kindheit auslasse? Schicken sie mich weg, lasse ich es gut sein. Wenigstens weiß ich dann, dass ich getan habe, was ich konnte.«

Noch einmal überprüfte sie die Website der Kirche von Veritys Vater. Um halb zwölf heute Vormittag leitete er dort eine Bibelgruppe. Sie könnte ihn hinterher abfangen. Ein Satz war alles, was sie brauchte.

»Und ich fahre auch bei dem Geschenkartikelladen ihrer Freundin vorbei, nur um die Situation einzuschätzen.«

Gus' Blick blieb unverändert, aber vielleicht wartete er bloß ungeduldig auf sein Frühstück. Als sie es ihm hinstellte und er sich darüber hermachte, fühlte Eve sich ein klein wenig im Stich gelassen.

Eine Stunde später, nachdem sie mit Gus an der Flussmündung gewesen war, machte sie sich auf den Weg nach Dunwich, wo Veritys Kindheitsfreundin, Stacy Riley, ihren Laden hatte.

Es war ein hübsches Küstendorf mit einer unheimlichen Geschichte. Einst war es die Hauptstadt des Königreichs East Anglia gewesen, mit einem Hafen, der es mit dem Londoner aufnehmen konnte. Doch die erbarmungslosen Nordseestürme hatten das Land abgetragen. Der Legende nach konnte man den Klang der versunkenen Kirchenglocken bis heute unter den Wellen hören.

Jetzt war es ein kleiner, schöner Ort, und die Heide, die hinunter zum Meer verlief, lockte Vogelbeobachter und Wanderer an.

Eve kam am Wirtshaus vorbei – *The Ship* – und einer Reihe von Cafés, bis sie Stacys Laden fand. Durch das Erkerfenster konnte sie zwei Frauen sehen, die auf Hockern hinter einem Tresen saßen und sich unterhielten. Eine von ihnen könnte Stacy sein; sie schien das richtige Alter zu haben.

Eve blieb nicht stehen – sie wollte nicht beim Gaffen ertappt werden –, sondern ging weiter und überlegte, wie sie die Situation handhaben sollte. Sie würde reingehen, behaupten, zufällig vorbeizukommen, und versuchen, irgendwie auf Veritys Kindheit zu sprechen zu kommen. Als sie wieder zum Laden zurückkehrte, bemerkte sie die Sachen in der Auslage. Alles war maritim gehalten: Anker-Ohrringe, Bug- und Hecklaternen, bis hin zu einem enormen Glaslicht, das wie ein Netzschwimmer aussah.

Einen Moment später betrat sie den Laden durch die von einer schweren alten Schiffsglocke offen gehaltene Tür.

Drinnen war es faszinierend: Kommoden mit halb aufgezogenen Schubladen gewährten verlockende Blicke auf zusätzliche Waren. Hätte Eve Zeit zu stöbern, gäbe es hier viel zu entdecken.

Die beiden Frauen waren einander sehr ähnlich, hatten beide länglich ovale Gesichter und glattes Haar. Die jüngere hatte ihres mit Henna gefärbt. Viele Silberringe schmückten ihre Finger.

»Hallo.« Eve schritt direkt auf den Tresen zu. »Ich bin Eve Mallow und schreibe über das Leben der Taucherin Verity Nye. Wie ich höre, ist die Besitzerin dieses Geschäfts, Stacy Riley, mit ihr zur Schule gegangen. Ich hatte auf Band gesprochen, ob es möglich wäre, ihr einige Fragen zu Veritys Kindheit zu stellen, aber gewiss ist hier in der Feriensaison sehr viel los.« Der Laden war leer. »Da dachte ich, ich komme mal vorbei, weil ich sowieso in der Gegend bin.«

Kaum hatte sie sich vorgestellt, bemerkte Eve eine ganz leichte Reaktion bei den Frauen. Es war seltsam, denn sie schauten sich nicht einmal an. Dennoch war da eine leichte Veränderung ihrer Haltung. Rückten sie ein bisschen näher zusammen? War es ein Verteidigungsreflex?

Von irgendwo hinter dem Tresen wehte ein Luftzug durch den Laden.

»Leider ist Stacy verreist«, sagte die ältere Frau. »Und ich vermute, Sie müssen Ihren Artikel abgeben, bevor sie zurück ist. Bedaure.« Ihre Worte hatten etwas Endgültiges.

Eve zog eine Visitenkarte aus ihrer Tasche und reichte sie ihr. »Kein Problem. Vielleicht könnten Sie ihr die trotzdem geben. Vielen Dank.«

In ihrem Kopf arbeitete es, als sie den Laden verließ. Mutter und Tochter? War die Frau mit dem hennagefärbten Haar Stacy? Es war möglich, dass sie dem zu viel Bedeutung beimaß, aber das glaubte Eve nicht.

Im Laden hatte sie doch deutlich Zugluft wahrgenommen …

Sie mussten hinten eine Tür oder ein Fenster geöffnet haben. Bevor sie recht darüber nachgedacht hatte, was sie tat, und mit Gus' vorwurfsvollem Blick vor ihrem geistigen Auge, schlüpfte Eve eine Gasse neben dem Laden hinunter. Es war falsch, und das wusste sie. Aber was war hier los? Wenn es ihr einen Hinweis auf Veritys Mörder lieferte, war es ein paar grenzwertige Aktionen wert. Sie schaltete ihr Handy stumm.

Ihr Herz hämmerte in ihrer Brust. Von der Gasse ging eine Seitentür ab, aus Holz und mit einem Eisenriegel. Den zu öffnen würde ein Geräusch verursachen, doch wenn die beiden Frauen allein im Laden waren und noch am Tresen saßen, sollte Eve sie hören können.

Sie musste sich entscheiden. Wollte sie erfahren, was sie von ihrem Besuch hielten, durfte sie nicht zögern. Behutsam hob Eve den Riegel an und drückte gegen die Tür. Etwas blockierte sie von der anderen Seite. Eve lehnte sich ein wenig fester dagegen, und sie ließ sich öffnen. Nun erkannte sie, dass ein großer Schmetterlingsflieder die Tür halb versperrt hatte.

Eve blickte nach links. Durch ein Fenster konnte sie eine Teeküche sehen, in der sich wahrscheinlich die Mitarbeiter ihre Getränke zubereiteten, und vor ihr war eine offene Hintertür. Sollte eine von ihnen nach hinten kommen, um sich einen Tee aufzubrühen, würde sie Eve sofort sehen. Sie schlich auf die Tür zu und blieb im Flur hinter dem Laden stehen. Eine Mischung aus Scham und Unbehagen überkam sie. Was dachte sie sich hierbei?

»Ich hätte mit ihr reden können.« Sprach da die Jüngere? Eve glaubte es, und sie hörte, dass die Frau weinte.

»Nicht, wenn es dich so aufwühlt. Schatz, es wird Zeit, dass du es hinter dir lässt. Es war nicht deine Schuld, dass ihr euch auseinandergelebt habt, Verity und du.«

»Doch, war es! Ich war ein erbärmlicher Feigling.« Die junge Frau wurde lauter, und es schwang echte Angst in ihren Worten mit.

»Sag das nicht.«

»Pete war so viel besser als ich …«

»Dieser Junge!«

Was? Pete? Doch sicher nicht derselbe Pete. Den Namen gab es ziemlich häufig, dennoch fühlte Eve ein Kribbeln am ganzen Leib.

»Pete war niemals besser als du«, fuhr die Frau fort.

»Was meinst du?«

»Ich habe ihn einmal mit seinen Freunden gehört. Sie sind über Verity hergezogen, und er hat mitgemacht, weil sie ja nicht da war und es nicht hörte. Er hat sich immer nur für sich selbst interessiert. Hat sich angebiedert.«

»Das macht es noch schlimmer. Wir haben sie beide im Stich gelassen!«

»Aber Stacy«, widersprach die ältere Frau, »ihr Dad ist derjenige, der schuld war. Wer steht denn zu einer Religion, die Kindern verbietet, Spaß zu haben? Ihre Freunde zu sehen und mal lockerzulassen. Das war grausam. Und ihre Mutter war fast genauso schlimm.«

»Aber, Mum, du weißt nicht …«

»Was?«

»Eines Abends hatte Verity mich gebeten, ihr Alibi zu sein.« Ihre Stimme bebte.

»Aha?« Die Mutter klang sanft.

»Sie hatte sich mit diesem Typen getroffen, und du weißt ja, wie die Regeln ihrer Eltern waren. Sie musste es geheim halten. Ich habe gesagt, dass ich erzähle, sie hätte bei mir geschlafen, wenn ihr Vater fragt.«

Es trat eine Pause ein. »Und du hast sie verraten?«

Eve meinte, Stacy schlucken zu hören. »Ihr Dad kam

zu mir, als ich allein am Strand war. Er hat die Hände auf meine Schultern gelegt, mir in die Augen gesehen und mich gefragt, ob sie wirklich bei uns zu Hause war. Er sagte, er wüsste, dass ich lüge und dass ich dafür in die Hölle kommen würde.«

Stacy stockte. »Es war verrückt, aber ich war verängstigt wie ein Reh im Scheinwerferlicht. Ich habe mir eingebildet, er würde es wissen, egal, was ich ihm erzähle. Und ich habe ihm die Wahrheit gesagt. Ich konnte nicht einmal fest bleiben, obwohl ich doch von vorneherein gewusst hatte, dass er fragen würde.«

»Oh, Liebes, du warst jung!«

Es folgte eine Pause. »Und das ist nicht alles. Er verlangte zu wissen, mit wem sie zusammen gewesen war, wie lange das schon ging. Alles. Er drohte mir, dir und Dad zu erzählen, was für eine schamlose kleine Lügnerin ich doch wäre, wenn ich es nicht verrate.« Wieder wurde die Stimme zittrig. »Ich habe ihm alles gesagt, bloß damit ich nicht angeschrien werde und Hausarrest bekomme.« Jetzt sprach sie leiser, sodass Eve sich anstrengen musste, sie zu verstehen. »Obwohl ich wusste, dass ihre Strafe viel, viel schlimmer sein würde.«

Einen Moment lang war alles still.

»Ich erinnere mich, dass ihre Eltern sie in dem Jahr von der Schule nahmen«, bemerkte Stacys Mutter schließlich. »Aber ich wusste nicht, warum.«

»Meinetwegen. Wegen alldem. Danach war sie praktisch eine Gefangene.«

Abermals schwiegen beide. War ihre Mutter schockiert? Suchte sie nach tröstenden Worten? »Wenigstens ließen sie sie wieder zur Schule gehen, um ihre Prüfungen zu machen.«

»Es muss die Hölle für Verity gewesen sein. Wir haben nie wieder miteinander gesprochen.«

»Ach, Schatz, lass es los. Na komm, ich hole dir ein Taschentuch.«

Eve hatte genug gehört. Sie zog sich durch die Seitentür zurück und schloss sie leise hinter sich. Zwar fühlte sie sich furchtbar, weil sie die Frau in ihrem Kummer belauscht hatte, doch wirklich bereuen konnte sie es nicht, als sie zurück zur Straße schlich.

Es warf ein Licht auf Veritys Vergangenheit. Und könnten die beiden von Pete Smith gesprochen haben? Könnten er, Stacy und Verity alte Freunde gewesen sein? »Dieser Junge«, hatte die ältere Frau gesagt.

Was steckte dahinter?

# Kapitel 27

Von ihrem Wagen aus googelte Eve Pete Smith.

Tatsächlich. Er hatte dieselbe Schule besucht wie Verity. Beide waren in einer Pressemeldung über das Jugendtauchteam erwähnt worden. Da war kein Foto, aber so häufig der Name Pete Smith auch sein mochte, wäre es ein zu großer Zufall, wenn man die Tauchverbindung hinzunahm.

Warum hatte er das nicht erwähnt, als Eve ihn interviewt hatte? Sorgte er sich, dass die Leute denken könnten, Verity hätte ihn nur wegen der alten Beziehungen angeheuert? Aber wieso? Es leuchtete doch ein, dass sie sich einen alten Freund ins Team holte, wenn er die richtigen Fähigkeiten mitbrachte.

Eve war nicht sicher, wie lange sie dort saß und darüber nachdachte, was ihre Entdeckung bedeutete. Schließlich beschloss sie loszufahren. Doch als sie den Schlüssel ins Zündschloss steckte, kam Stacy Riley aus dem Geschenkartikelladen.

Eve blickte auf ihre Uhr. Sie hatte noch eine Stunde, ehe sie in Stoningham sein müsste, um Veritys Vater zu erwischen. Ohne länger nachzudenken, stieg sie aus ihrem Mini und folgte der Frau die Straße hinunter. Stacy hielt ein Taschentuch in der Hand. Vielleicht hatte ihre Mutter sie nach Hause geschickt, damit sie sich erholte. Als sie in einiger Entfernung vom Laden waren, rief Eve ihren Namen. Es fühlte sich wie ein fieser Trick an.

Stacy blickte sich sofort um und errötete. »Sie haben die ganze Zeit gewusst, dass ich es bin.«

»Nur geraten.« Das zumindest stimmte. Sie konnte nicht zugeben, dass sie Stacy und ihre Mutter belauscht hatte. »Tut mir leid, wenn mein Besuch Sie aufgewühlt hat. Es ist nur so schwer, jemanden zu finden, der mit mir über Veritys Kindheit reden will, und es fühlt sich falsch an, den Teil ihres Lebens in meinem Artikel auszulassen.«

Die junge Frau schnäuzte sich. »Nein, mir tut es leid. Sie hatte eine beschissene Kindheit, und ich … ich habe sie noch tausend Mal schlimmer gemacht. Obwohl sie meine beste Freundin war. Bis ich sie habe hängen lassen. Ich kann nicht … Ich will nicht …«

Eve trat einen Schritt vor. »Das verstehe ich.« Sie hoffte inständig, dass sie nicht rot wurde. »Aber könnte ich Sie vielleicht nach Pete Smith fragen?«

Schlagartig sah Stacy ungemein erleichtert aus. »Ach so, klar.«

»Stimmt meine Information, dass Sie, er und Verity zusammen zur Schule gegangen sind? Falls es irgendwelche schönen Erinnerungen gibt, die ich aufnehmen könnte, um dem Artikel ein wenig Farbe zu verleihen, wäre das großartig. Meine Leser wird neugierig machen, dass ein Freund aus der Kindheit in Veritys Tauchteam war.« Und Eve wäre mehr als interessiert an den Details. »Sie könnten mir Ihre Gedanken auch per E-Mail mitteilen, falls das leichter für Sie wäre? Die Adresse finden Sie auf meiner Karte.«

Stacy nickte. »Danke.«

»Pete Smith ist ein gut aussehender Mann. Meine Freundinnen und ich hätten sicher um ihn gestritten, wäre er in unserer Freundesgruppe gewesen.« Würde Stacy nach dem Köder schnappen und etwas zu Petes und Veritys Beziehung als Jugendliche sagen?

»So habe ich ihn eigentlich nie gesehen. Wir kannten uns ja schon aus dem Kindergarten.«

*Verdammt.* Das verriet Eve nicht genug. Sie musste es noch einmal versuchen. »Wissen Sie, ob Pete und Verity nach der Schule und vor der Zusammenarbeit im Tauchteam regelmäßig Kontakt hatten?«

Stacy runzelte die Stirn, und kurz blickte sie in die Ferne. »Nein, hatten sie nicht. Wir sind alle getrennte Wege gegangen. Pete hat mich sogar kontaktiert, um zu fragen, ob ich ihm Veritys Nummer geben kann. Er hatte eindeutig nicht bemerkt, dass wir … uns auch auseinandergelebt hatten. Ich weiß nicht, wie er darauf kam, dass ich ihre Telefonnummer haben könnte. Vielleicht war er mehr um sich selbst gekreist, als mir bis dato klar war.«

Eve dachte an das Gespräch und die Worte von Stacys Mutter über Petes Egoismus.

Doch was sie vor allem beschäftigte, als sie landeinwärts nach Stoningham fuhr, war die Neuigkeit, dass Pete versucht hatte, Verity aufzuspüren, nachdem sie den Kontakt verloren hatten. Eve hatte er erzählt, dass er auf die Taucherin zugegangen war, als ein Freund eines Freundes erwähnte, sie würde einen Arzt im Team suchen. Noch eine Lüge. Anscheinend hatten sowohl Jade als auch Pete ihre geheimen Gründe gehabt, sich an Verity zu hängen. Wieder einmal galt Eves ganze Aufmerksamkeit den Verdächtigen außerhalb der Seagrave-Familie.

Stacy war ebenfalls interessant. Wie sehr hatte sich ihr Verrat auf Verity ausgewirkt, auf die Frau, die ihrem Schützling geraten hatte, sich niemals auf andere zu verlassen, weil es sie schwächer und verwundbar machen würde? Ihre

Freunde mussten ihr doch wichtig gewesen sein, wenn ihr Dad solch ein harter Mann war.

Eves Puls beschleunigte sich bei dem Gedanken, als sie Veritys Heimatdorf erreichte; gleich müsste sie sich dem Mann stellen. Die Kirche, die er zu führen half, befand sich am Ende einer Siedlung in einer schmalen Sackgasse. Es war ein moderner, kastenartiger Backsteinbau mit einem kleinen Parkplatz. Jemand hatte die Fenster geöffnet, und beim Aussteigen hörte Eve eine kräftige Stimme aus der Bibel zitieren.

Auf der Website der Kirche gab es keine Fotos der Mitarbeiter, nur die Namen waren aufgeführt. Könnte sie erraten, wer Mr Nye war?

Schließlich kamen nach und nach Leute aus der zweiflügligen Glastür auf der Vorderseite. Sie hatten Bücher und Notizblöcke bei sich. Die Frauen trugen schlichte, langärmlige Blusen und wadenlange Röcke. Auf einmal kam Eve sich auffällig gekleidet vor, obwohl sie eine dreiviertellange Baumwollhose und ein T-Shirt anhatte, was wohl kaum spektakulär war.

Die Letzten, die aus dem Gebäude traten, waren ein Mann und eine Frau, die dem Aussehen nach um die sechzig sein mussten. Die Frau ging ein wenig hinter ihm und hatte den Kopf gesenkt. Er schaute sich zu ihr um, und plötzlich fragte Eve sich, ob sie Veritys Eltern gefunden hatte.

»Mr und Mrs Nye?«

Der Mann war groß, wirkte ernst und hatte dichtes graues Haar. »Was wollen Sie?«

Die Frau blickte auf ihre Füße.

»Mein Name ist Eve Mallow. Der Verlust Ihrer Tochter tut mir sehr leid. Vielleicht haben Sie meine E-Mail bekommen. Ich schreibe den Nachruf und würde gern mit Ihnen sprechen, bevor ich meinen Artikel abgebe. Ich dachte, Sie würden eventuell etwas hinzufügen wollen.«

Mr Nye blieb abrupt stehen, während die Mitglieder seiner Bibelgruppe weiter zu den Wagen oder zu Fuß die Straße hinaufgingen.

Eve wartete.

»Miss Mallow, Verity ist für uns schon sehr lange gestorben. Wenn Sie nicht begreifen, dass es nur ihre Besessenheit von Selbstverherrlichung fortsetzt, über ihre … ihre … großen Taten zu schreiben, fürchte ich, dass auch Sie verloren sind.«

Er sah Eve mit einem bohrenden Blick an, und sie stellte sich Stacy mit ihm allein am Strand vor, wie er ihre Schultern gepackt hielt.

»Rupert Seagrave ist auch schon bei uns gewesen«, fuhr er fort, ohne zu blinzeln, »er war auf Vergebung aus. Er dachte, er kann einfach Bedauern ausdrücken und Absolution bekommen. Worte sind leicht gesprochen. Taten verlangen eine lebenslange Verpflichtung.«

»Er wollte Vergebung?«

Nye nickte. »Das war es nicht, was er sagte. Wie Sie drückte er uns sein Mitgefühl aus. Leeres Gefasel. Aber ich erkenne die Zeichen eines schuldigen Gewissens. Er hat die Hände gerungen. Es könnte sein, dass Blut an ihnen klebt. Aber falls ja, war es genauso sehr Veritys Schuld, weil sie sich in seinen Dunstkreis begeben hat.«

*Unglaublich.*

»Sie kannte unsere Ansichten. Jetzt gehen Sie bitte.«

»Aber dürfte ich nur fragen …«

Mr Nye drehte sich um, und seine Frau folgte ihm, blickte sich jedoch noch einmal länger zu Eve um. Sie wollte mehr sagen, das war offensichtlich.

In dem Moment kam eine der Frauen, die in der Bibelstunde gewesen waren, von ihrem Wagen zurück. Sie hatte ein Buch in der Hand. »Dies ist die Sammlung, die ich erwähnt hatte, Pastor Nye.«

Er ging zu ihr hinüber, um sich das Buch anzuschauen, und Mrs Nye drehte sich schnell zu Eve um.

»Rupert wollte von Veritys Vergangenheit erfahren«, sagte sie leise. »Ihrer Jugend. Ich hatte den Eindruck, dass etwas ihn dazu brachte, seine Meinung über sie zu hinterfragen. Das war vor ihrem Tod.« Ihre Augen waren leer, und ihre Miene war vollkommen ausdruckslos. »Vielleicht hat er sie ermordet.« Jetzt flüsterte sie nur noch. »Aber wir dürfen nicht zur Polizei gehen. Gottes Urteil ist das einzige, auf das es ankommt.«

Eve hatte das Gefühl, dass die Frau nichts gesagt hätte, wäre sie davon wirklich überzeugt.

# Kapitel 28

Eve fuhr zurück nach Saxford und führte Gus aus, wobei ihr die ganze Zeit Mrs Nyes Worte durch den Kopf gingen. Ihr war schon klar gewesen, dass Rupert auf Messers Schneide balancierte und nicht sicher war, wem er trauen konnte, Cora oder Verity. Doch zu Veritys Eltern zu fahren, um mehr zu erfahren, zeugte von Verzweiflung – von einem Mann, der obsessiv geworden und aus dem Gleichgewicht geraten war. Auf einmal konnte Eve sich vorstellen, dass er Cora getötet hatte: entweder weil sie recht gehabt und es ihm in London noch einmal gründlich unter die Nase gerieben hatte oder weil sie sich geirrt und mit ihrer Behauptung zerstörerische Eifersucht in ihm entfacht hatte.

Es fiel Eve schwer, sein Bild aus dem Kopf zu bekommen. Einen Moment lang schloss sie die Augen. Sie musste einfach bei ihrem Plan bleiben und den Spuren folgen, die sie neu entdeckt hatte. Wenn es ihr gelang, die anderen Verdächtigen auszuschließen, würde sie mit den Beweisen zur Polizei gehen, damit die ihr Augenmerk auf Rupert lenkte. Der Gedanke, dass DS Boles auch im Hintergrund ermittelt, war beruhigend. Er war ein viel besserer Detective als Palmer und dürfte im Stillen von Anfang an auch zu Rupert ermittelt haben. Vielleicht fand er ja nützliche Hinweise.

Nach dem Spaziergang mit Gus setzte Eve sich zu einem Mittagessen an den Tisch und recherchierte mit neuer Entschlossenheit. »Ich fühle mich immer noch mies wegen meiner Methoden, aber ich bin definitiv weitergekommen«, sagte sie zu ihrem Dackel, als er zu ihr ins Esszimmer kam.

Sie scrollte sich durch unzählige Seiten, in denen Pete Smith und Verity Nye erwähnt wurden. Die Ergebnisse deckten sich mit Stacys Andeutung, dass sie sich nach der Schule zeitweise aus den Augen verloren hatten. Sie kamen erst später wieder gemeinsam vor. Nachdem Pete zu Veritys Tauchteam gestoßen war. Dann gab es reichlich Fotos zu sehen.

Eve testete eine Theorie. Es klang nicht, als hätten Verity und Pete während ihrer Schulzeit eine Liebelei gehabt. Stacy hatte zu ihrer Mutter gesagt, Pete sei besser gewesen als sie. Es hatte geklungen, als würde sie sich mit ihm in der gleichen Rolle vergleichen – als Freund beziehungsweise Freundin. Und während der Teenagerjahre war Verity mit dem anderen Jungen zusammen gewesen, den Stacy erwähnt hatte – den Verity heimlich getroffen hatte. Natürlich könnte eine platonische Kinderfreundschaft zu mehr geworden sein. Aber nach all den Jahren?

Ein Foto in einem Klatschmagazin, das erst vor einem Monat aufgenommen worden war, zeigte Verity und Pete bei irgendeiner vornehmen Party. Beide hielten ein Champagnerglas in der Hand, und seitlich stand ein Kellner mit einem Tablett voller Kanapees. Eine blonde Frau hatte sich bei dem Arzt eingehakt, doch seiner Kollegin war nicht der Hauch von Eifersucht oder Beunruhigung anzusehen. Alle drei lachten. Auf sämtlichen Fotos, die Eve fand, wirkten sie einander nahe, aber nicht wie ein Liebespaar.

Doch wenn sie recht hatte, worüber hatten die beiden dann in dem Festzelt gesprochen? Pete hatte reden wollen; er hatte zu Verity gesagt: »Wir können das immer noch hinbekommen!« Doch sie war wütend gewesen und hatte widersprochen, dass sie es natürlich nicht konnten. Warum er das nicht einsehen könne?

Und weshalb hatte Pete Smith nach Veritys Parfüm gerochen? Auf keiner der Aufnahmen von ihnen umarmten sie sich, wie es Freunde manchmal taten.

Es war fast Zeit, zum *Monty's* aufzubrechen, als sie ein Foto fand, das sie innehalten ließ. Mit angehaltenem Atem las sie die Bildunterschrift.

»Okay, Gus«, sagte sie, klappte ihren Laptop zu und machte sich zum Gehen bereit. »Das könnte etwas zu bedeuten haben.«

Eve weihte Viv in die jüngsten Entwicklungen ein, während sie ein Blech Früchtestreuselkuchen vorbereitete. Es war eines der neuen Rezepte dieser Saison und das erste Mal, dass Viv ihr zutraute, es als Erste auszuprobieren. Aus dem Augenwinkel sah sie jedoch, wie ihre Freundin jeden Handgriff skeptisch beäugte. Viv selbst fertigte wie selbstverständlich die Miniatur-Zitronen- und Holunderblütenkuchen zu; und sie schien es im Schlaf zu beherrschen. Was Eve aber nicht kümmerte. Sie hatte eine Aufgabe zu erledigen, und sie würde dafür sorgen, dass nichts schiefging.

Als sie zugab, dass sie sich von hinten an Stacy Rileys Laden angeschlichen hatte, veränderte sich Vivs Gesichtsausdruck.

»Echt, das hast du getan! Ich liebe es, wenn du die Regeln brichst! Es lässt dich so menschlich wirken.«

»Schmeichlerin.«

»Also hältst du die Affäre zwischen Pete und Verity für weniger wahrscheinlich?«

»Scheint so. Ich hatte schon meine Zweifel, als ich noch einmal durchging, was Stacy gesagt hatte, und die Fotos, die ich mir heute Mittag angesehen habe, haben mich endgültig überzeugt. Ich habe keinen Beweis, aber immerhin eine Theorie, warum er nach ihrem Parfüm gerochen hat.«

Viv warf ihr einen Seitenblick zu. »Hervorragend! Was hast du gefunden?«

»Ein Foto für ihren nächsten geplanten Tauchgang. Da haben sie auf jedem Bild die Arme umeinander gelegt. Es ist eher kitschig als romantisch. Ich würde sagen, dass der Fotograf sie als Gewinnerteam zeigen wollte. Ihre Köpfe sind nahe zusammen, und sie halten einen Pokal, den sie letztes Jahr bekommen hatten. Jedenfalls sind sie sich nahe genug, dass Veritys Parfüm sich auf Pete übertragen haben kann. Du weißt ja, wie dieses teure Zeug ist.«

Ian hatte einmal einen Flakon eines Duftes gekauft, den Eve nicht gemocht hatte. Sie hatte das Parfüm aufgelegt, um ihm eine Freude zu machen, und es hatte Tage gedauert, den Geruch loszuwerden.

»Das Entscheidende ist, dass das Foto an dem Tag online ging, an dem sie nach Suffolk gekommen sind. Wie es aussieht, wurde es an dem Morgen aufgenommen, bevor sie losfuhren. Und Pete posiert in einer schicken Lederjacke. Selbst wenn noch Zeit dafür gewesen wäre, hätte er die schlecht in die Waschmaschine stecken können.«

»Oh Mann!«

Eve nickte. Es war ein entsetzlicher Gedanke. Cora hätte vielleicht nie das Gift in Ruperts Ohr geträufelt, hätte es das Fotoshooting nicht gegeben. Sie hatte mit dem Feuer gespielt, und vielleicht war Verity das erste Brandopfer. Die Frage blieb, wie Cora Pete nahe genug gekommen war, um den Parfümgeruch wahrzunehmen.

»Ich bin mir zunehmend sicher, dass Verity und Pete

keine Affäre hatten.« Eve runzelte die Stirn. »Deshalb muss ich herausfinden, um was es ging, als ich sie in dem Festzelt gehört habe. Sie hat ihm gesagt, dass er aufhören soll, jemandem zu folgen – dass es zu offensichtlich sei. Und dann hat er etwas geantwortet wie: ›Wir können das immer noch hinbekommen.‹ Er wollte länger mit ihr reden, aber sie hat ihn ziemlich gründlich abgebügelt.«

»Könnte es mit Cora zu tun haben, wenn sie die Frau war, der er gefolgt ist? Falls Pete sich an sie herangemacht hat, könnte es erklären, wie sie Veritys Parfüm an ihm wahrgenommen hat. Vielleicht ging es um einen Plan, den sie ausgeheckt hatten, um Coras Hotelpläne zu stoppen.«

Eve zuckte mit den Schultern. »Ich weiß nicht. Kann sein. Ich konnte noch einen anderen Höhlentaucher ausfindig machen, der Verity gut gekannt hat. Morgen Abend treffe ich ihn in London. Angie sagt, sie passt auf Gus auf.« Sie blickte über die Schulter zu Viv, bevor sie das restliche Mehl siebte. »Er wird eine tolle Ergänzung zu meinen bisherigen Interviewpartnern sein, aber vielleicht weiß er auch mehr über das Verhältnis zwischen Verity und Pete. Ich muss an die richtigen Informationen kommen. Was immer die Wahrheit sein mag, Pete war unehrlich zu mir. Er hat absichtlich zurückgehalten, dass er Verity schon seit der Kindheit gekannt hat, und er war an ihrem Todestag eindeutig wütend auf sie.«

Sie mochte sich in dem Grund geirrt haben, aber das änderte nichts daran, wie verzweifelt Pete Smith in dem Festzelt geklungen hatte.

# Kapitel 29

Eve saß dem Höhlentaucher Liam Edwards gegenüber auf einem überdachten Anleger außerhalb des *Mayflower*-Pubs in Rotherhithe, direkt an der Themse. Liam hatte ihr die Stelle gezeigt, an der 1620 die *Mayflower* gelegen hatte, doch jetzt saßen sie bei ihren Getränken.

Eve hatte ihren Notizblock vor sich und sah ihren Interviewpartner an. Dunkles Haar mit Spuren von Grau, aschfarbene Bartstoppeln, kantiges Kinn und breite Schultern. Sein Gesicht war gerötet – von Jahren im Freien, schätzte sie. Wahrscheinlich verbrachte er viel Zeit in Ländern, die sehr viel sonniger waren als England.

Er grinste, und Eve erkannte eine Mischung aus Kummer und Zuneigung in seinen Augen. »Sie möchten also wissen, wie es war, mit Verity zu tauchen?«

»Und wie Sie erstmals mit ihr in Kontakt gekommen sind. Das wäre großartig.«

Liam nickte. »Sie wurde mir empfohlen, als sie noch ganz am Anfang war. Ein Freund von mir hatte bei ihrer Ausbildung geholfen. Er meinte, sie sei besonnen, ehrgeizig und hundertprozentig unerschütterlich. Ich war auf der Suche nach einem Teammitglied für einen Tauchgang – jemand anders war in letzter Minute wegen Krankheit ausgefallen –, da habe ich es mit Verity riskiert.«

»Und wie ist es ausgegangen?« Sie sah ihm an, dass ihn die Erinnerung amüsierte.

»Sie war eine Marke für sich. Die wenigen Male, die ich die Autoritätskarte ziehen musste, war, wenn wir auf dem Trockenen waren. Sie wollte wissen, warum wir nicht weiter getaucht waren, und wollte unbedingt, dass wir wieder runtergingen, und zwar noch tiefer. Ich habe ein Machtwort gesprochen, und damit kam sie gar nicht gut zurecht. Sie konnte es nicht erwarten, selbst das Sagen zu haben. Aber auch wenn sie es regelrecht hasste, gebremst zu werden, und sie mindestens eine Woche lang sauer auf mich war, änderte sich nichts in dem Bereich, in dem es darauf ankam: unter Wasser. Hätte sie da einen falschen Schritt gemacht, wäre sie sofort rausgeflogen.«

»Sind Sie noch einmal zusammen getaucht?«

Er schüttelte den Kopf. »Wir sind befreundet geblieben, doch mein anderes Teammitglied war zum nächsten Trip wieder fit, und es war ein bisschen entspannter, mit ihm zu arbeiten. Aber das hat man schon mal. Leute, die dazu bestimmt sind, bei einer Expedition das Sagen zu haben, müssen sich sicher sein, was sie tun, und das war sie. Sie konnte ihren Kontrollwunsch gerade so im Zaum halten, solange sie sich noch ihre Sporen verdiente. Danach ist es meiner Meinung nach gut, ein strenger Teamleiter zu sein, solange man vernünftig ist. Man muss natürlich auf sein Team hören, aber auch binnen Sekundenbruchteilen Entscheidungen zwischen Leben und Tod treffen, ohne mit der Wimper zu zucken. Mimosen haben da nichts verloren.«

Eve nickte. Demnach hatten in Ägypten sowohl Pete Smith als auch Ruby Fox akzeptieren müssen, dass Verity Chefin war. »Sind Sie jemals ihrem Arzt begegnet, Pete Smith?«

»Ja, bin ich tatsächlich.« Er sah sie an und zog die Augenbrauen ein wenig zusammen. »Merkwürdiger Typ. Sehr freundlich, doch einmal sind er, Verity und ich zu einem Pub hier in London gegangen, und da ist er einfach an einem Unfallopfer auf der Straße vorbeimarschiert. Ein Fahrradfahrer war gestürzt.«

Eve runzelte die Stirn. »Sie meinen, er hat gar nicht versucht zu helfen?«

Liam Edwards schüttelte den Kopf. »Es standen schon einige Leute um den Mann herum, doch keiner von ihnen leistete Erste Hilfe, und der Krankenwagen kam erst, als wir schon vorüber waren.« Er lehnte sich zurück. »Da habe ich mich gefragt, wo seine Prioritäten liegen. Meiner Meinung nach handelt man als Arzt, auch wenn es gerade ungünstig ist.« Er sah Eve an. »Warum fragen Sie nach ihm?«

Wie sollte sie es so ausdrücken, dass Edwards mehr verriet und nicht dichtmachte? »Ich war mir nicht ganz sicher, wie ich einordnen sollte, was er mir über Verity gesagt hat.«

Liam Edwards ließ den Blick über die Themse schweifen, auf der ein Touristenboot vorbeituckerte. »Das ist interessant.« Er schaute wieder Eve an und trank von seinem Bier. »Ich habe schon länger nicht mehr über Pete nachgedacht, aber Verity schrieb mir eine Nachricht am Tag vor ihrem Tod, und der Betreff lautete *Expeditionsmediziner.*«

Eve hielt ihren Kuli fest umklammert. »Aha?«

Er nickte. »Sie … Nun ja, sie dachte, dass sie für den Tauchgang in China einen Ersatz für Pete finden müsste. Da habe ich mich gefragt, ob ich bei ihm von Anfang an recht hatte. Sie bat mich, es für mich zu behalten. Ich hatte den Eindruck, dass sie es Pete noch nicht erzählt hatte.«

Liam Edwards nahm noch einen Schluck von seinem Bier. »Das geht mir schon die ganze Zeit durch den Kopf. Sollte er es irgendwie erfahren haben …« Eve beobachtete, wie sich seine breite Brust unter dem dunkelblauen T-Shirt hob und senkte. »Aber dann wurde diese andere Frau ermordet, und da kam ich zu dem Schluss, dass irgendeine Familiengeschichte dahinterstecken muss.« Er schüttelte den Kopf. »Verity tat mir leid. Ich glaube nicht, dass die Familie ihres zukünftigen Mannes sie sonderlich mochte. Aber das hätte sie nicht groß beachtet. Nicht ihr Stil.«

Als Eve nach Hause kam, fand sie einen Geschenkkarton vom *Monty's* vor ihrer Tür. *Ich bin beeindruckt!*, hatte Viv in das Kästchen auf dem Deckel geschrieben, das für die Grüße vorgesehen war, und einen flüchtigen Moment lang waren Eves Gedanken von Verity abgelenkt.

Mit Gus, der um ihre Beine wuselte (anscheinend hatte er sie doch vermisst!), ging Eve in die Küche und hob den Deckel hoch. In dem Karton befanden sich zwei Stücke des Streuselkuchens mit Sommerfrüchten, den sie am Nachmittag gebacken hatte. Sie waren noch zu heiß zum Probieren gewesen, als sie das Café verlassen hatte. Eve verstaute einen im Kühlschrank und stellte den anderen ein bisschen nervös auf einen Teller.

Wenig später saß sie im Schein einer Stehlampe auf einem ihrer Sofas. Gus machte es sich zu ihren Füßen gemütlich, während sie einen vorsichtigen Bissen nahm, um ihre Arbeit zu kosten. Nach dem zweiten Happen fiel die Anspannung von ihr ab. Der kleine Kuchen schmeckte *beinahe* wie einer von Viv. Er bot eine ausgewogene Mischung aus Süße und Würze, war wunderbar saftig, und die Früchte waren gleichmäßig verteilt. Die zuckerüberzogenen Beeren oben auf dem Küchlein kitzelten Eves Gaumen.

Die Wirkung verscheuchte sämtliche Müdigkeit, die Eva nach der Heimfahrt empfunden hatte. Sie aß den Kuchen schnell auf. »Warum hat Pete Smith dem Radfahrer nicht geholfen, von dem Liam Edwards erzählt hat?«, fragte sie laut und stellte ihren Teller auf den Couchtisch. Gus öffnete ein Auge halb. »Ich kann nicht glauben, dass er weggesehen hat, weil er dringend in den Pub wollte.«

Es war so stickig im Cottage, dass Eve das Gefühl hatte, nicht denken zu können. Sie stand auf und öffnete das Flügelfenster zum Garten, worauf die Geräusche des Abends ins Haus drangen: das ausdauernde Schnurren des Ziegenmelkers und der ferne Schrei einer Eule.

Eve ging herum und riss mehr Fenster auf, war allerdings erst halb durchs Erdgeschoss, als sie innehielt.

Was, wenn … Für einen Moment hatte sie ihren Auftrag vergessen und machte sich auf die Suche nach ihrem Laptop. Gus trottete zu seinem Bett in der Küche, und Eve bückte sich gedankenverloren, um ihn zu streicheln.

Keine Minute später war sie wieder auf der Couch, hatte die nackten Füße unter sich gezogen und recherchierte im Internet. Petes Foto erschien auf keiner der gängigen Karriereseiten, die sie fand. Es dauerte ewig, all die Pete Smiths zu überprüfen. Es schien beinahe aussichtslos zu sein. Je nach Seite gab es annähernd zehntausend Ergebnisse zu dem Namen.

Das Stichwort »Taucher« hinzuzufügen reduzierte es auf eine Handvoll, doch keiner von ihnen war Veritys Pete. Was Eve auch versuchte, sie fand keine Hinweise, wo er studiert hatte. Sie streckte sich und ging in die Küche, um sich einen Kaffee aufzubrühen. Dann setzte sie sich wieder an die Arbeit.

Schließlich fand sie eine Liste von Medizinischen Hochschulen in Großbritannien und fing an, sie alle einzeln in eine der Suchmaschinen einzugeben, zusammen mit Petes Namen in Anführungszeichen. Auch hier war die Liste der

Suchergebnisse Furcht einflößend. Eve hatte das erste Drittel der alphabetischen Liste durchgesehen, als sie einen Treffer hatte.

Es war nichts Offizielles, sondern die Klatschspalte einer Studentenzeitung. Und die Schlagzeile lautete:

*Die drei Musketiere beschummeln nicht nur ihre Partner.*

Eve las weiter.

*Die med. Hochschule der Uni verabschiedet sich von Joe Deverell, Alex Murray und Pete Smith, allerorten bekannt als die »Partyjungs«, die alles füreinander tun, aber ansonsten hundert Prozent unzuverlässig waren. Ihr wurdet auf so vielfältige Weise erwischt, Jungs! Bis dann mal. X*

Daneben war ein kleines, ziemlich verpixeltes Foto von drei jungen Männern mit Biergläsern in den Händen zu sehen, die Grimassen gen Kamera schnitten.

So unscharf die Aufnahme auch sein mochte, war Eve sich sicher, dass der linke junge Mann der Pete Smith aus Veritys Team war. Damals hatte er braunes Haar gehabt …

Eve suchte die anderen Treffer nach Pete und dieser Medizinischen Hochschule ab. Etwas unter dem ersten Link fand sie ein PDF der offiziellen Erklärung der Hochschule.

Die drei Studenten waren der Universität verwiesen worden, weil sie bei den Abschlussprüfungen des ersten Jahres geschummelt hatten.

Eve lehnte sich auf der Couch zurück und holte tief Luft. Kein Wunder, dass Smith nicht mit der Presse hatte reden wollen; die könnte in seiner Vergangenheit wühlen und herausfinden, wo er studiert hatte. Sie selbst hatte ihr Gespräch mit ihm auf Verity konzentriert, indem sie angedeutet hatte, es ihm leicht zu machen und ihn offener und gesprächsbereiter wirken zu lassen. Und es erklärte, warum er an dem gestürzten Radfahrer vorbeigegangen war. Falls der kompliziertere Verletzungen erlitten hatte, wäre Pete wahrscheinlich unfähig gewesen, ihm zu helfen. Verity und Liam Edwards wären ihm sofort auf die Schliche gekommen.

Und dann erinnerte Eve sich, dass Jade gesagt hatte, er hätte bei den Wiederbelebungsversuchen an Verity inkompetent gewirkt. Doch selbst jemand mit Grundkenntnissen in Erster Hilfe wusste, was zu tun war.

Eves Nackenhaare stellten sich auf. Er hatte nicht gewollt, dass Verity überlebte, deshalb hatte er sich absichtlich falsch verhalten. Das war der wahrscheinlichere Grund.

Sie dachte an sein Gespräch mit Verity im Festzelt. An Veritys enttäuschten und wütenden Tonfall. Er wollte reden. (»Wir können das noch hinbekommen.«) Und sie hatte ihn abgewiesen. (»Wir haben alles gesagt, was es zu sagen gibt. Natürlich können wir das nicht ›hinbekommen‹. Wie kannst du das nicht erkennen?«)

*Verity hatte erst kürzlich herausgefunden, dass er nicht als Arzt qualifiziert war!*

Ihre Partnerschaft war lange Zeit stark gewesen, und Pete hatte gesagt, sie könnte es unter den neuen Umständen immer noch sein. Verity hatte beinahe geweint vor Frustration, weil er es nicht verstanden hatte. Wieder einmal war sie enttäuscht worden. Eve war sich sicher, dass sie sich nie wirklich auf Pete verlassen hatte. Dennoch dürfte sie ihn als Gleichgestellten respektiert und ihm sogar in einem Grad vertraut haben, der sie verwundbar gemacht hatte.

Wann hatte sie es entdeckt? Am Tag vor ihrem Tod, was sie veranlasst hatte, Liam Edwards zu kontaktieren, um einen neuen Arzt zu finden? Und an demselben Tag oder dem darauffolgenden musste sie Pete zur Rede gestellt haben …

Eve wurde abwechselnd heiß und kalt. Er hatte eindeutig gehofft, sie könnten so weitermachen wie bisher, aber selbstverständlich hatte Verity das nicht zulassen können. Und hätte sie überlebt, wäre er garantiert durch einen echten Arzt ersetzt worden. Es hätte Fragen aufgeworfen, selbst wenn sie den Grund nicht öffentlich gemacht hätte. Irgendein neugieriger Journalist oder Kollege wäre vielleicht auf dieselbe Information gestoßen wie sie, Eve. Petes Karriere und sein Ruf wären ruiniert gewesen.

Sie dachte an seinen Buchvertrag und den glamourösen Lebensstil – er hatte eine Menge zu verlieren gehabt. Sein Glück war der sehr verbreitete Name, sonst wäre seine Hochschule bei den Pressemeldungen über ihn eventuell hellhörig geworden. Schon sein Gesicht zu zeigen war ein Risiko, doch er hatte ja nur neun Monate dort studiert. Und er hatte sein Haar blond gefärbt. Eine zusätzliche Sicherheitsmaßnahme? Vermutlich.

Und jetzt war Verity tot, und er sollte bei der Tauchexpedition nach China mit von der Partie sein, ohne dass jemand etwas ahnte. Eve dachte an Jade Pipers Schwester. Hatte Petes Fahrlässigkeit zu ihrem Verfall und indirekt zu ihrem Tod geführt?

Einen Moment später war Eve wieder an ihrem Laptop. Und weitere fünf Minuten danach hatte sie ihre Antwort. Eine Lungenentzündung war kein ungewöhnliches Phänomen bei Menschen, die fast ertrunken wären. Pete hatte gesagt, Rubys Krankheit hätte ihn eiskalt erwischt, aber er hätte darauf vorbereitet sein müssen.

Online wurde empfohlen, unverzüglich Antibiotika zu verabreichen, wenn jemand unter diesen Umständen Husten bekam. Okay, Pete hatte Ruby letztlich behandelt, aber wahrscheinlich erst, als ihre Symptome ernster geworden waren. Verzögert. Dies war die Verzögerung, die Jade aufgefallen war.

Eve musste ihn irgendwie aufhalten. Doch wenn man an einer Expedition teilnahm und bezüglich der eigenen Qualifikation log, konnte die Polizei dann überhaupt eingreifen? Es war schließlich eine reine Privatunternehmung. Aber Pete musste zumindest seine Versicherung getäuscht haben, indem er behauptet hatte, Arzt zu sein.

Und was war mit Cora? Könnte sie auch die Wahrheit über ihn entdeckt haben? Falls Verity Pete gebeten hatte, mit Cora zu flirten, damit die Rupert nicht mehr ganz so hartnäckig wegen des Hotelprojekts bearbeitete, hatte sie womöglich herausgefunden, dass sie überlistet worden war. Und sie könnte nach etwas gegraben haben, mit dem sie sich rächen konnte.

Eve durfte diese Information nicht für sich behalten, selbst wenn Palmer finden würde, sie hätte »ihre Befugnisse überschritten«. Ihre Entdeckung stärkte Pete Smiths Motiv, und der Gedanke, dass er bei noch einer Expedition als »Arzt« dabei war, war einfach unerträglich. Bevor sie zu Bett ging, schickte sie eine E-Mail an den Fallkoordinator bei der Polizei, in der sie darlegte, was sie entdeckt hatte.

# Kapitel 30

Eve fühlte sich erschöpft, als sie am Samstagmorgen aufwachte. Pete Smith hatte ihre Träume beherrscht. Er durfte einfach nicht an Expeditionen beteiligt sein, bei denen es Freunde und Angehörige anderer Teilnehmer wie Jade Piper für selbstverständlich nahmen, dass er qualifiziert war und im Notfall helfen konnte. Eve würde sich erheblich besser fühlen, wäre seine Geschichte erst öffentlich bekannt.

Sie trank ihren Kaffee und schrieb dann eine E-Mail an Robin Yardley, in der sie ihm erklärte, was sie seit ihrem letzten Gespräch herausgefunden hatte. Sie hatte eben ihre Tasse abgeräumt, als es an der Tür klopfte. Eve ließ die Kaffeetasse in der Spüle stehen und folgte Gus, der schon nach vorn geflitzt war, als hätte er Federn unter den Pfoten.

Als sie öffnete, brauchte sie einen Augenblick, um ihre Gedanken zu ordnen. Ivy Cotton, die Haushälterin von Seagrave Hall, stand mit einem Korb Erdbeeren da. Ihre besorgten, aber freundlichen Züge erinnerten Eve an das letzte Mal, dass sie die Frau gesehen hatte.

»Die habe ich Ihnen mitgebracht«, sagte sie und hielt Eve den Erdbeerkorb hin. »Könnte ich Sie vielleicht kurz sprechen. Ich bin zum Einkaufen im Dorf. Aber ich möchte nicht …«

Eve riss sich zusammen. »Selbstverständlich. Vielen Dank

für die Erdbeeren, und kommen Sie doch rein. Möchten Sie einen Tee oder Kaffee? Wir können uns in den Garten setzen.«

»Machen Sie sich bitte keine Umstände.«

Eve führte sie in den Garten und beteuerte, sie hätte ohnehin gerade Wasser aufsetzen wollen, was eine kleine Lüge war. Ein paar Minuten später saßen sie am Gartentisch. Gus trottete über den Rasen und schaute hin und wieder in ihre Richtung.

»Wie kann ich Ihnen helfen?«

Die Frau blickte in ihre Tasse. »Es ist nur … Nun, es geht mich nichts an, aber ich wollte Sie bitten, bei allem, was gerade passiert, dass Sie bitte freundlich zu der Familie sind. In Ihrem Artikel, meine ich. Ich habe alle möglichen Gerüchte gehört, und ich … Ach, ich weiß nicht. Ich kann nur sagen, trotz allem Auf und Ab und den kleinen Streitereien hätte keiner von ihnen Cora auch nur ein Haar gekrümmt. Und diese Idee, dass Rupert seine Verlobte aus dem Fenster gestoßen haben soll … Die ist irrsinnig! Dennoch scheint jeder darüber nachzudenken.«

Ivy schloss kurz die Augen. »Ich kenne ihn, seit er ein Säugling war, und er würde das nicht tun. Glauben Sie mir.«

Eve sah Mrs Cotton an, dass sie den Tränen nahe war. Die Frau kramte in ihrer Tasche nach einem Paket Taschentüchern.

»Keine Sorge, ich nehme nie Hörensagen oder Mutmaßungen in meine Nachrufe auf. Und ich werde mich auf Verity konzentrieren, nicht auf die Familie.«

Ivy Cotton wirkte nicht überzeugt. »Es läuft alles aus dem Ruder.« Sie neigte sich vor und flüsterte nun. »Sogar Tilly denkt, dass es Rupert war. Ich habe gehört, wie sie mit ihm gesprochen hat. Es war keine Absicht; ich wollte sie nicht belauschen. Ich war bei einem der Stände, gleich nach

Veritys Sturz, und ich dachte, Tilly hätte mich gesehen. Bis mir klar wurde, dass sie mich nicht bemerkt hatte, war es zu spät.«

»Was haben Sie gehört?«

Sie zögerte, bevor die Worte in einem Schwall aus ihr heraussprudelten. »Sie hat Rupert geraten zu sagen, er wäre im Wald gewesen, als es passiert ist. Dass er eine Zigarette rauchen gegangen wäre.« Sie legte eine Hand vor ihren Mund und begann zu weinen. »Ich weiß gar nicht, was ich tue. Sie sind die Erste, der ich es erzähle. Aber ich habe niemanden, dem ich mich anvertrauen kann. Ich ahne, was Sie sagen werden. Ich hätte es der Polizei erzählen müssen.« Sie musste Eves Gedanken gelesen haben. »Aber das konnte ich nicht.«

Ivy Cotton presste das Papiertaschentuch auf ihre Augen. »Tilly würde Schwierigkeiten bekommen, weil sie ihn überredet hat zu lügen, und sie werden sich fragen, warum er die Unwahrheit gesagt hat.«

Das würden sie. »Und warum hat er gelogen?«

»Ich weiß es nicht!«

Doch Eve hatte das Gefühl, dass Ivy mehr wusste, als sie zugab. Vielleicht war er im Haus gewesen, als Verity gestürzt war. Und Rupert hatte ihr selbst auch die Lüge aufgetischt, er wäre im Wald gewesen, als sie ihn das erste Mal interviewt hatte. Wie viele im Haushalt wussten mehr über ihn als die Polizei?

»Sir Percival ist so gut zu mir«, fuhr Ivy Cotton fort. »Er – nun ja, Sie haben vielleicht den Dorfklatsch gehört, aber er hatte meinen Mann rausgeworfen, als der mich misshandelt hat, ohne Wenn und Aber. Ich hatte Angst, als er Walter feuerte, das gebe ich zu.« Sie nippte an ihrem Tee. »Ich dachte, er würde unser Cottage für einen neuen Gutsverwalter brauchen, doch er traf zeitlich begrenzte Arrangements und bildete Tilly für die Rolle aus, sobald sie alt genug war. Nicht jeder würde eine junge Frau auf dem Posten haben wollen, aber Sir Percival sorgt für seine Angestellten.«

Sie holte tief Luft. »Sie haben eventuell auch gehört, dass er zunächst gegen die Beziehung von Rupert und Verity war, doch bitte beachten Sie das nicht. Er ist sehr standesbewusst. Aber als er Verity kennenlernte, änderte er seine Meinung.«

Trotz Eves Bemühungen war Ivy eindeutig noch überzeugt, dass die Familie eine zentrale Rolle in dem Nachruf spielen würde. Natürlich war sie wichtig, vor allem für Eves Nachforschungen, doch Sir Percivals Meinung von Verity, bevor sie sich das erste Mal begegnet waren, würde in ihrem Artikel nicht zur Sprache kommen.

Eve fragte sich allerdings, was er gedacht haben mochte, als Rupert und Tilly zusammen gewesen waren. Die Tochter seiner Haushälterin. Wenn er für die Einhaltung der Standesgrenzen war, dürfte er es missbilligt haben. Hatte er interveniert?

Eve dachte nach. Simons Beschreibung nach hatte es geklungen, als hätte Tilly die Beziehung recht plötzlich beendet. Es hatte sich jedoch nicht so angehört, als wäre sie traurig über die Trennung gewesen. Simon sagte, sie hätte direkt einen anderen Freund gehabt. Eve schüttelte den Kopf, Nein, es war unwahrscheinlich, dass Sir Percival sie zur Trennung gedrängt hatte. Sicher hätte Tilly nicht einfach fröhlich gehorcht. Sie schätzte, das Paar hatte sich getrennt, ehe Sir Percival eine Einmischung für nötig gehalten hatte.

Ivy Cotton stellte ihre leere Tasse hin, nahm ihre Tasche und stand auf. »Danke, dass Sie mir zugehört haben.«

Als Eve mit ihr um das Haus herum zur Gasse ging, runzelte die Frau wieder die Stirn. »Sie werden berücksichtigen, was ich gesagt habe, nicht wahr?«

»Ich werde nur die Wahrheit über Veritys Leben schreiben, die ich finde und belegen kann.«

Doch anstatt Ivy Cotton zu beruhigen, schienen Eves Worte sie erst recht zu verunsichern.

# Kapitel 31

Am späten Nachmittag ging Eve mit Gus spazieren. Sie machte sich auf den Weg zum schattigen Blind Eye Wood. Eve mochte die Stille dort, und am schönsten war es im Sommer, wenn die Sonne durch das Laub Muster auf den Boden warf.

Gus rannte geschäftig an seiner Flexileine voraus, als sie mit ihm die Love Lane hinunterging, das *Cross Keys* zur Linken und den Dorfanger zu ihrer Rechten. Eine Familie kam aus Moiras Laden, jeder ein Eis in der Hand, und gesellte sich zu anderen, die bereits im Gras saßen, lasen oder Ball spielten. Ein normaler Samstag im Sommer – und doch war Cora erst zwei Tage zuvor gestorben.

Als sie den Wald betraten, bückte Eve sich, um Gus von der Leine zu lassen, und er stürmte los, sprang über gefallene Zweige und altes Laub, die den Waldboden bildeten. Zunächst schien alles still, dann traten kleine Details hervor. Eve konnte den Ruf einer Mönchsgrasmücke in der Nähe hören, und gleich darauf sah sie einen winzigen Baumläufer, der einen Ast entlangtrippelte und in der Rinde nach Futter pickte.

»Sie haben mich belogen, Sie Heuchlerin!«

Die Stimme in ihrem Rücken ließ Eve zusammenzucken und den Baumläufer erschrocken auffliegen.

Pete Smith war hier, stand nun halb über sie geneigt und hatte die Fäuste so fest geballt, dass die Fingerknöchel weiß waren. Eves Knie begannen zu zittern, und ihr stockte der Atem.

War er der zweifache Mörder? Vor ihrem geistigen Auge tauchte ein Bild von ihm auf, wie er mit einem Hammer ausholte, um ihn Cora über den Kopf zu schlagen. Skrupellos, entschlossen, weil er so viel zu verlieren hatte …

Eves Zunge schien an ihrem Gaumen festzukleben, und es verging ein Moment, ehe sie sprechen konnte. »Was tun Sie hier?« Es kam in einem heiseren Flüstern heraus.

»Ich habe beschlossen, Sie zu besuchen.« Seine Stimme war angespannt, als könnte er sich nur mühsam beherrschen. »Die Polizei ist heute Morgen bei mir gewesen. Ich komme gerade von einer freiwilligen Befragung bei ihnen. Es ist ein langer Tag gewesen.«

Sie hatten also ihre E-Mail ernst genommen, doch Smith war immer noch auf freiem Fuß.

»Ich habe am Dorfanger geparkt und gesehen, wie Sie mit dem Hund vorbeigegangen sind. Da dachte ich, ich folge Ihnen, wo ich schon mal hier bin. Ich schätze, die Stunden, die ich gerade auf der Wache verbracht habe, habe ich Ihnen zu verdanken.«

Er konnte nicht wissen, dass sie es gewesen war, die sein Geheimnis verraten hatte. Nicht einmal Palmer würde ihren Namen herausgeben.

»Wie kommen Sie darauf, dass ich damit zu tun habe?« Ihr Mund war immer noch zu trocken, was das Sprechen schwierig machte.

Er lachte verbittert. »Nach unserer Unterhaltung habe ich mich im Internet über Sie informiert. Sie haben schon früher über Mordopfer geschrieben und der Polizei bei ihren Ermittlungen geholfen. Und Sie waren unehrlich, als Sie mich zu dem Interview überredet haben. Sie wollten sehen, ob Sie mir den Mord anhängen können. Als die Polizei zu mir kam, erinnerte ich mich, dass Sie gefragt hatten, wie Verity mich für ihr Team rekrutierte. Ich zögerte und sah, dass Sie es bemerkt haben.«

Eve dachte an ihre Unterhaltung zurück. »Sie haben mir gesagt, ein Freund eines Freundes hätte Ihnen erzählt, dass sie einen Mediziner sucht. Und dass Sie einige Konkurrenz gehabt, Sie und Verity sich aber auf Anhieb verstanden hätten. Kein Wunder. Jetzt weiß ich, dass Sie zusammen zur Schule gegangen waren – und dass Sie Verity von sich aus angesprochen hatten. Sie mussten für jemanden arbeiten, der Ihnen bedingungslos vertraute. Und Verity wollte nicht einmal Ihre Papiere sehen.«

Stacy Rileys Mutter hatte gesagt, Pete sei es immer nur um ihn selbst gegangen. Das hatte sie richtig erkannt.

»Sie hat mir zu Recht vertraut!« Seine Augen waren dunkel. »Ich bin absolut kompetent und ein verdammt guter Taucher.«

»Sie müssen sie belogen haben. Sicher hat sie nach Ihren Erfahrungen gefragt – aus Interesse und Freundschaft allemal.« Sie betonte das Wort »Freundschaft«, was mit einem abfälligen Schulterzucken quittiert wurde. Wer weiß, was für Geschichten er sich ausgedacht hatte? »Wie lautet die Anklage für das, was Sie getan haben? Was hat man bei der Polizei dazu gesagt?« Sie wollte, dass er sich konzentrierte. Ihm schien das eigene Fehlverhalten gar nicht bewusst zu sein.

»Betrug mittels Vorspiegelung falscher Tatsachen. Sie haben mich auf Kaution gehen lassen.«

Aber was war mit dem Mord? Warum hatten sie ihn nicht wegen Mordverdachts festgehalten? Vielleicht gab es nicht genug Beweise gegen ihn.

Gus erschien auf einer Lichtung und blickte zu ihnen.

Eben hatte er mit dem Schwanz gewedelt, doch jetzt nicht mehr; er konnte die Situation nicht einschätzen.

Eve sah, wie sich Smiths Brustkorb unter dem weißen Baumwollhemd hob und senkte. Gus kam zu Eve gelaufen. Aus dem Augenwinkel nahm sie wahr, dass er sie besorgt anschaute, doch sie wollte den Arzt im Blick behalten.

»Wie haben Sie es herausgefunden?« Seine Arme waren ganz und gar Muskeln. Er musste stark sein, genau wie Verity es gewesen war. Sein Tauchen sorgte schon dafür. Und ganz bestimmt absolvierten Taucher außerdem ein regelmäßiges Fitnesstraining.

Eve sah sich um. Sie durfte der Panik nicht nachgeben. Es war ein sonniger Samstagnachmittag. Sicher hielt sich jemand in der Nähe auf. »Es ist im Internet nachzulesen – was Sie an der medizinischen Hochschule getan haben. Da recherchieren Leute automatisch, wenn Sie vermuten, dass Sie mit zwei Morden zu tun haben.«

Er blinzelte. »Was zur Hölle meinen Sie? Ich war beim Herrenhaus, als Verity gestorben ist, aber kilometerweit entfernt, als Cora Seagrave ermordet wurde. Ich habe es nicht mal gewusst, bis ich es gestern in den Nachrichten gesehen habe. Haben Sie der Polizei auch etwas über sie gesagt?« Er trat schwer atmend vor. »Die haben mir genug Fragen zu ihrem Tod gestellt.«

»Nein, habe ich nicht.« Sie beschloss, auf Risiko zu gehen. »Aber sie hat Sie besucht, in London, an dem Tag, an dem sie starb. Weshalb?«

Sie wich zurück, falls er versuchte, sie zu schlagen, doch seine Reaktion fiel anders aus als erwartet. Er war nach wie vor wütend, das sah sie, doch seine Körpersprache veränderte sich. Verwirrung schien seine Wut ein wenig zu dämpfen. »Die Polizei hat mich das auch gefragt. Was meinen Sie? Warum zum Teufel sollte sie? Wir haben uns kaum gekannt.«

Eve zögerte. »Etwas, das sie gesagt hat, ließ mich annehmen, dass Sie sich nahe waren.« Sie blickte ihm in die Augen, suchte nach der Wahrheit, konnte jedoch nur Wut und Verwunderung erkennen. Entweder wusste er wirklich nicht, wovon sie redete, oder er war ein sehr guter Schauspieler.

»Was genau hat sie gesagt?«

Eve verriet es ihm. »Dass sie Veritys Parfüm an Ihnen gerochen hat. Es legte nahe, dass sie dicht an Sie herangekommen sein musste, um das zu können.«

Er runzelte die Stirn. »Das verstehe ich nicht.« Plötzlich stutzte er. »Warum hatte Cora das behauptet? Hatte sie angedeutet, Verity und ich hätten eine Affäre?«

Nun nickte Eve.

»Das wird immer verrückter! Wir haben nicht miteinander geschlafen, dass das klar ist. Und sie hat Parfüm an mir gerochen …« Auf einmal riss er die Augen weit auf. »Wir hatten ein Fotoshooting an dem Tag, an dem wir zum Herrenhaus gekommen sind. Der Fotograf wollte, dass wir uns in die Arme nehmen, und da habe ich Veritys Parfüm auch gerochen. Das war sehr stark. Unangenehm bei der Hitze. Ich hatte die Jacke, die ich beim Shooting angehabt hatte, mit zum Anwesen genommen, aber nicht getragen. Es war ja die ganze Zeit, die ich dort war, drückend heiß. Ich hatte die Lederjacke auf den Garderobenständer gehängt, als ich ankam, und sie bei meiner Abreise wieder mitgenommen.«

Langsam schüttelte er den Kopf. »Cora muss das Parfüm gerochen habe, als sie dort eine Jacke aufhängte oder so. Sie war am Donnerstagabend zum Essen im Herrenhaus, und da musste sie nach Mitternacht zurück zu ihrem Cottage gehen.« Auf einmal glitzerte die Wut wieder in seinen Augen. »Wem hat sie das sonst noch erzählt? Es könnte Verity umgebracht haben! Wenn Rupert Cora geglaubt hat …«

Eve biss sich auf die Unterlippe. Er *wirkte* ehrlich, und

wenn er tatsächlich dachte, Rupert könnte sie aus dem Fenster gestoßen haben, war er unschuldig. Aber was, wenn er ihr nur etwas vorspielte? Eves Brust fühlte sich immer noch eng an.

»Er muss es nicht zwangsläufig gewesen sein.« Sollte seine Reaktion echt sein, wollte Eve nicht, dass Smith wutentbrannt zum Anwesen raste, um Rache zu üben. »Die ganze Familiensituation ist kompliziert.«

»Wem sagen Sie das?! Ich wünschte, ich hätte diese Sippschaft niemals zu Gesicht bekommen. Oder Sie. Aber ich habe gedacht, dass Jade Piper schuldig sein könnte.«

*Da könnten Sie richtigliegen …* »Ich habe Sie und Verity über jemanden sprechen hören, den Sie im Blick behielten an dem Tag, an dem sie ermordet wurde. Sie sagte, es sei zu offensichtlich. Ich dachte, es könnte Cora sein, aber war es Jade?«

Zuerst rührte er sich nicht, doch schließlich nickte er.

Also hatte sie sich geirrt. Petes und Veritys Plan, Cora und Rupert voneinander fernzuhalten, war nur ihrer Fantasie entsprungen.

»Ich weiß, dass Jade die Schwester von Ruby Fox ist«, sagte Eve, wobei sie Smith weiterhin aufmerksam beobachtete.

Er zuckte ein wenig zusammen, und sein Seufzen klang resigniert. »Das hatten wir erst zwei Tage vor der Ankunft in Suffolk entdeckt. Es war ein purer Zufall, der es zutage brachte. Jemand aus Jades und Rubys Heimatdorf ist mit jemandem befreundet, der früher für Verity gearbeitet hat. Wir verstanden nicht, warum Jade ihre Verbindung zu Ruby geheim gehalten hat, doch wir wussten, dass es ein Problem geben musste. Verity hatte bei ihr von Anfang an ein merkwürdiges Gefühl gehabt. Jade war fest entschlossen, sie als Botschafterin für *Wide Blue Yonder* zu bekommen, aber sie war nie warmherzig Verity gegenüber.«

Eve dachte an das Gespräch in dem Festzelt, das sie gehört hatte. »Und als Sie Verity sagten, dass es wichtig sei, Jade im Auge zu behalten, um Ihrer beider Interessen zu schützen …«

»Verity hatte gerade herausbekommen, dass ich das Studium abgebrochen hatte.«

»Das Studium abgebrochen« – die Formulierung war stark beschönigend. Er erwähnte das Schummeln nicht.

»In dem Moment, in dem wir entdeckten, dass Jade Ruby Fox' Schwester war, war mir klar, dass sie etwas im Schilde führte. Und weil ich keine richtigen Papiere hatte, war ich verwundbar. Ich war so angespannt. Das war es, was Verity misstrauisch gemacht hat. Sie hat gesehen, wie besorgt ich war, und da hat sie nach einem Grund gesucht. Ich schätze, sie hat dieselben Berichte gefunden wie Sie.«

»Und sie hat Ihnen gesagt, dass es vorbei ist und Sie nie wieder zusammenarbeiten würden.«

Er kniff die Augen zu Schlitzen zusammen. »Nach all den Jahren, die ich sie unterstützt habe, alles so, wie sie es wollte, gemacht und für die Sicherheit des Teams gesorgt habe.«

»Aber das haben Sie nicht. Ruby dachte, dass sie wirklich mit medizinischer Rückendeckung nach Ägypten reiste. Jade muss das auch geglaubt haben. Und Verity hatte keine Ahnung, dass Sie wegen Schummelns von der Hochschule geflogen waren, ohne jeden Abschluss in Medizin. Sie sind gar kein Arzt! Was Sie getan haben, ist unverzeihlich.«

Eve nahm an, dass Jade sein Geheimnis nicht entdeckt hatte; dann hätte sie Verity nicht die Schuld an Rubys Tod gegeben.

Smith straffte sich. »Ich habe einen dummen Fehler gemacht. Einige Freunde hatten Kopien von Prüfungsbögen gestohlen, und ich war zu schwach, um nicht reinzusehen. Hatte zu viel Angst zu versagen. Aber ich hatte gelernt. Ich hätte auch so bestanden. Ich bin kompetent, und das ist es, was unten in den Höhlen zählt: nicht ein Fetzen Papier, sondern Wissen und Verlässlichkeit.«

»Sie haben nicht gewusst, dass Lungenentzündung eine gängige Folge ist, wenn ein Mensch beinahe ertrunken wäre. Sie waren schlecht informiert. Ihre Arroganz hat Ruby umgebracht.«

Seine Züge verdunkelten sich. »Hat sie nicht! Wir haben sie gerettet.«

»Sie haben die Behandlung und ihren Transport ins Krankenhaus hinausgezögert.«

»Man musste sie sich doch nur ansehen, um zu wissen, dass sie nicht transportfähig war. Ich denke, sie hätte wirklich sterben können, hätten wir die Reise früher gemacht.«

»Weil Sie zuließen, dass sie überhaupt so krank wurde. Ich denke, Sie wollten sie dringend von der Klinik fernhalten, bis Sie sie stabilisiert hatten. Was hätten die Ärzte dort sonst gesagt? Was von Ihnen als ›Kollegen‹ gehalten?«

Er zitterte vor Wut. »Das ist Unsinn! Ich war zuständig, und ich habe die logische Entscheidung für Rubys Wohl getroffen. Ich habe sie gerettet, und damals war Jade mir dankbar.« Eve erinnerte sich, dass Jade Piper ihm und Verity Blumen geschickt hatte. »Ich weiß nicht, was zur Hölle sich geändert hat, warum sie uns aufspürte und sich an uns herangeschlichen hat.«

»Nach dem Tod ihrer Schwester hat der Kummer sie aufgefressen. Wissen Sie, dass Ruby bei einem Verkehrsunfall ums Leben kam?«

Er zuckte mit den Schultern. »Das ist nicht meine Schuld.«

Eve atmete tief durch. Ihre Versuche, Smith zur Vernunft zu bringen, fruchteten nicht. »Verity wollte Sie entlassen. In dem Zelt klangen Sie wütend auf sie.«

»Denken Sie, ich könnte sie in der Hoffnung ermordet

haben, mein Geheimnis zu wahren? Oder aus Zorn, weil sie mich gefeuert hat?«

Sie schwieg. Aufgrund der Tatsache, dass er Rupert verdächtigte, hätte sie ihn fast von der Liste ihrer Verdächtigen gestrichen. Aber Smith war manipulativ; er könnte ihr etwas vorspielen. Nein, sie durfte ihn nicht als Täter ausschließen.

Er schüttelte den Kopf. »Sie sind wahnsinnig. Wir sind seit der Schulzeit befreundet gewesen, Verity und ich. Und sehen Sie sich die Fakten an. Ihr Tod bedeutet das Ende meiner Karriere. Jeder andere Tauchteamleiter würde meine Papiere sehen wollen. Selbst wenn Sie mich nicht gemeldet hätten, könnte ich den Tauchgang in China, den Seagrave so großzügig finanziert, nicht durchziehen. Ich kann doch nicht riskieren, dass mich Veritys Ersatz überprüft. Das wurde mir an dem Tag klar, als ich von der Pressekonferenz zurückfuhr. Ich hatte einen stillen Ausstieg geplant; als Vorwand wollte ich Trauer angeben. Solange sie noch lebte, bestand für mich doch die Chance, sie vielleicht noch umzustimmen.«

Sein Egoismus war unglaublich. Eve empfand stellvertretend für Verity Wut und Abscheu. Sollte ihn die Vorstellung, dass Rupert sie umgebracht hatte, wirklich zornig machen, dann garantiert, weil er ihn so seines Status und seiner sorgfältig konstruierten Karriere beraubt hatte, nicht weil er eine geliebte Freundin verloren hatte.

»Denken Sie, Verity ist in Jades Zimmer gegangen, um herauszubekommen, wie viel sie wusste? Dass das Zelt zu holen ihr nur als Vorwand diente?«

»Kann sein. Sie hatte mir nicht verraten, was sie vorhatte. Sie war wütend auf mich, aber sie hätte mich nicht den Wölfen zum Fraß vorgeworfen.«

Obwohl er genau das fraglos verdient hatte – ob er nun ein Mörder war oder nicht. »Was war damals in Ägypten passiert?«

»Es war so, wie ich es Ihnen erzählt habe. Ruby bekam Panik, als sie in einem engen Kanal zwischen zwei Höhlen feststeckte. Sie hat herumgefuchtelt und Schlick hochgetreten, sodass wir nichts sehen konnten. Wir haben sie frei bekommen, aber als wir mit ihr nach oben gestiegen sind, hat sie ihr Mundstück rausgerissen. Wir brauchten einen Moment, um das Ersatzstück in ihren Mund zu bekommen. Sie hatte Wasser eingeatmet und wäre beinahe ertrunken.«

»Warum hatte sie ihr Mundstück rausgerissen?«

»Hinterher sagte sie, sie hätte keine Luft bekommen – dass sie dachte, es wäre verstopft. Aber wir haben nachgesehen, und da war keine Spur von einem Problem. Es muss ihre Angst gewesen sein. Panikattacken können einem das Gefühl geben zu ersticken.«

»Warten Sie mal. Woher hatten Sie eigentlich die Antibiotika, um Ruby zu behandeln, wenn Sie gar keine Rezepte ausstellen dürfen?«

Er sah sie gelangweilt an. »Wenn man weiß, an wen man sich mit dem richtigen Geld wenden muss, ist es ziemlich einfach.«

Es war schwer zu sagen, ob solche Medikamente minderwertig oder verschnitten waren. Und Eve bezweifelte, dass es Smith überhaupt interessieren würde.

Er machte einen Schritt auf sie zu. »Die Verzögerung war Ruby nur recht. Sie *wollte* nicht nach Hause. Sie wollte unbedingt geheim halten, was geschehen war, und war entschlossen, die Tauchreise nicht abzubrechen. Sie hatte gehofft, wir würden sie bei der nächsten Expedition wieder mitnehmen, aber wir wussten, dass Tauchen nichts für sie war. Wenn jemand so in Panik gerät, ist es schlicht zu gefährlich. Wir haben mit ihr gesprochen, ihr unsere Bedenken genannt. Es gab andere Dinge, die sie hätte tun können.«

Smith klang gereizt. »Danach hat sie kaum noch geredet.

Und dann wurden ihre Symptome schlimmer, aber sie wollte immer noch nicht weg. Es war, als bedeutete die Rückkehr in die Normalität das Ende ihrer Träume.«

Eve erinnerte sich an Jades Worte, dass ihr Vater Rubys Pläne von ihrer Taucherkarriere verhöhnt hatte. Sie war beharrlich geblieben, hatte es trotz seiner Ablehnung schaffen wollen. Vermutlich hatte sie das Gefühl gehabt, mit einer verfrühten Rückkehr nach Hause hätte er gewonnen.

Doch ihr Flehen hätte Petes Handeln nicht beeinflussen dürfen. Es wäre sein Job gewesen, sie schnellstmöglich in ein Krankenhaus zu schaffen. Er hatte ihre Emotionen als Ausrede benutzt und nur in seinem eigenen Interesse gehandelt.

Er beobachtete Eve, als versuchte er, ihre Gedanken zu lesen. »Tauchen war Veritys Triumph, aber auch ihre Schwäche. Sie sah Orte, die noch niemand sonst gesehen hatte, wagte zu tun, was sich nur wenige Leute trauten. Es ist schwer, das aufzugeben, besonders wenn man eine Expedition schon begonnen hat.« Er blickte in die Ferne.

Nun gab er seiner toten Schulfreundin die Schuld. Alles war anscheinend ihre Schuld gewesen. Doch wenn Verity süchtig nach Tauchen gewesen war, war er es auch. Er hatte sich den Job an ihrer Seite erschwindelt, sich nicht einmal bemüht, mehr über Komplikationen zu lernen, die nach einem Tauchunfall auftreten konnten. Und dann hatte er nicht so gehandelt, wie er es hätte tun sollen, und gab Ruby und Verity nun die Schuld an den eigenen Fehlern.

In diesem Moment dachte Eve wieder an das, was Jade Piper über Smiths Wiederbelebungsversuche gesagt hatte. Selbst wenn er sie nicht gestoßen hatte, war es möglich, dass er in jener schrecklichen Sekunde entschieden hatte, sie sterben zu lassen.

Er war skrupellos und süchtig nach dem Leben, das er sich selbst geschaffen hatte. Mit Veritys Tod hätte er frei sein können, sich still zurückzuziehen und den Ruhm vergangener Taten zu genießen, ohne sich unangenehmen Fragen stellen zu müssen, die unvermeidbar gewesen wären, hätte sie ihn durch einen anderen Arzt im Team ersetzt.

Eve war froh, dass er sich nun zumindest wegen des Betrugs verantworten musste.

Sie fragte sich, ob Palmer auch dachte, dass er Verity umgebracht hatte. Smith als Hauptverdächtiger käme dem Detective Inspector sehr gelegen, da er kein Seagrave war. Ob zu Recht oder nicht, Pete und Jade würden wahrscheinlich die gesamte Ermittlungszeit des DI beanspruchen, während Rupert wieder einmal einfach als Täter ausgeschlossen wurde.

# Kapitel 32

Eve hatte die ersten zehn Minuten nach ihrer Rückkehr aus dem Wald ganz Gus gewidmet: ihn gedrückt, gestreichelt und Unsinn geredet. Anfangs hatte er ihre Sentimentalität vornehm ertragen, aber dann hatte er sie wegen eines spannenden Raschelns hinten im Garten verlassen.

Es dauerte noch eine ganze Weile, bis sich Eves Adrenalinpegel nach der Begegnung mit Pete Smith wieder normalisierte. Sie war froh gewesen, sie unbeschadet zu überstehen, doch jetzt war sie niedergeschlagen. Der Gedanke an Smiths Betrug lastete schwer auf ihr. Die Kette der Ereignisse, die zu dem vorherigen Freitag führten, schien klarer zu sein, was sie jedoch nicht tröstete.

In der entscheidenden Frage war sie keinen Schritt weitergekommen: Wer hatte Verity und Cora ermordet? Rupert in seiner rasenden Eifersucht und seiner Verzweiflung; Jade in ihrem überwältigenden Kummer und ihrer Wut oder Pete Smith, der über Jahre seines Lebens eine Rolle gespielt und alle zum Narren gehalten hatte? Wie konnte Eve die Option eingrenzen? Flüchtig dachte sie an die Verbrechen, von denen sie gehört hatte, für die nie ein Schuldiger gefunden worden war. Wie könnte sie Ruhe finden, wenn es in diesem Fall wieder geschah?

Sie war froh, als Viv sie zum Abendessen ins *Cross Keys*

einlud. Dort genossen sie gekühlten Sauvignon Blanc und Tagliatelle mit Regenbogen-Mangold, Rispentomaten und Parmaschinken. Zum Abend hin hatte die Luftfeuchtigkeit zugenommen, die nun einem schweren Sommerregen wich.

»Dann war es Zufall, dass Pete und Verity Jades Beziehung zu Ruby entdeckt haben?«, fragte Viv.

»Ja, genau.« Eve trank von ihrem Wein. »Und dann wurde Pete panisch vor Schuldbewusstsein; sein paranoides Verhalten machte Verity misstrauisch, und ihre Beharrlichkeit führte sie zu derselben Website, die ich gefunden hatte.« Wieder einmal fühlte Eve sich der Taucherin verbunden. Sie stellte sich vor, wie Verity dieselbe Information überflog und ihr heiß wurde, als sie die Wahrheit erkannte. Wie schrecklich verraten sie sich gefühlt haben musste! »Ich denke, es könnte eine Reihe fallender Dominosteine gewesen sein, die zu Veritys Tod geführt hat.«

Eve stockte einen Moment und überlegte. »Ich war zu dem Schluss gekommen, dass Smith unschuldig sein könnte, als wir uns gegenüberstanden.« Sie schilderte, wie geschockt und wütend er gewirkt hatte, als er zu glauben schien, dass Rupert der Mörder von Verity war. »Aber inzwischen bin ich mir nicht mehr so sicher.« Sie war es gewohnt, Menschen für ihre Artikel einzuschätzen, und der Mediziner war jemand, der sehr überzeugend lügen konnte: selbstsicher und amoralisch.

»Smith behauptet, er hätte Verity nicht umgebracht, weil seine Karriere mit ihr gestorben wäre; niemand sonst würde ihn einstellen, ohne seine Qualifikation zu überprüfen. Aber tatsächlich ist klar, dass seine Tage als professioneller Taucher so oder so vorbei waren. Er hätte Verity nie überreden können, ihn im Team zu behalten, und wenn sie ihn ersetzt hätte, hätte das Fragen und Gerüchte aufgeworfen. Egal, was er sagt, er hatte ein sehr starkes Mordmotiv.«

»Dann bleibt er mit den anderen oben auf der Liste?«

Eve trank mehr Wein, während sie über die Frage nachdachte. »Mein Gefühl sagt mir, dass er als Täter weniger wahrscheinlich ist als Jade oder Rupert. Er schien ehrlich verwirrt zu sein, als ich sagte, Cora könnte bei ihm in London gewesen sein, was mich an meiner Theorie zweifeln lässt, dass sie ihn erpressen wollte.«

»Dann war das eine falsche Fährte.« Viv wickelte Tagliatelle mit ihrer Gabel auf.

»Aber ich könnte etwas übersehen haben, und da sind immer noch Jade und Rupert.«

»Als Täter gleich wahrscheinlich?«

Eve seufzte. »Rupert steht für mich weiterhin an erster Stelle. Er wurde von einer anderen Kettenreaktion vor Veritys Tod beeinflusst: das zufällige Fotoshooting, das Veritys Parfümduft auf Petes Jacke brachte, was von Cora Seagrave entdeckt wurde, die nach Munition suchte, Ruperts und Veritys Beziehung zu torpedieren.«

»Ja.« Viv schluckt. »Sie muss bei ihm sämtliche Register gezogen haben. Ich kann mir gut vorstellen, dass er es war.« Sie sah Eve an. »Bei Jade fällt es mir schwerer.«

Eve schüttelte den Kopf. »Du hast sie nicht erlebt, als sie bei mir war. Was mit ihrer Schwester passiert ist, hat ihre Gefühle außer Kontrolle geraten lassen. Ihre Arbeit für die Organisation ist alles, was sie noch aufrecht hält, denke ich. Und wenn Cora wusste, dass sie schuldig war, war dieser letzte Existenzgrund für sie bedroht. Verdammt!«

Sie stellte ihr Weinglas ab. »Es ist so frustrierend. Ich komme mir wie eine Biene vor, die in einem Glas gefangen ist. Der Weg nach vorn sieht klar aus, doch ich stoße in jeder Richtung gegen Barrieren.« Sie seufzte. »Ich brauche Beweise. Also muss ich weitergraben und hoffen, dass sich irgendetwas an seinen Platz fügt. Ich habe nach wie vor wesentliche Fragen zu Verity, und solange ich diese Frau nicht richtig kenne, stehen meine Chancen schlecht, ihren Mörder zu entlarven.«

Hatte sie ihren Verlobten wirklich geliebt oder wollte sie ihn wegen seines Geldes heiraten? Tauchen hatte ihr Leben bestimmt, trotzdem hatte der Vikar ihre Zuneigung zu Rupert nicht infrage gestellt, und er war ein aufmerksamer Mann. Außerdem war Verity ihr nicht wie eine Frau vorgekommen, die solch einen Kompromiss eingehen würde. Und der Gedanke, dass sie eine Affäre mit Pete Smith gehabt hatte, war Eve gleich abwegig vorgekommen – wie sie nun feststellte, zu Recht. Dennoch reichten Ahnungen nie aus.

Falls es einen praktischen Grund für ihre Heirat gegeben hatte, wäre Verity deshalb unwohl gewesen? Hatte es einen Konflikt für sie dargestellt? Immerhin hatte sie stets auf Unabhängigkeit gepocht, darauf, dass man auf eigenen Füßen stand. Rupert war offensichtlich bereit gewesen, Land zu verkaufen, was vielleicht bei der Finanzierung ihrer Abenteuer geholfen hätte, aber hatte sie das gewollt oder gar von ihm verlangt?

Abrupt stockte Eve in ihrer Grübelei. Sie musste sich bewegt haben, denn Gus regte sich zu ihren Füßen. »Ich denke nur gerade nach. Wenn Verity sich *nicht* darauf verlassen hatte, dass Rupert ihre Tauchexpedition nach China finanzierte, muss sie einen anderen Plan gehabt haben. Sie war nicht der Typ, der irgendetwas dem Zufall überlässt.« Pete Smith würde es wahrscheinlich wissen, wenn sie andere Sponsoren angesprochen hatte, aber er würde Eve jetzt kaum noch helfen.

»Ich schaue das im Internet nach, wenn ich zu Hause bin. Verity war dauernd in den Promizeitschriften. Falls sie in letzter Zeit mit irgendwelchen Millionären fotografiert worden war, könnte mir das einen Hinweis geben.« Sie müsste auch überprüfen, wer die vorherigen Tauchgänge gesponsert hatte, falls Verity wieder auf die Leute zugegangen war.

»Prima Idee«, sagte Viv. »Oh Mann, ich wette, DI Palmer sieht sich all das nicht an …«

Eine Unruhe am Eingang des Lokals unterbrach sie. Gus schaute bellend auf, was er sehr selten tat, wenn sie im Pub waren. Hetty hatte sich ebenfalls aufgerichtet und spitzte die Ohren.

Ein Mann in einem langen, dunklen Regenmantel betrat das Lokal, und hinter ihm war ein jüngerer Mann, der über die Schulter des Älteren in den Gastraum blickte. Sie passten nicht zusammen, der eine eher rau und mit wettergegerbtem Gesicht, der andere beinahe zu geschniegelt in einem oben offen stehenden weißen Hemd und einer Baumwollhose mit einem eleganten schwarzen Schirm in der Hand, von dem Wasser auf den Boden tropfte.

Jo war gerade mit einigen Tellern für andere Gäste auf dem Weg um den Tresen herum gewesen. Eve beobachtete, wie ihr Blick auf die Männer fiel und sie die Augen kurz weit aufriss, um sie sogleich wieder zu verengen. Sie kannte mindestens einen von ihnen, tippte Eve, und war ganz und gar nicht glücklich, sie in ihrem Pub zu haben.

Der verlebte Typ, der um die sechzig sein musste, hatte ein spitzbübisches Grinsen, das attraktiv sein könnte, wäre da nicht etwas Fieses, Gemeines in seinem Blick. Der jüngere Mann blieb lächelnd dicht hinter ihm.

»Walter.« Jo nickte dem ersten Mann zu, als sie mit den Tellern an ihnen vorbeiging.

»Ewig nicht gesehen, Jojo«, sagte der Mann im Regenmantel. »Und so herzlich wie eh und je, stelle ich fest.«

Sie reagierte nicht. Die Männer waren mittlerweile an der Bar, und Eve schaute fragend zu Viv, die mit einem Stirnrunzeln und einem winzigen Schulterzucken antwortete.

Matt und Toby Falconer waren an diesem Abend beide an der Bar, doch Matt zog sich zurück, als die Männer sich näherten.

Tobys Miene verriet Eve, dass er es ihm gern gleichtäte. »Walter. Wie ist es dir ergangen?«

Der Mann lachte rasselnd. »Was denkst du denn? Nach der Art, wie ich behandelt wurde, war es nicht leicht. Dieser Herr gibt aus.«

Sein Begleiter trat vor.

»Ich nehme einen doppelten Whisky.« Der Mann namens Walter grinste. Eve hatte den Eindruck, dass er schon einiges intus hatte.

»Und ein Tonic für mich«, sagte der andere.

Viv zog die Augenbrauen hoch. Alle im Pub schienen verstummt zu sein, und die Spannung in der Luft färbte auf Eve ab, als sie sich wieder ihrem Essen zuwandte. Warum klang der Name Walter so vertraut?

Einen Moment später setzten sich die beiden an einen Tisch unweit von ihrem. Es war jedenfalls nicht schwer, ihre Unterhaltung mitzuhören, zumal Walter laut sprach. Er hatte eindeutig schon zu viel getrunken.

»Oh, ja«, sagte er, »ich könnte Ihnen eine Menge erzählen!«

Vielleicht war sein Begleiter ein Journalist. Aber Walter? Eve ging im Kopf alle Informationen durch, die sie kürzlich gesammelt hatte.

Der Mann, von dem sie vermutete, dass er ein Reporter war, legte eine Hand auf Walters Arm. Er wollte ihm vermutlich signalisieren, dass er leiser sein sollte. Und wenn er hinter einer Geschichte her war, würde er nicht wollen, dass Walter sie dem ganzen Pub erzählte.

Doch der doppelte Whisky war ein Fehler.

»Die sind mich schnell losgeworden, als sie gedacht haben, dass ich im Weg bin. Mit Cora ist es das Gleiche, garantiert. Das Kuckuckskind, ja. Und die Reichen kommen ja mit Mord davon, nicht? Die Polizei wird das alles unter den Teppich kehren.«

»Bitte, Mr Cotton!«, zischte sein Begleiter leise.

Natürlich, das war Ivy Cottons Ehemann! Der Mann, den Sir Percival entlassen hatte, als der gegenüber Ivy gewalttätig geworden war. Die arme Frau! Und jetzt war er wieder in Saxford. Wollte er sich an der Familie rächen und bei der Gelegenheit schnelles Geld verdienen, indem er der Presse seine Geschichte verkaufte?

Kein Wunder, dass die Falconers mit ihrer Abneigung nicht hinter dem Berg hielten. Jo ging jetzt auf den Tisch der beiden zu.

»Mach so weiter, und du wirst verklagt *und* aus diesem Pub geworfen!«, sagte sie zu Walter Cotton.

Er lehnte sich auf seinem Stuhl zurück. »Ah, was bist du für ein Schatz, Jojo. Immer schon gewesen: durch und durch liebenswürdig.« Er hob beide Hände, als Matt hinter der Bar vortrat. »Ist ja gut, ist ja gut. Ich mache keinen Ärger.«

Walter drehte sich zu dem Journalisten um, der auf seinem Stuhl nach hinten gerückt war und es vermied, irgendjemanden anzusehen. »Ich sollte mit meiner Alten reden, mit Ivy. Für die Familie sind wir keine Menschen. Was heißt, dass sie vergessen, wenn wir da sind, und alles mitbekommen. Eine Haushälterin erfährt eine Menge, und auch wenn Loyalität einiges für sie zählt, kriege ich sie garantiert zum Quatschen. Sicher weiß sie das eine oder andere. So dicke, wie sie mit *einigen* Familienmitgliedern gewesen ist …«

In diesem Moment beförderten Matt und Toby – zusammen mit dem Journalisten, der anscheinend erkannt hatte, dass er sich mit diesem Informanten verhoben hatte – Walter Cotton aus dem Pub.

Toby sah Eves besorgten Blick, als er wieder zurückkam. »Keine Sorge«, sagte er. »Ich rufe Ivy jetzt gleich an, auch Sir Percival, um sie zu warnen, dass Walter in Saxford ist. Wir alle passen auf sie auf.«

Zu Hause setzte Eve sich auf eines der Sofas im Wohnzimmer. Walter Cottons Worte wollten ihr nicht aus dem Kopf gehen.

Sie stellte sich den Gedanken. »Mist, Gus!«

Er sah fragend zu ihr auf.

»Ich denke, es ist ziemlich klar, was Walter im Pub über Ivy andeuten wollte.« *So dicke, wie sie mit* einigen *Familienmitgliedern gewesen ist …* »Ich meine, wir wissen alle, dass Sir Percival ein ›alberner alter Bock‹ ist.« Könnte Ivy Cotton eine Affäre mit ihm gehabt haben? Tilly sagte, er sei immer gut zu ihnen gewesen. Und er hatte Walter Cotton sehr schnell rausgeworfen. Was richtig gewesen war, aber vielleicht auch im eigenen Interesse? Er mochte gegen die Vermischung der Klassen sein, aber die Heirat seines Sohnes und Erben war etwas völlig anderes als seine eigene heimliche Liebelei. Eve hatte das Gefühl, dass Männer wie er ihre eigenen Regeln aufstellten.

Und ihr lief ein kalter Schauer über den Rücken. »Was, wenn Tilly die Tochter von Sir Percival ist und nicht die von Walter Cotton?« Dann hätte sie ein Anrecht auf das Anwesen.

Eve überlegte, was sie über den Mord an Cora wusste. Robin hatte gesagt, Ivy sei an dem Abend früh zu Bett gegangen, weil sie sich nicht gut gefühlt hatte. Tilly war im Herrenhaus gewesen, aber Ivy hätte in Wahrheit auch woanders sein können. Schon früher hatte Eve die Haushälterin als Täterin in Betracht gezogen, natürlich, aber nur als eine ferne Möglichkeit. Wenn Ivy und Percival einst ein Liebespaar gewesen waren, nahmen die Dinge eine ganz neue Wendung. Und wie Eve vorher schon geschlossen hatte, würde Ivys Schuld erklären, warum Tilly nichts über das sagen wollte, was sie an dem Tag von Veritys Tod gesehen hatte. Wenn sie wusste, dass ihre eigene Mutter schuldig war, würde sie definitiv schweigen und unter dem geheimen Wissen leiden.

»Das kann nicht wahr sein!« Gus erschrak, weil sie so vehement war. »Ich könnte mir gerade noch vorstellen, dass sie Verity in einem Moment des Wahnsinns aus dem Fenster gestoßen hat. Aber Cora?« Die Vorstellung, dass die freundliche, dauerbesorgte Haushälterin eine Frau niederschlägt, die sie von Kind auf kennt, und sie dann ertrinken lässt, schien absurd. Dennoch zwang Eve sich, dem Gedanken zu folgen.

»Was, wenn sich Ivys Verbitterung aufgebaut hatte? Vielleicht hat sie gehört, wie Rupert und Verity über den Verkauf von Land im Umfeld des Herrenhauses redeten, und hat sich machtlos gefühlt, sie vom Zerteilen des Anwesens abzuhalten. Sie könnte das Gefühl gehabt haben, dass Tilly genauso viel Anspruch auf das Land hatte wie Rupert. Und dann könnte sie Cora aus Verzweiflung getötet haben, weil sie dachte, die würde Rupert überreden, das Herrenhaus in ein Hotel zu verwandeln. Indem Ivy auf Rupert als Verdächtigen verwies, hatte sie ihre letzte Karte ausgespielt. Ohne ihn wäre niemand außer Tilly mehr da, das Anwesen zu leiten.«

Vielleicht hatte sie gehofft, ihre Tochter könnte am Ende alles erben. Vielleicht könnte sie Sir Percivals Testament anfechten, wenn er starb, bewaffnet mit einem positiven Vaterschaftstest.

Ivy hatte bei ihrem morgendlichen Besuch die meiste

Zeit damit verbracht, Ruperts Unschuld zu beteuern. Sie schien furchtbar besorgt zu sein, während sie zugleich hervorhob, dass er gelogen hatte.

In der Nacht lag Eve wach im Bett und starrte an die Zimmerdecke. Nein, das konnte doch nicht wahr sein!

# Kapitel 33

Am Sonntagmorgen war Eve schon beim Aufwachen erschöpft. Letztlich gab sie es auf zu versuchen, wieder einzuschlafen, und setzte sich in den frühen Morgenstunden unten an ihren Laptop, um sich an die Recherche zu machen, die sie ohnehin geplant hatte.

Sie sammelte alle Daten von Verity Nyes früheren Sponsoren und wohlhabenden Leuten, mit denen sie zuletzt gesehen worden war. Mit der Liste der Personen, auf die Verity wegen der China-Expedition zugegangen sein könnte, verschickte sie einige E-Mails, in denen sie sich vorsichtig erkundigte. Davon versprach sie sich etwas. Sie konnte fragen, wer Verity in letzter Zeit getroffen hatte, was möglicherweise zu aufschlussreichen Antworten einladen würde. Es war unnötig, nach heiklen Details zu fragen, wenn es um simple Finanzierung ging.

Hinterher konnte sie noch ein paar Stunden schlafen, bevor sie früh aufstand und mit Gus durch die Heide wanderte. Zurück in Elizabeths Cottage war Eve tief in Gedanken, als ihr Handy klingelte. Sie erschrak, und auch Gus sprang auf. Robin Yardleys Name erschien auf dem Display, was Eve nervös machte. Er rief normalerweise nicht an.

»Robin?«

»Ich habe eben von meinem Kontakt gehört. Percival

Seagrave ist bei einem Unfall mit Fahrerflucht getötet worden, draußen auf der Straße, die vom Herrenhaus zur Küste führt.«

Eve merkte, wie sämtliche Kraft aus ihrem Körper wich. »Wann?«

»Heute Morgen. Er geht da anscheinend jeden Tag entlang. Also angenommen, es ist kein schauriger Zufall, sieht es so aus, als hätte unser Mörder Sir Percivals Gewohnheiten gekannt.«

Eine Gänsehaut brach Eve am ganzen Körper aus. Es engte den Kreis der Verdächtigen ein, nur nicht so, wie sie es wollte oder erwartet hatte. Es musste doch jemand aus dem Seagrave-Haushalt sein. Cora zu töten war eine Sache – da konnte Eve nach wie vor Pete oder Jade als Täter sehen –, aber ein Unfall mit Fahrerflucht am frühen Morgen bedeutete, dass jemand bereit war, ein Risiko einzugehen, wenn die Bedingungen stimmten. Denn wieder einmal war es eine unsichere Tötungsart, genau wie Veritys Sturz aus dem Fenster. Hatte der Täter im Affekt gehandelt, die Kontrolle verloren, als er gesehen hatte, dass Sir Percival wie immer vom Herrenhaus aufbrach?

Wer war es? Vorausgesetzt, sie lag mit ihrer Vermutung richtig, was die Vaterschaft anging: Könnte Percival herausbekommen haben, dass Ivy Cotton ein Motiv hatte, Tillys Rivalen zu töten? Sollte er Ivy beschuldigt haben, könnte sie panisch geworden sein und versucht haben, sich schnellstmöglich der Bedrohung zu entledigen. Oder war er von seinem eigenen Sohn umgebracht worden?

»Weißt du, ob Rupert noch im Herrenhaus ist?« Ihre Gedanken schweiften zu der Mutmaßung ab, dass Percival mit Verity geflirtet hatte. *Alberner alter Bock* … Vielleicht schlug Rupert ja nach jedem aus, der seine Beziehung gefährdet hatte, und möglicherweise ließen ihn Gewissensbisse nach anderen Schuldigen suchen. Oder sein Vater wusste, dass er schuldig war, und hatte sich nicht entscheiden können, wie er damit umgehen sollte. Es war allgemein bekannt, wie sehr er Cora gemocht hatte.

»Ja, soweit ich weiß, ist er noch da.«

»War Percival auf der Stelle tot?«

»Nein. Sie gehen davon aus, dass der Fahrer ihn überfahren und dann noch mal über ihn zurückgesetzt hat.«

Sie hörte das Erschaudern in seiner Stimme. »Wie furchtbar.« Das war gewiss nicht Ivy gewesen. Es war viel zu brutal.

»Es ist eine einsame Straße, trotzdem war es ein Risiko. Ich muss wohl nicht erwähnen, dass die Person, die das getan hat, komplett die Kontrolle verloren hat. Ich rufe dich an oder schreibe dir, wenn ich mehr erfahre. Eve?«

»Ja?«

»Ich bin erst mal weg. Ich habe etwas zu erledigen, und dafür muss ich nach London fahren.«

Es gelang ihr nicht, die Pause zu füllen, die entstand. Sie fragte sich, was er vorhatte und worum es bei seinem Telefonat in ihrem Garten gegangen war. Was war so privat?

»Aber ich halte dich auf dem Laufenden«, fuhr er fort. »Und geh keine Risiken ein.«

»Werde ich nicht.« Das meinte sie ernst. Sie hatte sich schon unversehens in Gefahr begeben und würde nichts Dummes tun. Doch fünf Minuten später, als Belinda Seagrave anrief, wurde Eve bewusst, dass Robins Instruktionen nicht ganz so klar waren, wie sie gedacht hatte.

»Ihr Verlust tut mir sehr leid«, sagte Eve, als sie erkannte, wer anrief. Lady Seagraves Ton hatte sich um nichts geändert. Wenn überhaupt, klang sie noch härter und beherrschter als zuvor. Eve hatte schon zuvor Leute interviewt, die es verabscheuten, Gefühle zu zeigen, und vielleicht gehörte Belinda zu ihnen, doch da war Eve sich nicht sicher.

»Ich bin nicht auf der Suche nach Mitgefühl. Mir ist bewusst, dass in Ihren Artikel auch etwas über mich und meine Familie einfließen wird. Und nach Percivals Tod ist es zwingend nötig, dass ich mit Ihnen hier im Herrenhaus rede, noch heute. Ich habe Informationen und auch eine Bitte.«

Eve wollte wissen, was Belinda zu sagen hatte, konnte es indes nicht leiden, herumkommandiert zu werden. Lady Seagrave mochte an Leute gewöhnt sein, die es hinnahmen, doch Eve war nicht in derselben alten Welt erzogen worden und mithin nicht an deren Regeln gebunden.

»Ich fürchte, das ist ungünstig. Vielleicht können Sie mir am Telefon erzählen, was Ihnen auf dem Herzen liegt?«

»Ich bin eine Frau, die binnen kürzester Zeit zwei Trauerfälle zu beklagen hatte, und Sie erzählen mir, dass Sie keine zwanzig Minuten entbehren können? Ich frage mich, was *Icon* zu Ihrem Verhalten sagen würde. Immerhin repräsentieren Sie diese Zeitschrift. Und die Polizei? Detective Inspector Palmer hat mich gewarnt, dass Sie gern mal die Grenzen überschreiten.«

Das war blanke Erpressung. Was konnte so dringend sein? Vielleicht hatte sie gehört, dass sich Walter Cotton in der Gegend aufhielt. Es würde ihr ein Motiv für den Mord an Sir Percival geben, sollte sie glauben, dass er untreu gewesen war, obwohl Eve nicht annahm, dass sie tatsächlich derart unbeherrscht sein konnte.

»Okay, ich komme.« Sie wollte nicht riskieren zu warten, bis die Officers Seagrave Hall wieder verlassen hatten.

# Kapitel 34

Als Eve sich dem Herrenhaus näherte, sah sie DI Palmer draußen neben einem Streifenwagen stehen, wo er sich mit zwei Uniformierten unterhielt. Sie stoppte den Wagen und setzte auf den Weg zurück. Lieber parkte sie ein Stück entfernt, an derselben Stelle wie am Tag ihrer Hausführung.

Damit kam sie dem Ort näher, an dem Percival Seagrave gestorben war. Hinter der Abbiegung, die sie nahm, war die schmale Straße mit Polizeiband abgesperrt, und Eve konnte die Vans und die Officers von der Spurensicherung in ihren weißen Overalls sehen.

Sie parkte, verriegelte den Wagen und ging über einen der Waldwege zurück zum Herrenhaus.

Bis sie dort ankam, waren Palmer und die Uniformierten weitergezogen. Eve seufzte erleichtert auf. Zwar wollte sie die Polizisten in der Nähe haben, aber nicht im Weg; und Gespräche mit dem DI gingen selten gut aus. Er wäre allzu erpicht, ihr die Flügel zu stutzen.

Einen Moment später stand sie auf den Stufen vor dem Herrenhaus und blickte an dem imposanten Gebäude mit den dunklen Fenstern hinauf.

Ivy Cotton öffnete ihr. Eve versuchte, eine neutrale Miene aufzusetzen und sich ihren Verdacht nicht anmerken zu lassen. In dem Moment, in dem sich ihre Blicke begegneten, brach die Frau in Tränen aus. Sie wischte sie hastig weg und zog ein Taschentuch aus ihrer Kleidertasche. »Entschuldigung. Tut mir leid.«

Sie schien weit erschütterter zu sein als Belinda Seagrave. Doch falls sie rausgegangen und ihren ehemaligen Liebhaber überfahren hatte, wäre es eine natürliche Reaktion. Trotzdem sträubte sich alles in Eve gegen diese Idee. Die Person, die diese Verbrechen begangen hatte, war wütend, brutal und skrupellos. Und auf Ivy passte eine solche Beschreibung einfach nicht.

»Nein, nicht doch. Gewiss stehen Sie alle unter Schock nach dieser entsetzlichen Nachricht. Entschuldigen Sie, dass ich jetzt komme, aber Lady Seagrave …«

»Ja, ich weiß«, erwiderte die Frau. »Sie hat mir erzählt, dass sie Sie hergebeten hat.« Mrs Cotton trat zurück, um Eve ins Haus zu lassen, und begleitete sie durch die Eingangshalle.

»Hat Lady Seagrave erklärt, warum sie mich sehen will?« Eve war beinahe zu angespannt, um Konversation zu machen, und ihre Kehle war ausgetrocknet.

Ivy holte tief Luft. »Nein, doch ich frage mich …« Sie brach ab und fing noch einmal von vorn an: »Gestern Abend hatte ich einen Anruf von Toby Falconer aus dem Pub. Mein Walter ist wieder im Ort.« Sie warf Eve einen ängstlichen Blick zu und wurde rot. »Vielleicht haben Sie davon gehört.«

Diese Nachricht *könnte* Ivy veranlasst haben, mit Percival zu reden, falls sie glaubte, ihre damalige Affäre könnte herauskommen. Und eventuell waren ihm dann ihre Motive klar geworden, Verity und Cora zu ermorden – und er hatte sie zur Rede gestellt.

Eve versuchte, sich die Szene vorzustellen, aber es fiel ihr schwer. »Ich war gestern Abend auch im *Cross Keys*«, erklärte sie einen Moment später.

Die Frau hob beide Hände an ihre Wangen und blieb auf

halbem Weg durch die Halle stehen. »Toby war zu höflich, um es zu erwähnen, doch ich kann mir denken, was Walter gesagt hat. Er hat nie eingesehen, dass Sir Percival und ich ein anständiges Berufsverhältnis hatten. Immerfort wollte er mit Dreck werfen, damit er sich besser fühlte und ich schlecht dastand. Aber Sir Percival, Gott sei seiner Seele gnädig, hätte diese Linie niemals überschritten. Und ich ohnehin nicht. Walter war ein schlechter Ehemann, doch ich war nie eine schlechte Ehefrau.«

Ihr Gesicht war feuerrot. Eve sah ihr an, dass der Gedanke an den Tratsch mehr war, als sie ertragen konnte. Und ihr Gefühl sagte Eve eindeutig, dass dies keine Frau war, die mit ihrem Arbeitgeber geschlafen hätte. Sie war zu aufrecht und zu würdevoll.

»Das verstehe ich.« Sie gingen weiter. »Ist Lady Seagrave fürs Erste mit der Polizei fertig?« Eve würde es hassen, sollte Palmer im falschen Moment aufkreuzen.

»Ja, obwohl sie später wiederkommen«, antwortete Ivy. »Sie sind jetzt zu der Stelle, an der Sir Percival … wo er … ermordet wurde.« Sie holte zittrig Luft. »Ich war hier drüben und habe ihr Frühstück zubereitet, als es passiert ist. Ich sah ihn losgehen, so wie immer. Eigentlich arbeite ich sonntags nicht, doch ich hatte gestern frei, als ich bei Ihnen gewesen bin, also habe ich heute gearbeitet.«

Eve konnte noch Bacon, Eier und Toast riechen. Es war etwas Konkretes, das ihr Gefühl bestätigte: Wie hätte Ivy ein Frühstück zubereiten und gleichzeitig draußen sein können, um ihren Arbeitgeber zu töten? Zu gern würde Eve fragen, ob Rupert in der Nähe war. Doch falls nicht, würde das nichts beweisen. Er könnte behaupten, um die Zeit noch im Bett oder unter der Dusche gewesen zu sein.

»Ruperts Wagen ist nicht bewegt worden, so viel weiß ich«, bemerkte Ivy, als hätte sie Eves Gedanken gelesen. »Ich habe ihn in der Einfahrt gesehen, als ich hergekommen bin, und später stand er exakt an derselben Stelle. Die Polizei denkt nicht, dass er heute Morgen gefahren wurde, und es sind keine Beulen an dem Auto.« Sie schüttelte den Kopf.

Es war klar, dass diese Fakten nicht ausreichten, um ihre Sorge um den Mann zu vertreiben. Warum nicht?

Sie erreichte die Tür zum Salon.

Belinda Seagrave stand auf, um Eve zu begrüßen, und beobachtete dann wortlos, wie Ivy Cotton sich zurückzog und die schwere Kassettentür hinter sich schloss.

»Wie ich höre, ist unser ehemaliger Angestellter Walter Cotton wieder im Dorf und legt es auf Ärger an. Ein Freund rief mich gestern Abend an, nachdem er gehört hatte, dass Walter für Aufruhr im Pub gesorgt hatte. Wissen Sie davon?«

»Ich war dort.«

»Mein Freund hatte den Eindruck, dass Walter in Begleitung eines Journalisten war. Da Sie für die Medien arbeiten, möchte ich, dass Sie herausfinden, wie der Mann heißt, und uns mit ihm in Kontakt bringen.«

Eve öffnete den Mund, um etwas zu antworten, doch Lady Seagrave redete bereits weiter.

»Das sind Sie mir schuldig. Sie haben sich in meinen Haushalt eingeschlichen, und wer weiß, was Sie über die verstorbene Verlobte meines Sohnes schreiben werden. Da die Presse involviert ist, drängt die Zeit. Percivals Tod wird überall in der Revolverpresse breitgetreten werden, und wenn die Cottons Unsinn hören, wird es ein Fest für sie. Ich will den Namen des Journalisten. Haben Sie ihn erkannt? Falls nicht, finden Sie ihn.«

»Lady Seagrave, ich habe keine Ahnung, wer er war oder wie ich ihn aufspüren soll. Ich habe ihn nie zuvor gesehen.« Menschen wie Belinda waren ihr früher schon begegnet. Sie waren es gewohnt, alles zu bekommen, was sie wollten, und konnten nicht akzeptieren, dass manche Dinge außerhalb ihrer Reichweite waren. »Und wer er auch war, ich bin mir sicher, dass er keine alten Gerüchte oder Hörensagen verbreitet. Sie könnten andernfalls rechtlich gegen ihn vorgehen.«

»Und das würde ich auch, ohne zu zögern. Die ganze Geschichte ist vollkommen lächerlich. Glauben Sie mir, ich bin keine Närrin. Hätte es jemals auch nur das kleinste Anzeichen gegeben, dass Percival sich Ivy annähert, wäre sie Walter Cotton umgehend gefolgt: aus dem Cottage und weg vom Anwesen.«

Keine Konsequenzen für Percival, dachte Eve.

»Mir ist bewusst, dass mein Mann attraktive Frauen geschätzt hat. Das tun Männer nun mal; es ist ihre Art.«

Eve biss sich auf die Zunge.

»Aber weiter ging er nie.«

Eve blickte ihr in die Augen und glaubte ihr. Sie war schonungslos. Niemals hätte sie Ivy im Haus behalten, wäre ihr auch nur ein Verdacht gekommen, und sie war wachsam, dessen war Eve sich sicher. Und bei genauerer Überlegung konnte Eve sich auch nicht vorstellen, dass Sir Percival gut im Täuschen gewesen war.

Lady Seagraves Worte brachten Eve wieder auf Ivy. Ihr Charakter ließ eine Affäre mit Percival unwahrscheinlich anmuten, von den Morden ganz zu schweigen.

»Und was ist mit Veritys Nachruf?«, fragte Lady Seagrave. »Was werden Sie über Rupert schreiben?«

»Bisher habe ich noch keinen Entwurf.« Es war gegen Eves Regeln, den Inhalt im Voraus mit Kontakten der Verstorbenen zu diskutieren. Sie musste die Wahrheit sagen und durfte sich nicht von Leuten beeinflussen lassen, die noch ein Hühnchen zu rupfen hatten. »Aber mein Fokus wird auf Verity selbst liegen: auf ihren Erlebnissen, Gefühlen und Errungenschaften.«

Trotz Eves Versicherung rang Belinda Seagrave die Hände

auf ihrem Schoß. Sie blickte für einen Moment durchs Fenster zur Einfahrt, wo Ruperts Wagen stand. Wie Ivy Cottons schienen auch ihre Gedanken auf ihn konzentriert zu sein. Dennoch glaubte die Polizei nicht, dass der Wagen in den Unfall mit Fahrerflucht verwickelt gewesen war. Sollte sie das nicht beruhigen?

Erst als sie den Raum verließ, dämmerte es Eve.

Rupert hätte seinen eigenen Wagen nicht benutzen müssen. Als Tilly Cotton sie auf dem Anwesen herumgeführt hatte, hatte sie ihr die Garage gezeigt, in der er seine Oldtimersammlung stehen hatte. Auf keinen Fall hätte er versucht, seinen Dad mit einem richtig alten Modell zu überfahren, aber Eve bezweifelte, dass er die sammelte. Etwas wie ein klassischer Jaguar aus den Siebzigern würde eher zu seiner Ästhetik passen.

Was, wenn er einen von diesen Wagen benutzt hatte und die Polizei bislang nichts von seiner Garage tief im Wald wusste? Irgendwann würden sie die entdecken, schätzte Eve, doch vielleicht nicht, ehe Rupert das Fahrzeug losgeworden war.

Ihre Handflächen begannen zu schwitzen. Sie fragte sich, ob er jetzt hier im Haus oder irgendwo auf dem Gelände war. Als Ivy Cotton sie hinausließ, schaute Eve sich nach Palmer oder jemandem aus seinem Team um, doch die Polizeibeamten waren verschwunden. Sie könnte zu den Spurensicherern draußen auf der Straße gehen, aber die waren mit Sicherheit mit dem Sammeln von Beweisen beschäftigt. Sie brauchte jemanden, der hier alles koordinierte.

Als sie den Weg entlang zum Wald und ihrem Wagen ging, zog sie das Handy aus ihrer Tasche. Sie blickte sich zu dem Haus um, das hoch hinter ihr aufragte, und rief die Einsatzzentrale der Polizei an. Dort versicherte man ihr, dass ihre Nachricht an die richtige Person vor Ort weitergeleitet würde. Vermutlich war Palmer damit gemeint. *Die richtige Person* … Nun, zumindest hatte sie ihren Job gemacht. Sie bezweifelte, dass Belinda die Garage erwähnen würde, denn sie wollte dringend ihren Sohn schützen.

Eve näherte sich ihrem Wagen, nahe Tilly und Ivy Cottons Cottage, als sie ein Geräusch tiefer im Wald vernahm.

Stimmen. Oder vielmehr eine Männerstimme.

Sie horchte hin. Da rief nicht bloß jemand, sondern es waren auch hastige Schritte auf trockenem Laub und Zweigen zu hören, die schneller wurden …

Instinktiv lief Eve dorthin. Durch die Bäume konnte sie Rupert Seagrave erkennen, der an Tempo zulegte, als es die Gestalt vor ihm auch tat. Er war hinter Tilly Cotton her, die weinte und deren Gesicht gerötet war. Im Laufen rief sie Rupert über die Schulter zu, er solle sie in Ruhe lassen.

»Werde ich nicht«, brüllte er zurück. »Nicht, ehe du mit mir redest!«

Eves Knie wurden weich. Es blieb keine Zeit, Hilfe zu holen. Und sie konnte Robin nicht anrufen – er war kilometerweit entfernt in London und würde es so oder so nicht rechtzeitig herschaffen. Sogar die Leute von der Spurensicherung waren zu weit weg.

Rupert kam Tilly näher. Eve hatte die ganze Zeit Angst um sie gehabt und sich gefragt, ob sie ihn gesehen hatte, wie er Verity aus dem Fenster stieß, war sich aber nicht sicher gewesen. Es gab mehrere Verdächtige und keinen Beweis. Und jetzt stürzte ein Mann, der eindeutig außer Kontrolle war, auf Tilly zu.

Eve zückte das Handy, um den Notruf zu wählen, wofür jedoch genauso wenig Zeit blieb. Sollte sie lange genug stehen bleiben, um die Situation zu erklären, wäre es zu spät. Sie folgte den beiden so leise wie möglich. Falls Rupert zuschlagen wollte, müsste sie ihn ablenken.

# Kapitel 35

»Das ist Wahnsinn!«, rief Rupert, dessen Stimme im Takt seiner Schritte auf dem harten, trockenen Grund bebte.

Tilly sah aus, als würde sie fliegen. Ihr blondes Haar wehte hinter ihr auf. Eve vermutete, dass sie ihr Leben lang schon auf dem Anwesen umhereilte und es wie ihre Westentasche kannte, jeden Stein. Und ihre Fitness machte sich bezahlt. Tilly erreichte ihr Cottage vor Rupert und warf die Haustür auf, die sie offenbar nicht abgeschlossen hatte. Sonst wäre sie ihm niemals entkommen. Sie stürmte ins Haus und knallte die Tür zu.

»Ich habe ihn nicht umgebracht! Keinen von ihnen habe ich umgebracht!« Er hämmerte mit den Fäusten an das Türblatt. Verzweifelt und wütend. »Lass mich rein. Ich will nur mit dir reden!«

Mit einem Blick über ihre Schulter zog Eve sich vorsichtig zurück. Sobald sie in sicherer Entfernung wäre, könnte sie Hilfe rufen, da Tilly sich jetzt in ihrem Haus eingeschlossen hatte. Doch während sie zurückwich, sackte Rupert gegen die Cottagetür, hämmerte ein letztes Mal mit den Fäusten dagegen und stieß ein animalisches Heulen aus, bevor er sich abwandte.

Eve schlüpfte hinter einen Baum. Er war sehr nahe, doch seine Augen waren glasig. Vielleicht dachte er an seinen toten Vater draußen auf der Straße, an die Lügen, die Cora ihm über Verity erzählt hatte, oder daran, wie er an seiner Verlobten gezweifelt hatte, die er leidenschaftlich geliebt hatte.

Ihr wurde erst bewusst, dass sie den Atem angehalten hatte, als sich ihr Brustkorb zu eng anfühlte. Sie holte mehrmals tief Luft und versuchte zu sehen, wo Rupert inzwischen war. Er hatte den Waldrand erreicht.

Eve blickte sich zu Tillys Cottage um. Würde sie zur Tür kommen, wenn Eve sanft anklopfte und sich ihr zeigte? Dann könnten sie direkt zu dem Team auf der Straße gehen, damit Tilly endlich alles erzählte, was sie wusste.

Eve erinnerte sich, wie die junge Frau sich bei ihrem letzten Besuch gesträubt hatte, mit der Polizei zu reden. Sie war überzeugt gewesen, dass ihr nichts passieren würde. Dass ihr keine Gefahr von dem Mörder drohte. Aber wahrscheinlich hatte sie nicht geahnt, dass er wieder zuschlagen würde. Und dann war Cora gestorben, und Tilly hatte immer noch nichts gesagt.

Eve schätzte, dass sie sich zu dem Zeitpunkt noch nicht sicher gewesen war, was die Wahrheit war. Sie hatte immer noch Rupert schützen wollen, weil sie tief im Innern nicht glauben konnte, dass er seine Cousine umgebracht hatte.

Aber jetzt? Sicher war es nun an der Zeit. Es hatte nicht nur einen, sondern zwei weitere Morde gegeben.

Eve vergewisserte sich noch einmal, dass Rupert wirklich nicht mehr da war, dann schritt sie auf das Cottage zu und klopfte sacht ans Fenster. »Ich bin es nur, Tilly«, rief sie leise. »Ich habe gesehen, was gerade mit Rupert passiert ist. Möchten Sie darüber reden?«

Das bleiche, tränenüberströmte Gesicht der Frau erschien am Fenster. Einen Moment lang stand sie nur da, doch schließlich verschwand sie, und eine Sekunde später hörte Eve, wie die Tür aufgeschlossen wurde.

Die Verwalterin trat zurück, um Eve ins Haus zu lassen. Ihre Augen waren gerötet, und ihre Hände zitterten. »Sind Sie sicher, dass er fort ist?«

Eve betrat das Haus. »Ja, er ist zum Herrenhaus gegangen.«

Tilly rang nach Luft. »Denken Sie, meine Mum und Belinda sind sicher?«

»Das glaube ich schon. Es ist noch jede Menge Polizei da, und die beiden sind zusammen.«

Tilly schloss die Tür hinter Eve und verriegelte sie. »Wenn er nicht weiß, dass Sie hier sind, wird er garantiert wiederkommen.«

»Ich lasse Sie nicht allein. Aber, Tilly, wir müssen jetzt mit der Polizei reden und ihnen erzählen, was Sie wissen.« Was genau war das? Eve überlegte. Waren ihre Befürchtungen nach wie vor ein starker Verdacht oder hatte sie Beweise?

Die Frau vergrub das Gesicht in den Händen. »Aber es ist so schwer! Wir sind immer wie Geschwister gewesen.«

Doch Sie beide waren auch einmal ein Paar, dachte Eve.

»Ich weiß, dass ich schwach bin, aber ich habe die ganze Zeit gehofft, dass die Polizei von allein Beweise findet, damit ich es nicht sein muss, die ihn verrät.«

Eve holte tief Luft. »Das verstehe ich.« Sie dachte an Ruperts Garage voller Oldtimer – und vielleicht dem Wagen, der seinen Vater getötet hatte. »Und eventuell hätten sie ja auch noch Indizien gefunden.« Sie könnten es sogar heute noch. »Aber jetzt sind drei Menschen tot, Tilly. Warten ist zu gefährlich. Egal, was Sie wissen oder zu wissen glauben, es ist das Beste, ihnen alles zu erzählen und ihnen alles Weitere zu überlassen.«

Tilly hielt sich eine Hand vor den Mund.

»Geht es Ihnen gut? Wollen Sie sich hinsetzen?«

»Mir ist ein bisschen schlecht.«

»Das wundert mich nicht. Atmen Sie lieber ein paar Mal tief durch.« Sie bemühte sich, ihre Ungeduld zu zähmen, denn sie wollte dringend dieses Cottage verlassen und Alarm schlagen. Rupert hatte keinen Grund, seine Mutter oder Ivy Cotton anzugreifen, und ein vierter Mord, wenn es auf dem Gelände von Polizei wimmelte, wäre purer Wahnsinn. Auch seine Versuche, an Tilly zu gelangen, waren nicht sehr hartnäckig gewesen.

»Soll ich Ihnen Wasser holen? Oder einen Kaffee, um Ihre Nerven zu beruhigen? Lassen Sie sich Zeit, und dann gehen wir raus zu den Männern der Spurensicherung. Sie werden wissen, an wen Sie sich am besten wenden. Ich werde bei Ihnen sein und kann ihnen schildern, was ich beobachtet habe.«

Tilly sank auf einen Stuhl. »Okay, danke. Ein Kaffee wäre gut.«

Eve ging in die Küche auf der Rückseite des Cottages. Sie war winzig, aber wunderbar gepflegt. Die Armaturen blitzten, und die Butlerspüle war makellos. Jemand hatte die Holzarbeitsflächen regelmäßig geölt, sodass sie keinerlei Wasserflecken aufwiesen, obwohl sie täglich einige Spritzer abbekommen mussten.

Eve fand eine Espressokanne, füllte Wasser in den unteren Teil und Kaffeepulver in den oberen und stellte sie auf die Gasflamme. Ihr Herz pochte immer noch unnatürlich fest nach der Aufregung eben beim Anblick Ruperts, der Tilly jagte, kombiniert mit den Bildern des Kampfes vor Augen, der ihr hätte bevorstehen können. Jetzt musste Tilly zur Polizei gehen, und Eve würde dafür sorgen, dass sie es tat.

Sie justierte die Flamme und schaute sich in der Küche um. Alle Kochutensilien und Zutaten der Cottons mussten in den Schränken verstaut sein. In einer Ecke stand ein Korb, in dem die Post lag. Ganz oben war ein Brief. Eve hatte nicht vor zu spionieren, doch ein Wort erregte ihre Aufmerksamkeit, als sie wartete, dass der Kaffee fertig wurde.

*Weingut.*

Simon hatte gesagt, wie innovativ Tilly als Gutsverwalterin war. Und sie hatte ihn gefragt, ob er etwas über Weinbau wüsste. Er hatte ihr nicht helfen können, war jedoch zuversichtlich gewesen, dass sie sich die Information woanders holen konnte.

Wie es aussah, hatte er recht behalten.

Der Kaffee blubberte. Eve suchte in den handgearbeiteten Kücheneinheiten nach Tassen und Untertassen und nahm den Zuckertopf, der danebenstand. Selbst wenn Tilly normalerweise keinen Zucker in ihren Kaffee gab, würde er ihr unter diesen Umständen guttun.

Als Eve die Milch aus dem Kühlschrank holte und alles auf ein Tablett stellte, bereit für den Kaffee, dachte sie wieder an den Brief über das Weingut.

Er löste ein winziges, nagendes Gefühl in ihr aus. Etwas störte, aber was? Da war ein wachsendes Unbehagen tief in ihrer Brust. Worauf reagierte sie? Erinnerungen an ihren letzten Besuch im Cottage gingen ihr durch den Kopf.

Tilly hatte an jenem Tag Zeitschriften auf dem Tisch liegen gehabt, bei denen die Stellenanzeigen aufgeschlagen gewesen waren. Sie hatte sie eilig weggeräumt, aber dann zugegeben, dass sie nach einer anderen Stelle suchte. Sie hatte gesagt, sie hätte nie vorgehabt, langfristig auf diesem Anwesen zu bleiben.

Und dennoch …

Leise ging Eve hinüber zu dem Postkorb und blickte auf das Datum des Briefs über Weingüter. Er war vor fünf Tagen geschrieben worden. Als Eve genauer hinschaute, erkannte sie, dass das Schreiben von einem Berater kam, der die nötige Expertise für den Aufbau eines Weinguts auf Seagrave

Hall mitbrachte. Und der Brief enthielt Geschäftsvereinbarungen; rechtliche Details.

Das war keine Antwort auf eine erste Anfrage. Tilly hatte alles, was sie brauchte, um sich Belindas Zustimmung zu dem Projekt zu holen – und bis heute Morgen die von Sir Percival, der ihre Arbeit als Verwalterin sehr gelobt hatte.

Vielleicht hatte sie alles zusammengehabt, um das Projekt vorzuschlagen, als Verity ermordet worden war. Das – und ihr Verdacht gegen Rupert – könnte sie zu der plötzlichen Entscheidung bewegt haben, ihren Job hier aufzugeben.

Nur hatte sie Eve erzählt, dass sie schon seit einer Weile plante, sich eine andere Stelle zu suchen. Sie hatte gesagt, Ruperts Heirat schien ihr der perfekte Zeitpunkt zu sein. Das Paar könnte gemeinsam einen neuen Verwalter suchen, und sie müsste kein allzu schlechtes Gewissen haben, weil sie die beiden verließ. Sie hatte angedeutet, dass sie sich auf ihre Freiheit freute.

Aber der Brief über das Weingut erzählte Eve eine andere Geschichte.

Während der Kaffee weiterblubberte, stellten sich Eves Nackenhärchen auf. Hatte Tilly die Zeitschriften absichtlich für sie ausgelegt? Und ihre Zukunftsabsichten auch noch erklärt, falls Eve nicht nachgesehen hatte, was sie da las?

Was bedeutete das?

# Kapitel 36

Je mehr Eve darüber nachdachte, desto sicherer wurde sie. Tillys Jobsuche war eine reine Inszenierung gewesen. Es war die einzige Antwort, die zu den Fakten passte. Ihr schwirrte der Kopf. Sie musste dieses Rätsel hier lösen, und zwar schnell.

Sie drehte die Gasflamme kleiner, weil der Kaffee etwas länger brauchen musste. Wenn die Jobsuche eine Finte war – um Tilly weniger auf das Anwesen fixiert erscheinen zu lassen –, was war sonst noch inszeniert gewesen und warum?

Im nächsten Moment wusste Eve es, und es fühlte sich an, als schüttete ihr jemand Eiswasser über den Rücken.

Tilly könnte gespielt haben, dass sie gesehen hatte, wie Verity gestürzt war.

Es war nicht bewiesen, dass sie zu dem Zeitpunkt wirklich nach oben geblickt hatte.

Eve dachte an die Szene zurück. Zuerst war alles still gewesen. Vor Schock angesichts dessen, was geschehen war. Dann hatten alle auf einmal geredet – Verwirrung, Lärm, Leute, die aus sämtlichen Richtungen herbeigeeilt kamen und auf die Stelle starrten, an der Verity lag. Es verging eine Weile, bevor Dylan Walker rief, dass Verity geschubst worden war.

Zeit genug für Tilly, um nach unten zu laufen, das Haus

durch eine der vielen Türen zu verlassen, zu der schockstarren Menge zu gelangen und die Worte des Jungen zu hören.

Eve stellte sich vor, was in Tilly vorgegangen sein musste. Sie war gesehen worden! Was sollte sie tun? Kein Wunder, dass sie ängstlich gewirkt hatte. Und dann hatte sie ihre Rolle gespielt – so gut! Sie hatte es aussehen lassen, als hätte sie alles beobachtet und wäre deshalb zutiefst besorgt. Als sie gefragt worden war, hatte sie zitternd gesagt, sie hätte nichts beobachtet, wobei sie ihre Worte mit Bedacht gewählt hatte. (*»Nein. Nein, ich glaube nicht. Verity hat das Fenster ausgefüllt.«*) Sie hatte alle glauben machen wollen, dass sie log, um jemanden zu schützen. Und gelogen hatte sie tatsächlich, allerdings in ganz anderer Hinsicht.

Eve versuchte, sich an das zu erinnern, was Robin über ihren angeblichen Aufenthaltsort zur Zeit des Sturzes gesagt hatte. Und es fiel ihr wieder ein. Sie hatte ausgesagt, dass sie einen losen Pflock festgeschlagen hatte, um ein Zelt vor dem Einstürzen zu bewahren. Zu behaupten, gehockt zu haben, war schlau. So wäre sie unter der Augenhöhe der anderen gewesen, und es würde nicht verwunderlich wirken, dass sich niemand entsann, sie gesehen zu haben. Doch wenn sie auf einen losen Pflock konzentriert gewesen war, warum hätte sie dann zum Haus aufschauen sollen? Ihre Geschichte war nicht stimmig.

Die Eiseskälte in Eve wich einer Hitzewelle. Sie versuchte, ruhig zu atmen, aber ihr war schon schwindlig. Sie musste bei der Sache bleiben – die Fakten prüfen.

Es war in Ordnung. Tilly hatte ein Alibi für den Mord an Cora. Sie, Eve, musste sich irren, was sie betraf.

Doch als sie mit den Fakten rang, fragte sie sich, wie felsenfest dieses Alibi eigentlich war. Tilly hatte mit den älteren Seagraves gesprochen, als sie an jenem Abend ins Herrenhaus gekommen war. Dann war sie in ihrem Büro verschwunden, um einige Anrufe zu erledigen. Belinda und Percival hatten ausgesagt, sie hätten sie reden gehört.

War es bei genauerer Betrachtung nicht ein wenig zu praktisch? Und was für geschäftliche Anrufe mussten abends getätigt werden? Was, wenn Tilly eine Aufnahme ihrer Stimme hatte laufen lassen? Die Seagraves würden sie kaum stören, wenn sie annahmen, dass sie mitten in einem Telefonat war. Vielleicht hatte sie die Bürotür abgeschlossen, um sicher zu sein, und war aus dem Fenster gestiegen. Ihr Büro ging direkt zum Wald …

Möglich wäre es. Entsetzlich möglich.

Andere kleine Details fügten sich ins Bild: Wie Tilly »zufällig« gehört hatte, dass Belinda Seagrave Rupert riet, nicht mit Eve zu reden, als sie mit Eve ins Haus gegangen war, um nach ihm zu suchen. Es hatte Eve davon überzeugt, dass Belinda ihren Sohn entweder für schuldig hielt oder glaubte, er könnte es gewesen sein. Doch Tilly musste es gewesen sein, die Lady Seagrave erzählt hatte, dass Eve gekommen war und warum. Sie hatte Alarm geschlagen, eine Begegnung arrangiert und Eve dann ihren Mutmaßungen überlassen.

Dann hatte Ivy erzählt, sie hätte mitbekommen, wie Tilly Rupert riet, hinsichtlich seines Aufenthaltsorts zur Zeit des Sturzes zu lügen. *Ich habe gehört, wie sie mit ihm gesprochen hat. Es war keine Absicht; ich wollte sie nicht belauschen. Ich war bei einem der Stände, gleich nach Veritys Sturz, und ich dachte, Tilly hätte mich gesehen.*

Ganz sicher hatte Tilly ihre Mutter gesehen. Und absichtlich noch einen falschen Hinweis platziert. Er ließ Rupert schuldig wirken und Tilly wie seine Beschützerin. Anscheinend hatte sie ihn von Anfang an belasten wollen.

Mit einem mulmigen Gefühl fragte Eve sich, ob die Verfolgungsjagd vor wenigen Minuten auch inszeniert gewesen war. Alles war still gewesen, als sie selbst zu ihrem Auto gegangen war. Die Schritte und Rufe hatten plötzlich eingesetzt, kaum dass sie näher an das Cottage herangekommen war.

Tilly hatte wahrscheinlich gewusst, dass Eve hergerufen worden war; es war die Sorte Nachricht, von der ihre Mutter ihr erzählen würde. Hatte sie mit Rupert über seinen Vater gesprochen – ihm vielleicht ihr Beileid ausgedrückt –, als sie, Eve, angekommen war? Es wäre ein Leichtes, die Szene danach in Gang zu setzen. Tilly könnte Rupert auf einmal Anschuldigungen entgegengeschleudert, sich ängstlich verhalten und ihm den Rest überlassen haben.

Sie dachte an Ruperts Worte. *Das ist Wahnsinn!* Und daran, wie er seine Unschuld beteuert hatte.

Doch wenn all das stimmte, warum schob Tilly den Gang zur Polizei auf, um ihn zu melden? Die Antwort hatte Eve bereits, als sie noch die Frage in ihrem Kopf formulierte. Tilly wollte bei jedem Zweifel säen, jedoch nicht gleich zum Dolchstoß ausholen. Das war zu wenig subtil. Rupert wusste, dass er unschuldig war und Tilly ihm geraten hatte, trotzdem zu lügen. Und jetzt verhielt sie sich aus heiterem Himmel ängstlich in seiner Nähe.

Wahrscheinlich hielt er es für eine Folge der emotional aufgeladenen Atmosphäre von Misstrauen im Herrenhaus. Doch wenn sie ihn meldete, könnte er anfangen, ihre Motive zu hinterfragen. Und tat er das, wurde sie ernsthaft verwundbar. Ihre Weigerung, ihn zu verraten, war eine gute Methode, Rupert von ihrer Fährte abzulenken.

Was war mit Tillys Motiv? Sie lebte schon in dem Cottage auf dem Anwesen, seit sie klein war. Es war ihr Zuhause, genauso sehr wie das von Rupert und Cora. Eve dachte an den Tag, als Tilly sie herumgeführt hatte. Ihre Liebe zu allem hier war offensichtlich gewesen. Eve erinnerte sich, wie Tilly die Wand auf dem Dachboden berührt hatte, fast als wäre das Herrenhaus ein lebendiges Wesen. Und sie hatte große Pläne, das Anwesen zu erneuern und es als prächtigen Familiensitz zu erhalten.

Sowohl Veritys Vorschlag, Teile des Grund und Bodens zu verkaufen, als auch Coras, alles zu vermieten, hätten Tillys bedeutsame Arbeit überflüssig gemacht und ihre Pläne ruiniert. Und sie hätte leicht mithören können, wie sie ihre Ideen besprachen, oder es sich von Ivy berichten lassen können, die sich tagein, tagaus im Herrenhaus aufhielt.

Rupert zu belasten passte ebenfalls ins Bild. Er hatte Eve erzählt, dass der Status quo keine Option für das Anwesen war. Falls Tilly nicht wollte, dass er mit dreißig die Kontrolle übernahm, musste sie schnell handeln.

Doch da war noch mehr. Etwas, was sie nicht zu fassen bekam. Warum hatte Tilly Sir Percival umgebracht? Sie schien ihn zu mögen und er sie. Wahrscheinlich hätte sie die Weingutpläne bei ihm am ehesten durchsetzen können. Er hätte ihr gewiss freie Hand gelassen, wäre Rupert ins Gefängnis gewandert.

Es ergab keinen Sinn. Sie musste sich irren.

Doch irgendwo tief in ihrem Innern empfand sie pure Angst. Ihr Gefühl sagte ihr, dass sie in Gefahr war.

Der Kaffee hörte auf zu blubbern. Tilly würde auffallen, dass es still geworden war. Und Eve hatte keine Ahnung, wie lange sie schon in der Küche war. Sie musste handeln. Umgehend.

Sie brachte den Kaffee zum Tablett, aber ihre Hände zitterten so sehr, dass sie ein wenig davon vergoss. Das war nicht gut. Sie musste ruhig bleiben. Tilly durfte ihre Angst nicht bemerken. Könnte sie nur eine Textnachricht schicken, um Hilfe zu bekommen, doch ihr Handy lag in ihrer Tasche nebenan.

Verzweifelt schaute sie sich in der Küche nach irgendetwas um, was ihr helfen könnte, heil aus dieser Situation herauszukommen. Ihr Kleid hatte keine Taschen – nichts, worin sie eine Waffe verstecken könnte.

Es gab einen Küchentimer. Konnte sie den … Sie hörte Schritte nahen und handelte eilig, ohne zu wissen, wie es ausgehen würde.

Eine Sekunde später traf sie Tilly an der Tür.

»Haben Sie alles gefunden?« Sie wirkte jetzt ruhiger.

»Ja, danke!« Eves Stimme klang zu gekünstelt munter. Die Tassen auf dem Tablett klirrten leise auf den Untertassen, als sie alles zum Tisch im Wohnzimmer brachte. Sie versuchte zu lächeln, doch Tilly sah sie direkt an, und in ihren Augen war ein winziges, wissendes Funkeln.

# Kapitel 37

Eve stellte das Tablett ab und bemühte sich, ganz normal zu wirken. Tilly behielt sie im Auge. Die Situation war brenzlig, und sie durfte jetzt nicht unüberlegt handeln.

»Milch?«

»Nein danke.«

Sie musste ihre Optionen einschätzen. Wenn sie nur ruhig bleiben könnte! Eve blickte zur Haustür, doch da raste ihr Herz noch schneller. Die Tür war mit einem Riegel versperrt, und der Schlüssel fehlte.

Gleich darauf stellte sie fest, dass ihre Tasche auch verschwunden war.

Tilly sah sie immer noch an. »Sie haben so lange gebraucht, dass ich nachgesehen habe, ob alles okay ist. Man kann durch den Spalt zwischen Tür und Rahmen in die Küche sehen. Sie haben auf den Postkorb gestarrt und wirkten so nachdenklich. Und dann sahen Sie ängstlich aus und haben das Gas kleiner gedreht. Danach bin ich wieder hierhergehuscht und habe alles bereit gemacht. Ich konnte nicht sicher sein, ob Sie es erraten haben, doch ich wollte kein Risiko eingehen. Das Zittern Ihrer Hände hat mir verraten, dass ich richtig gehandelt habe.«

»Es ist noch nicht zu spät, Tilly.« Eve wusste, dass sie nicht überzeugend klang. Drei Menschen waren tot. Es war sogar *viel* zu spät. »Wenn Sie mich gehen lassen, kann sich das mildernd auf Ihre Strafe auswirken.«

Tilly schüttelte den Kopf. »Ich weiß nicht, wo Rupert ist, aber ich wette, Sie hatten ihn in Verdacht. Haben andere auch – meine Mum zum Beispiel. Sogar Belinda sorgt sich. Sie weiß, dass er im Herrenhaus war, als Verity gestorben ist, und dass er die Polizei belogen hat. Angenommen, er sitzt nicht still mit Belinda im Salon – und das bezweifle ich –, kann ich ihm Ihren Tod wahrscheinlich anhängen. Das Risiko muss ich eingehen. Ich kann das immer noch hinbekommen, auch wenn es nicht die Zukunft ist, die mir vorschwebte.«

Eve versuchte, den Sinn ihrer Worte zu erfassen, doch sie konnte ihre Panik nicht niederkämpfen. Denk nach – sie musste nachdenken! Wie passte Sir Percival ins Bild? Wenn Eve die Antwort darauf fand, könnte es eventuell sein, dass Tilly vor Schock anfing zu reden – und mehr Reden bedeutete mehr Zeit. Die brauchte sie dringend.

Tilly stand auf und griff in einen Schrank neben sich, ohne den Blick von Eve abzuwenden. Sie holte ein Gewehr heraus. »Es hat Vorteile, auf einem ländlichen Anwesen zu wohnen.«

Eve schluckte. »Die Polizei hört es, wenn Sie die Waffe abfeuern.«

»Ich habe keine Officers im Wald gesehen. Sie sind oben beim Haus und auf der Straße.«

»Das heißt, sie werden als Nächstes herkommen.«

Sie schüttelte den Kopf. »Ich bin nicht so dumm, Sie hier zu töten, es sei denn, Sie zwingen mich dazu.« Tilly blickte zu der Waffe. »Das ist nur, damit Sie Ihre Medizin trinken.« Mit der freien Hand griff sie in die Tasche ihrer Latzhose und holte ein Pillendöschen hervor. »Vier von denen sollten reichen.« Sie gab die Tabletten in Eves Kaffee.

Wie lange hatte sie noch? Eve wusste nicht einmal, ob sie den Timer richtig eingestellt hatte. Sie war vor Angst außer sich gewesen. Sollte sie notfalls riskieren, ein Fenster einzuschlagen, um zu fliehen? Es wäre für Tilly allzu riskant, ein Gewehr abzufeuern, wenn die Polizei in unmittelbarer Nähe war.

»Warum haben Sie Sir Percival ermordet?«

Tilly packte das Gewehr fester. »Ich habe ihn gehasst!«

»Ich dachte … ich dachte, Sie verstünden sich gut.« Aber vielleicht hatte er herausgefunden, dass sie schuldig war … genau wie Eve.

»Oh ja, er hat mich ja so unterstützt!« Tillys Augen funkelten vor Zorn. »Hat Walter gefeuert und mir die Verwalterstelle gegeben, als ich gerade der Schuluniform entwachsen war. Ma mochte ihn so sehr, dass sie mich sogar nach seiner Mutter genannt hat. Ist das nicht süß?«

Und bisher schien Tilly ihn auch sehr zu mögen – trotz seines gelegentlich fragwürdigen Benehmens. Warum war sie nicht wütend geworden, als er bei den Vorbereitungen für das Fest den Arm um sie gelegt hatte? War es so typisch für ihn, dass sie es gar nicht richtig wahrgenommen hatte? Sie war so lange schon hier. Wie ein Familienmitglied. Sie sagte, sie hätte Rupert immer als Bruder gesehen – heute zumindest, auch wenn sie einmal eine Beziehung gehabt hatten …

Tillys Züge waren verbittert. »Es wird Zeit, dass Sie austrinken.«

Eve zitterte, als ihr schlagartig alles klar wurde. Die Gerüchte über Ivy und Percival mussten nicht der Wahrheit entsprechen. Entscheidend war, was Tilly glaubte. »Oh, mein Gott … Sie dachten, Sir Percival sei Ihr Vater.«

»Hören Sie auf!«, kreischte Tilly. »Ich ertrage Ihr Mitleid nicht. Trinken Sie!«

Eve wagte es, sich ein wenig vorzuneigen. »Sie dachten,

Ihre Mom hätte eine Affäre gehabt – dass Percival *deswegen* Ihren Dad rausgeworfen hat. Und dass er Sie deshalb so jung zur Verwalterin gemacht hat. Es störte Sie nicht, wenn er Sie umarmte, weil Sie so eine Geste für väterlich hielten. Und Ihre Mom hat diese Fantasie noch unwillentlich genährt. Dabei hat sie Sie nach seiner Mutter genannt, weil sie Percival mochte und respektierte, nicht weil Sie sein Kind waren.«

Eve hatte Matildas Foto in Sylvias und Daphnes Haus gesehen, aber nie die Verbindung hergestellt. Natürlich, die Kurzform von Matilda war Tilly.

Die Augen der jungen Frau blickten nun unruhig hin und her. »Das erste Mal habe ich die Gerüchte über Ma und Percival gehört, als ich anfing, mit Rupert auszugehen. Jemand im Dorf machte eine hämische Bemerkung, als er uns zusammen im Pub sah. Ich hielt es für pure Gehässigkeit, Dorftratsch eben, aber dann hat Percival beobachtet, wie wir uns beim Stall geküsst haben, und mich beiseitegenommen. Er sagte, unsere Beziehung sei ›unklug angesichts der Umstände‹. Ich habe eins und eins zusammengezählt: Wir waren Halbgeschwister. Percival legte eine Hand auf meinen Arm und fragte: ›Das verstehst du doch, oder?‹«

Tillys Fingerknöchel waren weiß. »Also habe ich die Beziehung beendet, aber ich wollte Percivals Vertrauen nicht verraten, indem ich den Grund dafür offenlegte. Rupert ist noch ewig hinter mir her gewesen, hat mich unzählige Male gefragt, warum ich ihn nicht mehr treffen wollte. Er war so schwach und bedürftig.«

Ihr Gesicht bekam einen harten Ausdruck. »Ich begann, ihn zu hassen. Und dann fing er schließlich was mit Verity an, und sie hatten entschieden, mein Familienanwesen zu ruinieren. Wenn sie es nicht getan hätten, hätte Cora es gemacht. Ich war überzeugt, dass Percival sie aufhalten würde, wenn er könnte, um meinetwillen, aber ich sorgte mich, dass er nicht ahnte, was sie vorhatten. Ich wusste nur, was Ma gehört hatte. Und Percival hätte keine Kontrolle mehr gehabt, wenn Rupert erst dreißig würde.«

Tilly lächelte diabolisch. »Als ich Verity sah, die sich aus dem Fenster lehnte und mit dem Zelt abmühte, wurde mir klar, dass ich das Problem lösen konnte. Es war eine spontane Entscheidung, sie zu töten. Es musste sein. Aber nachdem der erste Schritt getan war, ergab sich alles andere. War Cora auch aus dem Weg und Rupert wegen zweifachen Mordes im Gefängnis, wäre es logisch, dass Percival mich stattdessen zu seiner Erbin erklärt. Ich war mir sicher, dass er dazu bereit sein würde. Ich musste nur einen passenden Moment abwarten, um Cora zu töten: Es musste eine Zeit sein, für die Rupert kein Alibi hatte.«

Sie schüttelte leicht den Kopf. »Am Ende wurde ich gezwungen zu handeln. Die beiden kamen plaudernd aus London zurück. Es war offensichtlich, dass sie sich versöhnt hatten, und mir war klar: Cora musste sterben, bevor das allgemein bekannt wurde. Alle sollten ja denken, Rupert wäre voller Hass gewesen, als er sie umbrachte. Aber zum Glück war er müde nach der Fahrt. Zufällig ist er früh zu Bett gegangen, sodass nicht einmal seine Eltern später für ihn aussagen konnten.« Sie schien keinerlei Schuld zu empfinden.

»Wie konnten Sie drei unschuldige Menschen töten?«

»Unschuldig? Cora und Verity waren wie Ungeziefer, entschlossen, etwas Altes und Kostbares zu zerstören, auf das sie kein Anrecht hatten. Ich wusste, dass ich das Anwesen retten konnte, wenn ich die Kontrolle übernahm, aber Rupert war verblendet von Liebe und Schuldgefühlen, sodass er sich nach ihren Wünschen richtete. Es war mein Job, sie beide auszurotten – die Bedrohung auszumerzen, die sie darstellten.«

»Und was ist mit Sir Percival?«

Tilly war kreidebleich. »Ich habe immer geglaubt, dass ich sein Lieblingskind wäre. So hat er sich ja auch benommen. Ich war überzeugt, dass er mich anerkennen würde, wenn die anderen erst aus dem Spiel sein würden.«

»Wie haben Sie herausgefunden, dass er nicht Ihr Vater war?«

Tilly zuckte zusammen. »Heute Morgen war er früh auf, streichelte eines der Pferde im Stall, und da habe ich ihn gesehen. Ich wusste, dass er seit Coras Tod schlecht schlief, und wollte ihn trösten. Ich mag sie umgebracht haben, aber mir gefiel nicht, ihn leiden zu sehen. Ich war sanft und mitfühlend, und er hat mich umarmt. Und dann habe ich ihn ›Dad‹ genannt. Es schien mir der richtige Zeitpunkt zu sein.«

Sie riss die Augen weit auf. »Er schrak zurück, als hätte ihn etwas gestochen, und fragte mich, was ich denn da reden würde. Ich konnte den entsetzten Ausdruck in seinem Gesicht nicht fassen. Er hat sich null für mich interessiert. Ich war eine Bedienstete. Und er hat meine Zuneigung ausgenutzt – ich hielt es ja als seine vermeintliche Tochter für meine Pflicht, sie ihm zu schenken.«

Tilly holte zittrig Luft. »Da wurde mir klar, warum er mich und Rupert auseinandergebracht hatte. Ich war einfach von zu niederer Herkunft für seinen Sohn. Gut genug zum Flirten, nett anzusehen, das ja, aber kein Seagrave-Material.«

Eve erinnerte sich, dass Ivy gesagt hatte, zunächst sei er gegen Verity gewesen, weil sie aus einfachen Verhältnissen stammte. Wäre sie nicht berühmt gewesen, hätte er vielleicht auch bei ihr interveniert.

Tilly klopfte mit der Hand auf den Tisch. »Ich war so wütend. Es wird fantastisch zu sehen, wie Rupert wegen der Morde verurteilt wird, und mir tut es um keinen leid, den ich umgebracht habe. Sie verdienten nicht, über ein Anwesen wie Seagrave zu bestimmen. Es ist kostbar, und sie haben damit gespielt. Percival mit seiner Verschwendung, Verity mit ihrem Verkaufsvorschlag, Cora mit ihrem blöden Hotel …«

Nebenan schrillte plötzlich der Küchentimer laut.

Keine Sekunde lang zuckte Tilly zurück. Eve wusste, dass dies ihre einzige Chance war. Sie schleuderte der Frau ihren Kaffee ins Gesicht und stürzte zu dem nicht sehr stabil aussehenden Fenster. Die Tür könnte sie niemals aufbrechen.

Sie dachte an Tilly hinter sich, vorübergehend blind und mit dem Gewehr an ihrer Seite. Was, wenn sie abdrückte?

Eve stemmte sich auf die Kommode unter dem Fenster. Das Glas war Bleiglas, und die einzelnen Scheiben viel zu klein, um hindurchzuklettern. Eve zerrte verzweifelt an dem Riegel, der sich nicht rühren wollte. Ein kleiner Stift sicherte ihn.

Tilly hatte bisher keinen Schuss riskiert, war aber hinter Eve und zog sie an den Beinen zurück ins Zimmer. Eve packte eine Metallvase von einem Bücherregal neben der Kommode und schwang sie hinter sich. Tilly jaulte vor Schmerz auf und lockerte ihren Griff, während Eve die Vase nach vorn gegen die Scheiben knallte, so fest sie konnte.

Wieder zerrte Tilly an ihren Beinen. Eve packte den Riegel, zog sich nach vorn und hieb erneut auf das Glas ein.

Plötzlich konnte sie in der Ferne Bewegung sehen. Die Polizei – die auf Ruperts Garage zuging. Sie reagierten auf ihren Anruf von vorhin. Sie rammte die Vase abermals gegen das Glas. Dieses Mal löste sich das Glasgitter aus dem Rahmen.

»Hilfe!«

DS Boles – der Detective, den Robin Yardley kannte – hatte offenbar etwas gehört. Er blickte sich kurz zum Cottage um.

»Hilfe!«

Jetzt sah auch Palmer gereizt herüber. Und auf einmal liefen sie alle. Eve trat hinter sich. Sie trug flache Schuhe, aber inzwischen brachte sie mehr Kraft auf, weil sie wusste, dass sie nur noch eine Minute länger durchhalten musste.

»Es ist vorbei, Tilly!« Sie trat wieder zu. »Es ist vorbei.«

# Kapitel 38

Es war Montagmorgen im *Monty's* und wieder ein schöner Tag. Vivs Sohn Sam hatte die Türen vorn und hinten geöffnet, und eine sanfte Brise zog durch das Café. Eve war eigentlich für eine ganze Schicht eingeteilt gewesen, aber nachdem sie den gestrigen Tag damit verbracht hatte, einer dreifachen Mörderin zu entkommen, und danach von der Polizei in die Mangel genommen worden war, hatte Viv ihren Wochenplan umgeworfen. Sam, Kirsty und Angie waren zur Rettung herbeigeeilt.

»Lass dich aber im Herbst nicht beinahe umbringen, ja?«, ermahnte Viv sie. »Dann sind Sam und Kirsty an der Uni.«

Eve verdrehte die Augen. »Ich werde es mir merken.«

Sam kam an ihren Tisch mit Blick über den saftigen grünen Rasen zum Fluss Sax. »Bitte schön.«

Sie hatten exquisite kleine Zitronen-Honigkuchen mit Frischkäseglasur, essbaren Blüten und Orangenzesten bestellt. (Normalerweise empfahl Viv nach Nahtoderlebnissen ihre sehr schokoladenhaltige Auswahl. »Aber wenn du es dir zur Gewohnheit machst, brauchen wir ein bisschen Abwechslung. Und bei dieser Hitze sind Früchte sinnvoller. Frische Aromen für einen frischen Anfang.«) Sam stellte sie zusammen mit einer Kanne Darjeeling auf den Tisch.

»Also«, begann Viv, nachdem sie ihm gedankt hatte, »wie fühlst du dich?«

»Seltsam. Benommen. Ich weiß es nicht. Ich war so fest überzeugt, dass es Rupert war. Er schien für alle drei Morde ein Motiv zu haben.«

»Du konntest unmöglich wissen, dass Tilly sich für seine Halbschwester hielt.«

»Sämtliche Hinweise waren da, hätte ich richtig hingesehen. Und das war nur ein Detail. Ausschlaggebend war eigentlich ihre Liebe zum Anwesen. Es war ihr Zuhause. Arme Ivy.« Sie musste Entsetzliches durchmachen, seit sie die Wahrheit erfahren hatte. »Jetzt ist sie ganz allein.«

Viv streckte einen Arm über den Tisch und drückte Eves Hand. »Sicher ist es furchtbar, aber sie ist nicht allein, Moira weiß Einzelheiten.«

»Klar tut sie das.« Eve überraschte es nicht mehr, dass die Ladenbesitzerin an alle Informationen kam.

»Sie hat das Neueste von Molly Walker gehört. Anscheinend ist Ivys jüngere Schwester aus Norfolk gekommen. Sie wird bei Ivy bleiben und ihr beistehen. Und wenn der Prozess gegen Tilly vorbei ist, will sie, dass Ivy mit ihr nach Hause kommt. Sie betreibt eine Frühstückspension, wie ich es verstanden habe, also können sie füreinander da sein, und Ivy wird ein Geschäft haben, auf das sie sich konzentrieren kann. Es ist nur ein kleiner Trost, aber immerhin etwas.«

Tatkräftige Unterstützung und eine neue Mission. Viv hatte recht; es könnte Ivy ein wenig über das hinweghelfen, was geschehen war.

»Ich frage mich, was Rupert mit dem Anwesen vorhat. All die Erinnerungen, die damit verknüpft sind …«

»Moira sagt …«

»Das kann sie nicht wissen! Es ist alles erst gestern passiert!«

Viv lachte. »Nein, ich weiß. Aber anscheinend hat er zu Ivy gesagt, dass sie bleiben kann, wenn sie das lieber möchte.«

Eve war erfreut. Sie wettete, dass Belinda es Ivy nach dem, was Tilly getan hatte, nicht angeboten hätte. Aber vielleicht strampelte sich ihr Sohn endlich frei und traf seine eigenen Entscheidungen. Ein Prozess, den er mit seiner Verlobung mit Verity in Gang gesetzt hatte. Nach ihrem Tod war er ins Schwanken geraten, voller Verwirrung und Kummer, doch es klang, als würde sich jetzt wieder seine Unabhängigkeit behaupten. »Er wird Veränderungen vornehmen müssen, um das Anwesen zu retten«, bemerkte sie. »Das hatte er mir erzählt.«

Viv nickte. »Es wird spannend zu sehen, was er tut.«

»Vielleicht finde ich es heraus. Ich möchte ihn so bald wie möglich besuchen. Er könnte immer noch denken, dass Verity ihm untreu war. Und dass Cora gelogen hatte, was Veritys Parfümgeruch an Pete Smiths Jacke betraf. Wenigstens kann ich ihm versichern, dass seine Verlobte ihn geliebt und Cora sich bei den Gründen für den Parfümduft aufrichtig geirrt hat, ganz gleich, wie niederträchtig ihre Beweggründe ansonsten gewesen sein mögen.«

»Es ist gut, wenn er die Möglichkeit bekommt, mit alldem abzuschließen.« Viv trank von ihrem Tee. »Und was steht für dich als Nächstes an? Hast du den Nachruf schon geschrieben?«

»Ich hinke ein bisschen hinterher, wegen der einen oder anderen Unterbrechung.«

Viv schnalzte abfällig mit der Zunge. »Trödlerin.«

»Es waren nicht bloß die Morde, die mich aufgehalten haben. Ich hatte Verity auch nicht richtig erfasst. Allerdings hatte ich eine interessante Nachricht auf dem Anrufbeantworter, als ich gestern von der Polizei zurück war.«

Viv sah sie fragend an.

»Es war die Antwort auf eine E-Mail, die ich an Veritys frühere Sponsoren und wohlhabende Kontakte geschickt hatte, um zu sehen, ob einer von ihnen kürzlich von ihr gehört hat. Ein Typ namens Monty Farquhar reagierte.«

»Im Ernst? Was für ein Name! Gefällt mir. Und, hast du ihn zurückgerufen?«

»Selbstverständlich.«

»Du gibst nicht auf, was? Du musst doch völlig erledigt gewesen sein.«

»Ja, aber ich war neugierig – und ich wusste, dass ich nicht schlafen könnte, wenn ich es aufschieben würde. Wie sich herausgestellt hat, hatte sie vor ein paar Monaten mit ihm über die Tauchexpedition nach China gesprochen. Er wollte sie finanzieren; es waren nur noch die Details zu regeln. Ich tippe, dass ihr überhaupt nicht der Gedanke kam, Rupert für ihre Abenteuer aufkommen zu lassen; sie war es gewohnt, selbstbestimmt und eigenständig zu operieren. Das ist noch etwas, was ich ihm erzählen kann, wenn ich ihn besuche.«

Eve liebte Puzzles. Es gab ihr einen Kick, das letzte Teil ins Bild zu fügen. Und dieses Gefühl hatte ihr das Telefonat mit Monty Farquhar auch verschafft, es war nur hundert Mal besser gewesen. Alles ergab einen Sinn. Veritys Handeln zeigte Eve, dass sie den Charakter der jungen Frau richtig eingeschätzt hatte. Jetzt wusste sie, was sie schreiben würde.

»Dann hast du alles geklärt«, folgerte Viv.

»So ziemlich, ja.« Sie hatte noch einige Fragen an Robin Yardley, doch das konnte sie Viv nicht erzählen.

# Kapitel 39

Robin war zurück und hatte Eve eingeladen, zu ihm zu kommen, wenn sie Zeit hatte. Viv scheuchte sie aus dem Café, also ging Eve über den Dorfanger und die Dark Lane hinunter zu ihm.

Sie wollte hören, was er von Greg Boles erfahren hatte, aber auch sein London-Ausflug interessierte sie – der und das Telefongespräch, das er in ihrem Garten geführt hatte. Was ging da vor? Kamen die Dinge für ihn endlich in Bewegung? Könnte er überlegen, Saxford zu verlassen? Bei dem Gedanken wurde ihr ganz seltsam zumute.

Er öffnete die Tür, durch die man direkt in seine Küche mit den niedrigen Deckenbalken gelangte. Hier war es ruhig, kühl und schattig an diesem heißen Sommertag. Eve trat ein.

»Kaffee? Oder etwas Eiskaltes?«

»›Kaltes‹ klingt super, danke.«

Er schloss die Tür hinter ihr, ging zum Kühlschrank und nahm eine Flasche mit der stillen Limonade heraus, die Eve so gern mochte. Er schenkte zwei Gläser halb voll und gab Zitronenscheiben hinein.

»Ich hätte dich nicht für einen Limonadetrinker gehalten.«

Ein sehr verhaltenes Lächeln huschte über sein Gesicht.

»Ich habe die schon früher bei Moira gesehen, und dann fiel mir auf, dass du sie gekauft hast, als ich das letzte Mal in deinem Garten gearbeitet habe.« Er reichte ihr ein Glas.

Hatte er sie eigens deshalb besorgt? »Danke.«

»Wie geht es dir?«

Sie zuckte mit den Schultern. »Gestern kam ich mir wie eine riesige Idiotin vor. Also, zumindest als ich aufhörte, entsetzliche Angst zu haben. Du hattest mir gesagt, wer Alibis für den Mord an Verity hatte. Tilly war nicht unter den genannten Personen; sie hatte lediglich eines für sich erfunden, und ich bin darauf reingefallen. Ich fasse nicht, wie viele Hinweise ich übersehen habe. Vivs Bruder erzählte mir von Tillys Zukunftsplänen für das Anwesen. Es war klar, dass sie langfristig dachte, trotzdem bin ich nicht stutzig geworden, als sie behauptete, sie suche eine neue Stelle.«

Eve seufzte. »Und sie hat mich auch noch gefragt, ob ich sicher sei, nichts gesehen zu haben, als Verity stürzte! Und sie schaute so ängstlich aus. Ich dachte, sie würde fürchten, dass Rupert schuldig war und ich es wissen könnte. Aber sie wollte prüfen, wo ich stand und ob ich sie verdächtigte.« Eve schüttelte den Kopf.

»Dass Belinda und Percival geschworen haben, sie wäre in ihrem Büro gewesen, als Cora ermordet wurde, hat alle von ihr abgelenkt.«

»Wie konnte sie die Anrufe vortäuschen, die die beiden gehört hatten? Hatte sie ein Band in ihrem Büro laufen lassen?«, fragte sie.

»Nicht ganz. Sie hatte wenig Zeit, alles vorzubereiten, schätze ich, also war ihre Lösung direkter. Sie richtete einen neuen Skype-Account auf ihrem Handy ein und stellte eine Verbindung zu ihrem Bürocomputer her, ehe sie aus dem Fenster kletterte. So führte sie eine einseitige Unterhaltung, die in den Raum gesendet wurde. Der Empfang im Herrenhaus ist gut, was sie natürlich wusste. Und es bedeutete, dass sie ein Auge auf das haben konnte, was in ihrem Büro vor sich ging. Hätte jemand an die abgeschlossene Tür geklopft, hätte sie reagieren und rufen können, sie wolle zuerst ihr Telefonat beenden.«

Einen Moment lang wurde er sehr still, dann fuhr er fort: »Sie macht kein Geheimnis aus dem, was sie getan hat. Mein Kontakt erzählt, sie scheint regelrecht stolz auf sich zu sein. Wie es aussieht, hat sie den Anruf lange genug stummgeschaltet, um sich an Cora anzuschleichen und sie niederzuschlagen. Dann hat sie mit der Übertragung weitergemacht, während sie ihr beim Ertrinken zugesehen hat.«

»Das ist entsetzlich!«, entfuhr es Eve. »Was war die Mordwaffe? Weiß die Polizei das schon?«

Er nickte. »Sie denken, ja. Einer von den Gummihämmern, die sie beim Aufbau für das Dorffest benutzt hatte. Sie müssen ihn noch auf Spuren untersuchen und mit Coras Verletzungen abgleichen, aber es ist klar, dass Tilly versucht hat, ihn zu verstecken. Er war in ein Tuch eingewickelt und lag unten in ihrem Aktenschrank, unter den Tierarztberichten zu den Pferden.«

Eve schüttelte ungläubig den Kopf. »Dann hat sie gewartet und sich vergewissert, dass Cora tot war, und ist hinterher ins Büro zurückgekehrt?«

Robin nickte. »Sie ist durch das Fenster wieder hineingekletteꝛt.« Er sah Eve an. »Es war kein Zufall, dass Ivy Cotton an dem Abend früh nach Hause ging, weil sie sich krank fühlte. Tilly hatte ihr etwas gegeben. Sie wollte, dass sie zu Hause war und schlief, um jedes Risiko einer möglichen Störung zu vermeiden. Ihr Cottage liegt in der Nähe des Pools.«

Eve erschauderte. »Das ist so skrupellos, aber leider glaubhaft.« Immerhin hatte sie Cora ihre Sachen in den Pool nachgeworfen. Ein eiskalter Akt, obwohl sie in Eile gewesen sein musste. Er zeugte von Leidenschaft und Hass. »Sie beschrieb mir gegenüber Cora und Verity als Ungeziefer auf dem Anwesen, das sie einfach loswerden musste.«

»Mein Kumpel sagt, er muss jedes Mal nach einer Verhörsitzung rausgehen, weil ihm von ihren Schilderungen eiskalt wird.«

Einen Moment lang tranken sie schweigend von ihrer Limonade. »Hat er sonst noch Details erzählt?«, fragte Eve schließlich.

»Einige. Es hilft, dass Tilly Cotton ihnen so viel von sich aus sagt. Es klingt, als würden ihr der Zorn und die Verbitterung die Zunge lösen.«

»Kann ich mir vorstellen.« Eve dachte an die Einzelheiten, die sie noch klären wollte. »Was ist mit dem Tag der Festvorbereitungen? Ich erinnere mich, dass sie Verity angeboten hat, ihr mit dem Zelt zu helfen, aber die sagte, sie käme allein klar. Und ich tippe, dass Tilly, durch und durch die verantwortungsvolle Verwalterin, beschloss, ihr dennoch nach oben zu folgen, falls Verity das Ding schwerer fand als gedacht. Tilly hat ja alles überwacht. Und sie nahm ihren Job sehr ernst. Soweit es sie betraf, eignete sie sich besser dazu, das Anwesen zu leiten, als irgendwer sonst.«

Robin nickte. »Das ist die Geschichte, die sie erzählt. Verity hatte Vorsprung, und bis Tilly kam, um zu schauen, ob alles okay war, war Verity schon vom Dachboden zurück. Tilly sagt, sie habe nach ihr rufen wollen, als sie sah, dass sie in Jade Pipers Zimmer ging. Sie war neugierig, deshalb ist sie ihr gefolgt und hat durch die Tür gelinst. Verity hat sich angeblich in dem Zimmer umgesehen.«

»Ja, das passt. Du hast wahrscheinlich von Pete Smiths Geheimnis gehört, oder?«

Robin bejahte. »Mein Kumpel sagt, das hast du aufgedeckt. Gute Arbeit.«

Sie fühlte, dass sie errötete. »Danke. Also, da Pete nicht qualifiziert war, machte er sich ernsthaft Sorgen, dass Jade ihn entlarven könnte. Er war so paranoid, dass Verity misstrauisch wurde und selbst nachgeforscht hat. Und da fand sie heraus, dass er sie belogen hatte.«

Robin nickte. »Wie es sich anhört, hatte sie in Jades Zimmer nach Hinweisen darauf gesucht, wie viel die bereits wusste. Pete war derjenige, der gelogen hatte, aber wenn es herausgekommen wäre, hätte es sich auch auf Veritys Zukunft ausgewirkt.«

Eve seufzte. »Ja, sie hätte seine Papiere überprüfen müssen. Doch sie waren so alte Freunde, dass sie wohl dachte, sie müsste es nicht.«

»Tilly Cotton zufolge war sie wahrscheinlich spontan in Jades Zimmer gegangen. Es klingt nicht, als hätte sie gründlich gesucht. Vielleicht bereute sie ihren Plan in dem Augenblick, in dem sie den Raum betreten hatte. Jedenfalls wollte sie immer noch das Zelt aus dem Fenster werfen. Es kann sein, dass sie ein Geräusch auf dem Flur gehört hatte und dachte, sie müsste es jetzt machen. Das Zelt war ihr Vorwand, sollte sie erwischt werden. Schließlich hatten alle mitbekommen, wie Cora es ihr vorschlug.«

Es mussten Tilly Cottons Schritte gewesen sein, die Verity gehört hatte. Wäre Tilly ihr nicht nach oben gefolgt, hätte sich Verity vielleicht nie in solch eine riskante Position begeben. Was für einen entsetzlichen Lauf die Dinge genommen hatten! Manchmal nahm das Leben tatsächlich eine plötzliche, unerwartete Wendung.

Eve stellte sich die Szene vor. »Dann sah Tilly, die eigentlich hinaufgegangen war, um zu helfen, ihre Chance gekommen. Sie betrachtete die Welt durch eine verzerrte Linse und glaubte, das Anwesen zu retten, indem sie Verity loswurde.«

Eve malte sich aus, wie Tilly Cotton vollkommen ruhig dastand und Verity am offenen Fenster beobachtete. Und die war damit beschäftigt, ihren Grund zu verschleiern, warum sie dieses Zimmer betreten hatte, ohne sich bewusst zu sein, dass die Person, die sie auf dem Flur gehört hatte, direkt hinter ihr war. Eve fröstelte.

»Das hört sich alles richtig an. Und die Polizei denkt, da hat Tilly ihre Sonnenbrille aufgesetzt. Es war eine Vorsichtsmaßnahme, falls sie gesehen würde. Sie könnte auch ihr Haar nach hinten gebunden haben – aber das lässt sich nicht mehr bestätigen.«

Eve fiel Dylan Walkers Beschreibung wieder ein: *große, glänzende schwarze Augen.*

»Sie behauptet, dass sie die Sonnenbrille trug, als sie ins Haus gegangen war, aber wer hat drinnen eine Sonnenbrille auf, wenn er aus der grellen Sonne kommt?«

»Sie will es so erscheinen lassen, als hätte sie überhaupt nicht nachgedacht, bevor sie Verity gestoßen hat? Würde das denn etwas ändern?«

Seufzend hob Robin die Schultern. »Sehr wenig, würde ich meinen, vor allem angesichts der anderen Morde.«

»Wie lief der Mord an Percival ab?«

Robin nahm einen Schluck von seiner Limonade. »Obwohl du die falsche Person in Verdacht hattest, wurde der tödliche Anschlag tatsächlich mit einem Wagen aus Ruperts Sammlung verübt. Tilly Cotton wusste, wo Rupert die Schlüssel aufbewahrt. Als Verwalterin ist ihr ja jeder Millimeter des Anwesens vertraut. Eines der Autos war offensichtlich in eine Kollision verwickelt, und die Reifen passen zu den Spuren auf der Straße. Sie hatte das Lenkrad abgewischt, doch nachdem sie in flagranti beim Mordversuch an dir erwischt wurde, gab sie es auf, Rupert belasten zu wollen. Sie war so wütend auf Sir Percival, dass sie auspackte.«

»Warum war er denn auf der Straße, anstatt durch den Wald zu gehen?«

»Gute Frage. Vielleicht liefert uns der Dorfklatsch die Antwort darauf.«

Eve nahm sich vor, in den Dorfladen zu gehen. Mal sehen, was Moira Squires wusste. Es bestand die Chance, dass jemand sie mit Informationen versorgen würde. »Und wie war London?«

Er neigte den Kopf zur Seite und richtete den Blick auf sie. »Du hast das Telefonat gehört, als ich im Garten von Elizabeths Cottage war, nicht wahr?«

Er sollte nicht denken, dass sie neugierig war, aber er war zu intelligent, um die Zeichen nicht zu erkennen, also nickte sie.

Robin richtete sich halb auf, um nach einer Zeitung zu greifen, die auf der Kieferanrichte seitlich vom Tisch lag, neben dem Kamin.

*DI Robert Kelly vermisst*, lautete die Schlagzeile.

*DI Kelly, der große Polizeikorruption in höchsten Kreisen aufgedeckt hat, wurde seit Mittwoch nicht mehr gesehen.*

Die Zeitung war an die elf Jahre alt. »Das bist du?«

Er nickte. »Ich bin wie du. Sobald ich einen Verdacht hatte, dass etwas in meinem Team nicht mit rechten Dingen zuging, konnte ich nicht mehr lockerlassen. Aber damit habe ich mir eine Menge Feinde gemacht, von meinen korrupten Kollegen bei der Polizei bis hin zu ihren kriminellen Kontakten. Seinerzeit hatte ich eine Freundin, und sie wurde bedroht.«

*Seinerzeit?*

»Ich konnte nicht an die Beweise kommen, die ich brauchte, um die Operation lahmzulegen. Es war, als wollte man den Schimmel aus einem Stück Stilton schneiden. Ich fand einen Kanal und dachte, der Job wäre getan, nur um gleich noch einen anderen zu entdecken.«

»Deshalb bist du weggegangen und hast neu angefangen?«

Er nickte. »Es wirkte sich auf mir wichtige Menschen aus, und ich beschloss, dass ich gehen musste. Aber ich bin nicht ganz ausgestiegen. Ich stehe in Kontakt mit Antikorruptions-Officers und helfe verdeckt bei den Nachforschungen. Da kommt es hin und wieder vor, dass ich persönlich erscheinen muss – bei einem Treffen oder um Verdächtige bei einer Gegenüberstellung zu identifizieren. Inzwischen ist es lange her, doch ich hatte Dinge gesehen, was bedeutet, dass ich immer noch nützlich sein kann.«

»Es muss schwer für dich gewesen sein, dein gewohntes Leben hinter dir zu lassen.«

»Ich hatte nicht viel Familie.«

»Aber die Frau …«

»Das wäre nie etwas Langfristiges geworden.«

Sie lehnte sich auf ihrem Stuhl zurück. »Hast du mit Greg Boles gearbeitet?«

Wieder lächelte Robin kurz. »Ich hätte mir denken müssen, dass du seinen Namen herausfinden würdest. Hast du versucht, mehr über mich zu erfahren, indem du dir seine Vergangenheit angesehen hast?«

Das war nicht gut. Eve fühlte, wie ihre Wangen heiß wurden.

»Ich wäre enttäuscht, hättest du es nicht getan.« Da war

ein Lachen in seinen Augen. »Nein, Greg und ich waren nie im selben Team. Er ist mit meiner Cousine verheiratet.«

»Ach so!« Es war irgendwie merkwürdig, sich Robin in einem Familienkontext vorzustellen. Sie hatte ihn immer als Einzelgänger wahrgenommen. »Und Jim Thackeray?« Sie hatte sich oft gefragt, warum der Vikar mehr über Robin wusste als andere.

»Er hat Greg getraut. Als ich nach Saxford kam, fragte Greg, ob er Jim meine Geschichte erzählen dürfe. Er wusste, dass er diskret sein und mir helfen würde, mich einzuleben. Die Leute vertrauen mir, weil er es tut.«

Unwillkürlich dachte Eve an die Scherze der Zwillinge.

»Denkst du immer noch, dass dir die Kriminellen, mit denen deine Kollegen unter einer Decke steckten, gefährlich werden könnten?«

Er zuckte mit den Schultern. »Ich glaube nicht, dass sie sich die Mühe machen, mich aufzuspüren. Doch sollte ich meinen richtigen Namen benutzen und sollte dann bekannt werden, wo ich bin, oder sollte mich jemand sehen und es gegenüber seinen Kontakten in der Gegend erwähnen … Ich weiß nicht, was dann passieren würde. Die Namensänderung war nötig, und jetzt muss ich dabei bleiben. Außerdem mag ich Gartenarbeit.«

»Und du leistest wunderbare Arbeit.«

Er verneigte sich übertrieben. »Danke.« Dann wurde er wieder ernst. »Tut mir leid, dass ich nicht da war, als dir das mit Tilly Cotton passiert ist.«

»Tja, auch wenn du teils Multitasking machst, bist du ja kein Polizist mehr, und du hattest Wichtiges zu tun.«

»Schon, trotzdem wünschte ich, ich wäre da gewesen.« Er blickte sie direkt an.

»Du meine Güte, sehen Sie fröhlich aus, Eve!« Moira stemmte die Hände in die runden Hüfte. »Ich hätte gedacht, dass Sie nach gestern in einer furchtbaren Verfassung sind. Und was für eine Geschichte! Die arme Ivy Cotton!«

Eve hatte auf dem Heimweg beschlossen, direkt im Dorfladen vorbeizuschauen, falls es noch zusätzliche Details aufzuschnappen gab.

»Jetzt müssen Sie mir aber unbedingt erzählen ...« Moiras geschminkte Lippen bewegten sich doppelt so schnell wie sonst.

»Eigentlich, Moira, hatte ich mich gefragt, was Sie *mir* erzählen können«, unterbrach Eve sie gleich. »Wahrscheinlich haben Sie schon alle Neuigkeiten erfahren. Die Polizei war bei meiner Befragung nicht besonders redselig.«

Strahlend beugte sich die Ladenbesitzerin vor. Sie mochte enttäuscht sein, dass sie von Eve nichts Näheres hörte, aber Tratsch weiterzugeben fand sie beinahe genauso gut. »Ja, natürlich, ich helfe gern, wenn ich kann.«

»Es gibt da nur eine Kleinigkeit, die mir keine Ruhe lässt«, bemerkte Eve. »Ich weiß, dass Sir Percival ermordet wurde, als er die Straße hinunter zum Wasser gegangen ist. Und wie ich hörte, hat er den Weg jeden Tag genommen. Aber warum hat er das getan, wenn er durch den Wald auf seinem eigenen Grund gehen könnte?«

Moira lächelte selbstzufrieden. *Sie wüsste es! Wie das?* Eve machte sich wenig Hoffnung auf eine erhellende Antwort.

»Ah, ja, natürlich! Viele Leute sind die Fakten durchgegangen, seit es passiert ist«, sagte Eve.

Moira war immer noch schnell. Vielleicht war sie durchs Dorf gezogen, um Neuigkeiten abzufragen.

»Ein kleines Vögelchen hat mir gezwitschert, dass er früher immer durch den Wald gegangen ist. Aber seine Frau war dagegen. Es kursierten Gerüchte, dass er den Weg wählte, damit er ein bisschen ›Zeit‹ mit diesem Monster Tilly verbringen konnte. Und ich muss zugeben, dass ich selbst gesehen hatte, wie er ein wenig … zu vertraut mit ihr war, sage ich mal.« Sie schüttelte den Kopf und lächelte.

Eine Sekunde lang schloss Eve die Augen und dachte an den Toten. Tillys Taten waren ohne Frage monströs, aber das machte Percivals Verhalten um nichts akzeptabler. Er hatte seine Stellung missbraucht, und zu sehen, dass Moira es weglachte, machte Eve wütend auf die ganze Welt. Wenigstens änderten sich die Dinge … langsam.

»Jedenfalls«, fuhr Moira fort, »glaube ich nicht, dass da mehr dran ist. Wenn Belinda Seagrave zu einem Thema ihre Meinung sagt, tun die Leute, was sie will. Und natürlich hatte Sir Percival ohnehin schon schlechte Karten bei ihr, weil er so viel Geld in dieses Rennpferd gesteckt hatte. Ich bitte Sie! Also könnte ich mir vorstellen, dass er getan hat, was er konnte, um sie bei Laune zu halten.«

»Ah, das leuchtet ein. Danke, Moira. Ich nehme dann nur eine Flasche Milch, bitte.«

Innerhalb von fünf Minuten war sie zu Hause (ein Triumph!). Eine Stunde später ging sie ihren Artikel für *Icon* noch einmal durch, während Gus um den Esstisch tapste und sie flehentlich ansah.

»Zwei Minuten! Versprochen!«

## VERITY PRUDENCE NYE, ABENTEURERIN, FORSCHERIN UND WOHLTÄTIGKEITSBOTSCHAFTERIN

*Verity Nye, bekannt für technisch herausfordernde und Grenzen sprengende Höhlentauchgänge auf der ganzen Welt, ist im Alter von zweiunddreißig Jahren gestorben. Eine Frau ist wegen Mordes an ihr verhaftet worden.*

*Verity Nye wuchs in einem streng religiösen Haushalt mit puritanischen Wertvorstellungen auf und stellte in jungen Jahren bereits fest, dass sie die Weltsicht ihres Vaters nicht teilte. Was er als Selbstverherrlichung verdammte, sah sie als das Nutzen ihrer ureigenen Fähigkeiten an, die es ihr ermöglichten, einige der unwegsamsten Orte der Welt zu erkunden und damit das Wissen der Menschheit zu erweitern. Mit ihrem Mut und ihrer Unabhängigkeit konnte sie sich von den Zwängen ihrer Kindheit und Jugend befreien.*

*Dieselben Eigenschaften ließen sie Herausforderungen in ihrem gewählten Berufsfeld meistern, ob es um das Anwerben von Sponsoren oder das Meistern von Notfällen unter Wasser ging, bei denen blitzschnell Entscheidungen zwischen Leben und Tod getroffen werden mussten.*

*Ihre Kindheit führte sie zu der festen Überzeugung, dass Eigenständigkeit alles war, was zählte. Sie war sicher, sich auf andere zu stützen und zu verlassen schwäche bloß alle Beteiligten. Doch hatte jemand erst ihr Vertrauen gewonnen, glaubte sie an denjenigen, bisweilen zu sehr.*

*Am Ende ihres Lebens entdeckte sie den Betrug ihres Kollegen Pete Smith, der sich mittels Täuschung die Stellung als Arzt in ihrem Team gesichert hatte. Hingegen war ihr Vertrauen in ihren Verlobten Rupert offenbar wohlbegründet. Sie waren sehr verliebt, und er ließ ihr den Freiraum, den sie brauchte, während er ihr eine sichere Zuflucht bot, wenn sie in der Heimat weilte.*

*Verity Nyes Beruf verlangte schnelles, rationales Denken. Sie scheute sich nicht, ihre Meinung zu sagen, selbst wenn sie damit andere kränkte. Obwohl sie das Leben ihres Teammitglieds Ruby Fox bei einem Tauchgang in Ägypten in einem Akt heroischen Wagemuts rettete, schien sich Ruby Fox nie davon erholt zu haben, dass sie keine Ruhe hatte bewahren können, als die Dinge schiefgingen. Es kann sein, dass auch Verity Nyes kompromisslose Art eine Rolle spielte, doch das weiß niemand sicher. Praktisches Den-*

*ken war ihr wichtiger als Diplomatie. Aber sie stand immer zu ihren Überzeugungen, war ehrlich, was ihre Gefühle betraf, und berührte mit ihren inspirierenden Errungenschaften das Leben vieler …*

Eve war noch nicht glücklich mit dem Anfang. Den würde sie noch einmal überarbeiten. Immerhin hatte Kim Carmichael sich bereits gemeldet und den Absatz im unteren Teil des Nachrufs abgesegnet, in dem sie erwähnt wurde.

Eve musste auch Jade Piper kontaktieren, um ihr ein Update zu geben, bevor die Einzelheiten, die sie entdeckt hatte, veröffentlicht wurden. Nach all ihrer Recherche konnte Eve sich vorstellen, dass Verity nach dem Unfall unter Wasser bei Ruby der Geduldsfaden gerissen war, nicht hingegen, dass sie willentlich grausam zu ihr gewesen wäre, nachdem ihre erste Wut verflogen war. Das würde sie Jade sagen, was immer es bringen mochte. Das, was Eve in diesem Punkt so sicher machte, war die Art, wie Verity Tilly Cotton und auch Jade selbst behandelt hatte. Beide hatten sie verärgert, trotzdem hatte Verity versucht, ihre scharfe Reaktion gleich wieder abzumildern.

Was natürlich nicht hieß, dass ihre Worte keine Wirkung auf Ruby gehabt hatten. Die junge Frau war in einem verletzlichen Zustand gewesen, und es schien, als wäre sie von sich selbst bitter enttäuscht gewesen, weil sie in Panik geraten war. Die Lungenentzündung hatte gewiss auch nicht geholfen, von ihrer verzögerten Behandlung ganz zu schweigen. Dafür gab Eve Pete Smith die Schuld.

Er würde wegen Betrugs angeklagt, doch es könnte sein, dass Jade ihn ebenfalls verklagte. Falls sie es tat, würde sie zweifellos irgendwelche erstrittenen Schadenersatzsummen direkt *Wide Blue Yonder* zugutekommen lassen. Eve dachte an die Mädchen draußen auf der Terrasse mit Seeblick. Sie hatte deren Kraft gefühlt.

»Gehen wir, Gus?«

Ihr geliebter Dackel sprang aufgeregt auf und rollte sich auf den Rücken.

»Alles Schöne auf einmal, was?« Sie bückte sich, um ihm den Bauch zu kraulen. »Dann komm.« Sie richtete sich wieder auf. »Los geht's!«

# EIN BRIEF VON CLARE

Vielen Dank, dass ihr *Ein mörderischer Jahrmarkt* gelesen habt! Ich hoffe, es hat euch so viel Spaß gemacht, wie ich beim Schreiben und Arbeiten an den Hinweisen hatte! Falls ihr bei meinen Veröffentlichungen auf dem Laufenden bleiben wollt, könnt ihr euch unter folgendem Link registrieren. Eure E-Mail-Adresse wird nie weitergegeben, und ihr könnt das Abo jederzeit kündigen.

*www.bookouture.com/clare-chase*

Die Idee zu diesem Buch kam mir, als ich mir ausmalte, welche Spannungen sich in einer stolzen alten Familie mit einem überbordenden Selbstwertgefühl auftun können, wenn neue Mitglieder mit sehr anderen Vorstellungen hinzukommen. Mich faszinieren Familien und die Art, wie das Klassensystem in kleinen Nischen bis heute überlebt. Dieses Buch hat mir erlaubt, beides zu erforschen.

Wenn ihr Zeit habt, würde ich mich sehr über eine Rezension freuen. Feedback ist ungeheuer wertvoll und kann enorm helfen, neue Leser für meine Bücher zu gewinnen. Und falls ihr mich direkt kontaktieren möchtet, erreicht ihr mich über meine Website, bei Facebook, X oder Instagram. Es ist immer schön, von Lesern zu hören!

Nochmals vielen Dank, dass ihr entschieden habt, Zeit mit der Lektüre von *Ein mörderischer Jahrmarkt* zu verbringen. Ich freue mich darauf, schon sehr bald mein nächstes Buch mit euch zu teilen.

Herzlich,
Clare x

@ClareChaseAuthor

@ClareChase_

www.clarechase.com

# DANKSAGUNG

Ein ganz lieber Dank geht an Charlie, George und Ros, die alles schon lasen, bevor ich den Roman abgab, die mich ermutigten und anspornten. Und auch an Mum und Dad, Phil und Jenny, David und Pat, Warty, Andrea, Jen, die Westfield-Gang, Margaret, Shelly, Mark, meine Andrewes-Verwandtschaft und eine ganze Truppe von Angehörigen und Freunden.

Und natürlich ein riesiges Dankeschön an meine geniale Lektorin Ruth Tross, für ihre schlauen Ideen und ihre enthusiastische Hilfe. Mehr als dankbar bin ich auch Noelle Holten für ihre übermenschliche Werbearbeit. Und ich danke Peta Nightingale, Kim Nash, Alexandra Holmes, Fraser, Liz und jedem im Lektorat, in der Herstellung und im Verkauf von Bookouture. Ich könnte mir kein besseres Team für die Veröffentlichung und die Werbung vorstellen.

Ich danke den wundervollen Bookouture-Autor:innen und anderen mir nahestehenden Autor:innen für ihre Freundschaft. Und ein gigantisches Dankeschön an die hart arbeitenden und großherzigen Blogger:innen und Rezensent:innen, die sich die Zeit genommen haben, ihre Gedanken zu meiner Arbeit mit anderen zu teilen. Das bewirkt so viel!

Und schließlich danke ich euch, meinen Leser:innen, dass ihr dieses Buch gekauft oder ausgeliehen habt!

# Mord in bester Tradition

MIT SCHIRM, CHARME UND SPÜRNASE

Der Landhauskrimi in englischer Tradition ist zurück – für alle, die es bei Muffins und Earl Grey gern mysteriös, humorvoll und atmosphärisch mögen! Sympathische Amateurdetektive stolpern zufällig über Leichen und begeben sich mit patentem Spürsinn auf die Spur des Mörders. Schließlich darf das idyllische Landleben nicht allzu lange gestört werden! Mit dabei: exzentrische Nachbarn, pfiffige Fellnasen und jede Menge köstliche Kulinarik. Vollendeter Spitzengenuss für einen (ent)spannenden Nachmittag auf der Couch!

Hier werden Leserinnen und Leser zu Wiederholungstätern: Charmante Rätselkrimis in der Tradition des »Goldenen Zeitalters« der Detektivliteratur. Die neue Krimireihe für alle Fans von Agatha Christie, Ann Granger und M.C. Beaton